古典詩歌研究彙刊

第三輯

龔鵬程 主編

第1冊

樂府古辭之原型與流變
——以漢至唐為斷限

劉德玲 著

國家圖書館出版品預行編目資料

樂府古辭之原型與流變——以漢至唐為斷限／劉德玲 著 -- 初版 -- 台北縣永和市：花木蘭文化出版社，2008〔民 97〕

目 4+298 面：17×24 公分

（古典詩歌研究彙刊 第三輯；第 1 冊）

ISBN 978-986-6831-78-2（精裝）

1. 樂府 2. 古體詩 3. 詩評

831.2 97000246

ISBN - 978-986-6831-78-2

古典詩歌研究彙刊

第三輯 第 一 冊 ISBN：978-986-6831-78-2

樂府古辭之原型與流變——以漢至唐為斷限

作　　者　劉德玲

主　　編　龔鵬程

出　　版　花木蘭文化出版社

發 行 所　花木蘭文化出版社

發 行 人　高小娟

聯絡地址　台北縣永和市中正路五九五號七樓之三

電話：02-2923-1455／傳真：02-2923-1452

電子信箱　sut81518@ms59.hinet.net

初　　版　2008 年 3 月

定　　價　第三輯 20 冊（精裝）新台幣 28,000 元

樂府古辭之原型與流變——以漢至唐為斷限

劉德玲 著

作者簡介

劉德玲，國立台灣師範大學國文研究所博士，現任職於長庚大學通識教育中心國文科助理教授。著有《兩漢雅樂述論》一書，並發表〈論朱天心漫遊者的書寫模式〉、〈論冰心初期的文學作品〉、〈兩漢雅樂的藝術成就〉、〈樂府詩集體例與收詩之商榷〉……等單篇論文。

提　　要

本文研究的是「樂府古辭主題的原型與流變」——由漢至唐的發展。以結合主題學領域的研究方法，研究漢樂府古辭的主題在不同時代不同作家的筆下所呈現出的不同風貌。借由此一主題的研究，我們可以看出不同作者如何應用同一個主題或母題來抒發情感，並由作品照應時代的文學風潮與樂府詩發展的特色。筆者據宋郭茂倩《樂府詩集》，選出兩漢樂府古辭及後代文人擬作的樂府詩相互比較，以研究兩漢樂府古辭，如何影響後人的創作，隨著時代環境的變遷，後代文人如何呈現其生命情境？

本文的第三章探討「兩漢樂府古辭的主題與流變」，兩漢的樂府古辭在《樂府詩集》中分別見於「鼓吹曲辭」「相和歌辭」和「雜曲歌辭」中 鼓吹曲辭存詩九首，相和歌辭存詩三十五首，雜曲歌辭存詩七首，總計兩漢樂府古辭共有五十一首。本文的第四章探討「擬樂府詩寫作方法的流變」，探討幾個研究重點：建安詩人的依舊曲翻新調、魏晉詩人的擬篇法和齊梁詩人的賦體法。最後，本文的第五章「樂府詩風的轉變與融合」，主要分為二方面來看，首先，由探討漢樂府古辭及其後代的擬作得知一個現象，即是詩歌「悲怨」的特質，此悲怨的特質呈現在三種不同的主題中，分別是：遊子思婦之悲、死生無常之歎和悲士不遇之傷。此外即是關於樂府詩風交融的問題，在擬樂府詩發展的過程中，詩風交融是一個重要的現象，我們可由樂府詩的創作中看出三種詩風交融的現象：遊仙與隱逸、邊塞與閨怨、宮體與詠物的詩風交融，由樂府詩風交融的現象得知文學與時代背景、文風思潮密不可分的關係。

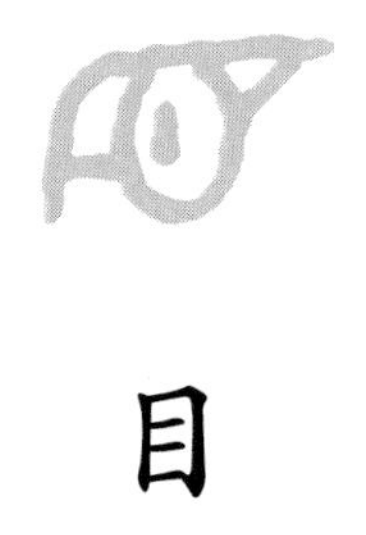

目 次

第一章　緒　論

第一節　研究緣起

在中國古典詩歌發展的長河中，樂府詩一直扮演著重要的角色，有別於古體詩、近體詩的獨立地位，樂府詩自漢萌芽初始到魏晉南北朝中大放異彩，無論是民間樂府或文人樂府，都突出的代表了這一時期的詩歌成就。質樸寫實的兩漢民間樂府，直接影響後人的創作，尤其是魏晉南北朝文人的擬樂府，在典籍中，可看到如蕭統的《昭明文選》在騷賦、詩類別之外，另立樂府；徐陵的《玉臺新詠》在「古詩」之外，也另立「古樂府」；劉勰的《文心雕龍》於〈明詩〉篇之外也特標〈樂府〉一篇。一般而言，樂府詩除了漢代的古辭以外，同時也包含了後代作者的擬作，學者在研究樂府詩時往往會忽略樂府詩的擬作，其實研究這些擬作，不僅可以知道擬作和原作的關係，也可以釐清樂府主題在歷經幾代流傳的轉變之跡，藉由分析擬作和原作，可以明白同一首詩的主題如何在不同時代不同作者手中呈現不同的面貌。

王易《樂府通論》云：

> 論樂府之流變，首當明史實，次當通人情。史實者，流變之途徑：人情者，流變之樞機也〔註1〕。

〔註1〕見王易《樂府通論》〈明流第二〉，（台北：廣文書局，民國68年），頁17。

王氏所言「途徑」即研究的方法，「樞機」即研究的關鍵。所謂「明史實」，亦當先熟知史籍所載，忠於原典，而後尋繹出文學流變的方法，流變的情形及呈現的面貌如何。研究的方法屬於外緣問題，研究的關鍵則是內在因素，是故，欲研究樂府詩主題的流變，就必須知道樂府詩的主題爲什麼會轉變？如何轉變？轉變的方式和時代背景、當時的文學環境有無關係，是本篇論文必須解決的問題。首先，筆者以「樂府古辭之原型與流變——以漢至唐爲斷限」作爲論文題目，除了想突破目前研究樂府詩的狹隘格局外，也爲了結合主題學的跨領域研究方法，給樂府詩一個新的詮釋與不同的研究空間，因爲一個個不同主題的詩作就彷彿是根系相連的文學樹，在不同時代、不同作家的流變脈絡中，長得枝繁葉茂卻紋理年輪清晰可辨。

主題學是比較文學的一個範疇，它主要是對文學中的個別主題、母題做追溯探源的工作，並對不同時代作家如何利用同一個主題或母題來抒發情感以及反映時代，做深入的探討。早期主題學的研究側重在探索同一母題的演變，鮮有挖發不同作者應用同一母題的意欲，事實上，批評家可經由剖析分解作品的內容，進而揣測作者的用意，在研究成果上可獲致極大的豐收。

本論文即是以「主題學」的角度分析樂府古辭主題的原型與流變，以漢代至唐代整個樂府詩完整的發展路徑爲時代斷限，討論同一詩題在不同作家中主題如何的轉變，由於樂府詩在中國詩歌發展史上具有承先啓後的地位，而回顧樂府詩的研究歷史，主要都以民間樂府爲主，筆者拙著《兩漢雅樂研究》即是爲了突破樂府詩狹隘的研究格局，以宮廷文人樂府作爲研究對象〔註2〕。

關於樂府古辭主題的原型與流變，筆者將從詩歌本身與時代文學風潮的關係，研究詩歌主題在不同時代的不同風貌，甚至是主題相融的問題，如閨怨結合邊塞，其間又將參考考古、史學、美學等相關資

〔註2〕參見拙著，國立台灣師範大學國文研究所碩士論文，民國88年6月。

料，以期讓論文內容更形完備充實。在論文中樂府古辭主要的選取來源以宋郭茂倩《樂府詩集》爲主，原因是因爲《樂府詩集》是現存最早的樂府詩歌總集，也是一部搜羅漢魏至五代樂府詩最完備詳實的著作。《四庫全書總目提要》曾說：「每題以古辭居前，擬作居後，使同一曲調而諸格畢備，不相沿襲，可以藥剽竊形似之失。其古辭多前列本辭，後列入樂所改，得以考知孰爲側，孰爲趨，孰爲艷，孰爲增字減字。其聲辭合寫、不可訓詁者，亦皆題下注明，尤可以藥摹擬聱牙之弊。〔註 3〕」《樂府詩集》在每一首詩作前除了總序、題解外，在編排上往往先列古辭，後列文人擬作，以便考察同一時期或不同時期、同一時代或不同時代樂府作品在思想、藝術上的繼承關係、源流關係，易於比較出不同的詩風和流派，讀者得以發現古辭與文人擬作間的相互影響與承襲的線索，除此之外，在每一曲調前又有解題，對每一首樂府詩的源流、內容都有精當詳實的論述，徵引浩博，足以作爲後代學者研究考察樂府詩流變的淵藪。

樂府詩的總集，除了郭茂倩的《樂府詩集》之外，尚有其它可供參考的樂府詩總集，如元左克明的《古樂府》和明梅鼎祚的《古樂苑》。《古樂府》專錄唐以前的樂府詩，重在古題古辭，而變體擬作則少有論述，選詩數量遠比《樂府詩集》少。《古樂苑》大體因循《樂府詩集》再加以增補遺佚，雖然增加了不少古歌辭，但所收歌辭止於隋代，摒《樂府詩集》近代曲辭和新樂府辭兩類不收。在總集之外，大多是一些選本和注本，其中較爲重要的是清朱乾所編的《樂府正義》，朱乾選取部分漢魏六朝古樂府爲之作注，每詩除注解外，也考訂了詩中的事實、背景和作者的身世，援引豐富，對樂府詩的體制也有很好的解釋，在明清研究樂府詩的專書中，是一部材料最豐富、見解最突出的著作。近人的注本則以黃節《漢魏樂府風箋》和聞一多《樂府詩箋》較爲重要，黃節專收漢魏相和、雜曲歌辭，詳加注釋評論，聞一多先

〔註 3〕見《四庫全書總目提要》卷一八七，（台北：台灣商務印書館，民國 54 年）。

生長於訓詁，《樂府詩箋》在字義詮釋方面，見解頗多突出前人之處，於各曲的本事與主題的箋釋，也都有所新見。有宋以降，舉凡研究樂府詩者，莫不以宋郭茂倩編撰之《樂府詩集》爲宗，本文所討論的兩漢樂府古辭即是以郭氏《樂府詩集》所收錄者爲主要範圍，只是民間樂府經過輾轉流傳，難免有口傳之誤〔註 4〕，筆者爲求謹慎，除以郭本爲主外，復又參考清丁福保所編《全漢三國晉南北朝詩》、逯欽立輯校之《先秦漢魏晉南北朝詩》等其他校本，力求論說能更加周圓。

第二節　研究範圍

一、關於古辭和擬作

什麼是「樂府古辭」？郭茂倩在《樂府詩集》裡並未說明選取「古辭」的標準，「古辭」的名稱，首見沈約的《宋書・樂志》，其云：

> 凡樂章古辭，今之存者，並漢世街陌謠謳，江南可采蓮、烏生十五子、白頭吟之屬是也。

由此可知，《宋書・樂志》所載古辭，沈約認爲皆漢世之歌，但沈約此時指涉的是相和歌，到後來郭茂倩編《樂府詩集》時，便把範圍擴大，不以相和歌爲限〔註 5〕。「古辭」之名，創始於沈約《宋書》，後世各史樂志都因襲沈約的說法。《昭明文選》在所輯錄的漢樂府下，也都署名「古辭」，除了〈飲馬長城窟行〉、〈傷歌行〉、〈長歌行〉外，在班婕妤的〈怨歌行〉詩題介紹中，也曾提及「古辭」一詞。專門輯錄樂府詩的郭茂倩《樂府詩集》和左克明的《古樂府》，對於來自民間的漢代樂府詩，也都一概冠以「古辭」之名。是故，「古辭」指的

〔註 4〕朱自清在《中國歌謠》一書中，論及〈歌謠的起源與發展〉時認爲歌謠在演進中間，接受別的相近的東西的影響，而使得詩歌的字句略有出入，這是無可避免的，他稱這種現象爲「詩的歌謠化」。見台北：世界書局，76 年 2 月再版，頁 39。

〔註 5〕在郭茂倩《樂府詩集》裡，〈西洲曲〉、〈長干曲〉也叫古辭，且古辭的作者也不限於無名氏，班固的〈靈芝歌〉也叫做古辭。

是漢代的樂府詩，早已是約定俗成，通行於世的說法。然而，在《樂府詩集》裡題爲「古辭」的詩，眞的都是漢世之歌嗎？對於這個問題的釐清，羅根澤在《樂府文學史》裡有清楚的說法：

> 宋志所載古辭，皆沈約認爲漢世之歌。沈約去漢未遠，所言當不甚謬。然通志樂略樂府詩集所錄古辭，視宋志幾增一倍，是否盡爲漢謳，又有問題。且東西漢前後四百年，所謂『漢世』，爲東漢？爲西漢？爲東漢何時？爲西漢何時？沈氏未曾明言。〔註6〕

《樂府詩集》裡的「古辭」是否皆出於漢世，羅根澤已有清楚的解釋，依羅氏的說法，《樂府詩集》裡的「古辭」有的出於漢代以外的詩人，然而，本論文選取的樂府古辭都是以漢代的樂府詩爲主，因爲樂府詩的歷史由漢發源至魏晉南北朝的文人擬樂府到唐代的新題樂府，横跨了數個朝代，若要研究整個樂府詩主題的演變，就必須回歸樂府詩的起源點，才能從整個樂府詩的發展過程中看出主題的發展走向以及流變的歷程〔註7〕。而若要研究整個漢代樂府詩主題的流變，範圍太過龐雜，是故筆者僅就「古辭」的部份作爲研究的範圍。

過去研究兩漢樂府詩的學術論文，大多有個共同的認知，即是將兩漢的樂府詩分爲文人樂府與民間樂府，文人樂府代表上流社會的產品，而民間樂府則是下層人民的心聲，然而這樣的分類卻會產生一個問題：有些樂府詩原是起源於民間，再經過文人的潤飾而成；或是上流社會的文人依平民的心聲爲詩，平民再用自己的語言重新詮釋，這

〔註6〕見羅根澤《樂府文學史》第二章〈兩漢之樂府〉（台北：文史哲出版社，民國80年1月四版），頁37。

〔註7〕郭茂倩《樂府詩集》收錄漢至唐的樂府詩，標示著在宋人的觀念裡，樂府詩的發展已經成爲歷史，唐代中葉以後，樂府亡而詞興，至元朝詞衰而曲起：曲出於詞，詞出於樂府，故後人亦每名詞名曲爲樂府。中唐以後，以至現在，雖有少數詩人，時或偶作仿古樂府，然鳳毛麟角，不成氣候，無論述之價值。事實上，在元末和明清時代，還有一個文人擬樂府的餘波，限於論文的篇幅與論述的重點，無法多作贅述。

些作品到底應歸類爲民間樂府或是文人樂府，常有歸類不清的問題發生。後來有一個較爲大家接受，也較無爭議的分法，即是以作者姓名無法考證的樂府古辭爲研究對象。陸侃如在《樂府古辭考》的引言中爲樂府古辭正本清源，其云：

> 樂府的範圍是非常混淆的，照現行的意義看來，無論是創製的、模擬的、入樂的、不入樂的，什麼都叫做樂府。其中自然有許多是冒名的樂府。但沿用已慣了，若定要驅他們於樂府的範圍之外，其實有些不便。故我想借用「古辭」之名來代表眞的樂府，這樣便不必縮小樂府的範圍，而冒名的自然不至有「魚目笑玉」之虞。〔註8〕

一般而言，樂府詩除了指兩漢的樂府機關採集或編製用來入樂的詩作外，同時也包括了後代作家的擬作。漢末魏初，文壇上正値模擬之風。所謂擬古，就是模仿古人詩作風格形式所作的詩，是中國詩歌史上一種特殊的詩歌類型，而擬樂府詩，必須有古辭方能擬作，兩漢豐富的民間樂府古辭正是後人最佳的模擬對象，特別是西晉時期樂府詩歌創作出現了大量「以樂府古題詠古事」的擬古作品。運用擬古調，制新辭的方法創作樂府詩是一種特殊的文學創作形式。關於這種創作形式，古人也有記載：

《文選》李善注說：「《歌錄》曰：『〈怨歌行〉，古辭。』然言古者有此曲，班婕妤擬之。」

《樂府解題》說：「曹植擬〈苦寒行〉爲〈吁嗟〉。」「曹植擬〈長歌行〉爲〈鰕䱇〉。」

陳祚明《采菽堂古詩評選》說：「孟德所傳諸篇，雖並屬擬古，然皆以寫己懷來。」

在後人擬作中，許多作品，雖未名之以「擬」，而實際上卻道道地地是擬作，如曹操的〈薤露行〉、陳琳的〈飲馬長城窟行〉、阮瑀的

〔註8〕見陸侃如《樂府古辭考》（台北：商務印書館，民國59年9月），頁5～6。

〈駕出北郭門行〉……等。此外，魏晉南北朝的樂府詩，以「擬」、「代」冠之題首者，鮑照最多。在鮑照現存的二百餘首詩中，樂府詩就占了八十六首，幾近一半。鮑照於這些樂府詩題前冠以「擬」、「代」兩字者又有五十餘首之多，占其所作樂府詩一半以上的比率，如〈擬行路難十八首〉、〈代東門行〉等。沈德潛釋鮑照〈代東門行〉云：「代，猶擬也。」

後人這些擬樂府詩雖未明示為擬作，但沿襲古調，借用舊題，亦不能排除於擬作的範圍之外。明胡應麟說：「詩不易作者五言古，尤不易作者古樂府，然樂府貴得其意，……得其意則信手拈來，縱橫布置，靡不合節。〔註9〕」胡氏所指的「節」和「意」，應是指樂曲的基本旋律和所要表現的感情格調。因舊古調的失傳，後人要擬古，就須借助古辭揣摩原曲的旋律和格調，此即元稹所說的：「因聲以度詞，審調以節唱。〔註10〕」由此可見，所謂擬古，在於「依聲」，也就是以樂歌的形式作為創作的前提和依據，依既定的樂府曲調創制樂辭，而非純粹的模仿古辭的文學內容。

二、時代斷限

設定一個研究範圍，是為了使主題更明確，範圍更清楚，使研究易於進行。明胡應麟《詩藪》云：

> 樂府之體，古今凡三變：漢魏古詞，一變也；唐人絕句，一變也；宋元詞曲，一變也。〔註11〕

綜觀胡氏所說的「三變」，或由於古調失傳，新聲代起；或源於胡樂輸入，造成夏聲淪亡。胡氏是站在廣義的觀點來看樂府的三變，如此論述未免失之籠統，但也由此證明兩漢樂府內容之豐富性及其所產生

〔註9〕見胡應麟《詩藪・內編》〈古體中・五言〉，（台北：廣文書局，民國62年），頁92。

〔註10〕見元稹《元氏長慶集》，〈樂府古題序〉卷二十三，（台北：台灣商務印書館，民國54年）。

〔註11〕同註9，〈內編〉〈古體上・雜言〉，頁62。

的影響。胡氏所謂「樂府之體」，只是名稱相同，然體制實殊，不應混爲一談。又胡氏以唐絕、宋詞、元曲皆樂府之變體，範圍牽涉太廣，且非本論文論述重點，茲所不取。

由於樂府是文字與音樂的結合，是合樂的文學，其歷史的淵源，可上溯自古歌謠、《詩經》、《楚辭》，下則開啓唐絕句、宋詞、元曲之濫觴。許多宋詞、元曲的專著，都襲用「樂府」之名。〔註12〕黃季剛在《文心雕龍札記》裡分樂府爲四類，並廣申其義，其云：

> 自漢魏有雜曲，至於隋唐，其作漸繁。唐之燕樂，尤稱爲盛。後遂稱其歌詞曰詞。宋之燕樂，亦雜用唐聲調而增廣之，於是宋詞遂爲極多，於樂府外又別立題署，實則詞亦樂府之流也。〔註13〕

黃氏這種說法和胡應麟所說的「樂府有三變」，不謀而合。由此也可看出樂府對後世的影響。

樂府詩原是漢代經樂府機關采詩合樂的歌曲，但自魏晉起，部分樂府詩開始脫離了音樂而獨立成案頭吟賞的詩體，詩人們利用樂府舊題進行創作，但並不一定配樂歌唱，甚至更有自創新題而不被管弦的，因此樂府詩的範圍較漢代更爲擴大了。我們證諸郭茂倩《樂府詩集》之輯錄，可以得知樂府詩起源於兩漢，盛於魏晉南北朝，而衰於隋唐。羅根澤在《樂府文學史》裡說得更細些：

> 樂府之盛，莫盛於建安前後（東漢之末至曹魏之初）。故若完全以樂府爲立場，分析篇章，宜以建安前後爲全盛時期；西漢以至東漢之初，爲發生時期；建安以降，爲摹仿時期；隋唐爲分化時期；後此即衰落矣。〔註14〕

是故，就時代斷限而言，由樂府詩的源起至衰落應爲漢代至唐代，共

〔註12〕後世的詞、曲，由於也按譜合樂，人們也稱爲樂府，如宋賀鑄詞名《東山樂府》，蘇軾詞名《東坡樂府》，元馬致遠曲名《東籬樂府》，張炎的詞學專著也名《樂府指迷》。

〔註13〕見黃季剛《文心雕龍札記・樂府第七》，（台北：文史哲出版社，民國62年），頁41。

〔註14〕同註6，第三章〈魏晉樂府〉，頁81。

歷時九代，也是本論文研究的範圍。樂府自兩漢創作之後，經過魏晉南北朝詩人的模仿，樂府詩由有聲有色漸漸到奄奄無生氣的局面。然而，自兩漢以至陳隋，經過多代詩人的努力，到了唐代的新題樂府，樂府的光芒又再度綻放，只是後來漸合於詩，而詞又興起，故中世以後，樂府遂衰亡也。

依據擬樂府的發展，可製擬樂府演化簡表於下：

<table>
<tr><td rowspan="4">樂府詩演化表</td><td rowspan="2">漢　代</td><td rowspan="2">樂府詩官署採集演唱之詩歌</td><td>貴族文人樂府</td></tr>
<tr><td>民間樂府（無名氏）</td></tr>
<tr><td rowspan="2">魏晉六朝至唐</td><td rowspan="2">文人用漢樂府詩進行之擬作</td><td>舊題樂府詩</td></tr>
<tr><td>新題樂府詩</td></tr>
</table>

三、漢代樂府古辭的貞定

樂府詩是已經經過漢代樂府官署潤飾過的文學，未必皆原來口傳的面目，但基本上仍能符合民間精神，保存民間文學質樸寫實的風貌。漢代樂府古辭的判定除了必須符合時代的條件，也必須具有民間文學的特質，作者必須是不可考的無名氏，無論是集體或是個人的創作，都是站在民眾的立場來描寫愛情、苦難，詩中所表現的都是民眾切身的遭遇與苦痛，如此才能引起共鳴而不斷的流傳。

對於樂府古辭及後人擬作的研究，相關的論文有李鮮熙的《兩漢民間樂府及後人擬作之研究》、王淳美的《兩漢民間樂府與後人擬作之研究》、黃羨惠《兩漢樂府古辭研究》。前兩本論文的指導教授皆爲同一人，且論文標題如出一轍，不免引人注意。事實上，若細加閱讀這兩本論文，便會發現兩位作者對論文的寫作方式不同，對於民間樂府的定義也有很大差別，判定結果的差異應屬個人思路的問題，作者對於樂府詩有不同的理解，就會有不同的判定結果，本論文欲針對兩位作者的看法提出疑義，重新定義樂府古辭，爲便於研究，所論及之兩漢民間樂府與後人擬作，皆以里仁書局印行的郭茂倩《樂府詩集》爲主，然郭氏或有疏漏之處，筆者於文中亦將一併提出。

關於民間樂府古辭的判定，上述三人的分法如下：

（一）李鮮熙

舞曲歌辭：散樂的〈俳歌辭〉。

鼓吹曲辭：戰城南、巫山高、有所思、上邪。

相和歌辭：江南、東光、薤露、蒿里、雞鳴、烏生、平陵東、陌上桑、王子喬、長歌行、猛虎行、君子行、豫章行、董逃行、相逢狹路間行、長安有狹斜行、善哉行、隴西行、飲馬長城窟行、上留田行、婦病行、孤兒行、艷歌行、公無渡河行、梁甫吟行、怨詩行、怨歌行、傷歌行、滿歌行、東門行、折楊柳行、西門行、艷歌何嘗行、步出夏門行、雁門太守行、白頭吟。

雜曲歌辭：蛺蝶行、悲歌行、前緩聲歌、焦仲卿妻、枯魚過河泣、棗下何纂纂、樂府。

（二）王淳美

鼓吹曲辭：戰城南、巫山高、有所思、上邪。

相和歌辭：江南、薤露、蒿里、雞鳴、烏生、平陵東、陌上桑、王子喬、長歌行、猛虎行、豫章行、董逃行、相逢狹路間行、長安有狹斜行、善哉行、隴西行、上留田行、婦病行、孤兒行、艷歌行、怨詩行、滿歌行、東門行、折楊柳行、艷歌何嘗行、步出門行、雁門太守行、白頭吟。

雜曲歌辭：蛺蝶行、悲歌行、前緩聲歌、焦仲卿妻、枯魚過河泣、棗下何纂纂、樂府。

（三）黃羨惠

鼓吹曲辭：朱鷺、思悲翁、艾如張、上之回、擁離、戰城南、巫山高、上陵、將進酒、君馬黃、芳樹、有所思、雉子斑、聖人出、上邪、臨高臺、遠如期、石留。

相和歌辭：江南、東光、薤露、蒿里、雞鳴、烏生、平陵東、陌上桑、王子喬、長歌行、猛虎行、君子行、豫章行、董逃行、相逢狹路間行、長安有狹斜行、善哉行、隴西行、飲馬長城窟行、上留田行、婦病行、孤兒行、豔歌行、公無渡河行、怨詩行、滿歌行、東門行、折楊柳行、西門行、豔歌何嘗行、步出夏門行、雁門太守行、白頭吟。

雜曲歌辭：蛺蝶行、傷歌行、悲歌行、前緩聲歌、焦仲卿妻、枯魚過河泣、棗下何纂纂、樂府。

很明顯的，三人的分法都各有出入。大致來說，李鮮熙對民間樂府的定義較王淳美為廣，二人除了在鼓吹曲辭和雜曲歌辭方面看法相同，其他多少都有不同，李較其他兩人多了舞曲歌辭中散樂的〈俳歌辭〉。在相和歌辭中，李較王多了〈東光〉、〈西門行〉、〈君子行〉、〈飲馬長城窟行〉、〈傷歌行〉、〈怨歌行〉、〈梁甫吟行〉和〈公無渡河行〉八首。至於黃羨惠則在鼓吹曲辭方面選取了完整的鐃歌十八首，較二人多出了十四首，在相和歌辭方面與李鮮熙較接近，只少了〈梁甫吟行〉和〈怨歌行〉二首，〈傷歌行〉則被歸入雜曲歌辭中。王淳美對於民間樂府的分類則是採取較為保守、謹愼的態度，她以「時代」和「作者」兩個標準來取捨民間樂府，認為〈東光〉和〈西門行〉二首不屬於漢代的作品，至於〈君子行〉、〈飲馬長城窟行〉和〈傷歌行〉三首詩，王淳美認為由於以整齊的五言體出現，作者應出於不知名的文人之手。茲分析如下：

1. 〈東光〉

王淳美依據《樂府詩集》所引《古今樂錄》的記載：「張永《元嘉技錄》云：東光，舊但絃，無音，宋識造其聲歌。」依《宋書・樂志》記載，宋識乃魏晉間人，善擊節唱和。羅根澤《樂府文學史》也說：「有絃無音，蓋即無辭，……再考樂略列此為相和三十曲之末一曲，言：『始十七曲，魏晉之世，朱生、宋識、列和等，復爲十三曲。』與張錄比觀，此曲似在魏晉十三曲之中，而歌辭似亦非漢世矣。〔註 15〕」

〈東光〉是否屬於兩漢民間樂府，我們可由原詩看出端倪：「東光平，蒼梧何不平！蒼梧多腐粟，無益諸軍糧。諸軍遊蕩子，早行多悲傷。」黃節《漢魏樂府風箋》云：「漢地理志：勃海郡，高帝置，有東光縣。案：即今直隸河間府。又蒼梧郡，武帝元鼎六年開。案一統志：武帝平南粵，以其地爲廣信縣，置蒼梧郡。〔註 16〕」據《漢書》記載，武帝元鼎五年，夏四月，南越王呂嘉反，武帝曾出兵南越。朱嘉徵《樂府廣序》有言：「東光平，諷時也。似有鄭風清人之刺。一曰：漢武帝征南越久未下而作。〔註 17〕」由以上資料顯示，似可將〈東光〉一詩解爲西漢武帝遠征南越時，軍糧腐敗，征人乏食，流離在外，不得歸鄉的哀傷與無助。這首詩的文字樸實，能引人心中悲傷之情，民歌色彩濃厚，應屬民間樂府古辭無誤。

2. 〈西門行〉

王淳美引張壽平之說，認爲〈西門行〉非漢代民間作品，張壽平云：「據《古今樂錄》引《技錄》所云，則知西門行古辭在王僧虔時（劉宋）已失傳，……大曲古辭各篇皆爲敘事曲歌辭，獨此篇純爲抒情之作，除篇首『出西門，步念之』一句外便無敘事之語，體例不類，似出牽強湊合。〔註 18〕」

此詩亦見於《宋書・樂志》，《樂府詩集》所錄〈西門行〉有二首，第一首爲晉樂所奏，第二首才是本辭，黃節引陳胤倩曰：「東西門行

〔註 15〕同註 6，第二章〈兩漢之樂府〉，頁 68。

〔註 16〕見黃節《漢魏樂府風箋》卷一（台北：學海出版社，民國 72 年），頁 4。

〔註 17〕見朱嘉徵《樂府廣序》。《續修四庫全書・集部・總集類》第 1590 冊，《樂府廣序・卷一・相和六引》，上海古籍出版社，頁 367。

〔註 18〕見張壽平《漢代樂府與樂府歌辭》，第二編〈兩漢樂府歌辭考識〉（台北：廣文書局，民國 85 年），頁 130～131。

倣國風〈出自北門〉之意，皆貧士失職者所作。〔註19〕」《樂府詩集》在〈西門行〉後又有〈東門行〉一首，郭茂倩也引《古今樂錄》曰：「王僧虔《技錄》云：『〈東門行〉歌古東門一篇，今不歌。』」後人的擬作〈東西門行〉、〈卻東西門行〉這二首受〈西門行〉和〈東門行〉影響的詩，《古今樂錄》也都說明已不歌或不傳。如果〈東門行〉亦不歌，爲何王淳美還要選入古辭的範圍？

3.〈君子行〉

這首詩《文選》、《樂府古題要解》和《樂府詩集》都作古辭，而《藝文類聚》四十一引作曹植辭。這首詩雖然載於《曹子建集》中，但卻不像曹植的作品，可能出自漢代的知識分子，藉典故來表現君子的處世之道。

4.〈飲馬長城窟行〉

歷來對於此詩的論文極少，即使有也多以賞析的角度論之，考證方面的論文以大陸的學者較爲出色，其中傅如一先生〈樂府古辭飲馬長城窟行考索〉一文有關於此詩的考證，他認爲這首詩應是一首「無題詩」，與〈飲馬長城窟行〉無關，也絕非是〈飲馬長城窟行〉的本辭〔註20〕。

關於這首詩，筆者在〈漢樂府與後人的擬作——以「飲馬長城窟行」一詩爲例〉一文中也作過考證〔註21〕，傅如一在他的第三個理由中直接否定「青青河畔草」是〈飲馬長城窟行〉一詩的本辭，認爲陳琳的詩才是原辭。關於這點我也有不同看法，陳琳是魏人，有些學者認爲他的這首詩是舊題新作，依樂府舊題而另創新意，然而，我們若分析陳琳和「青青河畔草」一詩，則兩詩的內容都有征人思婦的情節，

〔註19〕同註16，卷四，頁32。

〔註20〕見傅如一〈樂府古辭飲馬長城窟行考索〉，一文，《文學遺產》（1990年1月），頁113。

〔註21〕見〈漢樂府與後人的擬作——以「飲馬長城窟行」一詩爲例〉一文，收錄在《思辨集》，國立臺灣師範大學國文學系第七屆研究生學術論文研討會論文集，頁240～259。

因此我認爲陳琳的詩作是一首不但沿用樂府舊題且與本事相符的擬作。如果陳琳沒有看到「青青河畔草」一詩，如何能寫出相似的作品。陳琳之外，傅玄和荀昶的擬作不論在內容和結構上都較陳琳的擬作更接近原作，如果「青青河畔草」不是〈飲馬長城窟行〉的樂府本辭，那麼這些後世文人的擬作所本爲何？是故《樂府詩集》中所引的古辭應是漢樂府本辭無誤。

5.〈傷歌行〉

王淳美認爲這首詩可能來自佚名文士，從內容風格看也非兩漢民歌。此詩《玉臺新詠》卷二題爲魏明帝作，觀此詩，題意與古詩十九首之〈明月何皎皎〉有相類意識。

然而，這首詩《文選》卷二十七與《樂府詩集》卷六十二都題作古辭，只有《玉臺新詠》題爲魏明帝作，《樂府詩集》將此詩列入雜曲，然《古樂苑》曰：「傷歌行，側調曲也。傷日月代謝，年命猶盡，絕離知交，傷而作歌。」何謂側調曲？《舊唐書》卷二十九云：「側調者生於楚調；與前三調（平、清、瑟）總謂之相和調。」因此陸侃如在《樂府古辭考》便將它移入相和歌辭之列。

除了上述五首有疑問的詩之外，還有〈怨歌行〉、〈梁甫吟行〉和（公無渡河行）三首，王淳美並無解說捨去的原因，但在李鮮熙的論文裡卻選錄了這三首詩，事實上，〈怨歌行〉並不是民間樂府古辭，而是一首文人樂府。茲將這三首詩分析如下：

1.〈怨歌行〉

這首詩見於《文選》、《玉臺新詠》及《樂府詩集》，皆題班婕妤作。《文心雕龍》說此詩「其見疑於後代」。陸侃如《樂府古辭考》一書於樂府古辭中也未錄此篇。一般都認爲這首詩是班婕妤所作，例如蕭滌非謂此篇：「《漢書・外戚傳》謂婕妤爲趙飛燕所譖，遂求供養太后於長信宮。詩蓋爲此而作。」又說：「《文選》所錄女作家作品有二：一爲曹大家〈東征賦〉，一即〈怨歌行〉。李善注云：《歌錄》曰：『怨歌行古辭，然言古者有此曲，而班婕好擬之。』則是此篇且爲文人擬作民間樂府之始祖矣。〔註 22〕」由此判定本篇應是班婕妤所作，原〈怨歌行〉古辭已失傳。

2.〈梁甫吟〉

這首詩《樂府詩集》題爲蜀諸葛亮作，郭茂倩引《古今樂錄》曰：「王僧虔《技錄》有〈梁甫吟行〉。《陳武別傳》曰：武常騎驢牧羊，諸家牧豎十數人，或有知歌謠者，武遂學〈泰山梁甫吟〉〈幽州馬客吟〉及〈行路難〉之屬。《蜀志》曰：諸葛亮好爲〈梁甫吟〉，然則不起於亮矣。李勉《琴說》曰：〈梁甫吟行〉，曾子撰。《琴操》曰：曾子耕泰山之下，天之雨雪，凍，旬日不得歸，思其父母，作〈梁山歌〉。蔡邕《琴頌》曰：梁甫悲吟，周公越裳。」郭茂倩說：「梁甫，山名，在泰山下。〈梁甫吟〉蓋言人死葬此山，亦葬歌也。」

《三國志・諸葛亮傳》記載：「亮躬耕隴畝，好爲〈梁甫吟〉。」後世因此附會此詩爲諸葛亮所作。然則黃節、陸侃如等人亦辨其非諸葛亮或曾子所作，黃節《漢魏樂府風箋》云：「郭氏所引諸說，則梁甫吟不始自孔明。朱秬堂曰：『〈泰山梁甫〉、〈幽州馬客〉、〈行路難〉等皆曲調之名，陳武學之，學其聲也；孔明爲之，亦爲其聲也。孔明好爲〈梁甫吟〉，猶曰宜歌商、宜歌齊云爾。步出齊城門詩，乃是孔明之〈梁甫吟〉。其實前乎此者，〈梁甫吟〉之調當不止一詩；孔明好爲此吟，亦未必獨歌此篇也。〔註 23〕』」陸侃如《樂府古辭考》也說：「前人多以此篇爲諸葛亮所作，蓋誤，《琴操》以爲曾子所作，亦非。曾子思父母而作梁山歌，與此篇意義及標題均異，不能合而爲一。〔註 24〕」

朱嘉徵《樂府廣序》謂本篇：「哀時也，無罪而殺士，君子傷之。」當是後人用葬歌哀傷之調以悼田開疆、古冶子、公孫接三勇士之作，

〔註 22〕見蕭滌非《漢魏六朝樂府文學史》，第二編〈兩漢樂府〉第四章〈東漢文人樂府〉（北京：人民文學出版社，1998 年），頁 103。

〔註 23〕同註 16，卷五，頁 51。

〔註 24〕同註 8，〈相和歌〉，頁 113。

而後流傳爲一般的葬歌。

3.〈公無渡河行〉

這首詩郭茂倩《樂府詩集》附錄在相和六引中的〈箜篌引〉中，並引晉崔豹《古今注》云：「〈箜篌引〉者，朝鮮津卒霍里子高妻麗玉所作也。子高晨起刺船，有一白首狂夫，被髮提壺，亂流而渡。其妻隨而止之，不及，遂墮河而死。於是援箜篌而歌曰：『公無渡河，公竟渡河。墮河而死，將奈公何！』聲甚淒愴，曲終亦投河而死。子高還，以語麗玉。麗玉傷之，乃引箜篌而寫其聲，聞者莫不墮淚飲泣。麗玉以其曲傳鄰女麗容，名曰〈箜篌引〉。」後人多誤以爲這篇就是〈箜篌引〉，但很明顯的，這是麗玉模仿此曲而作，郭茂倩以此曲附諸〈箜篌引〉，而左克明《古樂府》又直以此曲爲〈箜篌引〉，都是錯誤的。《宋書·樂志》有〈公莫舞〉一篇，沈約謂《琴操》有公莫渡河曲，可見其聲所來已久。

李鮮熙認爲此詩是漢民間樂府無誤，李爲韓國人，他說：「當時朝鮮相當於漢代，而漢武帝侵略古朝鮮，並設置四郡，漢武帝時設立樂府以采集各方的民間歌謠，所以當時在朝鮮流行的民謠有被漢譯而采集樂府的可能性。〔註25〕」這首詩雖然只有十六字，但語言單調，意象簡單，有漢民歌質樸的風味，應爲漢民間樂府古辭無誤。

除了上述古辭，筆者認爲較有爭議的是舞曲歌辭散樂裡的〈俳歌辭〉和鼓吹曲辭。〈俳歌辭〉一詩，詩云：

> 俳不言不語，呼俳噏所，俳適一起，狼率不止，生拔牛角，
> 摩斷膚耳，馬無懸蹄，牛無上齒，駱駝無角，奮迅兩耳。

此詩又名〈侏儒導〉，郭茂倩在《樂府詩集》題解裡云：「〈侏儒導〉，自古有之，蓋倡優戲也。《說文》曰：『俳，戲也。』《穀梁》曰：『魯定公會齊侯于夾谷，罷會，齊人使優施舞於魯君之幕下。』范甯云：

〔註25〕見李鮮熙《兩漢民間樂府及後人擬作之研究》（國立臺灣師範大學國文研究所碩士論文，民國72年），頁157。

『優，俳。施，其名也。』《樂記》:『子夏對魏文侯問曰:『新樂進俯退俯，俳優侏儒獶雜子女。』王肅云:『俳優，短人也。』則其所從來亦遠矣。』《樂府詩集》又說:「《南齊書・樂志》曰:『〈侏儒導〉，舞人自歌之。古辭俳歌八曲，前一篇二十二句，今侏儒所歌，擿取之也。』……《隋書・樂志》曰:『魏、晉故事，有侏儒導引，隋文帝以非正典，罷之。』」由此可知〈侏儒導〉由漢代一直流傳到隋代，且這是自古以來就已存在的倡優戲，《南齊書・樂志》也說:「角抵、像形雜伎，歷代相承有也。其增損源起，事不可詳，大略漢世張衡〈西京賦〉是其始也。」梁啓超在《中國之美文及其歷史》中云:「作品年代無考，但侏儒演劇，漢武帝時已成行。〔註 26〕」

李鮮熙認爲〈俳歌辭〉屬於民間樂府，他說:「其辭義不太明白，可能是富有才能的民間藝人所作，經過民間的琢磨而成。雖然起初是一個人所作，而他的生活與演唱在於民間，所以反映民間的思想、生活、意志等。因此得民眾的共鳴和歡迎。所以可算是民間文學。〔註 27〕」李氏的說法似有道理，然而，在倡優戲中，舞人自歌之辭，是否能算是民間樂府是值得考量的，此外，郭茂倩既說這是自古有之的詩，能不能算是漢代的作品也是問題，因此，本文不擬選入古辭範圍。

舞曲歌辭外，在鼓吹曲辭裡，李鮮熙和王淳美都只選錄四首，黃羨惠則十八首全部歸入民間樂府，這樣的審定也是值得商榷的，鼓吹曲辭裡眞的只有〈戰城南〉、〈巫山高〉、〈有所思〉、〈上邪〉四首屬於民間樂府嗎？我們再檢視其他十四首鐃歌，便可發現，除了上述四首外，尙有〈思悲翁〉、〈艾如張〉、〈君馬黃〉、〈雉子斑〉、〈芳樹〉等篇章或述戰爭、或憶愛情，就內容來說也可視爲民間樂府。在鐃歌的後代擬作中，並不包括魏繆襲、吳韋昭、晉傅玄、宋何承天，梁沈約等人的擬作，因爲這些人的擬作都是歌功頌德的鼓吹曲，誠如王易《樂

〔註 26〕見梁啓超《中國之美文及其歷史》，第一章〈古歌謠及樂府〉（北京：東方出版社，1996 年），頁 81。

〔註 27〕同註 25，頁 69。

府通論》所言：

> 愷樂如漢鐃歌，始作皆民情物狀之辭；其述功德者，僅〈上之回〉，〈遠如期〉數章耳。自魏至梁，乃專用以述功德，姜夔所謂『咸敘威武，衄人之軍，屠人之國，以得土疆，乃矜厥能』是也，然而生氣索矣〔註28〕。

又如梁啓超在《中國之美文及其歷史》中所提及：

> 魏晉以後〈鐃歌〉，乃由「幫閒文學家」按舊譜製新辭，一味恭維皇帝，讀起來令人肉麻，更無文學上價值。〈漢鐃歌〉則不然，其歌辭皆屬『街陌謠謳』大概是社會上本已流行的唱曲，再經音樂家審定製譜，所以能流傳久遠〔註29〕。

由此可見，自魏改作漢鐃歌以後，之後的鐃歌即走向歌功頌德之途，且率都奉敕而作，漸失漢鐃歌眞摯感人的文學特質。

本文所選取的樂府詩均以郭茂倩《樂府詩集》爲主，然而選詩詳盡的郭茂倩並非完全沒有缺誤，畢竟在龐大的樂府詩系統裡也難以盡善盡美，在此一提的是，在郭茂倩的《樂府詩集》裡還有許多題爲「古辭」，但卻不是漢代的作品，這些詩有〈東飛伯勞歌〉、〈西洲曲〉、〈長干曲〉、〈驅車上東門行〉、〈冉冉孤生竹〉、〈阿那瓌〉、〈靈芝歌〉、〈蘇小小歌〉、〈漁父詞〉、〈驪駒歌〉等。茲分述如下：

1. 〈東飛伯勞歌〉

《樂府詩集》列入雜曲歌辭八，徐陵《玉臺新詠》也作古辭，但這首詩在《文苑英華》卷三〇六中卻題爲梁武帝所作，梁啓超也疑其音節字句諧和，較接近齊梁華麗的風格，不似兩漢民歌質樸的風味〔註30〕。

2. 〈西洲曲〉

《樂府詩集》列入雜曲歌辭十二，徐陵《玉臺新詠》題〈西洲曲〉

〔註28〕同註1，〈徵辭第四〉，頁101。
〔註29〕同註26，第一章〈古歌謠及樂府〉，頁47。
〔註30〕同註26，第一章〈古歌謠及樂府〉，頁83。

爲江淹之作，觀其內容敘述江南思婦，採蓮憶良人之狀，頗類於南朝之作。

3. 〈長干曲〉

《樂府詩集》列入雜曲歌辭十二，內容敘述海濱遊女弄潮之情，句法整齊，五言四句協韻，有六朝詩格調，應不屬漢詩。

4. 〈驅車上東門行〉

這首詩本來收入在《文選》的〈古詩十九首〉中，歷來學者多認爲〈古詩十九首〉出於漢代文人之手。郭茂倩又將其收入在《樂府詩集》雜曲歌辭一，朱乾《樂府正義》說：「〈古詩十九首〉，古樂府也。」這或許是郭茂倩收入此詩的原因，這首詩內容敘述洛陽遊子見北邙墳墓而觸發的人生感嘆，並雜以神仙思想。

5. 〈冉冉孤生竹〉

《樂府詩集》列入雜曲歌辭十四，內容敘述遲婚之思。此詩亦收入在〈古詩十九首〉中，劉勰《文心雕龍．明詩》云：「古詩佳麗，或稱枚叔。其『孤竹』一篇，則傅毅之詞。」雖然無法證明劉勰的說法，但可以確定的是此詩應非民間作品。

6. 〈阿那瓌〉

《樂府詩集》列入雜曲歌辭十八，然全詩盡敘北朝時事景物，非兩漢民間作品。

7. 〈靈芝歌〉

《樂府詩集》列入郊廟歌辭一，屬於郊祀歌，既然屬於郊廟歌辭，當然不是民間作品，但郭茂倩卻認爲是樂府古辭，徐堅《初學記》卷十五及《太平御覽》卷五七〇則題爲班固作。考歌辭辭意，均爲歌功頌德，應屬廟堂樂無誤。

8. 〈蘇小小歌〉

《樂府詩集》列入雜歌謠辭三，《樂府廣題》曰：「蘇小小，錢塘名倡也，蓋南齊時人。」由此可知，此詩非漢代作品。

9. 〈漁父歌〉

《樂府詩集》列入雜歌謠辭一，郭茂倩於解題中云：「《楚辭》曰：『屈原既放，游於江潭。漁父見之，鼓枻而歌。』滄浪，水名也。清諭明時，可以振纓而仕，濁諭亂世，可以抗足而去。故孔子曰：『清斯濯纓，濁斯濯足矣。』言自取之也。若張志和〈漁父歌〉，但歌漁者之事。」由郭氏說法可知此詩非漢代民間樂府。

10. 〈驪駒歌〉

《樂府詩集》列入雜歌謠辭二，郭茂倩於解題中云：「《漢書・儒林》曰：『王式除為博士，既至舍中，會諸大夫共持酒肉勞式，皆注意高仰之。博士江公心嫉式，謂歌吹諸生曰：歌〈驪駒〉。』由此可見〈驪駒〉應出自文人之手。

由上述的分析，為便於說明起見，茲按《樂府詩集》排列順序，可歸納出兩漢民間樂府古辭的範圍如下，總計共五十一篇：

1. 鼓吹曲辭：思悲翁、艾如張、君馬黃、雉子斑、戰城南、巫山高、芳樹、有所思、上邪等九篇。
2. 相和歌辭：公無渡河行、江南、東光、薤露、蒿里、雞鳴、烏生、平陵東、陌上桑、王子喬、長歌行、猛虎行、君子行、豫章行、董逃行、相逢狹路間行、長安有狹斜行、善哉行、隴西行、步出夏門行、折楊柳行、西門行、東門行、飲馬長城窟行、上留田行、婦病行、孤兒行、雁門太守行、豔歌何嘗行、豔歌行、白頭吟、梁甫吟、怨詩行、滿歌行、傷歌行等三十五篇。
3. 雜曲歌辭：蛺蝶行、悲歌行、前緩聲歌、焦仲卿妻、枯魚過河泣、棘下何纂纂、樂府等七篇。

第三節 研究方法

以分門別類的方式來研究文學中主題的演變已有深遠傳統，早年顧頡剛先生在北大率先采用主題學的方法，研究孟姜女故事傳說，其後錢鍾書先生作《管錐編》、《談藝錄》，其中也有就某一主題前尋後繹相互鉤連之處。八〇年代中期以來，在文學主題學領域中，成績較顯著的是大陸學者王立，他的主題學研究，獨樹一幟，陳鵬翔在為其《中國古代文學十大主題》所作的序言中曾說：「中國大陸利用主題學理念來探討中國古典文學最有成就的年輕學者。」〔註31〕繼《中國古代文學十大主題》、《中國文學主題學》（全四冊，含《意象的主題史研究》、《江湖俠蹤與俠文學》、《母題與心態史叢論》、《悼祭文學與喪悼文化》）的專著之後，近來他又推出一部歷時九年寫成的《中國古代文學復仇主題》。王立的主題學研究之所以能在學術界引起廣大的迴響，筆者認為主要是因為他運用的已不是顧頡剛先生當年在民俗學故事領域裡所應用的主題學方法，王立注重將具體作品放在一個動態發展的系列中客觀考察，廣泛運用原型批評、文化學、美學……等多種新理論，這種跨文化又不失文學本位的新方法，對傳統的個案研究方法是一個很好的補充。

本篇的論文題目定為「樂府古辭之原型與流變——以漢至唐為斷限」，在研究過程中，以樂府古辭的主題為重要的研究方向與論文的主幹，首先，關於「主題」的問題，由於牽涉到比較文學的領域，所以筆者必須先釐清幾個複雜的專有名詞，藉以作為此篇論文之後論說的依據與研究的方法和途徑。除了基本的「主題」意義，還必須了解它所延伸出來的「主題研究」與「主題學研究」。「主題研究」與「主題學研究」究竟有何差別？兩者之間有無關連？在進入此一問題前，必先弄清「主題」一詞的意涵。

首先，主題一詞源於西方，在中國文學裡，雖無主題學之專門研究，卻有等同於「主題」一詞之用語，中國最早提出與「主題」一詞異名而同義的，可追溯至魏晉的王弼，其《周易略例．明象篇》云：「夫象者，出意者也。言者，明象者也。盡意莫若象，盡象莫若言，

〔註31〕見王立《中國古代文學十大主題》（台北：文史哲出版社，民國83年7月初版），頁1。

言生于象，故可尋言以觀象；象生于意，故可尋象以觀意。意以象盡，象以言著。」〔註32〕王弼討論的是「意、象、言」文學的三大要素，文學作品是作者要傳達的意念與理想，通過昇華作用，使用象徵手法，藉著文辭的媒介而創作的。其後南朝的劉勰在《文心雕龍・神思篇》中有「是以意授於思，言授於意。」〔註33〕，二者之「意」字均指思想、意念而言。而清李漁《閒情偶寄》更明白揭示「立主腦」，其云：「古人作文一篇，定有一篇之主腦，主腦非他，即作者立言之本意也。」〔註34〕由此可知，其「立主腦」之意即今所謂的「主旨」、「意旨」。

由此，可歸納出一個結論，主題一詞雖由西方文論引進，但在中國文學中也有義同主題之異詞，綜合以上諸家的說法，我們可以將文學中的「主題」看作是「主題思想」，也就是文藝作品通過描繪現實生活和塑造藝術形象所表現出來的中心思想，屬於作品內容的主體和核心，研究主題必須掌握作品的中心思想，才能從中得出作家賦予該篇作品的理念，所以主題是文學作品中所蘊含的主要思想意旨。

明晰「主題」在文學中的意涵後，再回到「主題研究」與「主題學」的區分問題上，「主題研究」是研究某一文學作品中的中心思想，或研究某些作品中共同的中心思想。然而「主題研究」一詞來自西方，必須先釐清它在西方文學研究中的意義為何？英文中的「主題研究」或「主題學」有以下三個字彙：1. thematic study 2. thematics 3. thematology。據陳鵬翔之說：第一種當指「一般主題研究」，2、3 雖然均有人用作「主題學」，但在英文裡還有爭議〔註35〕。

〔註32〕見王弼《周易略例》，明何允中重編，明末武林何氏刊本配補清刊本，頁9～10。

〔註33〕見王師更生《文心雕龍讀本》下篇〈神思〉第二十六（台北：文史哲出版社，民國80年9月初版），頁4。

〔註34〕見李漁《閒情偶寄》（台北：長安出版社，民國64年），頁10。

〔註35〕見陳鵬翔〈主題學研究與中國文學〉一文，收入在《主題學研究論文集》（台北：東大圖書有限公司，民國72年11月初版），頁2。

對於這兩種研究法的個別定義及差別，陳鵬翔在〈主題學研究與中國文學〉一文中曾說明：

> 主題學是比較文學中的一部門，而普通一般主題研究（thematic studies）則是任何文學作品許多層面中一個層面的研究；主題學探索的是相同主題（包括套語、意象和母題等）在不同時代以及不同的作家手中的處理，據以了解時代的特徵和作家的「用意」，而一般的主題研究探討的是個別主題的呈現。……主題學應側重在母題的研究，而普遍主題研究要探索的是作家的理念或用意的表現。

依陳氏的理解，「主題學」是屬於比較文學的一環，「主題研究」則是一般的文學研究，而研究範圍若只限定在單一作品上時是「主題研究」，若擴大到不同作家、不同時代的作品上時則是「主題學」的研究。

劉介民在《比較文學方法論》裡也爲「主題學」下了一個定義，他說：

> 主題學就是要從「主題」（theme）及「母題」（motival）入手，研究文學作品的國際關係；研究同一主題思想在不同國家文學中的表現形式〔註36〕。

由這段話看來，「主題學」應屬比較文學中的一門，這一點在陳鵬翔〈主題學研究與中國文學〉一文中也同樣被提及，他說：

> 主題學研究是比較文學的一部門，它集中在對個別主題、母題，尤其是神話（廣義）人物主題做追溯探源的工作，並對不同時代作家（包括無名氏作者）如何利用同一個主題或母題來抒發情愫以及反映時代，做深入的探討。〔註37〕

此外劉介民《比較文學方法論》中亦有類似陳氏對「主題研究」與「主題學」的區分，可以補充陳氏之說：

〔註36〕見劉介民《比較文學方法論》第五章〈比較文學理論之平行研究——主題學的方法〉（台北：時報文化出版公司，民國79年5月初版），頁279。

〔註37〕同註35，〈主題學研究與中國文學〉，頁5。

> 主題學側重母題，主題研究側重理念和用意；主題學溯自十九世紀德國民俗學的開拓，主題研究則可溯自柏拉圖的「文以載道」觀和儒家的詩教觀。由此看來，主題學基本上是屬於平行研究，而主題研究則爲法國影響研究所盛行。〔註38〕

由這段話來看，「主題研究」似乎比較重視作者的意圖，而「主題學」則否。法人皮埃爾·布律內爾等人所著的《何謂比較文學》第六章「主題研究和主題學」中說：

> 如果說主題學是比較文學工作者研究的領域之一，那麼，主題研究則是他們可能依靠的方法之一。〔註39〕

據此，則「主題學」是比較文學中的一個領域，而「主題研究」是一種可被應用的方法。一個作家在文學作品中表現出來的主題意識、思想理念，往往受到時代環境的感發，此即《文心雕龍·情采篇》所謂的「志思蓄憤，而吟詠情性」，在古代，一個文學集團的主題意識往往會凝聚成爲該時代重要的主題思想，後人可依相同主題的承續關係，探究該時代主題意識的突破發展，以及對後世的啓發與影響，因此，往往必須同時兼採「主題研究」和「主題學研究」兩種研究方法。陳鵬翔也說：「早期主題史研究側重在探索同一母題的演變，鮮少有挖發不同作者應用同一母題的意欲；現在主題學的發展，則有這個趨向。也就是說，批評家可經由剖析分解故事的途徑，進而來揣測作者的用意。如果從這個角度來看，則主題學研究顯然有借助於普通主題研究的地方。」〔註40〕

〔註38〕同註36。

〔註39〕見黃慧珍、王道南譯，皮埃爾·布律內爾等著《何謂比較文學》（上海社會科學出版社，1991年），頁112。

〔註40〕同註35，〈主題學研究與中國文學〉，頁16。

第二章　歷代樂府擬作的進程與發展

第一節　擬樂府的先聲——東漢的文人擬樂府

從樂府古辭到文人擬樂府，是從一個創作系統轉到另一個創作系統。而文人擬樂府之所以能夠發展爲一個獨立的系統，其根本原因也不在於復現和模擬，而是在於發展。擬樂府能夠維持其詩體上的獨立性，也不是因爲它們單純的襲取樂府古辭的一些特質，而是文人根據自己對樂府詩性質的理解形成創作上的一些規範，以保持它們在詩體上的獨立性。

自漢武帝立樂府，下迄於唐，共歷時九代，在這漫長的九代中，樂府詩在質與量上都發生了變化。蕭滌非在《漢魏六朝樂府文學史》裡提到了這歷時九代的變化，書云：

> 由兩漢之里巷風謠，一變而爲魏晉文人之詠懷詩，再變而爲南朝兒女之相思曲，三變而爲有唐作者不入樂之諷刺樂府〔註1〕。

大致而言，自漢武立樂府，樂府在漢代就成爲詩壇的主流，武帝立樂府采集民間歌謠，使分散的民歌得以集中保存，爲漢魏六朝樂府詩的

〔註 1〕見蕭滌非《漢魏六朝樂府文學史》，第一編緒論第五章〈樂府變遷之大勢〉（台北：長安出版社，民國 70 年），頁 26。

繁榮提供了有利的條件。兩漢樂府，於文人詩賦外，大都采自民間，民間詩歌最精華的部分又以相和歌辭爲代表，其中具有豐富的思想內容，揭露許多社會寫實問題，語言風格質樸自然，成爲後人模擬的大宗，胡應麟《詩藪》稱讚這些詩作：「質而不俚，淺而能深，近而能遠，天下至文，靡以過之。后世言詩，斷自兩漢，宜也。〔註2〕」

漢樂府古辭多民間無名氏作者，後代則是文人擬作這些古辭。事實上，文人創作樂府詩的歷史，應追溯到樂府詩的發源期漢代。雖然，西漢一代除少數貴族廟堂樂歌外，幾乎沒有文人的作品，然而，至東漢時代，卻有一些文人開始模仿並擬作樂府民歌。由於武帝采集民歌，俗樂受到重視，宮廷裡的音樂家便改造了這些民間新聲，所謂「略論律呂，以合八音之調」，就是用新聲曲來配合文人所作的頌歌，其代表作就是司馬相如等人所作的〈郊祀歌十九章〉，到了東漢明帝，東平王劉蒼認爲漢代宗廟「各奏其樂，不皆相襲」，便模擬高祖劉邦的〈武德舞〉作了一篇〈大武舞〉，其詞雖無藝術價值可言，但卻是道地的擬作，開啓了模擬樂府之先聲。

東漢末年，這種模擬從宮廷移到了民間，由於民間樂歌較能引起下層文人的共鳴，於是，這些文人便開始改造民歌，以抒發情志。其代表作就是有名的〈古詩十九首〉，這十九首雖然被稱爲古詩，但常有古詩混淆樂府的說法出現，如朱乾在《樂府正義》中說：「古詩十九首，古樂府也。」梁啓超先生也認爲：「流傳下來的無名氏古詩亦皆樂府之辭。」兩位學者將古詩看作樂府之辭，是有原因的，早在蕭統編選《文選》時，即有這樣的說法，在《文選》中，蕭統將許多樂府「古辭」作爲「古詩」，有些古詩，在後人引用時也常被稱爲「古樂府」〔註3〕，如古詩〈青青陵上柏〉一首，《北堂書鈔》引作「古樂

〔註2〕見胡應麟《詩藪・內編卷一》（台北：廣文書局，民國62年）。

〔註3〕古詩與樂府雖混淆難分，然嚴格論之，樂府詩不論其爲創製或模擬，皆應以入樂與否爲條件。如此則民間歌謠、文人詩賦，經修改而入樂者；通曉音律之人所創製者；擬古而襲用標題及音節；或擬古而襲其音節者，才能名實相符。至於那些文人所創製而不能入樂者；

府」；〈冉冉孤生竹〉、〈驅車上東門〉二首，《樂府詩集》皆引作「雜曲古辭」；〈上山采蘼蕪〉一首，《御覽》引作「古樂府詩」，又如〈青青園中葵〉一首，《文選》李善注引作「古詩」。此皆古詩混淆樂府古辭之例。可見十九首古詩，有相當一部分是樂府古辭，有的則明顯是樂府民歌，從詩歌的語言來看，又經過文人的修改加工而成。

除了有「古詩」混淆「樂府」的情形之外，也有古詩剪裁樂府詩句的情形出現，如〈生年不滿百〉一首，疑或剪裁樂府〈西門行〉之長短句作五言。正如朱彝尊在《曝書亭集・書玉臺新詠後》說：「就《文選》本第十五首而論，『生年不滿百，常懷千歲憂。晝短苦夜長，何不秉燭遊』，則〈西門行〉古辭也〔註4〕」又古詩〈青青河畔草〉、〈孟冬寒氣至〉、〈客從遠方來〉三首，與漢樂府詩之〈飲馬長城窟行〉大多相同或類似，此皆古詩因襲樂府之跡。

在東漢末年文人擬作到建安樂府以前，還有一批文人擬樂府的作家，見於《樂府詩集》的有張衡的〈同聲歌〉、辛延年的〈羽林郎〉和宋子侯的〈董嬌饒〉。從樂府的演進來看，張衡的〈同聲歌〉是東漢較早的文人樂府詩歌。《樂府解題》曰：「〈同聲歌〉，漢張衡所作也。」在《樂府詩集》中屬雜曲歌。郭茂倩說：雜曲歌「其名甚多，或因意命題，或學古敘事，其詞具在。〔註5〕」因此，張衡此篇大概屬「因意命題」之類。宋子侯，《樂府詩集》注爲後漢人，身世不詳。其作〈董嬌饒〉，以花擬人，假設桃李與采桑女子互相問答，感嘆女子華年便遭遺棄的命運，從詩歌的最後四句「吾欲竟此曲，此曲愁人腸。歸來酌美酒，挾瑟上高堂」來看，此篇可能是模擬樂府民歌之作。辛延年的〈羽林郎〉詩歌的內容與詩題不甚相合，可能是以舊曲詠新事。

擬古而只襲其標題者，不過名存而實亡，徒具樂府形式而已。古詩十九首有許多詩句用樂府歌辭，但因脫離音樂，始被人泛稱作古詩。

〔註4〕見朱彝尊《曝書亭集・書玉臺新詠後》，第五十二卷（台北：台灣商務印書館，民國57年）。

〔註5〕見郭茂倩《樂府詩集》卷六十一「雜曲歌辭」題解（台北：里仁書局，民國88年），頁885。

從詩歌內容來看，故事情節與〈陌上桑〉相似，詩中描寫胡女服飾的華美，有擬〈陌上桑〉的痕跡，其中的對話、結構和夸張的描寫手法，都具有〈陌上桑〉的特色。

試比較二詩於下：

長裙連理帶，廣袖合歡襦。頭上藍田玉，耳後大秦珠。（辛延年・羽林郎）

青絲爲籠繫，桂枝爲籠鈎。頭上倭墮髻，耳中明月珠。（古辭・陌上桑）

漢代文人樂府詩的藝術特質無異於民間樂府詩，它開啓了後世文人樂府詩抒寫情志哲理詠懷的一類，我們可將其看作是文人樂府詩的鼻祖。漢末大亂，社會、經濟和文化都遭受空前的破壞，隨著繁華城市的衰頹，樂府藝術也漸漸式微，雖然民間仍有歌樂在活動，但是樂府詩創作主體已經轉向文人。建安詩人繼承漢代文人創作樂府詩傳統，文人樂府詩創作猶如雨後春筍般興起，上至最高統治者，下至一般文士，無不傾心樂歌，相率操觚，形成了以樂府詩爲中心的詩歌創作高潮，至此，才眞正開創出擬作樂府的新局面。

第二節　舊瓶新釀——曹魏的文人擬樂府

漢代樂府詩的精華是採自各地的俗曲民歌，尤以相和歌辭爲大類，大約自先秦時代起，各地俗曲已漸露端倪，《漢書・禮樂志》：「桑間濮上，鄭衛趙宋之音並出」，說的都是各地俗曲。漢代的相和雜曲，正是先秦俗曲的延續和發展，它們的性質和在樂府中的地位，猶如〈國風〉之於《詩經》，朱乾《樂府正義》說：「以三百篇例之，相和雜曲，如《詩》之〈風〉。」繼漢俗曲民歌的繁榮發達，出現了建安時代文人樂府詩創作的高潮。樂府詩經過長期的發展，在藝術表現形式和創作手法上已漸趨成熟，建安詩人正是利用了這嶄新的藝術形式來敘事抒情，使樂府詩從娛樂賓客的歌曲一躍而爲文人創作的主要文學樣式之一，成爲詩體的一種。

建安文人的樂府詩，發揚了漢俗曲的現實主義精神，對中國古代詩歌產生了巨大的影響，這一時期最傑出的作家是曹操和曹植，漢樂府到了曹氏父子手裡，有些改了標題，形式也趨於整齊，雖有文人刻意仿作之跡，但仍保留兩漢樂府詩的寫實精神，因此被後代稱爲「漢魏風骨」。若細分之，他們分別代表了當時樂府詩創作中的兩種不同傾向——曹操的樂府詩以反映社會現實爲主，配樂可歌，較多的保存了漢樂府俗曲的傳統特色；曹植則以抒寫個人情感爲主，擺脫音樂的羈束，表現出新的發展趨勢。

黃侃在《詩品講疏》中論及建安詩歌時曾說：「詳建安五言，毗於樂府，魏武之作，慷慨蒼涼，所以收束漢音，振發魏響。文帝兄弟所撰樂府最多，雖體有所同，而詞貴新創，聲不變古，而采自己舒。其餘雜詩，皆崇藻麗。」我們從建安詩歌的整體創作來看，漢樂府的影響是很明顯的，僅曹氏父子的現存詩作，樂府詩便占了約百分之六十五〔註6〕。曹氏父子外，也有一些樂府詩的創作者，我們可以將曹魏時期的擬樂府分成以下三個階段來看。

一、依舊曲翻新調：曹操、曹丕的擬樂府

南朝梁劉勰在《文心雕龍．樂府篇》中歷評樂府詩歌的流變和發展，論及曹魏樂府，他說：

> 至於魏之三祖，氣爽才麗，宰割辭調，音靡節平。觀其北上眾引，秋風列篇，或述酣宴，或傷羈戍，志不出於淫蕩，辭不離於哀思，雖三調之正聲，實韶夏之鄭曲也。〔註7〕

劉勰看到曹魏作家的私人創作，看到了不同時代樂府詩的不同特色，對於樂府的發展歷史雖然有清晰深入的認識，然而劉勰對樂府詩的功

〔註6〕據丁福保《全漢三國晉南北朝詩》統計，曹操存詩二十二首，全是樂府詩；曹丕存詩四十四首，樂府詩占一半；曹植存詩一百多首，樂府詩占六十多首；曹叡存詩十二首，全是樂府詩。

〔註7〕見范文瀾《文心雕龍注．樂府卷二》（台北：開明書店，民國82年），頁25。

能要求，卻往往以教化作用立論。在論述秦漢魏晉樂府詩時，劉勰提到了「魏之三祖」的作品，並讚其才華「氣爽才麗，宰割辭調，音靡節平」。在這段文字裡，「北上」指曹操的〈苦寒行〉，「秋風」指曹丕的〈燕歌行〉，這些作品寫的都是征人之苦，思婦之怨，然而，劉勰對他們模擬樂府本曲，反映苦難、敘述離亂和歌頌愛情的樂府詩，卻斥之爲「志不出於淫蕩，辭不離於哀思，雖三調之正聲，實韶夏之鄭曲也」。這裡的鄭曲就是淫曲，劉勰對於魏世三祖的樂府詩評之爲淫，似失之偏頗。

劉勰否定三曹父子樂府詩的原因在於他們志氣淫蕩、抒發哀思，以及宰割辭調，肆意任氣的個人創作行爲。然而，對他們樂府詩的評價與對他們詩的評價卻形成鮮明的對比，往往是表現同樣題材的詩受到推崇，而樂府詩卻被斥責的否定，劉勰的樂府觀由此可見。

劉勰對樂府詩獨特的見解，在於他傳統的儒家教化思想。然而，我們不能因爲他的樂府觀就否定魏世三祖的樂府詩。事實上，樂府詩從音樂系統轉向純詩系統，建安樂府詩是一個過渡期。作爲文壇領袖的曹氏父子，在文學上最大的成就就是樂府詩。曹氏父子的樂府詩風格最接近漢樂府古辭，通過他們的創作，奠定了文人創作樂府詩的傳統。他們的樂府詩按舊曲調而不模擬舊篇、襲用舊事，這一點與晉宋間文人的擬樂府有很大的不同，是文人擬樂府詩的第一階段。

曹魏時代的樂府詩，多數是「依舊曲，翻新調」，尤以曹操、曹丕爲代表。他們所作的樂府詩，大都沿用漢樂府舊題，又幾乎都是合樂歌唱的樂章。當然，這並非是單純的模擬因襲，而只是利用漢樂府的舊曲調，另鑄新辭，曲調的因襲，歌辭內容的創新，構成了曹魏一代文人樂府詩的重要特色。曹魏文士爲何只能對前代舊曲作聲調的模擬？據《晉書・樂志》云：

> 漢自東京大亂，絕無金石之樂。樂章亡缺，不可復知，及魏武平荊州，獲漢雅樂郎杜夔，能識舊法，以爲軍謀祭酒，

使創定雅樂。〔註8〕

曹植在〈鞞舞歌序〉中也說：

漢靈帝西園鼓吹有李堅者，能〈鞞舞〉，遭亂，西隨段熲，先帝聞其舊有技，召之。堅既中廢，兼古曲多謬誤，異代之文未必相襲，故依前曲改作新歌五篇〔註9〕。

這種「依前曲作新歌」的創製性質，正是此期樂府的主要特色。由此觀之，也可見當時樂府人才之缺乏與聲調亡佚之情形。故魏世諸作，絕少創調，大抵皆依前曲作新歌而已。此外，魏樂府不采詩也是重要原因，由於魏晉樂府機關都不采集民歌，今存樂府詩全是文人撰制。漢武帝立樂府，采集民間歌謠，然而魏樂府卻不采詩，魏代所謂樂府者，率皆文士之作也。據《魏志・鮑勛傳》所載文帝一事，足爲魏樂府爲何不采詩之說明：

文帝將出游獵，勛停車上疏曰：『臣聞五帝三王，靡不明本立教，以孝治天下，陛下仁聖惻隱，有同古烈，臣冀當繼蹤前代，令萬世可則也。如何在諒闇之中，修馳騁之事乎？臣冒死以聞，唯陛下察焉。』帝手毀其表，而競行獵。中道頓息，問侍臣曰：『獵之爲樂，何如八音也？』侍中劉曄對曰：『獵勝於樂。』勛抗辭曰：『夫樂，上通神明，下和人理，隆治致化，萬邦咸義，故移風易俗，莫善於樂。況獵，暴華蓋於原野，傷生育之至理。……』因奏：劉曄佞諛不忠……。帝怒，作色罷。還，即出勛爲右中郎。〔註10〕

由這段史實記載，我們觀知文帝之視樂府實與田獵之事無異。而魏樂府之不采詩，並非受限於環境而不能，實由於樂府觀念之改變而不爲。

事實上，用樂府舊曲制新辭，從東漢末年就已開始。然而當時仍拘泥於樂府舊曲和原有的歌舞，很少能自鑄新辭。到了魏晉，文人們

〔註 8〕見《晉書・樂志》（台北：鼎文書局，民國66年）

〔註 9〕見《曹植集校注》〈鞞舞歌序〉（台北：明文書局，民國74年4月初版），頁323。

〔註10〕見《三國志・魏書・鮑勛傳》第十二卷（台北：中華書局，民國54年）。

在利用民間俗曲作辭時，不僅對原曲有所改造，並且能自鑄新辭，由於魏晉貴族文人的因俗曲制新辭，這種新興的樂府體式才得以確立和發展。曹魏貴族文士打破了輕視民間俗曲的傳統觀念，學習民間樂歌，使詩歌創作進入了「依舊曲制新辭」的新時代。魏樂府雖然不采詩，然而並非沒有創作，魏世樂府，雖出摹擬，而摹擬之中，往往亦有創作，所謂「借古題，寫時事」是也，「借古題」，固屬模擬因襲，「寫時事」，自不失為創作。

為什麼樂府詩到了建安時代會產生這麼大的變化呢？探究其原因，可分三點論述：

（一）儒學衰微

隨著東漢末年儒學衰微，文學也開始擺脫經學的束縛而獨立，曹魏一代，儒學處於破壞時期，武帝與文帝不重視儒學，在史籍裡可以看出，《三國志・魏書・王肅傳》注引《魏略》云：「從初平之元，至建安之末，天下分崩，人懷苟且，綱紀既衰，儒道尤甚。〔註11〕」隨著儒學的衰微，文學也擺脫了經學的束縛，不再是經學的附庸了；晉傅玄《舉清遠疏》也云：「近者魏武好法術，而天下貴刑名，魏文慕通達，而天下賤守節。其后綱維不攝，而虛無放誕之論，盈於朝野。」再如《宋書・臧燾列傳》云：「自魏氏膺命，主愛雕蟲，家棄章句，人重異術。……庠序黌校之士，傳經聚徒之業，自黃初（魏文帝）至於晉末，百餘年中，儒教盡矣！」曹丕更以帝王之尊在《典論・論文》中公開主張文學是「經國之大業，不朽之盛事」，因此，早已流傳於民間的樂府詩自然吸引了文人的注意。

（二）戰事頻仍

曹魏貴族文士之所以用民間歌曲來作詩，這是由當時社會現實的需要所決定的。戰爭頻仍，社會動蕩，文人的生活和經歷也深深烙上了時代的印記。像曹操這樣的一國之尊，大部份的時間也生活在戎馬

〔註11〕同上註。

倥傯之際，面對動亂的社會，失意的文人從前代文學中找到一種最適合表達自己思想感情的藝術形式，體制短小，適宜敘事抒情的樂府詩成爲當時文人喜歡的文學樣式，更順應了表達內容的需要，而漢樂府民歌中多「感於哀樂，緣事而發」，這不僅給建安文人深刻的安慰和感受，也易引起他們思想的共鳴。

（三）帝王提倡

曹魏的幾個帝王，都酷愛音樂，尤其是漢代的清商樂。曹操「好音樂，倡優在側，常以日達夕」、「登高必賦，及造新詩，被之管絃，皆成樂章。〔註 12〕」他們專門設立了清商署以管理清商樂曲，還大量制作歌辭配樂演唱。樂府詩主要襲用漢代舊曲，特別是相和歌辭中的清商三調，這也是主要原因，在封建時代，清樂歌曲能夠進入貴族文學之林，與君主的提倡有極大的關係。

曹操是建安樂府的奠基人，現存曹操詩二十餘首，全用樂府舊題，建安詩人用樂府舊題寫時事，曹操是開創者。其樂府詩的政治色彩非常濃烈，沈德潛《古詩源》云：「借古樂寫時事，始於曹公。〔註 13〕」曹操的樂府詩題材多樣，或敘時事，或記離亂，或言志趣，或寫理想。把兩漢樂府、古詩中敘事、抒情、寫景、議論熔於一爐，描寫社會題材，抒發自己的社會理想。漢樂府舊曲經他之手被改造成了敘事言志的形式。他不拘泥於樂府古辭的內容，例如〈步出夏門行〉一詩，原寫遊仙之趣，他借用描寫見聞和抒發抱負；〈善哉行〉一詩的主旨本是勸人「及時行樂」，他卻用來吟詠古事，自述經歷；又〈薤露行〉和〈蒿里行〉二首古辭，原屬漢代挽歌，前者送王公貴人，後者送士大夫庶人。曹操對這兩首詩進行了改造，用來記述漢末動亂時事。這二首都繼承了漢樂府舊曲古樸悲涼的格調，從「古

〔註 12〕見《三國志・魏書・武帝操》第一卷。（前句爲裴松之注引曹瞞傳，後句爲裴松之注引魏書）。

〔註 13〕見沈德潛《古詩源》卷五〈魏詩〉（台北：世界書局，民國 87 年 5 月），頁 65。

辭」的哀悼個人到哀悼國家的散亂，在意義上仍有相通之處，清人方東樹《昭昧詹言》說：「此用樂府題敘漢末時事，所以然者，以所詠喪亡之哀，足當挽歌也。〔註14〕」

曹操是「依舊曲制新辭」的開創者，他的古題樂府題材廣泛，形式多樣，不拘一格。利用樂府舊題創作，是樂府詩發展中極重要的環節，爲樂府詩創作提供了一個新的規範。曹操用民間舊曲制新辭，有一個共同的特點，如陳祚明在《采菽堂古詩選》中所說：「孟德所傳諸篇，雖並屬擬古，然皆以寫己懷來，始而憂貧，繼而憫亂，慨地勢之須擇，思解脫而未能，……本無泛語，根在性情，故其跌宕悲涼，獨臻超越。〔註15〕」他的詩歌不僅創造性的開了建安樂府一代詩風，而且用古樂府寫新內容的作法，成爲當時詩壇的一種風氣，尤爲時人和後人所仿效。影響最大的是曹丕和曹植兄弟，從曹丕和曹植現存的詩歌來看，用樂府舊題自作詩和自創新題兩種情形都有，〈陌上桑〉漢之艷歌也，曹操以之言神仙，而曹丕又以之寫從軍；〈薤露〉和〈蒿里〉，漢之挽歌也，曹操以之寫漢末時事，而子建借以表達自挽之意，這是曹丕、曹植借樂府古題自作詩的例證。曹操的樂府詩不僅在當時的詩壇產生了深刻的影響，而且對後世的文學創作也發生了深遠的影響。在唐代白居易等人大力提倡新題樂府前，古題樂府是文人創作的主要途徑，我們從中可以清楚的看到曹操的樂府舊題寫時事和自出新題的創作對他們的影響，可以看出他們之間一脈相承的發展關係，於此可見曹操對樂府詩發展的重要貢獻。

繼曹操之後，其子曹丕也是建安時期文壇領袖之一，現存詩四十餘首，其中有二十餘首爲樂府詩。郭茂倩在《樂府詩集》裡指出：「曹丕的詩歌，從形式上看屬於相和歌辭一類。」一般來說，曹丕的詩作多少反映了一些社會現實，寫出了征人、遊子離鄉背景的痛苦，但由

〔註14〕見方東樹《昭昧詹言》（台北：廣文書局，民國51年）。
〔註15〕見陳祚明《采菽堂古詩選》，收錄在《續修四庫全書》集部總集類第一五九一冊（上海：古籍出版社，2002年）

於感受不深，寫來不夠深刻。曹丕另一創作題材是男女情愛和離愁別緒，由於宮廷腐化生活的影響，曹丕的詩作和其它建安詩人的蒼涼悲壯比起來，柔媚哀情，風格迥然不同。即使是表達自己政治理想的詩，也充滿這種情調。如〈上留田行〉反映了社會上「富人食稻與粱，貧子食糟與糠」的貧富不均現象；〈豔歌何嘗行〉揭露了貴族子弟「鞍馬馺馺，往來王侯長者遊」的腐朽寄生生活。

曹丕主張「詩賦欲麗」，但其所作樂府卻大都質樸自然，不加雕飾。他還好用漢樂府成句，〈臨高台〉:「鵠欲南游，雌不能隨」八句，即是以漢樂府古辭〈豔歌何嘗行〉詩中的成句略加組合而成，像這樣割裂樂府舊辭以成新歌的情形，常見於漢樂府中，於此也能看出他的樂府詩和漢樂府有相近之處。

曹丕的時代，魏、蜀、吳三國鼎立之局已定，社會較爲安定，劉勰《文心雕龍・明詩》說:「憐風月，狎池苑，述恩榮，敘酣宴」。曹丕用古樂府寫詩時，一方面以樂府民歌爲榜樣，汲取「感於哀樂」的精神，走抒發胸臆的路線，但也同時拋棄了樂府民歌「緣事而發」的精神，很少借古曲寫時事。曹丕的詩儘管在形式上多取之於樂府，但囿於宮廷生活的空虛，故題材狹窄，感情淡薄，很難看到社會寫實生活的描寫，從詩歌的價值看，確實不及曹操、曹植及一些建安詩人。

曹丕子曹叡，在丕死後繼位爲魏明帝，所存的十二首詩歌全是樂府詩。然而鍾嶸《詩品》卻說:「叡不如丕。」當然就更不如曹植了，他的樂府詩大多平庸，有些竟是拼湊其他篇章而成，如〈步出夏門行〉，全篇大都拼湊曹操〈短歌行〉和曹丕〈丹霞蔽日行〉而成，只有〈長歌行〉一首較爲出色，寫其生母甄夫人在黃初三年被曹丕處死，借孤燕之不能自己，而傷念其母的詩。

二、樂府之變：曹植的擬樂府

在曹魏樂府詩文人化的進程中，曹植是一個很重要的人物。他的樂府詩數量之多在同時期的作家中居於首位，是建安時代最負盛名的作家，而其成就又首推樂府詩。可以說曹植的樂府詩脫胎於漢樂府，他注重向漢樂府民歌學習，但反對一味的模擬，提倡突破和創新的寫法，在〈鞞舞歌序〉中他明確指出「古曲多謬誤，異代之文未必相襲」。由此他追求藝術上的推陳出新，給他的樂府詩帶來了新的面貌。許學夷在《詩源辨體》中說：

> 漢人樂府五言，體既軼蕩，而語更真率。子建〈七哀〉、〈種葛〉、〈浮萍〉而外，體既整秩，而語皆構結。蓋漢人本敘事之詩，子建則事由創撰，故有異耳。較之漢人，已甚失其體矣。〔註16〕

所謂「半為樂府半為詩」，曹植今存詩十餘首，古詩、樂府府參半。《樂府詩集》收其樂府詩三十三題三十六首。曹魏多數作家的樂府詩，由於時代、作者地位及經歷的差異，樂府詩的面貌已有所不同，顯示出各自的創造性，但總體上還是較多的受到漢樂府餘緒的影響，保持著樂府本色。曹植的作品，除了〈名都篇〉、〈白馬篇〉、〈美女篇〉等少數尚有漢樂府的原貌外，其餘皆有鮮明的詩人個性和自我形象，堪稱是三曹父子「樂府之變」的代表。

曹植因遭受其兄曹丕無情的打壓，後期作品在情調與風貌上都發生了顯著的變化，這時期的樂府詩頗有憂生之歎，然而卻極富獨創性，他在學習漢樂府民歌的基礎上，兼蓄建安樂府和文人古詩風格，形成了獨特的個人風格，使文人擬樂府進入了新的階段。曹植的樂府無所不寫，但卻不同於曹操及建安文人的傷時離亂，也不同於曹丕及〈古詩十九首〉詩人一般情感的悲歎，而主要是寫個人的不幸。如他的〈鰕䱇篇〉：

> 鰕䱇游潢潦，不知江海流。燕雀戲藩柴，安識鴻鵠游。世事此誠明，大德固無儔。駕言登五岳，然後小陵丘。俯觀上路人，勢利是謀讎。高念翼皇家，遠懷柔九州。撫劍而雷音，猛氣縱橫浮。泛泊徒嗷嗷，誰知壯士憂。

〔註16〕見許學夷《詩源辨體》卷四，（北京：人民文學出版社，1987年）。

《樂府解題》說：「曹植擬〈長歌行〉爲〈鰕䱇〉。」詩中把那些勢利庸碌之輩比之爲蝦鯉，而自比爲遨遊九天的鴻鵠，雖主要是自抒壯志，但卻含悲憤憂思之情。曹植的樂府雖以抒寫個人的不幸爲主，但這不同於曹操及建安文人的「言志」，在一定程度上脫離了「言志」的局限，呈現出「緣情」的特質。

樂府歌辭很少表現個人情感，到建安時期，從曹操起，詩人的個性開始在作品中流露，從曹植起，文人的個性流露出來了，純粹的文人詩人出現了。曹植的詩歌創作，無論是樂府或五言，都有自己的思想和形象，基本上轉爲全是抒情，使樂府脫離了社會題材，而提高了抒情的成份，然而，詩歌的社會意義卻相形減弱了。

樂府詩在發展的過程中存在著兩個相互聯繫的發展趨勢，一是內容、形式的不斷擴大，另一則是脫離音樂而成爲獨立的文學樣式。在漢代，樂府詩是合樂的詩歌，經過朝廷樂府采集命名，曹操、曹丕的擬作也都是樂章歌辭。然而到了曹植，則打破了樂歌和徒詩的界限，他的樂府，只有〈置酒〉、〈明月〉和〈鞞舞歌〉數章入樂，其餘和一般徒詩並無區別。從某種意義上來說，他改變了樂府詩的性質，這是他對漢樂府詩的一個重要的突破。

三曹父子上變兩漢質樸之風，下開私家模擬之漸，大變漢詞而出己意，舊瓶新釀，既有繼承性，又有獨創性，據晉崔豹《古今注》記載，〈薤露〉、〈蒿里〉原屬漢代挽歌，曹操卻用來記述動亂時事。〈陌上桑〉，漢之艷歌也，曹操用來寫神仙之事，曹丕則以之寫從軍。從樂府詩的內容來看，曹氏樂府已超越了漢樂府的範圍，自《詩經》、《楚辭》而至東漢文人樂府詩，是一個詩歌創作文人化的發展過程，曹氏樂府不僅反映社會現實及個人生命情境的情感，在風格上更是甚少像漢樂府那樣的質樸風格，而是朝文人化的華詞麗藻和藝術表現手法前進。事實上，曹操的樂府詩與曹丕、曹植的樂府詩相比，我們可以歸納出以下幾個特點：

1. 由「言志」發展爲「緣情」。

2. 由鮮明的「建安風骨」的共同風格發展爲獨特的個人風格。

3. 由多借古樂府寫時事到多借古樂府寫個人。

4. 由以敘事爲主到以抒情爲主。

5. 由詩歌的質樸無華到詩歌的詞華藻麗。

「以舊曲，翻新調」雖不始於曹氏父子，而實成於曹氏父子。漢明帝時東平王作〈大武舞〉，雖依舊譜製詞，然而卻未能蔚爲風氣，及曹氏父子出，所作樂府，率皆用漢樂，完成仿效模擬的樂府，影響六代至隋唐樂府詩的創作。

三、拱月的群星：曹魏其它作家的擬樂府

曹魏樂府詩，除了曹氏父子外，較重要的詩人尚有「建安七子」，雖然號稱文學極盛，然建安七子於擬作樂府，則頗闕如，只有阮瑀的〈怨詩〉和陳琳的〈飲馬長城窟行〉堪稱擬作。此外，七子之外的詩人擬作漢樂府古辭的尚有繆襲的〈挽歌〉。故論及曹魏樂府，曹氏父子實爲主位，其餘不過附庸而已。

阮瑀的〈怨詩〉是漢樂府古辭〈怨詩行〉的擬作，繆襲的〈挽歌〉是古辭〈蒿里〉的擬作，阮瑀和繆襲雖自制新題但與古題十分接近，且內容也不超出古辭的範圍。繆襲的挽歌深受漢樂府挽歌的影響，據《晉書・禮志》云：「漢魏故事，大喪及大臣之喪，執紼者〈挽歌〉。」又據《風俗通義》說：「京師殯婚嘉會，酒酣之後，續以〈挽歌〉。」由此可知，〈挽歌〉雖和漢初的〈薤露〉、〈蒿里〉同爲一類，但細分之後用法卻不同，〈薤露〉、〈蒿里〉是喪禮中以追亡者之歌，而〈挽歌〉則是喪事以娛賓客，一個是對逝者的哀悼，一個是對生者的安慰。

至於陳琳，謝靈運在〈擬魏太子鄴中詩序〉中獨稱陳琳「述喪亂事多」，可惜他的作品大多亡佚，樂府今只存〈飲馬長城窟行〉，也是他的代表作，詩中內容寫的雖是歷史題材，但在徭役繁重的封建時代，它有力的控訴了封建統治者加諸在人民身上的罪惡，頗有漢樂府「緣事而發」的精神，所以沈德潛評論說：「無問答之痕而神理井然，

可與漢樂府競爽矣。〔註17〕」

茲將魏代詩人擬作詩題及數量列表於下：

魏代詩人	擬作數量	擬　作　標　題
曹　丕	9	陌上桑、善哉行四首、猛虎行、上留田行、艷歌何嘗行、折楊柳行
曹　植	9	怨詩行、薤露、惟漢行、當來日大難、鰕䱇篇、豫章行二首、平陵東、梁甫吟行
曹　操	7	陌上桑、薤露、蒿里、善哉行二首、步出夏門行、卻東西門行
曹　叡	4	善哉行二首、長歌行、步出夏門行
阮　瑀	1	怨詩
繆　襲	1	挽歌
陳　琳	1	飲馬長城窟行

由上表中可知魏代共有七位詩人擬作共三十二首樂府詩。

第三節　晉代文人的擬樂府

模擬樂府，起源於建安詩人依樂府舊曲作新辭，到太康時期，文人擬樂府又一度興盛，模擬的範圍更廣，太康詩人不僅擬古樂府，曹魏文人創制的樂府也成了模擬的對象。然而建安文學之後，樂府詩的慷慨之音在詩壇上漸漸消寂，這是因爲正始年間曹魏王朝大權旁落，司馬懿父子篡奪政權，剪除異己，名流文士紛紛受到誅連，恐怖的政治環境使得一些作家消極避世，詩歌內容趨於用象徵的手法寄情寓意，曲折隱晦，因而以質樸自然爲特色的樂府詩就乏人問津，直到西晉太康年間，詩人們對樂府詩的創作才又有了新的探索，不過這時期的樂府詩創作總的傾向是偏重擬古，講究技巧。

正始時期擬樂府不興的原因，主要是政局的失序，導致音樂藝術的危機和樂府詩歌的衰頹。建安詩歌高潮過去之後，正始至魏亡期

〔註17〕同註13，卷六〈魏詩〉。頁81。

間，雖然出現了不少的文人作家，但很少有擬作樂府的創作。直到魏晉之際的詩壇上，擬古的風氣才逐漸流行開來。所謂晉代的文人樂府，一般指西晉的擬作樂府，西晉緊接曹魏之後，仍以文人樂府爲大宗，而東晉則以江南民歌爲主體。

晉代詩人詩作甚多，而模擬漢民間樂府的詩人，只有傅玄、陸機、梅陶、張駿、陶潛五人而已。擬作漢代民間樂府詩的這五位詩人中，作品最多的是傅玄和陸機。其他梅陶、張駿、陶潛的作品只有一兩首而已。因此，可說傅玄和陸機的擬作之特色，就是晉代文人擬作兩漢民間樂府之特色。

一、西晉文人的擬樂府

蕭滌非認爲西晉的擬古樂府大致可分爲兩種：一是用古題詠古事，一是用古題詠古意。前者所借爲何題，則所詠必爲何事，如傅玄〈秋胡行〉即詠秋胡戲妻，陸機〈婕妤怨〉就寫班婕妤事。後者就完全襲用古題或古辭的原意，換掉一些辭彙，改變一些句式，敷衍成篇〔註 18〕。文學貴在創新，這種刻板效顰之作，文字上或有可取之處，但內容卻較前者價值更低，西晉樂府缺乏創新，這是它未能成功的重要原因。代表西晉文人擬樂府的是傅玄和陸機兩位詩人：

（一）傅　玄

在西晉樂府詩人中，首開其路的是傅玄。傅玄精通音樂，善長樂府，其詩現存百篇左右，而十之八九是樂府詩。沈德潛《古詩源》云：「大約長於樂府，而短於古詩。」《文心雕龍・樂府篇》曰：「逮於晉世，則傅玄曉音，創定雅樂，以詠祖宗」，除了這些應制之作的郊廟樂章外，其它樂府則呈現出由魏至晉的過渡特色，既有漢魏樂府之遺音，又有西晉樂府之影響。傅玄的樂府詩，有一些詩歌的面貌逼近漢

〔註 18〕見蕭滌非《漢魏六朝樂府文學史》第二章〈晉之故事樂府〉及第三章〈晉之擬古與諷刺樂府〉（台北：長安出版社，民國 70 年），頁 161、172。

魏樂府，有針砭現實社會意義的，如〈豫章行・苦相篇〉，此篇擬漢樂府古辭〈豫章行〉；也有個人心志之表白的，如〈短歌行〉，有敘事性的故事樂府，如〈艷歌行〉，雖然此詩歪曲了原詩人物的形象，但卻有一定的敘事性；有風格雄健激揚的，如〈長歌行〉。

傅玄的詩作雖豐富，然而卻開了晉代形式主義之先路，有些樂府幾乎是機械式的純模擬，其〈艷歌行〉，幾乎全是因襲漢樂府民歌〈陌上桑〉的。不僅毫無創意，而且改變了古辭中的人物形象。此外，他多借樂府古辭寫愛情，他的樂府詩十之七八是愛情題材，而且大都按題敷衍，很少有自己的生活感受。他擬作的〈飲馬長城窟行〉，雖然用的是古樂府，卻不及古樂府語言的清麗明快。傅玄樂府既有漢魏遺音，又有形式主義傾向，這充分反映出由魏向晉過渡時期樂府詩發展的特點。值得一提的是，西晉政權強調名教，重視儒學，直接影響文人創作樂府的心態，因爲樂府本就與漢代儒家教化有著密不可分的聯繫，這種文化復古氣息也勢必帶來保守的文學創作傾向，班固《漢書・藝文志》認爲樂府「皆感於哀樂，緣事而發，亦可以觀風俗，知薄厚」，強調樂府應與政教相和，標示兩漢正統的樂府觀。傅玄雖是太康詩人，但其思想有著濃厚的儒家色彩，在傅玄的〈艷歌行〉中，那種對女生的道德褒揚即是遠承兩漢的樂府觀念。

（二）陸　機

在蕭統《文選》所收樂府類中，陸機有十七首，是入選作品最多的詩人，鍾嶸《詩品》將其列入上品，以陸機爲「太康之英」，劉勰《文心雕龍・樂府篇》亦云：「子建士衡，咸有佳篇。」可知陸機樂府名重一時。然而，與傅玄的樂府詩相比，陸機的樂府詩更向典雅、藻麗的風格發展，離漢魏樂府風格更遠了，六朝之後，對陸機擬樂府的批評漸多，尤其是明清兩代，許學夷《詩源辨體》云：「士衡樂府五言，體制聲調與子建相類，而俳偶雕刻，愈失其體，時稱曹陸爲乖調是也。〔註 19〕」沈德潛《古詩源》則謂陸機：「意欲逞博，而胸少慧珠，筆又不足以舉之，遂開出排偶一家。」直到當代仍有論者不斷指陳陸機擬作因襲舊套按題敷衍，在擬作中價值尤低。

陸機的樂府詩絕大多數是依古題敷衍古意的詩。他出身於東吳世族大家，過著腐敗的貴族生活，他的詩內容大都空虛，多哀怨之音，如〈長歌行〉，感嘆功名未立，身後無名的士大夫遭遇；又如〈君子行〉，感嘆人生苦短，時光易逝。

陸機樂府的風格整體來說是趨於華美的，曹丕、曹植的樂府雖也以華美著稱，但僅是詞采的華美，而陸機的樂府則從內容到形式都充滿著雕琢的氣息，他過於講究藻飾，使得他的詩流於堆砌，失去曹氏父子的矯健之氣，陸機的樂府代表了太康詩歌的共同傾向，就是重文輕質，偏重辭藻的修飾，形成華麗風氣。在形式上他承續了漢賦的表現手法，他的擬樂府詩中往往援賦法入擬樂府詩中，變古樂府的疏簡爲繁複，致使陸詩駢麗，形成與古樂府截然不同的風格。正由於他注重藝術，追求技巧，走上了形式主義的道路，這就使樂府詩歌朝向唯美主義的方向發展，陸機的這種樂府創作傾向也影響了在之後的山水詩和宮體詩的發展。

由用樂府古辭自作詩篇到多因襲模擬，按題敷衍，曹魏詩人有著眞實生活的感受，所以他們的樂府是用古曲自作詩，到了西晉，特別是太康前後，雖然詩人眾多，但因他們大都和現實社會脫節，缺乏眞實感受，所以在運用樂府詩體時，大都因襲舊套，按題敷衍，少有創制。綺文靡聲的發展使樂府詩走向了形式主義，但一方面也爲樂府詩歌的發展開闢了一條新的道路，這兩種趨勢的交替出現，便構成了這一時期樂府詩歌的特色。

總而言之，兩漢民間樂府，到魏代曹氏父子的手裡，襲用古題而作新辭，多少仍保留漢樂府「緣事而發」的精神，到了西晉，雖然大

〔註 19〕同註 16，卷五，頁 90。

部分襲用舊題而作，甚至有的作品完全模擬漢代樂府古辭，然而漢樂府的精神逐漸流於虛浮，作品雖多，少有文學的價值，羅根澤云：「西晉樂府，概皆模擬古樂府之作，無自己創製者。篇章雖多，而有生氣、有性靈者，則甚少，倘以優孟衣冠，外形易似，內心難學也。〔註20〕」

二、東晉文人的擬樂府

東晉擬古樂府的作者愈來愈少，擬古樂府走向了衰落。主要原因還是因為東晉貴族階層生活的腐化，比西晉更為墮落，西晉時代，因反對魏末放誕之論，當時的玄學家承襲了清談的風氣，反復辯論。到了晉室南遷，又與佛教接近，進而玄佛結合，這種風氣直接影響文壇，不利樂府詩歌的發展，《文心雕龍‧時序》篇說：「自中朝貴玄，江左稱盛，因談餘氣，流成文體。是以世極迍邅，而辭意夷泰。詩必柱下之旨歸，賦乃漆園之義疏。」晉中葉以後，多崇尚談玄說理，南遷之後，此風更盛，即使世代多麼艱難，文辭卻仍安閑舒泰，詠詩必以老子清靜無為的意旨為依歸，作賦更無疑是為莊子學說作注解。在這種玄言詩流行的東晉時代，不僅樂府詩人寥寥無幾，而且樂府詩作也充滿玄味。如梅陶的〈怨詩行〉：

> 庭植不材柳，花育能鳴鶴。鼓枝游畦畝，栖釣一丘壑。晨悅朝敷榮，夕乘南音客。晝立薄游景，暮宿漢陰魄。庇身蔭王猷，罷蹇反幻跡。

這首詩不僅玄風嚴重，語言也枯燥乏味。玄虛詩風，使富有情韻的樂府變得艱澀無味，失去了詩歌的美感。

東晉末年，隨著東晉王朝的日趨衰微，玄言詩已開始動搖，這時期的代表詩人是陶淵明。他的詩現存一百二十多首，而樂府詩歌只有幾篇，見於《樂府詩集》的只有〈怨詩〉一首和〈挽歌〉三首。陶淵明從事創作的年代，玄言詩仍然彌漫詩壇，他在思想上受到儒道兩家

〔註20〕見羅根澤《樂府文學史》，第三章〈魏晉樂府〉（台北：文史哲出版社，民國80年），頁93～94。

影響，其詩中往往流露出儒道的人生觀；其詩風格平淡樸實，也與玄言詩風接近，但陶詩並不像玄言詩人那樣直接的宣揚老莊哲學，而是注重表現個人生活的體驗。

陶淵明的樂府之所以能衝破玄言詩的傳統，這與他和那些清談玄學的士大夫的政治地位不同有很大關係。陶淵明少時生活貧困，曾做過幾次小官，時間都很短，最後一次出仕做彭澤令，不願爲五斗米折腰，辭職歸隱後，生活上遭到了一連串的不幸，田地受到災害，舊居又被大火燒毀，在他的〈怨詩〉中，他作了描述：

> 天道幽且遠，鬼神茫昧然。結髮念善事，僶俛六九年。弱冠逢世阻，始室喪其偏。炎火屢焚如，螟蜮恣中田。風雨縱橫至，收斂不盈廛。夏日長抱飢，寒夜無被眠。造夕思雞鳴，及晨願烏遷。在己何怨天，離憂悽目前。吁嗟身後名，於我若浮煙，慷慨獨悲歌，鍾期信爲賢。

這首詩是敘述他自己晚年每逢天災就會遭受飢寒的境遇，因爲淵明有著豐富的情感和切身的生活感受，所以他的樂詩詩改變了玄言詩「理過其辭，淡乎寡味」的現象。陶淵明的樂府畢竟是在玄言流行的環境中形成的，因此就不可避免的要受這種風氣的影響，流露出一種委運任化、隨順自然的人生態度，如其〈挽歌〉，就充分表現出這些特點，〈挽歌〉三首，是詩人生前的自挽之辭，《文選》作〈挽歌詩〉，《陶淵明集》作〈擬挽歌辭〉，漢樂府〈薤露〉、〈蒿里〉皆喪歌，即挽歌。而以挽歌作題名則始於魏繆襲。晉陸機〈挽歌〉云：「闈中且勿喧，聽我薤露詩。」則〈挽歌〉即漢之〈薤露〉無誤。陶淵明的三首挽歌寫其生死之際的人生觀，僅管是自挽，卻表現出一種異乎尋常的看破生死的達觀。第一首總述其對生死的看法，「有生必有死」，這堪稱是三首詩的總綱，亦是作者的生死觀；第二首寫生前與死後的變化；第三首寫殯送場景及作者的感慨。陶淵明的樂府詩作，用質樸眞切的文字，借古樂府抒發了個人退隱後的苦悶，在當時玄風盛行的詩壇中，確能獨立標舉。

漢魏清商樂歌，從漢至晉，一直流傳於江南地區，南方文人陸機等就曾擬漢魏舊曲作樂府詩。然而，此時吳地的新聲正蓬勃發展，南渡文人深受吳地新聲所吸引。雖然，漢魏古曲仍在上層階級中佔有統治地位，但由於流傳既久，陳陳相因，已無生氣，使得這個時期擬古樂府的作者愈來愈少，漸漸走向了衰落。當文人擬古樂府一步步走向衰落時，文人用南方新聲創制的新歌卻日漸興盛，終於在南朝大放異采，深深影響文人的創作。

小　結

就標題而言，漢代樂府古辭五十一首中有二十二首詩題被晉人襲用，約占一半的比例，張駿有〈薤露〉、〈東門行〉二首，梅陶有〈怨詩行〉一首，陶潛有三首〈挽歌〉，一首〈怨詩行〉，傅玄有〈惟漢行〉、〈陌上桑〉、〈艷歌行〉、〈長歌行〉、〈豫章行・苦相篇〉、〈董逃行・歷九秋篇〉、〈孤兒行〉和〈飲馬長城窟行〉八篇，陸機有〈挽歌〉、〈君子行〉、〈上留田行〉……等十五首，統計西晉的擬樂府共三十首。在傅玄樂府二十七首中，擬漢樂府古辭的有八首，陸機樂府三十六首中，擬漢樂府古辭的有十五首，在這十五首中，除了〈挽歌〉、〈艷歌行〉和〈西門行〉以外，其餘都襲用舊題敷衍古意。相反的，傅玄擬漢樂府古辭八首中，除了〈長歌行〉和〈飲馬長城窟行〉兩首以外，其餘皆另創標題。

茲將晉代詩人擬作詩題及數量列表於下：

晉代詩人	擬作數量	擬　　作　　標　　題
陸　機	15	長安有狹斜行、日出東南隅行、挽歌三首、君子行、猛虎行、長歌行、隴西行、豫章行、上留田行、前緩聲歌、折楊柳行、董逃行、飲馬長城窟行、梁甫吟行、順東西門行
傅　玄	8	艷歌行、惟漢行、長歌行、豫章行苦相篇、艷歌行有女篇、放歌行、董逃行歷九秋篇、飲馬長城窟行
陶　潛	4	怨詩、挽歌三首
張　駿	2	薤露、東門行
梅　陶	1	怨詩行

由上表中可知晉代共有五位詩人擬作共三十首樂府詩。

第四節　南北朝隋唐的擬樂府

魏晉南北朝是一個分裂的時代，南朝的學術文化一直處於領先地位，文學也是如此，因此，人們往往以六朝即文化發達的南方來代表南北朝。事實上，這時期的詩歌較之漢魏時代有更明顯的變遷，南北兩方也各自有其不同風格的樂府詩。南北文風的差異，主要在於兩個政權的長期對峙，造成政治、經濟、文化、風俗習慣都產生許多差別，文人們因不同的生活方式和經歷，也有不同的創作風格。南北文風差異的問題，不應只侷限在南北朝本身，而要上溯到先秦漢魏時代，自漢魏以來，北方文人和南方大人之間已經在融合並且保持各自的創作風格，然而彼此之間又互相滲透、影響。

樂府詩的發展，不僅和社會政治經濟有密切的關係，作爲樂章歌曲，它的盛衰變化和音樂的發展變遷也有直接的關係。漢魏六朝樂府詩主要是當時俗樂清樂的歌辭。所謂清樂，根據時代和性質的不同，一般分爲兩個時期。《隋書・音樂志》說：「清樂，其始即清商三調是也，並漢以來舊曲。樂器形制，並歌章古辭與魏三祖所作者，皆被於史籍。」這裡所說的漢代古辭及曹魏三祖作品，是清商舊曲，歌辭主要就是漢魏時代的相和歌辭。《舊唐書・音樂志》說：「清樂者，南朝舊樂也。永嘉之亂，五都淪覆，遺聲舊制，散落江左。宋梁之間，南朝文物號爲最盛，人謠國俗，亦世有新聲。」這裡所說的「遺聲舊制」是指清商舊曲，而所謂宋梁之間的新聲，便是清商新聲，歌辭主要就是東晉南朝的清商曲辭。我們可以將漢魏六朝樂府詩分爲以清商舊曲歌辭爲主的漢魏西晉樂府詩和以清商新聲歌辭爲主的東晉南北朝樂府詩。兩個發展階段的前期，樂府都採集民間歌謠，民間歌辭是樂府詩的主體，而後文人競起模擬，大量利用樂府舊題以制辭，促使樂府歌曲演變爲詩體，不再受音樂的約束，從而形成了魏晉以後，配樂可歌的樂府詩和供案頭吟詠、與音樂脫離的樂府詩並存不悖的局面。

建安黃初之後，受到政治混亂及當時老莊思想盛行的影響，樂府詩一度轉入低潮。正始作家，崇尚玄言，超脫現實，即使像「師心使氣」的嵇康、阮籍，也極少甚至不寫樂府。至西晉太康年間，樂府詩再度蔚爲風氣，擬古之風盛行。然而詩人們詠古事、寫古意，內容虛浮，形式雕琢，傅玄、陸機從不同角度努力探索新的發展途徑，但終爲時代所囿，未能超越前人的成績。西晉永嘉之亂起，五胡亂華，懷愍二帝被俘，元帝渡江，即位建業，是爲東晉。至此中原文化隨之南移，江左成爲南朝唯美文學的中心。自五胡亂華，晉室南遷後，長達一百多年的南北分裂使清商舊曲迅速衰亡。從此，樂府詩開始進入了一個新的階段，以南北分裂爲背景，分成南北兩支各自發展。

一般所謂南朝樂府民歌，實際上是指從東晉到南朝在長江中下游地區所產生的一些民間歌謠。這部分歌謠因爲被當時朝廷中掌管音樂的官署所搜集、整理和加工，因此被稱爲樂府民歌。東晉以來長江流域的經濟非常發達，商業也很繁榮，因此城市興盛；到宋文帝時期，經濟更顯上升，逮齊初的幾十年間，是南北朝最安定的時期，政局的安定與經濟的發達是南朝樂府民歌流行的原因。《樂府詩集》所收東晉南北朝樂府詩可分三類：一是流行於東晉南朝的清商新聲歌辭，主要是吳歌和西曲，即是一般所謂的南朝樂府民歌，見於《樂府詩集》清商曲辭；二是反映北朝社會生活的梁鼓角橫吹曲辭；三是當時文人用漢魏舊曲撰寫之作，但除宋鮑照外，一般成就均不高，主要散見於相和、雜曲各曲調之後。

在這三類中，只有第三類是本論文要討論的對象，在南朝這種唯美風潮盛行的文風下，文人的擬作情況又如何呢？在了解文人擬作之前，必須先看當時文壇的環境，南朝樂府詩主要沿著清商樂繼續發展，清商舊曲和南方民歌結合，形成了面目一新的清商新聲，產生了與漢魏樂府不同的新詩風，在這種艷情的詩風下，文人的創作也免不了受到影響而流於浮華萎靡。尤其是歷代帝王的喜愛文學和提倡民歌，更助長了樂府詩綺華浮艷的趨勢。今據典籍錄其要者如下：《梁書・武帝本紀》說簡武帝蕭衍「天情睿敏，下筆成章，千賦百詩，直疏便就，皆文質彬彬，超邁今古。」《梁書・本紀》說簡文帝蕭綱「幼而敏睿，識悟過人，六歲便屬文，高祖驚其早就，弗之信也，乃於御前面試，辭采甚美。」《南史・本紀》說梁元帝蕭繹「性愛書籍，既患目，多不自執卷，置讀書左右，番次上直，晝夜為常，略無休已，雖睡，卷猶不釋。」《隋書・樂志》說陳後主「後主嗣位，……尤重聲樂，……於清樂中造黃驪留及玉樹後庭花、金釵兩臂垂等曲，與幸臣等製其歌詞，綺艷相高，極於輕薄，男女唱和，其音甚哀。」

南朝文人的樂府詩數量不少，他們大多是模擬漢魏舊題和吳歌、西曲的產物，模擬漢魏舊題的樂府，內容多類同西晉的古題古意樂府；模擬吳歌西曲的樂府，則都是艷情之作。蕭梁以後，由於宮體詩盛行，連漢魏舊題也常被用來描寫艷情，漢魏樂府的精神已經喪失殆盡。只有劉宋鮑照在詩風靡弱之際，能發出高亢之音，寄寓批判現實之意，遠紹漢樂府民歌，近學北方民歌，在樂府詩壇上作出了積極的貢獻。

一、宋代的擬樂府

晉室南渡後，文人的樂府詩創作幾近絕跡，南朝的宋、齊、梁、陳之世，宮廷樂舞機關除了演唱漢魏的清商舊樂外，還大量采用江南的吳聲新歌，當時有一批文人，在這兩者之間逐漸鍛鍊出一種新聲樂歌來，這就是南朝的文人樂府。至劉宋時期，擬樂府詩的創作十分興盛，謝靈運、謝惠連、顏延之、鮑照、湯惠休……等詩人，都有一定數量的舊題樂府詩傳世。

劉裕篡晉後，政治的腐敗，造成了萎靡虛浮的社會風氣，他一方面學習前代帝王，重修樂制，一方面卻采集民間新聲，然而，劉宋采集吳歌、西曲僅僅只是開始，基本上仍處於消極地被影響階段，還未進入積極的創造階段。再加上劉裕獲得了比較完備的漢魏清樂，劉宋演唱清商舊樂的風氣較東晉興盛，所以當時的貴族、文人所注重擬作的，並不是當代的吳歌、西曲，仍多是中原舊曲，而這個時期文人所擬作的中原舊曲，並非原來面目，而多是「因舊曲造新聲。」在劉宋時代，擬漢民間樂府的詩人有十人，共詩三十八首，其中以謝靈運、謝惠連、鮑照三人作品數量最多也最傑出，所以三人足以代表宋代模擬漢民間樂府的作家。

（一）謝靈運

南朝是多種文風交融的時代，劉勰《文心雕龍・明詩篇》云：「宋初文詠，體有因革，莊老告退，而山水方滋。」說明了晉末宋初自玄言詩裡出現山水詩的重要文風轉變。謝靈運可為代表，然而他的樂府詩，卻很少有歌詠山水之作。

謝靈運的樂府詩在《樂府詩集》中有十九首，其中擬漢樂府者有九首。在謝靈運的樂府詩歌中，除個別篇章中的某些句子有寫景之外，其餘很少有山水景色的描寫，主要是由於一個是「詩」，一個是「歌」的緣故。謝靈運的樂府一般是因舊曲而作歌，雖然漢魏清商樂傳到南朝時，不歌者已很多，然而流傳下來可歌的也不少，謝靈運的一些樂府詩歌基本上保有舊曲的原貌，如他的〈上留田行〉就和魏文帝的〈上留田行〉相似，每句都以「上留田」三字反覆疊詠：

> 薄遊出彼東道，上留田。薄遊出彼東道，上留田。循聽一何矗矗，上留田。澄川一何皎皎，上留田。……歲云暮矣增憂，上留田。歲云暮矣增憂，上留田。誠知運來詎抑，上留田。熟視年往莫留，上留田。

「上留田」和聲的迭用和部分章句的重覆，都是為了入樂的需要。〔註21〕正因為謝靈運的樂府是歌而不是詩，在用途上就不一樣。大

〔註21〕兩漢民歌，尤其是相和曲中，有歌辭亦有和聲，和聲可以是無義的單音，如伊、喈、何、羊、那、邪、兮、梁；也可以是複音，如妃呼豨（有所思）等。和聲可用於句中，亦可放於句末，運用得當，

致來說，歌是用來供詩人自己或在社交場合歌唱或吟誦的，並不是專門作爲字句欣賞和玩味。因此歌不需要很多內容，而是一個獨特的情境或是個人情緒的某一種具體表現，所以歌主要在抒發主觀的情緒。如果歌只限於單純的描寫，特別是對自然山水的描寫，它就易於流於瑣碎，缺乏創造的想像力和感染力。正因爲當時的詩歌和徒詩有所不同，在表現方法上各有特徵，所以謝靈運的樂府和徒詩就出現這種不同情況：徒詩重在山水描寫，而樂府卻重在抒寫詩人個人的心境。

謝靈運生於晉宋之際，當時，面臨晉王朝搖搖欲墜的局勢，謝靈運看出了這個歷史轉變，在〈善哉行〉中可看出詩人不安的心情：

> 陽谷躍升，虞淵引落。景躍東隅，晼晚西薄。三春燠敘，九秋蕭索。涼來溫謝，寒往暑卻。居德斯頤，積善嬉謔。陰灌陽叢，凋華墮萼。歡去易慘，悲至難鑠。激涕當歌，對酒當酌。鄙哉愚人，戚戚懷瘼。善哉達士，滔滔處樂。

這裡通過日出山谷而晚其將入，春天溫暖而又接近秋天的蕭索，以及溫涼、寒暑之變，來預示晉王朝統治的日益衰微。劉宋的建立雖然給江南帶來了生氣，但謝靈運卻從中感到了自身地位的難保，在〈君子有所思行〉中，他體會到「盛往速露墜，衰來疾風飛。余生不歡娛，何以竟暮歸」，流露世事變遷的感慨。

以山水詩聞名的謝靈運之所以熱衷於遊山玩水，追求聲色娛樂，是爲了借此以掩飾他內心的痛苦，在他的〈相逢行〉裡可看出詩人的苦楚：

> 行行即長道，道長息班草。邂逅賞心人，與我傾懷抱。夷世信難值，憂來傷人，平生不可保。陽華與春渥，陰柯長秋槁，心慨榮去速，情苦憂來早。日華難久居，憂來傷人，

不但增加民歌和誦韻致，改變本來旋律結構，也增添誦唱之生動；而此聲辭交織之現象，乃口語民歌中獨具的特點。魏晉以下擬作，使用和聲機率相對減少，雖曹丕、謝靈運曾用「上留田」當和聲，但畢竟只是鳳毛麟角。

諄諄亦至老……

謝靈運的樂府詩歌，雖全爲擬古，然而卻擺脫了舊曲的桎梏，使擬古樂府獲得了新的藝術生命。兩晉以來，擬古樂府率多浮淺，缺乏詩人的眞實情感，所以很難引起人們的共鳴，謝靈運的樂府並非來自抽象概念，而是注入了自己的情感。兩晉，特別是太康以後，大多數樂府詩人的擬古之作，都是極力模仿，亦步亦趨師法古人的作品，而謝靈運的樂府詩卻能打破常規，有自己的創作，雖然，謝靈運受到當時玄學思想的影響，但他的樂府卻能擺脫玄氣，使人耳目一新。

（二）謝惠連

謝惠連的八首樂府，全爲擬古之作，大多缺乏興會，無甚可觀，有的詩作多有缺文，內容晦澀難懂。但當時畢竟受南方新聲的影響，有些擬古之作在體制上有了新變。如他的〈長安有狹斜行〉：

紀郢有通逵，通逵並軒車。帟帟雕輪馳，軒軒翠蓋舒。撰策之五尹，振轡從三閭。推劍憑前軾，鳴佩専後輿。

由於謝惠連出身在有權勢的貴族官僚階層，從小生活富裕，所以雖擬漢民間樂府而多趨向貴族奢華的氣息。

（三）鮑　照

當劉宋文人正在努力對擬古樂府進行革新創造，或因舊曲而造新聲時，鮑照卻以其傑出的樂府詩歌，打開了樂府詩創作的新局面。從西漢到南北朝的文人中，鮑照創作的樂府詩數量最多，據逯欽立《先秦漢魏晉南北朝詩》，鮑照的詩歌作品現存二百零五首，其中樂府詩有八十七首，約占鮑照詩歌總數的 42%，由此可見，他不僅是樂府詩的寫作大家，更是一位樂府詩的擬作大家。

鮑照的擬樂府往往流露出一股悲憤不平之氣，這種詩風的成因與他個人的經歷和命運有關。蕭滌非先生曾將他和謝靈運、陶淵明作比較時說：「蓋樂府本含有普遍性與積極性二要素，以入世爲宗，而不以高蹈爲貴。以摹寫人情世故爲本色，而不以詠歎自然爲職志。……

至如鮑照，位卑人微，才高氣盛，生丁於昏亂之時，奔走乎死生之路，其自身經歷，即爲一悲壯激烈可歌可泣之絕好樂府題材，故所作最多，亦最工。〔註22〕」

鮑照出身寒門，作爲一個具有抱負的寒門子弟必然總是處於落拓失意中，生就恃才傲物的鮑照，其品格、才性反被壓抑，內心的痛苦、悲憤是可想而知的。正因有此坎坷的經歷，鮑照的作品中充滿著懷才不遇和悲憤不平的感情，同時也揭露了當時社會現實中的許多黑暗面。獨特的個人經歷和命運，使我們涵詠鮑照的擬樂府詩時，無不爲其濃烈的情緒所感染。生命無常之嘆，人生苦短之悲，懷才不遇不怨，知音難遇之痛，漂泊思鄉之慨等，構成了鮑照擬樂府詩的基本主題，從而使之染上一層悲憤的色調。其〈采桑〉一篇，黃節注謂：「此擬古辭〈陌上桑〉也。」但古辭〈陌上桑〉，眾所皆知，乃爲敘事之作，敘述采桑女羅敷智拒使君欺凌的故事，而鮑照此篇雖由采桑寫起，卻脫略采桑故事，而直抒「盛明難重來，淵意爲誰涸」，以比興方式抒發一種盛年難再，渴望知遇的情緒。

人生短暫，命運無常，也是鮑照擬樂府詩詠嘆的一大主題，如〈代蒿里行〉嘆人生「同盡無貴賤，殊願有窮伸」；〈代挽歌〉感慨道「獨處重冥下，憶昔登高台，……壯士皆死盡，余人安在哉？」正因爲鮑照體悟到個人如被拋入了時間的無限深淵，命運的難以掌握，所以孤獨感也常常襲上心頭，如〈代悲哉行〉傷友朋離散，〈代東門行〉詠嘆宦遊思鄉，遊子漂泊之感。總之，鮑照的擬樂府有著強烈的抒情性，而又多是慷慨悲憤之情，與整個南朝香艷之情大異其趣，蕭滌非曾稱讚鮑照的樂府詩云：「當南朝綺羅香澤之氣，充斥彌漫之秋，其能上追兩漢，不染時風者，吾得一人焉，曰鮑照。鮑氏樂府之在南朝，猶之黑夜孤星，中流砥柱，其源乃從漢樂府中來，與整個南朝樂府不類……。〔註23〕」又云：「明遠樂府，其意識體裁，皆與兩漢「感於

〔註22〕同註1，第五編〈南朝樂府〉第四章〈漢樂府大作家鮑照〉，頁260。
〔註23〕同註1，第五編〈南朝樂府〉第四章〈漢樂府大作家鮑照〉，頁260。

哀樂，緣事而發」者為近，而與當時「蕩悅淫志，喧丑之制」實相遠。〔註 24〕」鮑照樂府詩作的確從漢樂府發展而來，不過，鮑照擬樂府雖與漢樂府風格接近，但在創作方法與創作旨趣上又不盡相同，眾所皆知，兩漢樂府以寫實敘事者為多，如〈戰城南〉、〈孤兒行〉、〈陌上桑〉等均為其中佳作，而鮑照擬樂府如前所述以抒情者為多，即使是敘事之作亦往往帶有抒情的味道，前述〈采桑〉一首與古辭〈陌上桑〉之差異即是明証。

鮑照擬樂府詩多含有個人意志，在他的擬樂府詩中，有舊題、原作存者並不多，由他首創或首存的樂府詩題共有五十餘首，占其全部樂府詩的十分之六強，即使是那些有舊題、原作存者，鮑照擬作也與原作大異其趣，不同於陸機、傅玄等人臨帖式的仿擬，如〈采桑〉一首，雖被認為是擬古辭〈陌上桑〉，卻已脫略舊題形跡，借題發揮，變敘事而為抒情之作，又如〈東門行〉，古辭敘述的是一個貧士為窮困所迫，不得不鋌而走險的故事，而鮑照擬作卻與古辭迴異，一變而為言情之作，抒遊子異鄉漂泊，友朋離別之情。

鮑照雖用漢魏古曲，但多有創造性，用舊題而脫離舊曲者，鮑照的這類樂府多標明「代」，「代」也就是「擬」。然而，「代」字卻表明他的這類樂府大都脫離了舊曲的束縛，多是借題發揮，很少能再入古樂樂曲。除了有用舊題而脫離舊曲者，鮑照的擬作也有借舊題而裁以己意者，如其〈放歌行〉，《樂府詩集》卷三十八〈孤兒行〉題解引《歌錄》曰：「〈孤子生行〉，亦曰〈放歌行〉。」然古辭〈孤兒行〉，言孤兒為兄嫂所苦，鮑照的擬作則用正言若反的口氣稱頌不願出仕的曠士，以諷刺紛紛冠蓋的小人，全詩有了新的詮釋。

鮑照樂府詩風格多樣，語言瑰麗而不古奧，通俗而又遒麗。他非常講究辭藻，但又利用了民歌的語匯，使他的樂府詩歌呈現出了新的面貌。他一方面接受了漢魏古樂府的傳統，另一方面又吸收了南方民

〔註 24〕同註 1，第五編〈南朝樂府〉第四章〈漢樂府大作家鮑照〉，頁 268。

歌的精華，創造出一種古歌、新歌互相滲透、互相結合的文人詩歌。鮑照出身寒門，地位卑微，但由於他傑出的文學成就，使他生前就名聞朝野，據《北史・魏孝武帝紀》記載，鮑照逝世半個世紀以後，在北魏皇帝舉行的宴會上，人們還在歌唱他的樂府詩。

鮑照擬樂府詩的新的詩歌形態是詩歌自身發展所產生的必然結果，相對於樂府古辭而言，〈古詩十九首〉的出現是對前者的一種否定、一種超越，它標誌著文人詩歌已逐漸擺脫了樂府詩的影響而形成自己的特色，歷魏晉以迄劉宋初年，詩歌文人化的色彩愈來愈濃，詩風重形式，飾藻繪，然而詩的性靈卻被日益抹煞，元嘉末葉，以鮑照、湯惠休爲代表的詩人又開始向民歌回歸，從而推動了宋末詩風的變革。總之，鮑照的擬樂府突破了建安之後文人擬樂府的基本形態，一方面，他繼承了漢末文人詩歌創作的傳統，另一方面，他又通過模擬、學習樂府古辭，吸收了其中大量的養份，從而使文人詩歌的創作，特別是自正始、太康以來的文人創作有了全新的發展。胡應麟《詩藪》盛讚其「上挽曹劉之逸步，下開李杜之先鞭」，鍾嶸《詩品》雖評其入中品，但仍然高度評價他說：「點四家之擅美，跨兩代而孤出。」夏敬觀《八代詩評》也說在劉宋以後漫長的二百年間，「其時樂府能稍存漢魏風骨者，鮑照一人而已。」由此足見鮑照擬樂府詩這一新的擬詩形態的價値，鮑照之所謂「擬」、「代」已經超越了字面上的意義，不再是簡單的模仿，而是學習中有創新，或者更確切地說是通過學習的一種創新，正因如此，鮑照擬樂府詩才成了漢魏六朝詩歌發展歷程中的又一高峰。

小　結

綜觀南朝宋的擬樂府詩，就標題而言，兩漢民間樂府五十一首中有二十一首被襲用，其中約有一半的標題和漢古辭完全相同，其餘一半則與晉代相近。在劉宋時代擬漢民間樂府作者十人，共詩三十八首，其中以謝靈運、謝惠連、鮑照三人最傑出，足以代表劉宋模擬漢樂府古辭的作家。這些詩人較喜愛模擬漢民間樂府舊題，而二謝寫的樂府詩中一半是擬漢樂府，但內容與漢古樂府不同。鮑照襲用漢樂府舊題的雖然只有百分之十五，而大都繼承漢代樂府的精神。總而言之，劉宋文人擬漢民間樂府的標題與晉代一樣一半襲用漢古辭，形式方面也與晉代一樣大部分爲五言詩體，但是受到清商曲的影響，逐漸變成短篇小作。在內容方面，只有鮑照一人秉持漢魏風骨的精神，雖擬漢古樂府較少，卻繼承了漢代樂府的傳統；反之，謝靈運擬漢古辭較多，但大部分描寫人生無常，傷亂別離等，其他作者也大都趨向柔美輕艷的風格。

劉宋文人樂府詩的擬作性質是比較突出的，有模擬舊篇、沿襲舊義，如謝靈運的樂府詩多沿襲前人感傷時序推移、世事興衰、生命短暫等主題，多以陸機之作爲模擬對象，也有以漢魏樂府詩風格爲典範來推陳出新的，如鮑照的舊題樂府詩，一方面感於哀樂、緣事而發，另一方面又領會了漢樂府詩的藝術精神，把握住漢樂府詩思想和藝術方面的某些重要特徵，他的作品標誌著文人擬樂府詩的成熟。劉宋是吳歌、西曲的黃金時代，所以劉宋文人在沿用漢魏舊曲時，也有學習南方民歌的，然而詩人們卻以依舊曲造新聲爲主，正因爲受到江南民歌的影響，劉宋文人的擬古樂府多爲古歌、新歌相結合的產物，其面貌、形式多有新的變化，由此可見，劉宋時期是文人擬樂府的轉變時期。

茲將南朝宋詩人擬作詩題及數量列表於下：

劉宋詩人	擬作數量	擬　作　標　題
鮑　照	13	採菱歌七首、採桑、蒿里、挽歌、白頭吟、放歌行、東門行
謝靈運	9	日出東南隅行、善哉行、長歌行、隴西行、豫章行、上留田行、緩歌行、折楊柳行、順東西門行
謝惠連	8	相逢行、長安有狹斜行、猛虎行二首、隴西行、豫章行、前緩聲歌、卻東西門行

湯惠休	2	江南思、怨詩行
荀　昶	2	長安有狹斜行、青青河畔草
孔　欣	1	相逢狹路間
劉　鑠	1	三婦艷詩
劉義恭	1	艷歌行
吳邁遠	1	飛來雙白鶴
孔甯子	1	前緩聲歌

由上表中可知南朝宋共有十位詩人擬作共三十八首樂府詩。

二、齊代的擬樂府

長期以來，人們對於六朝文學似乎存在著一種偏見，認爲這個時代的作品大都陷於藻麗柔靡的形式主義中，缺乏思想內容，因此對於這個時期的作品評價，一般都強調其缺點，而較少注意其成就。事實上，六朝是詩歌發展史上的一個重要階段，乃文學覺醒的時代，也是文學獨立的時代，況且欲了解一時代之文學作品，也必須探討作品的外在環境與時代背景，二者互爲表裏，不容偏廢。劉勰《文心雕龍・時序篇》云：「時運交移，質文代變。」又云：「文變染乎世情，興廢繫乎時序。」南朝在進入文學獨立時代後，抒情的唯美觀念就開始影響文壇，葉慶炳以爲唯美文學產生背景如下：

> 唯美文學，就是指爲藝術而藝術，使藝術與社會人生分離的文學，在中國古代不像載道文學與言志文學那樣各有固定的時代背景——治世與亂世。……唯美文學的產生，大致是在小康的局面。……我國唯美文學最盛的時代，無疑在南朝，特別是齊梁聲律說興起之後。〔註 25〕

葉先生所謂「唯美文學的產生，大致是在小康的局面」，蓋南朝各代，因偏安日久，喪失鬥志，在良好的自然環境相助及門閥觀念的保護

〔註 25〕見葉慶炳〈文章合爲時而著，歌詩合爲事而作〉一文，收於《唐詩散論》一書（台北：洪範書店，民國 66 年），頁 100～101。

下，豪門貴族在社會及經濟上佔有優越的地位，遂產生幸存苟安，及時行樂的頹廢心態，因此，一味沈溺享樂，流連聲色，比前朝更爲奢靡。上層階級的生活腐敗如此，流風所及，平民百姓也多趨於慕尙虛榮，由於奢靡風氣的蔓延，一般富貴人士，不論飲食、服飾、車馬宮室，各方面都表現出艷麗華美的作風。

葉氏又說唯美文學最盛的時代，是在南朝齊梁聲律說興起之後。齊武帝永明年間，周顒、王融、沈約等文人創「四聲」、「八病」說，作爲詩歌藝術形式的一個重要因素的聲律，也是在這時被發明而逐漸有意識的被運用在文學創作上。由於沈約等人在政治和文學上的名位之高，他們的倡導，在當時形成盛極一時的風尙，以至稱這種講求聲律的作品爲「永明體」，永明聲律學的創立，深深影響文人的創作。

文學的產生原本就是直接取材生活，反映現實的。齊梁文人，終日在錦衣玉食，酒色聲伎的環境裡，外加本身又特別重視美的追求，表現在作品的內容與形式上，自然是競向唯美途徑發展了。降至漢末，由於儒家道統約束力的衰弱，及老莊思想的發揚，文人們擺脫了此一傳統教條的桎梏，可以隨心所欲的去欣賞與追求美的世界，因此，在這種天時、地利的配合中，建立了純粹的審美觀念。而審美的範圍，也由最初的山川景物，漸漸推展到人的形體，於是一般文士，遂逐漸重視自己容止的修飾，如顏之推《顏氏家訓・勉學篇》所言：「梁朝全盛之時，貴游子弟多無學術。……無不燻衣剃面，傅粉施朱，駕長簷車，跟高齒屐，坐棊子方褥，憑斑絲隱囊，列器玩於左右，從容出入，望若神仙。〔註26〕」無論舉手投足，談玄論道，莫不使之美化。愛美之情雖是與生俱來的天性，但未有似南朝人這般強烈，上自帝王卿相，下逮販夫走卒，莫不爲美的崇拜者，因此，對文學風氣實有不可輕視的影響力。

觀念的轉變對文學發展有極重要的影響力，齊梁時代的文風，實

〔註26〕見周法高撰輯《顏氏家訓彙注》，（台北：台聯國風出版社，民國64年），頁33。

受當時的文藝思潮所左右。在唯美文學籠罩下的擬樂府，受到新興的永明體風格影響，模擬漢民間樂府者在南朝中是最少的，因爲自東晉興起的江南民間樂府，到齊代已盛行，大部分的文人都以模擬當時流行於民間的樂府爲主。但仍有少數的詩人有擬漢樂府古辭的作品出現，雖然受到了江南新聲的影響，這時期的擬作變得短小，但語言卻比較清新，重要的詩人有王融、謝朓、虞羲和劉繪。

（一）劉繪、虞羲

劉繪用漢鐃歌古題所作的〈有所思〉、〈巫山高〉和虞羲的〈巫山高〉，不僅都是五言八句，而且語言清新自然。如劉繪的〈有所思〉：

> 別離安可再，而我更重之。佳人不相見，明月空在帷。共銜滿堂酌，獨斂而隅眉。中心亂如雪，寧知有所思。

（二）王　融

相較於同時期的詩人，王融的樂府詩數量較多，載於《樂府詩集》的有五十多首，但其詩歌內容比較貧乏，這與他的貴公子生活有關。在這五十多首中，約有一半是應制之作。王融的樂府和當代詩人一樣，也多用漢魏古題，然而幾乎全爲新體。如他的〈三婦艷詩〉，全是襲用漢古辭〈長安有狹斜行〉的最後六句，變成了一首五言六句的新歌體。又如他用漢鐃歌所作的〈有所思〉、〈巫山高〉爲五言八句。這些詩歌內容大都平庸，但有的作品寫景抒情，卻別具風格。如他的〈巫山高〉：

> 想像巫山高，薄暮陽臺曲。煙雲乍舒卷，猨鳥時斷續。彼美如可期，寤言紛在矚。憮然坐相望，秋風下庭綠。

〈巫山高〉古辭言人心思婦，這篇則雜以陽台神女之事。王融等人的樂府雖有新的創造，但總的來說境界不高，而在當時表現出卓越成就的則是謝朓。

（三）謝　朓

謝朓的詩風清麗自然，無雕琢之跡。他擬漢古辭〈有所思〉云：

佳期期未歸，望望下鳴機，徘徊東陌上，月出行人稀。

所以沈德潛《古詩源》云：「玄暉露心秀口，每誦名句，淵然泠然，覺筆墨之中；筆墨之外，別有一段深情妙理。〔註27〕」嚴羽《滄浪詩話》說：「謝朓之詩，已有全篇似唐人者」，他的這一首〈有所思〉已接近律絕的邊緣，這篇寫織婦思念丈夫，惆悵至極，她無心紡織，徘徊於東陌之上，直到月出人稀，仍不見丈夫的歸來，雖然只有短短幾句，但讀起來眞如沈德潛所謂的「筆墨之外，別有一段深情妙理。」這首〈有所思〉以精約的語言，構造出一片淒寂的意象，在藝術風格上已達到唐人絕句體式的妙境。無論新體古體，音律的協調是謝朓樂府的一個特點，齊、梁人極推崇他，和此有很大關係。

小　結

就內容而言，兩漢民間樂府五十一首中有五首被擬作。齊代文人擬作可分爲兩類，一種是與漢古辭大致相同的，如：王融、劉繪、謝朓的〈有所思〉，王融的〈青青河畔草〉、〈三婦艷詩〉。漢代民間樂府的〈有所思〉，是描寫女子因愛人變心而情緒變化的情詩，擬作的主題也都是描寫男女之愛情、別離。〈青青河畔草〉也是與古辭一樣，是描寫婦人思念遠離家鄉丈夫之愛情詩。其中王融的〈三婦艷詩〉本出於漢古辭〈長安有狹斜行〉。另外一種是與漢代古辭完全不相干的，如王融、劉繪的〈巫山高〉，〈巫山高〉本是漢民間鼓吹曲辭而擬作在齊代才出現，不過齊時擬作只描寫陽台神女之事，無遠望思歸之意。

由以上論述得知，蕭齊時代是古體樂府走向新體樂府的轉變時期。這種新體樂府是在江南民歌的影響下產生的，那些南朝民歌，是風格清新的新體。由於篇幅短小，易於掌握，從兩晉以來，文人都多少寫過幾首，到了齊梁則爲大盛，並注重在聲律上進行探索，雖然這些新體樂府，在聲律的表達上不甚嚴謹，對藝術形式掌握運用得還不

〔註27〕見沈德潛《古詩源》卷十二〈齊詩〉，（台北：世界書局，民國87年5月），頁174。

熟練，但卻也產生了一些「全篇似唐人者」之作，開啓了唐代近體詩歌之先河，可見永明新體樂府是江南民歌向隋唐新體詩歌發展的橋樑。

齊代的擬樂府脫離了劉宋文人單純模仿的階段，轉而對南朝樂府民歌進行加工，詩人們努力與漢樂府古辭中較爲明白流暢的語言風格相結合，形成了文人詩的格調，這時代擬漢民間樂府的作者和作品很少，僅四位詩人，共十首詩而已。就標題而言，襲用漢民間樂府中最精華的相和歌辭，只有王融的〈青青河畔草〉、〈三婦艷辭〉二首而已。而且這標題雖然襲用漢民間樂府古辭，但事實上這兩首樂府的題目已在宋代被劉鑠和湯惠休改過了，因此可知在齊代擬作兩漢民間樂府的作品極少，其餘六首都模擬漢鼓吹曲辭。

雖然齊詩數量少，成就高的詩人更少，然而永明體作者除謝朓、王融卒於齊代以外，其他大多入梁，成爲提倡梁代文學風氣的領袖，所以齊詩無論在題材、內容、藝術表現各方面均爲梁陳詩歌的濫觴。

茲將齊代詩人擬作詩題及數量列表於下：

齊代詩人	擬作數量	擬　作　標　題
王　融	5	芳樹、三婦艷詩、有所思、巫山高、青青河畔草
劉　繪	2	有所思、巫山高
謝　朓	2	有所思、芳樹
虞　羲	1	巫山高

由上表中可知齊代共有四位詩人擬作共十首樂府詩。

三、梁代的擬樂府

南朝以梁代文運最盛，擬漢民間樂府的作者及作品在魏晉南北朝中也是最多的。文風興盛的原因主要是因爲帝王的提倡，在上提倡文學，在下必多文人墨客，才秀之士，一時雲集，因此造成江左文學風氣的興盛。一代政治，足以左右當代的文學，《南史・文學傳》序云：

自中原沸勝，五馬南度，綴文之士，無乏於時。降及梁朝，其流彌盛，蓋由時主儒雅，篤好文章，故才秀之士，煥乎聚集。於時武帝每所臨幸，輒命群臣賦詩，其文之善者，賜以金帛，是以縉紳之士，咸知自勵〔註28〕。

由此可見，文學的盛衰，和政治領導人物之間有著密不可分的關係。梁代國祚雖僅五十餘年，文運卻是六朝中最興盛的，推究其因，實歸功於武帝父子的提倡。當時梁處在政治苟安的環境裡，統治階層腐敗，貴族文士生活墮落，君王沈溺聲樂，文士喜好艷曲，是故梁代的樂府詩歌在內容上日益走向輕艷綺靡，醞釀宮體詩的發展。宮體詩爲梁簡文帝居東宮時與其詞臣徐摛等人所提倡，《梁書‧簡文帝紀》云：「雅好題詩，其序曰：『余七歲有詩癖，長而不倦。』然傷於輕艷，當時號曰宮體。」「宮體」之名由此而來。

由上述得知，所謂宮體，嚴格的說，是指梁簡文帝及其侍臣徐摛等人的某階段的詩，「宮體」這個名稱是在簡文帝東宮以後才有的，簡文帝是昭明太子蕭統的弟弟，他入主東宮，當在昭明太子逝世之後，然而這並不表示在簡文帝之前就沒有類似宮體的詩。事實上，宮體詩受到東晉以來南方樂府民歌的影響，吳歌西曲情歌的內容一旦與貴族文人接觸，以貴族荒淫生活爲基礎，宮體艷詩就大量的產生。

在宮體詩的影響下，梁代的擬漢樂府也多少受其影響。這時期擬漢民間樂府的作家相當多，共三十七位詩人，一百一十三篇作品，其中沈約是齊梁時代詩壇的領袖人物，而且永明年間他和同時代周顒等人發現的「四聲八病」說，不但在齊梁的詩壇上，對於後代也有很大影響，因此可以說是這時期最重要的人物之一，另外武帝、昭明太子、簡文帝、元帝等提倡的宮體詩也是當時詩壇一大特色，而且梁武帝父子也都是文壇的領袖人物，其餘江淹、吳均、庾肩吾也有不少擬作，

〔註28〕《南史》卷七十二，列傳第六十二〈文學傳〉，（台北：藝文印書館，民國46年），頁815。

以上所舉的詩人不僅佔當時文壇的重要地位，而且擬漢民間樂府的詩作也不少，是故論及梁代的擬作應以他們爲中心。

（一）梁武帝蕭衍

武帝的樂府詩，郭茂倩《樂府詩集》有四十二首，其中擬漢民間樂府的有七首。在內容上也多輕艷浮靡，如其〈有所思〉一首：

> 誰言生離久，適意與君別。衣上芳猶在，握裡書未滅。腰中雙綺帶，夢爲同心結。常恐所思露，瑤華未忍折。

他如〈長安有狹斜行〉、〈青青河畔草〉，前者與漢人樂府如出一轍，後者亦不出古人範疇，皆了無新意。

（二）沈　約

沈約歷經宋齊梁三代，《樂府詩集》以之繫屬於梁代。沈約的樂府詩，郭茂倩《樂府詩集》有一百二十一首，但其中擬漢民間樂府的只有十五首。受到齊代聲律說及梁代宮體詩的影響，沈約的詩也講究雕琢堆砌，曲艷辭麗。如〈長歌行〉一首：

> 春隰荑綠柳，寒墀積皓雪。依依往紀盈，霏霏來思結。思結纏歲晏，曾是掩初節。初節曾不掩，浮榮逐弦缺。弦缺更圓合，君榮永沈滅。色隨夏蓮變，態與秋霜耋。道迫無異期，賢愚有同絕。銜恨豈云忘，天道無甄別。功名識所職，竹帛尋摧裂。生外苟難尋，坐爲長歎設。

又如擬漢〈陌上桑〉古辭的〈日出東南隅行〉一首，擬作如下：

> 朝日出邯鄲，照我叢臺端。中有傾城艷，顧景織羅紈。延軀似纖約，遺視若回瀾。瑤妝映城綺，金服炫彫欒。幸有同匡好，西仕服秦官。寶劍垂玉貝，汗馬飾金鞍。縈場類轉雪，逸控似騰鸞。羅衣夕解帶，玉釵暮垂冠。

沈約描寫的對象由古辭中的採桑女一變而爲宮廷之美婦，在漢民間樂府的〈陌上桑〉較富有民間作品色彩，利用對話率眞的敘述婦女的守節。但梁代擬作都是把婦女與春、蠶、春蠶、蠶妾、蠶飢等的意象複合描寫男女愛情、女人之姿態及別情等，用女人所用物品的描寫代替了人物形象的刻劃。

在追求形式之美的詩歌外，沈約也有不同風格的擬作，呈現出新的氣象，如〈青青河畔草〉一首，擬作如下：

> 漠漠床上塵，心中憶故人。故人不可憶，中夜長漢息。嘆息想容儀，不言長別離。別離稍已久，空床寄懷酒。

這首詩歌雖用古題而已變新體；每兩句換韻，又增加了詩歌音調的和諧與美麗，這顯然是受到了聲律論的影響，這類清新活潑的詩歌，在沈約的樂府詩中並不多見。

（三）江　淹

江淹的樂府詩，其中擬漢民間樂府的只有三首。江淹早年仕途不得志，所謂「詩窮而後工」，他比較好的樂府詩多作於此時，如〈善哉行〉，擬作如下：

> 置酒坐飛閣，逍遙臨華池。神飆自遠至，左右芙蓉披。綠竹夾清水，秋蘭被幽崖。月出照園中，冠珮相追隨。客從南楚來，爲我吹參差。淵魚猶伏浦，聽者未云疲。高文一何綺，小儒安足爲。肅肅廣殿陰，雀聲愁北林。眾賓還城邑，何用慰我心。

從字面上看，詩人內心似乎是平和的，「何用慰我心」，但實際上卻蘊藏著強烈的愁感，在「肅肅廣殿陰，雀聲愁北林」的描寫中，詩人的愁深藏不露，充滿哀怨之音。

和沈約相較，江淹的詩風比較高古，內容多寫仕途失意及對人生的感嘆。然而從他現存的作品看來，他似乎對樂府詩方面遠不如沈約那樣下功夫，現存的擬漢樂府只有三首，其中〈采菱曲〉雖屬清商曲辭中的〈江南弄〉，但它的體制，卻有別於其他詩人之作，這種曲調在《樂府詩集》中以鮑照之作最早，鮑詩共七首，每首四句，首與首之間必換韻，而詩意也各自獨立，後來的作者如蕭綱之作在形式上也是這樣；又如費昶之作，一首八句，前四句一層意思，後四句一層意思，至於江淹之作，則爲十四句，很難用四句分段，可見其體制與他人不同，這說明他對樂府詩的規律並不深究，這和沈約致力於摹仿樂府詩，極重視聲律很不相同。

（四）梁簡文帝蕭綱

蕭統之弟，蕭統卒，立爲太子。簡文帝的樂府詩，《樂府詩集》有六十九首，其中擬漢民間樂府的有二十五首，是後人擬漢民間樂府數量最多的詩人。蕭綱爲太子時，與徐摛、庾肩吾等文士大量寫作以婦女爲描寫對象的作品，號爲「宮體」，其詩多爲艷情之作，如〈采桑〉一首，詩云：

> 春色映空來，先發院邊梅。細萍重疊長，新花歷亂開。連珂往淇上，接幰至叢臺。叢臺可憐妾，當窗望飛蝶。忌趹行衫領，熨斗成褫襵。寄語採桑伴，訝今春日短。枝高攀不及，葉細籠難滿。

又〈有所思〉一首亦爲艷情藻麗之作，詩云：

> 昔未離長信，金翠奉乘輿。何言人事異，夙昔故恩疏。寂寞錦筵靜，玲瓏玉殿虛。掩閨泣團扇，羅幌詠蘼蕪。

他如〈雞鳴高樹巔〉，以女子口吻，於夜寐聞雞鳴而慵懶未起，頗有深閨情詩之況味。然而，簡文帝的擬古之作又多按題敷衍，內容並不完全局限在宮廷生活的描寫，也有內容較廣頗具氣勢的詩作，如〈隴西行〉一首：

> 邊秋胡馬肥，雲中驚寇入。勇氣時無侶，輕兵救邊急。沙平不見虜，嶂嶮還相及。出塞豈成歌，經川未遑汲。烏孫塗更阻，康居路猶澀，月暈抱龍城，星流照馬邑。長安路遠書不還，寧知征人獨佇立。

此詩雖無眞實生活之感受，然按題敷衍，較有氣勢，毫無宮體詩矯揉造作之感。簡文帝也有描寫農家樂的〈上留田行〉，詩云：

> 正月土膏初欲發，天馬照耀動農祥，田家斗酒群相勞，爲歌長安金鳳皇。

全詩一副喜慶春耕，和樂昇平的景象，雙聲、疊韻的活用，使這首描寫農村生活的作品俗而不野，質而不鄙，不同於《樂府詩集》相和歌辭〈上留田行〉原詩的五言體之諷兄憫弟的主題。

（五）梁元帝蕭繹

蕭繹是蕭衍第七子，蕭統、蕭綱之弟。《樂府詩集》所載其樂府詩有二十餘首，其中擬漢民間樂府共五首。與其父兄不同者是，其樂府詩內容極少艷情之作，如其〈長歌行〉一首，詩云：

> 當壚擅旨酒，一卮堪十千。無勞蜀山鑄，扶授采金錢。人生行樂爾，何處不留連。朝爲洛生詠，夕作據梧眠。勿茲忘物我，優游得自然。

全詩直抒個人情感，勸人及時行樂，化用了莊子齊物、逍遙的典故和思想。雖然簡文帝蕭綱和元帝蕭繹的樂府詩歌，在梁朝後期的樂府發展中還有一定的影響力，但提倡宮體，就給樂府詩歌的創作帶來了危機，所以隨著梁朝統治的瀕臨崩潰，貴族、文士旳精神枯萎，樂府詩歌更趨於靡弱。當簡文帝提倡宮體詩時，一些雅好文學之士，如庾肩吾、徐摛、劉孝威等人，從其所好，大都進行仿效。他們創作的樂府詩歌，雖然較少艷情之作，但和蕭綱、蕭繹的樂府詩相比，其形式主義傾向則更爲嚴重，內容越來越乏味。總而言之，梁文人樂府一方面因對民歌自身之愛好，一方面因宮體詩的流行，大部分的作品都籠罩在艷情柔靡之風下，其內容幾乎是千篇一律的宮中奢華生活的寫照。

就標題而言，兩漢民間樂府五十一首中有三十首被梁文人擬作，其中一半與漢古題一樣，另一半則已改變〔註29〕，與漢古辭不同的原因，是因爲晉宋襲用時已改變了。

茲將南朝梁詩人擬作詩題及數量列表於下：

〔註29〕漢古辭〈江南〉的標題，到宋代變成〈採菱歌〉或〈江南思〉，但是武帝改西曲作〈江南弄〉，這〈江南弄〉雖然以當時民間流行的西曲改作的，但武帝作的〈江南弄〉曲裡的採蓮曲、採菱曲兩種是從漢古辭〈江南〉來的，郭茂倩《樂府詩集》第二十六卷云：「按梁武帝作〈江南弄〉以代西曲，有〈採蓮〉、〈採菱〉蓋出於此。」這種擬江南而作的〈採菱曲〉、〈採蓮曲〉、〈江南思〉等共有二十三首之多。

梁代詩人	擬作數量	擬　作　標　題
蕭　綱	25	江南思二首、江南曲、採蓮曲三首、採菱曲、長安有狹斜行、中婦織流黃、採桑、怨詩、有所思、雙桐生空井、君子行、泛舟橫大江、隴西行三首、艷歌行二首、上留田行、雁門太守行二首、雞鳴高樹巔、棗下何纂纂
沈　約	15	芳樹、江南曲、相逢狹路間、長安有狹斜行、三婦艷詩、日出東南隅行、有所思、長歌行二首、君子行、青青河畔草、豫章行、緩歌行、梁甫吟行、卻東西門行
吳　均	9	雉子斑、採蓮曲二首、三婦艷詩、陌上桑、採桑、有所思、戰城南、城上烏
劉孝威	6	採蓮曲、怨詩、公無渡河、東西門行、雞鳴篇、烏生八九子
蕭　衍	7	有所思、芳樹、採蓮曲、採菱曲、江南弄、長安有狹斜行、青青河畔草
蕭　繹	5	芳樹、採蓮曲、巫山高、長歌行、飛來雙白鶴
費　昶	4	芳樹、採菱曲、有所思、巫山高
江　淹	3	採菱曲、善哉行、王子喬
蕭　統	3	相逢狹路間、三婦艷詩、有所思
庾肩吾	3	長安有狹斜行、有所思、隴西行
王　筠	3	三婦艷詩、陌上桑、有所思
朱　超	2	採蓮曲、城上烏
沈君攸	2	採蓮曲、採桑
江　洪	2	採菱曲二首
張　率	2	相逢行、日出東南隅行
柳　惲	1	江南曲
劉　緩	1	江南可採蓮
陸　罩	1	採菱曲
徐　勉	1	採菱曲
劉　孺	1	相逢狹路間
劉　遵	1	相逢狹路間
王　冏	1	長安有狹斜行
徐　防	1	長安有狹斜行

劉孝綽	1	三婦艷詩
王臺卿	1	陌上桑
姚　翻	1	採桑
劉　邈	1	採桑
蕭子範	1	羅敷行
蕭子顯	1	日出東南隅行
王僧孺	1	有所思
范　雲	1	巫山高
王　泰	1	巫山高
褚　翔	1	雁門太守行
高允生	1	王子喬
李鏡遠	1	蛺蝶行
戴　暠	1	君子行
何　遜	1	青青河畔草
丘　遲	1	芳樹

由上表中可知梁代共有三十七位詩人擬作共一百一十三首樂府詩。

四、陳代的擬樂府

劉師培在《中古文學史》中云：

> 陳代開國之初，承梁季之亂，文學漸衰，然世祖以來，漸崇文學。後主在東宮，汲引文士，如恐不及，及踐帝位，尤尚文章，故后妃宗室，莫不競爲文詞。又開國功臣如侯安都、孫瑒、徐敬成、均結納文士。而李爽之流，以文會友，極一時之選。故文學復昌，迄於亡國〔註30〕。

陳代的作家雖比梁代少，但他們擬漢民間樂府的比例卻與梁代相近，由於梁代文士多仕陳代，如徐陵、張正見等皆承梁緒，獻賦作歌，得到賞識者，又可加其爵位，因此可說陳代文壇繼承梁代，而又受到梁

〔註30〕劉師培，《中古文學史》第五章〈宋齊梁陳文學概略〉之〈陳代文學〉，（台北：文海書局，民國61年），頁86。

宮體詩的影響，靡麗風氣更勝於梁代。在陳代短暫的三十二年中，擬漢民間樂府卻不少，有十七位作家共六十一首擬作，其中作品較多，在當時文壇居重要位置的有陳後主、江總、張正見等人，因此，論及陳代的擬樂府應以他們爲中心。

（一）陳後主

蕭滌非在《漢魏六朝樂府文學史》中說：「樂府至陳，聲情益蕩，史言後主荒於聲色，與江總等狎客，游宴後宮，詩酒流連，罕關庶務。〔註 31〕」後主雖然追求聲色享樂，在創作上也有值得論及之作，他的樂府詩在質量上都優於詩，郭茂倩《樂府詩集》有六十七首，其中擬漢民間樂府有二十一首。梁簡文帝提倡的宮體詩歌，經徐陵等人之手，到了陳後主則更爲發展。

漢鐃歌十八曲中的〈巫山高〉原是遊子羈旅江淮之間的思鄉作品，至陳叔寶一變而爲巫山神女之事：

> 巫山巫峽深，峭壁聳春林。風巖朝蕊落，霧嶺晚猿吟。雲來足薦枕，雨過非感琴，仙姬將夜月，度影自浮沉。

鐃歌另一首〈有所思〉，原是漢代一剛烈女子對所愛失望的決絕之辭，爲雜言體，至叔寶手中變爲五言，內容婉約柔靡，其〈有所思〉共三首，都是寫相思的，其中第三首寫得情深意長：

> 佳人在北燕，相望渭橋邊。團團落日樹，耿耿曙河天。愁多明月下，淚盡雁行前。別心不可寄，唯餘琴上弦。

這首詩雖寫相思而無靡靡之音，中間二聯極感人，「耿耿曙河天」是唐人「耿耿星河欲曙天」之所本，讀來令人淒然，最後兩句餘情嫋嫋，讀來意猶未盡。後主的相和歌辭也有擬作，如〈采桑〉、〈日出東南隅行〉和〈三婦艷詩〉，其中〈采桑〉出於〈陌上桑〉，但後主之作，與漢樂府原意不同，他先敘美人妝畢至南陌採桑，重點在其服飾、髮型，最後以「不應獨歸早，堪爲使君知」二句，一反古人意。其〈三婦艷

〔註 31〕同註 1，第五編〈南朝樂府〉第三章〈南朝後期之文人樂府——梁陳〉，頁 255。

詩〉共十一首，是一組閨情艷體詩，都是寫女人的姿態，徒有巧妙華麗詞藻，缺乏深刻內涵，如第五首云：

> 大婦上高樓，中婦蕩蓮舟。小婦獨無事，撥帳掩嬌羞。丈夫應自解，更深難道留。

《陳書》本紀說：「後主生深宮之中，長婦人之手，既屬邦國殄瘁，不知稼穡艱難。初懼阽危，屢有哀矜之詔，後稍安集，復扇淫侈之風，賓禮諸公，唯寄情於文酒〔註32〕。」《隋書・音樂志》說他視朝之外，多在宴筵，尤重聲樂，可見他尊重文人才士〔註33〕。後主常於宴筵後，與諸貴人、女學士與狎客共賦新詩，那些善於賦詩之士，經常隨主游宴，時人謂之「狎客」，江總即是其中一人。

（二）江　總

江總樂府詩，《樂府詩集》有三十三首，其中擬漢民間樂府的有五首。《陳書・江總傳》云：

> 好學，能屬文。於五言七言尤善，然傷於浮艷，故為後主所愛幸。多有側篇，好事者相傳諷翫，於今不絕。後主之世，總當權宰，不持政務，但日與後主遊宴後庭，共陳暄、孔範、王瑳等十餘人，當時謂之狎客。〔註34〕

由此可見江總不持政務，日與後主遊宴後庭。江總的擬樂府一般形式整齊，韻的平仄諧調，如其〈怨詩〉二首中的第一首：

> 採桑歸路河流深，憶昔相期柏樹林。奈許新縑傷妾意，無由故劍動君心。

此詩平仄諧調，近似唐人絕句，表現新體樂府的聲律愈趨精密。

（三）張正見

張正見的樂府詩，《樂府詩集》有三十七首，其中擬漢民間樂府

〔註32〕《陳書》卷六，本紀第六，楊家駱主編，（台北：鼎文書局，民國79年），頁119。

〔註33〕《隋書・音樂志》上，楊家駱主編，（台北：鼎文書局，民國79年），頁309。

〔註34〕同註32，卷二十七，列傳第二十一，頁347。

的有十六首。在當時艷體詩歌風行的環境下，張正見的樂府卻極少脂粉氣息，如〈白頭吟〉，一般都用來表現女子對愛情的忠貞，而他的擬作卻和鮑照相似，是自傷之詞：

平生懷直道，松桂比眞風。語默妍蚩際，沈浮毀譽中。……王嬙沒故塞，班女棄深宮。春苔封履跡，秋葉奪妝紅。顏如花落槿，鬢似雪飄蓬。此時積長歎，傷年誰復同。

張正見的擬樂府也有剛健之作，如其〈飲馬長城窟行〉：

秋草朔風驚，飲馬出長城。群驚還怯飲，地險更宜行。傷冰斂凍足，畏冷急寒聲。無因度吳坂，方復入羌城。

茲將陳代詩人擬作詩題及數量列表於下：

陳代詩人	擬作數量	擬　　作　　標　　題
陳後主	21	巫山高、有所思三首、雉子斑、採蓮曲、採桑、日出東南隅行、三婦艷詩十一首、飲馬長城窟行、飛來雙白鶴
張正見	16	戰城南、有所思、君馬黃二首、雉子斑、芳樹、晨雞高樹鳴、採桑、艷歌行、長安有狹斜行、三婦艷詩、飲馬長城窟行、泛舟橫大江、公無渡河、怨詩、白頭吟
顧野王	6	有所思、芳樹、羅敷行、艷歌行三首
江　總	5	雉子斑、怨詩二首、今日樂相樂、婦病行
賀　徹	1	採桑
傅　縡	1	採桑
徐伯陽	1	日出東南隅行
殷　謀	1	日出東南隅行
陸　瓊	1	梁甫吟
蕭　詮	1	巫山高
陸　系	1	有所思
徐　陵	1	中婦織流黃
盧　詢	1	中婦織流黃
李　爽	1	芳樹
毛處約	1	雉子斑
蔡君知	1	君馬黃
蘇子卿	1	艾如張

由上表中可知陳代共有十七位詩人擬作共六十一首樂府詩。

五、北朝擬樂府

北朝蓋指北魏以下，北周與北齊的文學。北魏在太武帝拓拔燾於西元四三九年統一了中原地區以後，就與江東的劉宋王朝形成對峙，從此在南方有宋、齊、梁、陳的朝代更易，在北方則有北魏以後的北齊和北周。一般來說，北朝的詩賦不如南朝繁榮，產生的作家較少，留存的作品也不多，這是由於南北朝時期，北方被文化較落後的五胡統治，加上戰爭頻繁，社會經濟受到嚴重破壞，歷來學者皆以爲北朝文學不如南方，然而，北朝文學在整體上雖不似南朝文學繁榮，但也有些部分卻直接影響隋代及後世的文學。

南北文學本有不同，如表現在樂府民歌，無論內容風格，均可明顯看出南北在文化上與創作上側重的不同。這時期擬漢樂府的詩人只有北魏高允，北齊裴讓之、祖孝徵，北周王褒、蕭撝、尚法師等六人的九首擬作而已，與南朝近二百首擬作相較，只佔百分之五左右。這六人當中，王褒、蕭撝本爲南人，其餘四人皆爲北方人，所以創作風格都不盡相同。

自梁入北的詩人在梁代大都已作過高官，入北朝後，雖受到皇帝的重用，但「越鳥巢南枝」，詩裡常流露思鄉之情，他們的詩雖然不脫南人雕琢的習性，卻也受到北方剛健風格的影響，再加上異鄉生活的抑鬱，使他們的詩中呈現出清新剛健之氣，北方在政治上雖與南方對峙，但在文化上卻頗有交流，寫詩風格樸質的北方詩人向華麗燦爛的南方學習即是一例。

（一）北　魏

北魏文學，學者當以爲要在北魏孝文帝元宏遷洛前後方較興盛〔註35〕。

〔註35〕持此說法之學者如：楊明、王運熙《魏晉南北朝文學批評史》頁571：「大體來說，自北魏孝文帝遷都洛陽前後，文學創作方始較爲興盛。」吳先寧《北朝文學研究》（台北：文津出版社，1993）頁69：「自孝文帝元宏即位，特別是遷洛以後，……北朝文學已從蕭條走向復甦。」

北魏詩人高允見於《樂府詩集》的擬作只有〈王子喬〉、〈羅敷行〉兩首而已，都是擬古樂府之作。如他的〈羅敷行〉：

> 邑中有好女，姓秦字羅敷。巧笑美回盼，鬢髮復凝膚。腳著花文履，耳穿明月珠。頭作墮馬髻，倒枕象牙梳。姌姌善趨步，襜襜曳長裙。王侯爲之顧，駟馬自踟躕。

這完全是簡述古樂府〈陌上桑〉的上半首，著力於描寫采桑女的妝扮，失去了古辭的細膩動人之處，讀來味同嚼蠟。雖然高允的樂府並不出色，但卻標誌著北魏文人樂府的興起。

（二）北　周

北周以武力建國，文學發展不繁榮，觀之北周詩卷，其文士存詩較多的如王褒、蕭撝等，全都是由南朝入北的文人。

北周王褒的樂府詩在《樂府詩集》存十七首，其中擬漢樂府舊題的只有〈日出東南隅〉、〈長安有狹斜行〉和〈飲馬長城窟行〉三首而已。在南朝時，他的樂府詩格調雖高，卻無眞實情感，然而到了北方，由於生活經歷的變化，他的樂府詩歌的內容比較充實，如他的〈長安有狹斜行〉：

> 威紆狹邪道，車騎動相喧。博徒稱劇孟，遊俠號王孫。勢傾魏侯府，交盡翟公門。路邪勞夾轂，塗艱倦折轅。日斜宣曲觀，春還御宿園。塗歌楊柳曲，巷飲榴花樽。獨有遊梁倦，還守孝文園。

詩歌兼有北方剛健樸實的風格，又不失南方雕琢修飾的習氣。王褒的樂府總的來說不及庾信，如果說庾信的樂府還有一些思鄉之情的話，王褒的樂府則無這種感情，他的樂府主要是關於邊塞和從軍的詩歌，以雄放爲主，但辭藻華美，帶有濃厚的南方氣息。

蕭撝的樂府詩有兩首，其中只有〈日出行〉一首是擬漢樂府，其他都是擬橫吹、鼓吹或雜曲。其〈日出行〉詩作內容雖短，但對偶工

曹道衡《南北朝文學史》（北京：人民文學出版社，1991）頁374：「北方文學的正式興起始於魏孝文帝元宏即位之後。」

整，有南方華靡之風，詩云：

昏昏隱遠霧，團團乘陣雲。正值秦樓女，含嬌酬使君。

北周另一位作家尚法師是北方人，擬作只有〈飲馬長城窟行〉一首，保持了北方剛健質樸的特色：

長城征馬度，橫行且勞群。入冰穿凍水，飲浪聚流文。澄鞍如漬月，照影若流雲。別有長松氣，自解逐將軍。

（三）北　齊

北齊文學在北朝而言算是最輝煌的時期，相較於北魏，國祚二十八年的北齊詩歌數量比建國一百七十年的北魏還多，與北周相比，在除去王褒、庾信等數位入北南人後，北周文學更無法望北齊之項背〔註36〕。

在樂府擬作方面，北齊的兩位詩人裴讓之和祖孝徵都是北方人，作品都只有一首，裴讓之有〈有所思〉一首，祖孝徵有〈挽歌〉一首。他們的作品雖沒有南朝一樣輝煌的成就，卻保持北方剛健質樸的風格，如祖孝徵〈挽歌〉，詩云：

昔日驅駟馬，謁帝長楊宮。旌懸白雲外，騎獵紅塵中。今來向漳浦，素蓋轉悲風。榮華與歌笑，萬事盡成空。

挽歌本出於漢樂府古辭〈薤露〉、〈蒿里〉，後人擬作時大部份都描寫人的無常，只有祖孝徵用來描寫北方英雄悲壯的氣概，此即蕭滌非所謂「種族既異，性情自殊，惟剛柔華實之間，亦微有不同耳。〔註37〕」

茲將北朝詩人擬作詩題及數量列表於下：

北朝詩人	擬作數量	擬　作　標　題
北魏高允	2	羅敷行、王子喬
北齊裴讓之	1	有所思
北齊祖孝徵	1	挽歌
北周王褒	3	日出東南隅行、長安有狹斜行、飲馬長城窟行

〔註36〕北齊詩今存約八十餘首，北魏五十餘首，北周除王庾之作，存名者僅十餘首。

〔註37〕同註1，第六篇〈北朝樂府——附隋〉第三章〈北朝文人樂府〉，頁272。

北周蕭撝	1	日出行
北周尙法師	1	飲馬長城窟行

由上表中可知北朝共有六位詩人擬作共九首樂府詩。

六、隋代擬樂府

在隋代之前，南北朝分裂時期的樂府民歌詩歌風格迴異，南朝前期民歌以《樂府詩集》中所收的「清商曲辭」爲主，而北朝則以「魏鼓角橫吹曲辭」爲主。在文人擬樂府的創作上，南朝文士除了擬作漢魏舊曲外，亦有相當的數量模擬當時流行的「清商曲辭」，北朝文人擬樂府的創作則以「相和歌辭」與「雜曲歌辭」等傳統題材爲多，不見「清商曲辭」的創作。

隋代短短數十年間，樂府詩的發展也有著迴然不同的兩種風貌，這是由於隋文帝和煬帝所倡導的文風不同所致，隋代文壇也因此分爲文帝時期和煬帝時期。《隋書・文學傳序》云：

> 高祖初統萬機，每念斲彫爲樸，發號施令，咸去浮華。然時俗詞藻，猶多淫麗，故憲臺執法，屢飛霜簡。煬帝初習藝文，有非輕側之論，暨乎即位，一變其風。其與越公書、建東都詔、冬至受朝詩及擬飲馬長城窟，並存雅體，歸於典制。雖意在驕淫，而詞無浮蕩，故當時綴文之士，遂得依而取正焉。所謂能言者未必能行，蓋君子不以人廢言也。〔註38〕

由此可知兩位帝王倡導的文風不同。隋文帝曾於開皇四年下詔改革文風，以「實錄」的風格來代替華艷的文風，以政治的力量對文學進行改革，顯然是在位者對長期以來無補民生經濟的華靡文風產生強烈反感，文帝厭棄華靡文風在他即位後一直沒有改變，如他在開皇九年曾下詔曰：

> 朕祇承天命，清蕩萬方。……朕情存古樂，深思雅道。鄭

〔註38〕同註33，卷七十六。

衛淫聲，魚龍雜戲，樂府之內，盡以除之。〔註39〕

文帝掃除南朝艷曲，使得擬古樂府大盛。煬帝時期，據史書記載，煬帝少時愛好文學，爲晉王時，身邊已聚集了一群文采斐然的南朝文士，《隋書·柳巧言傳》云：「柳巧言，字顧言……轉晉王諮議參軍，王好文雅，招引才學之士諸葛潁、虞世南、王胄、朱瑒等百餘人以充學士，而巧言爲之冠。王以師友處之，每有文什，便令其潤色，然後示人。嘗朝京師還，作〈歸藩賦〉，命巧言爲序，辭甚典麗。〔註40〕」「辭甚典麗」本是文帝所反對的，煬帝竟鼓舞這種文風的滋長，隋初被嚴格禁止的華靡文風，不再受到政治力量的打壓而有昌行之勢。

雖然文帝崇尚樸實，厭棄浮華，稍稍轉變六朝唯美文風，但重要的文人大半出自南朝，受南朝文風的影響甚鉅，一時不容易改革文風，當時的文人如薛道衡、盧思道等人，他們的作品幾乎不見北方剛健的風格，可見文帝倡導質樸文風之宣詔，並沒有起太大作用，到煬帝時，又回復到南方綺靡之風，這時期的作品比文帝時還多，且當時的作家大部分早已受南方文風的影響，南朝綺靡之風的樂府又轉趨興盛，大致而言，隋代樂府雖然略存北方剛健之風，但大致上繼承了南朝綺靡之風。

在隋短暫的二十九年間，擬樂府的作家及作品並不多，僅六位作家，九首擬作而已。當時文壇比較重要的詩人有盧思道、薛道衡、王胄、李德林和煬帝。隋初的文人大體可分兩類，一是由北入隋的，一是由南入隋的。當時由北齊、北周入隋的詩人較多，比較有名的是盧思道和薛道衡。盧思道的樂府詩較多，《樂府詩集》存十二首，其中擬作有〈有所思〉、〈採蓮曲〉和〈日出東南隅行〉三首。其〈日出東南隅行〉富有南方雕琢華麗之風，而又不失北方清新之氣，詩云：

初月正如鈎，懸光入綺樓。中有可憐妾，如恨亦如羞。深情出艷語，密意滿橫眸。……

〔註39〕同註33，卷二。
〔註40〕同註33，卷五十八。

薛道衡的〈豫章行〉寫閨怨，同樣細膩富有文思，無法擺脫南朝齊梁的文風，詩云：

> 江南地遠接閩甌，東山英妙屢經遊。前瞻疊障千重阻，卻帶驚湍萬里流。楓葉朝飛向京洛，文魚夜過歷吳洲。君行遠度茱萸嶺，妾住長依明月樓。

《樂府詩集》引《古今樂錄》曰：「王僧虔云：《荀錄》所載〈古白楊〉一篇，今不傳。」又引《樂府解題》：「陸機……謝靈運……皆傷別離，言壽短景馳，容華不久。傅玄……言盡力於人，終以華落見棄。」可見其古辭雖已不見，但後人作有二義，一是傷別離，一是以華落見棄。薛道衡此詩，乃言樓中婦人對遠遊情人之思念，又恐已見棄之詞。

李德林的擬作雖然有些雕琢、修飾，但尚留有北方質樸之風，是隋詩人中表現手法較特殊的一個，其〈相逢狹路間〉詩云：

> 天衢號九經，冠蓋恒縱橫。忽逢懷刺客，相尋欲逐名，我住河陽浦，開門望帝城。……大子難爲弟，中子難爲兄，小子輕財利，實見陶朱清。……大婦訓端木，中婦誨劉靈。小婦南山下，擊缶和秦箏。群賓莫有戲，燈來告絕纓。

這首詩本出於漢古辭〈相逢行〉，至南朝宋孔欣改「相逢行」標題爲「相逢狹路間」。《樂府詩集》引《樂府解題》曰：「古詞文意與〈雞鳴曲〉同。《樂府詩集》引《樂府解題》：「初言天下方太平，蕩子何所之？次言黃金爲門，白玉爲堂，置酒作倡樂爲樂。終言桃傷而李仆，喻兄弟當相爲表裡。兄弟三人近侍，榮耀道路，與〈相逢狹路間〉同。」李德林詩作此題，全同於古辭。

南朝梁昭明太子及沈約也擬作〈相逢狹路間〉，兩人都描寫大子、中子、小子及大婦、中婦、小婦，不脫當時宮體詩的文學色彩，李德林所作的這首與前人不同，有濃厚的北方色彩。

王胄的擬作只有兩首，皆是〈棗下何纂纂〉，這是在煬帝倡導雕琢修飾、對仗工整的南方文風薰陶下所產生的短篇樂府，詩云：

> 柳黃知節變，草綠識春歸。復道含雲影，重擔照日輝。（其一）

御柳長條翠，宮槐細葉開。還得聞春曲，便逐鳥聲來。（其二）

《樂府詩集》曰：「纂纂棗花也，棗之纂纂盛貌，實之離離將衰，言榮謝各有時。」王胄的這二首〈棗下何纂纂〉，「柳黃知節變，草綠識春歸」亦言節候轉變植物榮枯，其餘寫此情景下的宮中事物與樂曲，與古辭並不相同。

綜而言之，隋統一天下，國祚雖短，在文學上並沒有多大成就，卻將南北文人聚集在一起，開創了南北樂府初步融合的局面，這時期的樂府大都華艷，內容貧弱，又多和南朝相似，卻是自魏晉南北朝通往唐代的一道重要橋樑。文帝煬帝兩朝，一以政策規範之，一以實際創作引領之，故雖不能完全改變當時受南朝影響華麗典贍的文風，但應已有比前代更多的檢討和嘗試，對於後代樂府詩的發展，提供了另一種選擇的機會。樂府詩到了唐代，隨著南北文化進一步的交流激盪，樂府才眞正吸收南北英華，創造出樂府詩的新境界。

茲將隋代詩人擬作詩題及數量列表於下：

隋代詩人	擬作數量	擬　作　標　題
盧思道	3	有所思、採蓮曲、日出東南隅行
王　胄	2	棗下何纂纂二首
薛道衡	1	豫章行
李德林	1	相逢狹路間
隋煬帝	1	飲馬長城窟行
殷英童	1	採蓮曲

由上表中可知隋代共有六位詩人擬作共九首樂府詩。

七、唐代的擬樂府

（一）唐樂府詩興盛的原因

樂府詩經南北朝繁華燦爛之後，至唐代由取法古題古辭，發展到「即事名篇，無所依傍」；由偏於邊塞、時事的題材、發展到偏向離亂、人生的歌詠；由王、楊、盧、駱、沈、宋，到岑、高、李、杜，再到元、白、張籍、劉禹錫……等，樂府詩又再度呈現盛況。

唐代民間歌謠興盛，樂府詩也特別發達，文人擬作的作品也特別多，直接促成了唐詩的鼎盛。唐代樂府詩的繁盛，固然是文學本身發展的結果；同時，也決定於當時的社會背景。唐代是個普遍重視詩歌的時代，我們從《全唐詩》所收錄的詩歌來看，其中除了王室貴族、宮廷文人的作品外，還有漁樵、隱士、和尙、道士、尼姑、歌妓、商人，以及一些無名氏的作品，足證唐代在任何階層的人士，對詩歌都有普遍的愛好，蔚成一股風氣。此外，唐代國力雄厚，經濟繁榮，商業鼎盛，仕宦商旅往來頻繁，歌館茶樓普遍設立，這些都有助於詩歌文化的發展。除了上述之因，我們追溯唐代樂府詩興盛的原因，還可歸納出下列數端：

1. 君王的提倡

唐代君王大都雅好詩歌，文士群起響應，於是詩歌盛極一時。帝王和群臣宴樂賦詩，屢見於史書記載，《新唐書・虞世南傳》曰：「帝嘗作宮體詩，使賡和。世南曰：『聖作誠工，然體非雅正。上之所好，下必有甚者。臣恐此詩一傳，天下風靡。不敢奉詔。』帝曰：『朕試卿耳。』〔註 41〕」唐代帝王，少有不能詩者，《全唐詩》前四卷所收均是帝君之作，而帝王對文人亦頗爲禮遇，如玄宗召李白入宮賦清平調三章，德宗召韓翃知制誥，憲宗召白居易爲翰林學士，由於帝王之提倡詩歌和禮遇詩人，不僅詩人之地位大爲提高，對詩歌發展尤有鼓舞作用，造成詩人輩出，盛況空前。

2. 文體本身的發展

五言古詩形成於東漢，盛行於魏晉南北朝，入唐已漸趨衰落，而律詩、絕句經過六朝長期的醞釀，到唐代已完全成熟，中唐的新樂府運動是從樂府舊題中蛻變而成的新詩體，再度給唐詩帶來新的境界。

〔註 41〕見歐陽修、宋祁敕編《新唐書・虞世南傳》，卷 102，列傳第 27，（台灣：中華書局，民國 54）。

唐人繼承漢魏六朝詩的精神和體式，進而又開拓了詩體的領域，無論古體詩、近體詩、樂府詩各體兼備，詩人創作的自由與詩體多樣性使這三種詩體正如三塊新園地，有待詩家共同開墾，唐詩人大量創作這三種詩體，造成唐詩興盛的局面。

3. 中西文化的交流

據史料記載，早在漢代胡漢間就有文化上的交流。在音樂方面，胡人音樂與樂器的傳入，也影響漢人的音樂內容。據崔豹《古今注》可知，胡人樂調傳入中國後，成爲「新聲」的一部份，其云：「橫吹，胡樂也。張博望入西域，傳其法於西京。唯得〈摩訶〉、〈兜勒〉二曲。李延年因胡曲，更造新聲二十八解，乘輿以爲武樂。」漢與西域文化交流的結果，成爲漢以後歷代對域外樂舞的吸收與創作的一個骨架，尤其是爲唐人的音樂奠定了深厚的基礎，繼而創造出唐人璀璨的音樂文化。

唐帝國統一後，國力強盛，聲威遠播，四方夷邦，都來歸順，造成胡漢文化的交流，民族的融合，由於胡樂曲的曲調音色優美，大受朝野人士的喜愛，而胡樂大量的輸入，造成唐代歌舞的繁盛。李頎〈聽安萬善吹觱篥歌〉云：「南山截竹爲觱篥，此樂本自龜茲出。流傳漢地曲轉奇，涼州胡人爲我吹。」觱篥本是胡地樂器，傳入唐民間後，再配上傳統舊有的樂器，改變了音樂的領域。在《樂府詩集》中，收錄許多唐人的仿作可看出文人樂府的發達，如李白〈長歌行〉、白居易的〈採蓮曲〉、張籍的〈白頭吟〉等。

（二）唐代樂府詩的分期

唐代詩歌鼎盛，作品繁多，據清代乾隆年間曹寅敕編的《全唐詩》，凡九百卷，共收錄詩人兩千兩百餘家，詩歌四萬八千九百餘首，唐詩興盛，可見一斑。之後，清光緒二十五年，敦煌出土的曲子詞，數量也將近千首，這些敦煌曲子詞，都是唐五代時的民間歌謠。以上這些數量，已超過自古代到隋代現存詩歌的總和。明胡應麟《詩藪》

外編云：

> 甚矣！詩之盛於唐也。其體制則三、四、五言，六、七雜言，樂府歌行，近體絕句，靡弗備矣。其格則高卑遠近，濃淡淺深，巨細精麤，巧拙強弱，靡弗具矣。其調則飄逸渾雄，沈深博大，綺麗幽閒，新奇猥瑣靡弗詣矣。其人則帝王將相。朝士布衣，童子婦人，緇衣羽客，靡弗預矣〔註42〕。

由此可見唐詩興盛的情形，大致來說，擬樂府詩的發展也可分爲初盛唐的復興時期及中晚唐的衰落時期。探討唐代樂府詩的分期，譚潤生在《唐代樂府詩》一書中有更新穎的說法，其據今人吳經熊撰寫的《唐詩四季》一書，將唐樂府詩分爲四期，以四季花開，說明唐代樂府詩的興衰，重新給予樂府詩生命的點醒，譚氏的分期季節以〈子夜四時歌〉爲主〔註43〕，分期如下：

1. 唐代樂府詩的春季——初唐

〈子夜春歌〉：春水春池滿，春時春潮生；春人飲春酒，春鳥弄春聲。

春天的到來，充滿朝氣，開啓唐代樂府詩的生命，所謂初唐，是指唐高祖李淵開國，從武德元年到睿宗李旦先天末年止。初唐樂府詩的體製與漢魏六朝樂府詩相較，有漸趨長篇的現象。繼承了齊梁華靡文風的餘緒，許多詩人的作品仍未擺脫柔弱纖細的風格。此時期的擬作詩人有詩風雅正的前朝遺臣虞世南，初唐四傑中只有盧照鄰一人有樂府擬作，其後沈佺期、宋之問兩家樂府擬作講究詩歌的聲律對仗，最後是反對綺麗的復古詩，以劉希夷爲主。初唐襲用的標題多半與漢代舊題相同，只有虞世南的〈飛來雙白鶴〉及劉希夷、宋之問的〈江南曲〉標題在前代就已試用，所以在初唐的擬樂府標題幾乎沒有創新。

初唐詩風不脫南朝的輕艷，綺麗雕琢，虞世南可爲代表，其樂府

〔註42〕見胡應麟《詩藪・內編卷二》，（台北：廣文書局，民國62年），頁479。

〔註43〕見《唐代樂府詩》，（台北：黎明文化事業公司，民國89年）。

詩在《樂府詩集》裡存八首，其中擬漢樂府舊題的有〈飲馬長城窟行〉、〈中婦織流黃〉和〈飛來雙白鶴〉三首，他歷仕陳、隋、唐三代，因此在樂府詩的表現上也不出宮體詩輕艷的風格。

初唐雖受南朝唯美文風的影響，也有擺脫輕艷文風，改走質樸風格的詩人，四傑可爲代表，其中盧照鄰《樂府詩集》裡存詩十四首，擬漢樂府舊題的有〈戰城南〉、〈巫山高〉和〈芳樹〉三首，其〈戰城南〉，詩云：

> 將軍出紫塞，冒頓在烏貪。笳喧雁門北，陣翼龍城南。凋弓夜宛轉，鐵騎曉參潭。應須駐白日，爲待戰方酣。

又如王勃，《樂府詩集》存詩五首，其中擬漢樂府舊題的有〈采蓮歸〉和〈江南弄〉二首，其〈採蓮歸〉，詩云：

> 採蓮歸，綠水芙蓉衣，秋風起浪鳧雁飛。……正逢浩蕩江上風，又值徘徊江上月。蓮蒲夜相逢，吳姬越女何丰茸。共問寒江千里外，征客關山更幾重。

此歌雖承襲民歌，但卻發展了詩歌的體製，而且開拓了民歌的意境，由采蓮而悲塞外征夫，唱采蓮而悲關山征客，這和前代文人擬作此題多寫男女情愛大不相同，雖然文詞綺麗，但綺麗之中卻有一股蒼涼之風。羅根澤《樂府文學史》云：「四人以性格論，『浮躁淺露』、『落魄無行』，其詩文樂歌當爲南朝綺麗香艷一派，而其實不盡然。〔註44〕」

四傑之後，文人樂府內容空虛，多是「侍宴」、「應制」之作，沈佺期、宋之問兩人爲代表，沈佺期樂府詩《樂府詩集》存十七首，其中擬漢樂府舊題的有〈巫山高〉二首，〈有所思〉一首和〈芳樹〉一首；宋之問樂府詩《樂府詩集》存三首，擬漢樂府舊題的有〈江南曲〉和〈王子喬〉二首。沈、宋二人都是朝廷侍臣，樂府之作大都意境平凡，如宋之問的〈江南曲〉，詩云：

> 妾住越城南，離居不自堪。採花驚曙鳥，摘葉餧春蠶。懶

〔註44〕羅根澤《樂府文學史》，第五章〈隋唐樂府〉，（台北：文史哲出版社，民國80年），頁202～203。

結茱萸帶，愁安玳瑁簪。侍臣消瘦盡，日暮碧江潭。

這類詩歌音律對仗極爲協調，然而講究聲律對仗的結果，使詩歌內容空虛貧乏，詞藻華美綺麗，則又是齊梁香艷一派的餘緒。

初唐時提倡詩歌復古的陳子昂雖然沒有模擬漢樂府古辭的擬作，但他所提倡的詩歌復古運動卻影響了後來詩人的創作，劉希夷可爲代表，其樂府詩《樂府詩集》存十五首，其中擬漢樂府舊題的有〈江南曲〉八首、〈采桑〉和〈白頭吟〉共十首，其中〈江南曲〉和〈白頭吟〉都是七言歌行體的閨情詩，尤其是〈白頭吟〉一詩，又名〈代悲白頭翁〉，古辭寫女子和負心人決裂，劉希夷則感慨青春易逝，人生無常。詩由一個洛陽女兒眼中所見寫出，通過紅顏女子和白頭翁今昔盛衰的對比，將他們的命運歸結到人生短促、時不我予的主旨上。此詩雖未全脫六朝浮艷之氣，但全詩自然流暢，詩境與詩意統一，文辭精煉，詩人感歎句、疑問句的大量運用，增強了詩的藝術感染力，其中「年年歲歲花相似，歲歲年年人不同」更成爲歷代傳誦的佳句，全詩如下：

洛陽城東桃李花，飛來飛去落誰家？洛陽女兒惜顏色，行逢落花長歎息。今年花落顏色改，明年花開復誰在？已見松柏摧爲薪，更聞桑田變成海。古人無復落洛城東，今人還對落花風。年年歲歲花相似，歲歲年年人不同。寄言全盛紅顏子，須憐半死光祿池台文錦繡，將軍樓閣畫神仙。十朝臥病無人識，三春行樂在誰邊？宛轉蛾眉能幾時，須臾白髮亂如絲。但看舊來歌舞地，唯有黃昏鳥雀悲。

2. 唐代樂府詩的夏季——盛唐

〈子夜夏歌〉：小小通大河，山深鳥宿多；主人看客好，曲路安相過。

所謂盛唐，是指從唐玄宗開元元年，到肅宗寶應末年，是唐詩的盛季，也是擬樂府詩的興盛時期。胡適之先生在《白話文學史》一書中云：

盛唐是詩的黃金時代，但後世講文學史的人都不能明白盛

> 唐的詩所以特別發展的關鍵在什麼地方。盛唐的詩的關鍵在樂府歌辭。第一步是詩人倣作樂府。第二步是詩人沿用樂府古題而自作新辭，但不拘原意，也不拘原聲調。第三步是詩人用古樂府民歌的精神來創作新樂府。在這三步之中，樂府民歌的風趣與文體不知不覺地浸潤了、影響了、改變了詩體的各方面，遂使這個時代的詩在文學史上放一大異彩〔註45〕。

由此可見樂府詩對唐代詩壇的貢獻，這時期的詩人甚多，依詩歌風格大致可分爲李白的浪漫詩派；王維、儲光羲、劉慎虛的自然詩派；王昌齡、崔顥、李頎的邊塞詩派。

王維、儲光羲、劉慎虛等自然詩派詩人，他們的作品多半以自然的景象作爲抒寫的題材，王維的樂府詩《樂府詩集》存十八首，其中擬漢樂府舊題的只有〈隴西行〉一首，歌詠的是從軍戰士奔赴前線的鮮明形象。儲光羲的樂府詩在《樂府詩集》裡存五首，其中擬漢樂府舊題的有〈采蓮曲〉、〈采菱曲〉和〈猛虎行〉三首，和王維一樣，儲光羲也多用樂府古題，然而他的詩歌卻少有王維那種意氣風發、奮發進取的精神，多是表現自己心境之作，如其〈采菱曲〉，詩云：

> 濁水菱葉肥，清水菱葉鮮。義不游濁水，志士多苦言。潮沒具區藪，潦深雲夢田。朝隨北風去，暮逐南風還。浦口多漁家，相與邀我船。飯稻以終日，羹蓴將永年。方冬水物窮，又欲休山樊。盡室相隨從，所貴無憂患。

詩用〈采菱曲〉題，也寫到采菱之事，但引人思索的是詩人內心的感慨，表面上看來詩人是「義不游濁水」、「所貴無憂患」，實際上卻「志士多苦言」，蘊含心中的不平。

王昌齡、崔顥等邊塞詩派詩人，他們喜用七言歌行體，描寫塞外的風光和艱苦的戰士生活，崔顥的擬作只有〈相逢行〉一首，李頎的擬作也只有〈緩歌行〉一首，王昌齡的樂府詩在《樂府詩集》存二十四首，其中擬漢樂府舊題的有〈放歌行〉、〈長歌行〉和〈采蓮曲〉三

〔註45〕見胡適《白話文學史》第十二章〈八世紀的樂府新詞〉，頁185。

首，其樂府詩有邊塞、閨怨二種風格，他描寫婦人不像前人那樣重在婦人遭遇的一般描寫，而是重在表現婦人的心境和情緒，如〈采蓮曲〉，詩云：

> 越女作桂舟，還將桂爲楫。湖上水渺漫，清江初可涉。摘取芙蓉花，莫摘芙蓉葉。將歸問夫婿，顏色何如妾。

李白可說是盛唐樂府詩的完成者，在初盛唐詩壇上，李白樂府詩的數量最多，據郭茂倩《樂府詩集》所錄，初盛唐創作的樂府詩全部計 450 首左右，其中李白作 149 首，占三分之一，除去近代曲辭和新樂府辭，初盛唐所作漢魏六朝古題樂府計 400 首左右，李白作 122 首，占百分之三十，而在李白的全部樂府詩中，漢魏古題占八成以上，其餘二成中，除了寫於供奉宮廷期間的 11 首近代曲辭之外，尚有 17 首新樂府辭，也都近似古樂府。

李白堪稱是樂府大家，也是唐代創作樂府詩最多的詩人，從其創作的一千多首詩作中，樂府詩就占四分之一，爲各類詩歌之冠，李白大部分名篇皆系樂府之列，說樂府成就李白實不爲過。胡適之在《白話文學史》一書中云：

> 樂府到了李白，可算是集大成了。他的特別長處有三點：第一、樂府本來起於民間，而文人受了六朝浮華文體的餘毒，往往不敢充分運用民間語言與風趣，李白認清了文學的趨勢，他有意用「清眞」來救「綺麗」之弊的。所以他大膽地運用民間的語言，容納民歌的風格，很少雕飾，最近自然。第二、別人樂府歌辭，往往先存了求功名科第的念頭，李白卻始終是一匹不受羈勒的駿馬，奔放自由。第三、開元天寶的詩人作樂府，往往勉強作壯語，說大話，仔細分析起來，其實很單調，很少個性的表現，李白的樂府有時是酒後放歌，有時是離筵別曲，有時是發議論，有時是頌讚山水，有時上天下地作神仙語，有時描摹小兒女情態，體貼入微〔註 46〕。

〔註 46〕同註 44，第十二章〈八世紀的樂府新詞〉，頁 206。

葛曉音在〈論李白樂府的復與變〉一文中，說到李白樂府詩在復古與變革的關係時，將其分爲三種類型：一是在體制、內容及藝術方面恢復古意；二是綜合並深化某一題目在發展過程中衍生的全部內容，或在藝術上融合漢魏、齊梁風味再加以提高和發展；三是沿用古題，而在興寄及表現形式方面發展最大的創造性〔註 47〕。漢代樂府古辭從六朝到初唐的模擬過程中，許多失去原意的古題，多在李白的手中恢復了原意。例如〈戰城南〉一詩，古辭原是控訴戰爭給人民帶來的災難，梁吳均、陳張正見卻將主題改爲歌詠將士立功之意，李白則上溯回漢代古辭，再度回復古辭窮兵黷武的主旨。〈陌上桑〉一詩，漢古辭寫采桑女智拒太守的故事，曹操卻用此題寫游仙、曹丕寫行軍，南朝詩人則大部分寫采桑女的春思，李白則化用古辭重述故事，最後點出「托心自有處，但怪傍人愚」的主旨，暗喻更深一層的寄託。〈來日大難〉一詩，原題爲〈善哉行〉，本是一首游仙詩，曹操用此題抒寫思慕聖賢，不能遂志之嘆，曹丕用以表現人生的各種感慨，後來的曹植、魏明帝、謝靈運、江淹等人所作也都離古辭原題甚遠，李白擬作則又恢復古辭古意，寫游仙采葯之事。其他如〈有所思〉、〈長歌行〉、〈怨歌行〉、〈枯魚過河泣〉等，李白擬這些古題都不離古辭本意，在藝術表現上也盡量接近古辭的風味，由他擬的這些作品可以看出，李白無論從體制、文意或藝術表現方面恢復古意，都是盡力比前人的擬作更貼近古辭，以學習漢魏爲復古的主要目標，是李白樂府詩的一大特色。

古題樂府在長期的發展過程中形成了主題的繼承性，但不同時代的文人在擬作時仍有不同的寄託，因而同一個詩題也會衍生出不同的內容。漢魏樂府原有的「興寄」傳統，到了兩晉以後逐漸消失，只在少數的詩人作品中保存了下來。南朝樂府興起後，文人擬樂府的格調愈趨平庸，而內容比較健康的北朝樂府民歌除了小部分描寫征戰的題材以外，大部份的題目都沒有文人的擬作，到了初唐，擬樂府仍無法

〔註 47〕見葛曉音〈論李白樂府的復與變〉一文，收錄在《詩國高潮與盛唐文化》一書（北京大學出版社，1998 年 5 月），頁 162～177。

擺脫南朝唯美文風而趨於靡弱，即使陳子昂提倡風雅興寄和漢魏風骨的主張，對樂府詩也無太大的助益，到了盛唐，尤其到了李白的筆下，樂府詩被大規模的創作，「風雅興寄」的樂府古辭傳統才眞正的復興，中晚唐以後，雖仍有不少詩人創作古題樂府，但再也沒有漢魏六朝的風韻，新樂府代之而起也就成為必然的趨勢。

3. 唐代樂府詩的秋季——中唐

〈子夜秋歌〉：萬里人南去，三秋雁北飛；不知何歲月，得共汝同歸。

所謂中唐，是指代宗廣德元年到敬宗寶歷二年間，也就是從天寶之亂以後到黃巢起兵以前的一百年間，天寶之亂是唐代政治的轉捩點，國勢自此衰頹。「萬里人南去，三秋雁北飛」，是安史之亂人民流離逃難的情形，由於世局動亂，匡補時政的社會寫實詩達到極盛。最能代表中唐的樂府詩人首推元和詩人，他們繼承杜甫的寫實詩路線，倡導「即事名篇」的新樂府，由白居易、元稹帶動新樂府運動，之後劉禹錫、張籍、王建的加入，激起了新樂府運動的波瀾，成為中唐詩歌的主流。誠如邱師燮友在〈樂府詩導讀〉一文中所云：

> 唐時文人仿製的樂府詩，可歸為兩大類：一為盛唐以前沿襲舊題樂府所作的樂府詩，一為中唐以後白居易、元稹、李紳等所提倡的新題樂府，簡稱為「新樂府」，新樂府的精神，在於繼承《詩經》的六義，上接建安風骨的寫實諷諭詩，到初唐陳子昂的「漢魏風骨」，杜甫的「即事名篇」社會寫實詩，而開展為元和年間，以口語入詩，寫「因事立題」的新樂府詩。〔註48〕

中唐的樂府詩是一種隨意立題、自由抒寫的新體樂府，擬漢民間舊題樂府進入衰弱時期，羅根澤《樂府文學史》一書云：「樂府至唐代，已至由分化漸就至衰弱時期，而能產生大批之文人新樂府。〔註49〕」

〔註48〕見邱師燮友〈樂府詩導讀〉一文，收錄在《品詩吟詩》一書（台北：東大圖書公司，民國78年），頁134～135。

〔註49〕同註43，第五章〈隋唐樂府〉，頁196。

隨意立題的新樂府，雖然與漢樂府不同，但卻繼承了「緣事而發」的兩漢樂府的寫實主義精神。盛唐的杜甫雖然沒有一首樂府詩是模擬漢樂府古辭的，但他的作品大部分反映當時社會現實，直接上承漢民間樂府的寫實主義精神，尤其是他運用的詩歌形式很多，隨意立題、自由抒寫的新體樂府，爲中唐的社會寫實詩人開闢了新的創作道路。陳寅恪曾云：「元白二公俱推崇少陵之詩，則新樂府之體，實爲模擬杜公樂府之作品。〔註50〕」

張修蓉在《中唐樂府詩研究》一書中，針對中唐的八位詩人所創作的約一千首樂府詩作深入的研究，在郭茂倩的《樂府詩集》裡中唐的擬漢樂府舊題只有四十二首，擬作詩人除了張氏所說的八人外，尚有顧況與鮑容二人。就標題而言，兩漢民間樂府五十一首中有十七首被中唐詩人襲用，其中新的標題是李賀的〈難忘曲〉，本出於漢樂府古辭的〈相逢行〉，白居易的〈反白頭吟〉本出於〈白頭吟〉。

白居易所襲用的漢民間樂府舊題中，除了描寫景色、男女情愛等的〈江南〉以外，大部分都擬漢樂府裡含有諷刺，描寫民間疾苦的詩，如〈怨詩行〉、〈董逃行〉、〈白頭吟〉。

大致來說，中唐的擬作可分爲兩類：一是諷刺當時社會現實的樂府，如元稹的〈當來日大難〉，張籍的〈傷歌行〉、〈董逃行〉，孟郊的〈有所思〉，李賀的〈難忘曲〉等。其中張籍的〈董逃行〉是描寫東漢末年，董卓兵亂之際，漢室皇城燬之一炬，百姓流離失所的慘況，以史實諷諭唐代藩鎮跋扈兵革迭起，並進一步期待太平盛世的重現，詩云：

> 洛陽城頭火曈曈，亂兵燒我天子宮。宮城南面有深山，盡將老幼藏其間。重巖爲屋橡爲食，丁男夜行候消息。聞道官軍猶掠人，舊里如今歸未得。董逃行，漢家幾時重太平？

〈傷歌行〉是描寫京兆尹獲罪罷官時的慘況，以諷刺官吏，不同於古辭感物懷思、觸景傷情的抒情之作。詩云：

〔註50〕陳寅恪《元白詩箋證稿》第五章〈新樂府〉，頁111。

黃門詔下促收捕，京兆尹繫御史府。出門無復部曲隨，親戚相逢不容語。辭成謫尉南海州，受命不得須臾留。身著青衫騎惡馬，東門之東無送者。郵夫防吏急喧驅，往往驚墮馬蹄下。長安里中荒大宅，朱門已除十二戟。高堂舞榭鎖管絃，美人遙望西南天。

又如孟郊的〈有所思〉，寫的是兵災不止，南方遊子，客路艱阻，羈旅難歸的景況，詩云：

桔槔烽火晝不滅，客路迢迢信難越。古鎮刀攢萬片霜，寒江浪起千堆雪。此時西去定如何，空使南心遠淒切。

另一種是用漢民間樂府舊題來描寫男女愛情、山川景象等一般生活，沒有諷刺之意，如張籍的〈采蓮曲〉，李賀的〈巫山高〉，劉禹錫〈采菱行〉等。其中〈采菱行〉詩云：

白馬湖平秋日光，紫菱如錦綵鸞翔。蕩舟遊女滿中央，採菱不顧馬上郎。爭多逐勝紛相嚮，時轉蘭橈破輕浪。長鬟弱袂動參差，釵影釧文浮蕩漾。笑語哇咬顧晚暉，蓼花綠岸扣舷歸。歸來共到市橋步，野蔓繫船萍滿衣。家家竹樓臨廣陌，下有連檣多估客。攜觴薦芰夜經過，醉踏大堤相應歌。屈平祠下沅江水，月照寒波白煙起。一曲南音此地聞，長安北望三千里。

4. 唐代樂府詩的冬季——晚唐

〈子夜冬歌〉：天地平如水，天道自然開；家中無學子，官從何處來？

所謂晚唐，是指文宗太和元年以後，到唐的亡國。天寶之亂後，藩鎮割據地方，到了晚唐暴發了黃巢之亂。這時期有一批隱逸詩人，他們繼承中唐新樂府的精神，從事寫實詩的創作，代表詩人有張祜、陸龜蒙、羅隱等人。隱逸詩人外，尚有以唯美詩風爲主的李商隱、溫庭筠、莊南傑等唯美主義詩人。大致來說，晚唐的擬漢民間樂府舊題的樂府詩比中唐更少，繼承中唐新樂府的皮日休擬漢樂府古辭的樂府一首也沒有，唯美主義的杜牧、李商隱等人的擬作也很少，由此可知擬漢樂府之風到了晚唐已漸趨式微，說晚唐是唐代樂府詩的冬季一點也不爲過。

茲將唐代詩人擬作詩題及數量列表於下：

唐代詩人	擬作數量	擬　作　標　題
李　白	21	戰城南、有所思、君馬黃、雉子斑、採蓮曲、湖邊採蓮婦、陌上桑、日出行、長歌行、猛虎行、豫章行、相逢行二首、來日大難、上留田行、公無渡河、梁甫吟、白頭吟二首、悲歌行、枯魚過河泣
劉希夷	10	江南曲八首、採桑、白頭吟
李　賀	9	巫山高、艾如張、江南弄、江南曲、日出行、猛虎行、難忘曲、箜篌引、雁門太守行
張　籍	6	採蓮曲、江南曲、猛虎行、董逃行、傷歌行、白頭吟
元　稹	6	芳樹、當來日大難、董逃行、決絕詞三首
王昌齡	5	採蓮曲三首、長歌行、放歌行
僧貫休	5	戰城南二首、蒿里、善哉行、上留田行
僧齊己	5	巫山高、採蓮曲、君子行、猛虎行、善哉行
白居易	4	採蓮曲、挽歌、怨詩、反白頭吟
沈佺期	4	巫山高二首、有所思、芳樹
王　建	3	採桑、飲馬長城窟行、公無渡河
虞世南	3	飲馬長城窟行、中婦織流黃、飛來雙白鶴
儲光羲	3	採蓮曲、採菱曲、猛虎行
鮑　溶	3	採蓮曲二首、怨詩
陸龜蒙	3	江南曲二首、陌上桑
溫庭筠	3	江南曲、張靜婉採蓮曲、公無渡河
孟　郊	3	巫山高、有所思、怨詩
于　鵠	3	江南曲、挽歌二首
崔國輔	3	採蓮曲、怨詩二首
李　暇	3	怨詩三首
盧照鄰	3	戰城南、巫山高、芳樹
韋應物	3	有所思、芳樹、相逢行
王　勃	2	江南弄、採蓮歸

唐代詩人	擬作數量	擬　作　標　題
宋之問	2	江南曲、王子喬
戎　昱	2	採蓮曲二首
薛奇童	2	怨詩二首
羅　隱	2	芳樹、江南曲
姚氏月華	2	怨詩二首
徐彥伯	1	採蓮曲
王　維	1	隴西行
劉愼虛	1	江南曲
劉禹錫	1	採菱行
韓　愈	1	猛虎行
莊南傑	1	雁門太守行
李商隱	1	江南曲
張　祜	1	雁門太守行
崔　顥	1	相逢行
丁仙芝	1	江南曲
李　益	1	江南曲
韓　翃	1	江南曲
賀知章	1	採蓮曲
閻朝隱	1	採蓮女
董思恭	1	三婦艷詩
王紹宗	1	三婦艷詩
常　建	1	陌上桑
郎大家宋氏	1	採　桑
李彥遠	1	採　桑
張　汯	1	怨　詩
劉元齊	1	怨　詩
劉　叉	1	怨　詩
盧　仝	1	有所思
劉氏雲	1	有所思
趙微明	1	挽　歌

唐代詩人	擬作數量	擬　作　標　題
孟雲卿	1	挽　歌
鄭世翼	1	巫山高
張循之	1	巫山高
劉方平	1	巫山高
皇甫冉	1	巫山高
李　端	1	巫山高
于　濆	1	巫山高
耿　湋	1	隴西行
長孫左輔	1	隴西行
劉　駕	1	戰城南
李　頎	1	緩歌行
柳宗元	1	東門行

由上表中可知唐代共有六十五位詩人擬作共一百六十首樂府詩。

第三章　樂府古辭的主題與流變

第一節　樂府古辭的主題與流變

一、鼓吹曲辭

漢鐃歌十八曲，原見於《宋書・樂志》。後郭茂倩《樂府詩集・鼓吹曲辭一》引《古今樂錄》曰：

> 漢鼓吹鐃歌十八曲，字多訛誤。一曰〈朱鷺〉，二曰〈思悲翁〉，三曰〈艾如張〉，四曰〈上之回〉，五曰〈擁離〉，六曰〈戰城南〉，七曰〈巫山高〉，八曰〈上陵〉，九曰〈將進酒〉，十曰〈君馬黃〉，十一曰〈芳樹〉，十二曰〈有所思〉，十三曰〈雉子斑〉，十四曰〈聖人出〉，十五曰〈上邪〉，十六曰〈臨高台〉，十七曰〈遠如期〉，十八曰〈石留〉。又有〈務成〉、〈玄雲〉、〈黃爵〉、〈釣竿〉，亦漢曲也，其辭亡。
>
> 或云：漢鐃歌二十一無〈釣竿〉，〈擁離〉亦曰〈翁離〉。

所以漢鐃歌十八曲實際應為二十二曲。除〈務成〉、〈玄雲〉、〈黃爵〉、〈釣竿〉四篇無辭外，其餘十八曲中有詩意全可解者，如〈戰城南〉、〈上邪〉、〈有所思〉、〈巫山高〉等曲；有半可解者，如〈朱鷺〉、〈思悲翁〉、〈芳樹〉、〈雉子斑〉等。

漢鼓吹曲辭中的鐃歌十八曲，不僅詩意難曉，年代也難以考證，又因字句舛訛，聲辭博雜，關於鐃歌的性質，歷來學者對它多有激烈的爭論：

王先謙在《漢鐃歌釋文箋正》云：

> 十八曲不皆鐃歌，蓋樂府存其篇名，在漢時已屢增新曲，實爲後代擬古樂府之祖。〈朱鷺〉、〈上陵〉諸篇，其確證也。宋書既已沿譌，仍統名鐃歌，以存其舊。……由今觀之，思悲翁，戰城南，巫山高，有所思，藝文志之，漢興以來，兵所誅滅歌詩也。上之回，將進酒，臨高臺，遠如期，出行巡狩及游歌詩也，在鐃歌之內者也。聖人出，泰壹雜甘泉壽宮歌詩也。在鐃歌之外者也。其餘九篇，亦皆名仍舊曲，屢易新辭。朱鷺、美漢初朱鷺之瑞，福應歌詩也，變而諷刺矣。上陵，舊食舉曲，因上陵而名，藝文志之，宗廟歌詩也，變而神仙矣，猶非軍樂也。遠如期，有所思列於太樂食舉曲，亦宗廟歌詩也。一變而爲軍樂者也〔註1〕。

清陳本禮《漢詩統箋》云：

> 按今所傳鐃歌十八曲，不盡軍中樂，其詩有諷有頌，有祭祀樂章。其名不見於《史記》，亦不見於《漢書》，唯《宋書．樂志》有之，似漢雜曲，歷魏、晉傳訛；《宋書》搜羅遺佚，遂統名之曰鐃歌耳〔註2〕。

按王先謙與陳本禮所言，漢世鐃歌分類博雜，施用於多方面，並不限於軍樂。余冠英對鐃歌十八曲的複雜性有一段較爲客觀的論述，他在《樂府詩選．前言》中說：「大約鐃歌本來有聲無辭，后來陸續補進歌辭，所以時代不一，內容龐雜。其中有敘戰陣，有紀祥瑞，有表武功，也有關涉男女私情的。有武帝時的詩，也有宣帝時的詩；有文人制作，也有民間歌謠。〔註3〕」

〔註 1〕見王先謙《漢鐃歌釋文箋正》，（台北：藝文印書館，民國 47 年），頁 4。

〔註 2〕見陳本禮《漢詩統箋》，收錄在《叢書集成三編》，（台北：新文豐，民國 86 年）。

〔註 3〕見余冠英《樂府詩選》前言，（台北：華正書局，民國 70 年）。

我們歸納歷來學者的說法，依內容性質來看，具有民間色彩的鐃歌詩作如下：

（一）戰城南

戰城南，死郭北，野死不葬烏可食。為我謂烏：「且為客豪，野死諒不葬，腐肉安能去子逃？」水深激激，蒲葦冥冥。梟騎戰鬥死，駑馬徘徊鳴。梁築室，何以南，何以北，禾黍不穫君何食？願為忠臣安可得？思子良臣，良臣誠可思，朝行出攻，暮不夜歸。（樂府詩集第十六卷）

這是一首詛咒戰爭的詩歌，關於〈戰城南〉的寫作背景，前賢說法紛紜。自古以來，許多學者對這首歌有不同的見解，莫能定論，但大致約可分為三類：第一是就內容方面來看，他們認為這首樂府詩是揭露戰爭慘烈的非戰詩歌。誠如陸侃如在《樂府古辭考》中所謂：

此為古代非戰名作之一〔註4〕。

朱嘉徵《樂府廣序》曰：

戰城南，戒王者之勸遠略也〔註5〕。

又如羅根澤在《樂府文學史》中言及的：

此詩乃民人厭戰之呼聲。『野死不葬烏可食』，已能將戰後死尸狼藉，烏獸吞食之景況，全盤繪出。而又益以『野死諒不葬，腐肉安能去子逃』二句，以文論妙不可言；以事論慘不忍覩；為千古詛咒戰爭之絕唱〔註6〕。

第二是就內容性質與用途來看，認為具有軍樂性質的〈戰城南〉具有反戰思想，例如：蕭滌非在《漢魏六朝樂府文學史》中曰：

此篇雖敘戰事，而語涉諷刺，不知當日軍樂何以用之，若魏晉以下，那得有此種〔註7〕。

〔註4〕陸侃如《樂府古辭考》〈鼓吹曲〉（台北：台灣商務印書館，民國59年），頁62。

〔註5〕朱嘉徵《樂府廣序》，清康熙刻本。

〔註6〕羅根澤《樂府文學史》，第二章〈兩漢之樂府〉（台北：文史哲出版社，民國80年），頁35。

〔註7〕見蕭滌非《漢魏六朝樂府文學史》第二編第二章〈漢初貴族樂府〉，

梁啓超《中國之美文及其歷史》亦云：

> 此詩化表一般人民厭惡戰爭的心理，好處在傾瀉胸膈，絕不含蓄，用這種歌詞作軍樂，就後人眼光看起來，很像有點奇怪，但當時只是用人人愛唱的，像並沒有什麼揀擇和忌諱，這首歌寫軍中實感，雖過於悲憤，亦含有馬革裹屍的雄音〔註8〕。

支持這種說法的學者認爲〈戰城南〉是鼓吹鐃歌，既屬軍樂，又含非戰思想，似有所矛盾。事實上，漢鐃歌不盡皆敘戰爭之事，描述戰爭的只有〈戰城南〉一篇，其它也有描述思鄉、相思、反戰等內容的詩歌，因此〈戰城南〉含有反戰思想是可以理解的。

第三是就用途方面來解釋。大部分人都認爲這首歌是激勵戰士之辭，例如：吳兢《樂府古題要解》云：

> 右其詞大略言戰城南，死郭北，野死不得葬，爲烏烏所食，願爲忠臣，朝出攻戰，而莫不得歸也〔註9〕。

夏敬觀在《漢短簫鐃歌注》云：

> 此激勵將士之辭也〔註10〕。

潘重規在《樂府詩校箋》云：

> 此篇義同屈子國殤。作者設爲忠臣甘心戰死之詞〔註11〕。

汪師雨盦在《樂府詩紀》云：

> 短簫鐃歌軍中所奏，此詩詠歎，野死不葬，駑馬悲鳴，詞甚壯烈，……皆軍樂鼓勵將士之辭〔註12〕。

（台北：長安出版社，民國70年），頁52。

〔註8〕見梁啓超《中國之美文及其歷史》第一章〈古歌謠及樂府〉，（北京：東方出版社，1996年），頁48。

〔註9〕吳兢《樂府古題要解》，收錄在《叢書集成新編》第八十一冊，（台北：新文豐出版社，民國74年）。

〔註10〕夏敬觀《漢短簫鐃歌注》，（台北：廣文書局，民國59年），頁21。

〔註11〕潘重規《樂府詩校箋》〈漢鐃歌〉，（台北：學海出版社，民國63年），頁16。

〔註12〕汪師雨盦《樂府詩紀》第二章〈兩漢樂府〉，（台北：學生書局，民國57年），頁37。

〈戰城南〉後代文人擬作頗多，在《樂府詩集》裏共有六位作家擬作了七首，其內容呈現依然圍繞戰爭的主題發揮，多取義於〈戰城南〉古辭，如梁吳均的「往戰城南畿」、陳張正見的「城南接短兵」和唐盧照鄰的「陣翼龍城南」等都是描述在城南作戰的情形。在句法方面除了李白用雜言體以外，大多數都採用五言。茲將後代擬作情況列表於下：

標　題	朝　代	作　者	形　式	主　題
戰城南	梁	吳　均	五　言	征　戰
戰城南	陳	張正見	五　言	征　戰
戰城南	唐	盧照鄰	五　言	征　戰
戰城南	唐	李　白	雜　言	征　戰
戰城南	唐	劉　駕	五　言	征　戰
戰城南	唐	僧貫休	五　言	征　戰
戰城南	唐	僧貫休	五　言	征　戰

（二）巫山高

巫山高，高以大；淮水深，難以逝。我欲東歸，害（梁）不爲？我集無高曳，水何（梁）湯湯回回。臨水遠望，泣下霑衣。遠道之人心思歸，謂之何！（樂府詩集第十六卷）

這首是遊子思鄉的詩。詩借巫山高大、淮水深闊，暗喻歸鄉之途受阻。關於這首詩的字句解說多有歧義，兩「梁」字郭茂倩認爲是表聲字，「害不爲」是感嘆東歸之不可爲之意，王先謙解爲「我今何欲，但欲東歸，奈當時以閣道浮梁爲害，而不爲」，至於「我集無高曳，水何湯湯回回」說法也有不同，如照郭茂倩的句讀，則可解讀爲我欲歸去，但苦無牽引之物，水勢爲何要如此浩蕩？另有張壽平之說解爲「我之往就，幸無高山險阻，然亦必須曳依涉水，何有橋梁？」王先謙則解爲「我雖欲集高山，而無高可集，既不能登山而歸，且關中諸水，阻我歸路。昔有梁可渡，今何從得曳水之梁，而水流則湯湯，水大則回回。」由此可解此詩的主旨應爲歸鄉不得，故臨水遠眺，不禁興起去國懷鄉之思。

關於此詩的句讀，不論採用何種形式，表現的都是一種思鄉的主題。然而其寫作背景卻眾說紛紜，莊述祖《漢鼓吹鐃歌曲句解》曰：

> 巫山高，閔周也。楚頃襄王約齊韓伐秦，而欲圖周，國人疾其不能自強，而棄其主，且閔周之將亡，故作是詩。此楚歌詩，漢武帝時樂府采之〔註13〕。

陳沆《詩比興箋》曰：

> 此似憂吳楚七國之事。殆景帝初年吳楚之風謠，武宣之世，采入樂府〔註14〕。

譚儀《漢鼓吹鐃歌十八曲集解》曰：

> 巫山高，南國之士，自傷不達于朝廷也〔註15〕。

王先謙《漢鐃歌釋文箋正》曰：

> 賨民從高帝定秦，不願出關，因思歸而作歌〔註16〕。

吳兢《樂府古題要解》曰：

> 言江淮水深，無梁可度，臨水遠望，思歸而已〔註17〕。

巫山在今四川省巫山縣東南，縣以山名；而淮水源自河南，經安徽、江蘇入海，因此吳兢認爲是「江淮間羈旅懷鄉」之作。綜上所述，有的學者將這些時代無名氏作的民間歌謠牽強附會於當時的歷史事件，稍嫌穿鑿。然大致而言，這首漢代的〈巫山高〉，從詩中的「巫山高」、「淮水深」、「我欲東歸」及「湯之回回」、「臨水遠望」等數句來看，此詩必是江淮間羈旅懷念故鄉的作品無誤。這首詩可能是入樂府之前時，離家出征的軍人或離鄉的遊子懷念故鄉的詩，所以語言拙樸，情感眞摯，富有民間歌謠的特色。

在《樂府詩集》裏，後代擬作這首詩的共有二十二首，沈佺期與

〔註13〕莊述祖《漢鼓吹鐃歌曲句解》，珍藝宧遺書本。

〔註14〕陳沆《詩比興箋》，（台北：藝文印書館，民國47年），頁6。

〔註15〕譚儀《漢鼓吹鐃歌十八曲集解》，靈鶼閣叢書本，頁5。

〔註16〕同註1，王先謙《漢鐃歌釋文箋正》，頁29。

〔註17〕同註9，吳兢《樂府古題要解》。

孟郊都有二首擬作，其餘各一首，標題都是〈巫山高〉。後代的擬作詩旨已有大幅轉變，絲毫沒有像漢代樂府中那種充滿懷鄉的情緒，都是一些有關神仙的詩，有的詩憑巫山之夢的故事來描寫空虛、淒涼等的情感。如齊王融和梁范雲皆就〈巫山高〉描述巫山景致及其傳說故事，吳兢《樂府古題要解》曰：

> 若齊王融想像巫山高，梁范雲巫山高不極，雜以陽臺神女之事，無復遠望思歸之意也。〔註18〕

其它詩人的擬作也大部分使用「巫山高」、「陽臺」、「高唐」、「朝雲」、「暮雨」、「荆王」、「猿」等的詩句來描寫巫山神女之事，因此推測當時文人之間很流行運用楚王巫山之夢的典故〔註19〕。這個典故是敘述楚王遊高唐，夢遇巫山之女神，因寵幸之，遂爲置觀於巫山之南。巫山本是山名，因爲這個典故，後來「巫山」的含意就轉變成雲雨、高唐、陽臺同爲男女之事。

大致而言，漢代民間作的〈巫山高〉是描寫思鄉的詩，而後代文人襲用〈巫山高〉的標題來描寫神女之事，且又加入六朝時代流行的遊仙思想與重視形式美觀的趨向。所以產生與漢代〈巫山高〉完全不相同的作品，因此也就無法具備漢代〈巫山高〉那種直述其事的質樸。在形式句法上，從原先的雜言體，過渡到南朝的五言體，直到唐代才出現七言、雜言的擬作。茲將後代擬作情況列表於下：

標　題	朝　代	作　者	形　式	主　題
巫山高	齊	虞　義	五　言	陽臺神女事
巫山高	齊	王　融	五　言	陽臺神女事

〔註18〕同註9，吳兢《樂府古題要解》。

〔註19〕見梁昭明太子編撰《文選》卷十九，宋玉〈高唐賦序〉，（台北：華正書局，民國79），頁264。楚襄王與宋玉遊雲夢之臺，王見高唐之觀上有雲氣，問玉此何氣也，玉對曰所謂朝雲也，王復問，玉曰：「昔者先王嘗游高唐，怠而晝寢，夢見一婦人曰：『妾巫山之女也，爲高唐之客，聞君游高唐，願薦枕席。』王因而幸之。去而辭曰：『妾在巫山之陽，高丘之阻，旦爲朝雲，暮爲行雨，朝朝暮暮，陽臺之下。』」

巫山高	齊	劉　繪	五　言	巫山之景
巫山高	梁	梁元帝	五　言	巫山神女
巫山高	梁	范　雲	五　言	巫山之景
巫山高	梁	費　昶	五　言	巫山之景
巫山高	梁	王　泰	五　言	巫山之景
巫山高	陳	陳後主	五　言	巫山之景
巫山高	陳	蕭　詮	五　言	巫山之景
巫山高	唐	鄭世翼	五　言	巫山之景
巫山高	唐	沈佺期	五　言	巫山之景
巫山高	唐	沈佺期	五　言	巫山神女
巫山高	唐	盧照鄰	五　言	巫山神女
巫山高	唐	張循之	五　言	巫山之景
巫山高	唐	劉方平	五　言	巫山之景
巫山高	唐	皇甫冉	五　言	巫山神女
巫山高	唐	李　端	五　言	巫山之景
巫山高	唐	于　濆	五　言	巫山之景
巫山高	唐	孟　郊	五　言	巫山之景
巫山高	唐	孟　郊	七　言	巫山神女
巫山高	唐	李　賀	雜　言	巫山神女
巫山高	唐	僧齊己	雜　言	巫山神女

（三）有所思

有所思，乃在大海南。何用問遺君？雙珠玳瑁簪，用玉紹繚之。聞君有他心，拉雜摧燒之。摧燒之，當風揚其灰。從今以往，勿復相思。相思與君絕！雞鳴狗吠，兄嫂當知之。（妃呼豨）秋風肅肅晨風颸，東方須臾高知之。（樂府詩集第十六卷）

這是一首情感眞摯的民間情歌，敘述男女決絕之詞。一熱情剛烈女子，於聞君有二心後，愛恨交織，怨而誓不與相思，又憶及昔日定情相知情境。然卻有穿鑿附會之說，王先謙在《漢鐃歌釋文箋正》中說：

武帝遣兵擊南粵，其城垂破，軍士將振旅凱旋而作歌〔註20〕。

陳沆在《詩比興箋》說：

此疑藩國之臣，不遇而去，自摅憂憤之詞也〔註21〕。

王、陳二氏之說，都不免曲解詩的內容，以符合歷史的事實，這樣的解說有牽強附會之嫌，所以未必可信。這首詩的情緒很強烈，而且表現手法坦率大膽，毫不保留的將情緒的變化直述而出。大抵這首詩出自民間，表達失戀決絕之意，應屬可信。

羅根澤在《樂府文學史》中說：

〈有所思〉誓言「勿復相思」，正見其相思之深，純將一時迸裂的情感，抒爲文章，此種奇作，古今中外，皆不多覯，專門詩家，更不能道其隻字〔註22〕。

梁啓超在《中國之美文及其歷史》中也說：

這一首戀歌，正是「溫柔敦厚」、「怨而不怒」的反面，賭咒發誓，斬釘截鐵。正見得一往情深，後代決無此奇作，專門詩家越發不能道隻字〔註23〕。

陸侃如《樂府古辭考》云：

漢鐃歌採自民間，與魏晉之由詞臣制作者不同。此篇蓋男女決絕之詞〔註24〕。

潘重規《樂府詩粹箋》云：

此篇寫女子失戀之詞〔註25〕。

方師祖燊《漢詩研究》云：

詞曰：「有所思，乃在大海南。」詞復義隱，委曲纏綿，似女與男決絕言情之作〔註26〕。

〔註20〕同註1，王先謙《漢鐃歌釋文箋正》，頁53。

〔註21〕同註14，陳沆《詩比興箋》，頁15。

〔註22〕同註6，羅根澤《樂府文學史》第二章〈兩漢之樂府〉，頁36。

〔註23〕同註8，梁啓超《中國之美文及其歷史》第一章〈古歌謠及樂府〉，頁50。

〔註24〕同註4，陸侃如《樂府古辭考》〈鼓吹曲〉，頁64。

〔註25〕同註11，潘重規《樂府詩校箋》〈漢鐃歌〉，頁18。

〔註26〕方師祖燊《漢詩研究》第四章〈漢朝樂府詩的簡史與解題〉，（台北：

大致來說，這些學者都認爲這首詩是男女之戀歌。「有所思」既然是一首富有民間色彩，風格率直的樂府，自然不是文人筆下的作品。這首詩後代擬作的詩卻相當多，在《樂府詩集》裏共有二十四家所作的二十六首擬作，是鐃歌中後代擬作最多的一首。後代擬作漢代〈有所思〉，大多呈現描述相思的一致性。只有唐代孟郊的「桔槔烽火晝不滅，客路迢迢信難越」，描寫西征戰士連年的苦痛與戰火連綿，和李白的「我思仙人，乃在碧海之東隅」，主旨描寫的是求仙思想，其餘二十四首概述男女之離別、戀愛、思慕或對出征在外的丈夫懷念，有以女性角度爲主觀刻劃，也有以男女思憶美人之作，然而這些後代詩雖然描寫男女之愛，卻沒有漢代同樣質樸、坦率的表現，因爲漢代後六朝的詩壇風氣，專事講求字句上的綺靡浮艷，對偶工整，再加上聲律的限制，貴族文學便益趨於形式化和古典化。後人的擬作有兩首雜言，兩首七言，餘皆爲五言。茲將後代擬作情況列表於下：

標　題	朝　代	作　者	形　式	主　題
有所思	齊	劉　繪	五　言	相　思
有所思	齊	王　融	五　言	相　思
有所思	齊	謝　朓	五　言	相　思
有所思	梁	梁武帝	五　言	相　思
有所思	梁	簡文帝	五　言	相　思
有所思	梁	昭明太子	五　言	相　思
有所思	梁	王　筠	五　言	相　思
有所思	梁	庾肩吾	五　言	相　思
有所思	梁	王僧孺	五　言	相　思
有所思	梁	吳　均	五　言	相　思
有所思	梁	沈　約	五　言	相　思
有所思	梁	費　昶	五　言	相　思
有所思	陳	陳後主	五　言	相　思
有所思	陳	陳後主	五　言	相　思

正中書局，民國五十六年），頁 177。

有所思	陳	陳後主	五　言	相　思
有所思	陳	顧野王	五　言	相　思
有所思	陳	張正見	五　言	相　思
有所思	陳	陸　系	五　言	相　思
有所思	魏	裴讓之	五　言	相　思
有所思	隋	盧思道	五　言	相　思
有所思	唐	沈佺期	五　言	相　思
有所思	唐	李　白	雜　言	神　仙
有所思	唐	孟　郊	七　言	征　戰
有所思	唐	盧　仝	雜　言	相　思
有所思	唐	韋應物	五　言	相　思
有所思	唐	劉氏雲	雜　言	相　思

（四）上　邪

上邪，我欲與君相知，長命無絕衰。山無陵，江水爲竭，冬雷震震夏雨雪，天地合，乃敢與君絕。（樂府詩集第十六卷）

就文字來看，這首詩是感情強烈的愛情誓詞，然此誓詞用於何途，則有不同看法，有認爲是忠臣被讒自誓之詞，例如陳沆《詩比興箋》云：

此忠臣被讒自誓之詞歟。抑烈士久要之信歟。凜凜然，烈烈然。而莊氏謂男慰女之詞爲不稱矣〔註27〕。

又如夏敬觀《漢短簫鐃歌注》云：

此辭命意，當是託爲臣服國誓言，以紀征伐之力〔註28〕。

王先謙《漢鐃歌釋文箋正》也說：

歌者不見知於君，而終不忍絕也，乃呼天而誓之曰上邪〔註29〕。

然陸侃如《樂府古辭考》則認爲：

此篇之爲誓詞，甚爲明顯。……或者是男女間的誓詞〔註30〕。

〔註27〕同註14，陳沆《詩比興箋》，頁15。
〔註28〕同註10，夏敬觀《漢短簫鐃歌注》，頁38。
〔註29〕同註1，王先謙《漢鐃歌釋文箋正》，頁153。
〔註30〕同註4，陸侃如《樂府古辭考》〈鼓吹曲〉，頁66。

〈上邪〉列於鐃歌之一，按理來說，應類似忠臣不見知於君所興之誓言，然因鐃歌不全用於軍樂，因而也不可排斥其爲男女間誓詞的可能性，且探其文意，則較類於愛情之誓言。

此詩後代無擬作。

（五）思悲翁

《樂府詩集》的斷句如下：

> 思悲翁，唐思，奪我美人侵以遇。悲翁也，但我思。蓬首狗，逐狡兔，食交君。梟子五，梟母六，拉沓高飛暮安宿。
> （樂府詩集第十六卷）

本曲可能多虛字、脫字，是漢鼓吹鐃歌十八曲中較難解之一，各家說法分歧，莊述祖認爲本篇的主旨爲「傷功臣也」，《漢鼓吹鐃歌曲句解》云：

> 漢誅滅功臣，呂后族信，醢越，民尤冤之。〔註31〕

譚儀《漢鼓吹鐃歌十八曲集解》則認爲本篇的主旨是：

> 哀征役也。楚漢之際，伏屍流血，天下騷然，少壯入軍，垂老不反。〔註32〕

王先謙《漢鐃歌釋文箋正》也說：

> 《漢書・高帝紀》：元年，漢王迎太公、呂后於沛，爲項羽所距，不得前。二年，與羽戰於彭城，大敗，漢王與數十騎遁去。過沛，求室家，室家亦已亡，不相得。太公、呂后間行，反遇楚軍，羽常置軍中爲質，此曲殆其時作。〔註33〕

陸侃如《樂府古辭考》則云：

> 此篇蓋敘田獵之詩。〔註34〕

在這些學者的看法中，有一個共通點：大致皆與戰爭有關。夏敬觀《漢短簫鐃歌注》注解「悲翁」爲「邊郡之民也，匈奴入寇，妻子離散……孤翁寡婦獨宿悲苦者也。」主旨也與戰爭相關。大致來看，本詩是藉

〔註31〕同註13，莊述祖《漢鼓吹鐃歌曲句解》。
〔註32〕同註15，譚儀《漢鼓吹鐃歌十八曲集解》
〔註33〕同註1，王先謙《漢鐃歌釋文箋正》，頁45。
〔註34〕同註4，陸侃如《樂府古辭考》〈鼓吹曲〉，頁60。

著「悲翁」的「思」，對戰爭的勞苦與不合理加以批判，是一首反戰的諷刺詩。這首詩的對比性相當突出，先由悲翁二重回憶，感嘆時光之逝以及過去的征戰事蹟；再以蓬首狗與梟相對比；狗逐兔，交梟食；狗蓬首，梟安宿。比之橫吹曲辭的〈十五從軍征〉更爲強烈、悲涼，諷刺性也更強。

本詩較具爭議的是關於「美人」的解說，陳沆《詩比興箋》曰：「美人，喻盛年也。」夏敬觀《漢短簫鐃歌注》曰：「美人，猶詩稱文王爲西方美人。」蓋《楚辭・九章》有〈思美人〉篇，王逸注云：「思念其君」，故美人言君也。筆者認爲此詩之美人當指盛年也，這可由詩的後段內容來看，本詩悲翁之思分成兩階段：第一階段爲悲翁思及年華老去之速，然歲月一去不回，思之又有何益，故云「唐思」。「唐」，蕩也，無所據也，意即白白的思念。「侵」，戰伐也。故「侵以遇悲翁」，指戰伐至衰老。

第二段爲悲翁因爲「奪我美人」的聯想，並進一步回想這一段歲月是如何在戰場上流逝，以及如何在被剝削下度過。「但我思」，即悲翁又回憶：整個過程有如「蓬首狗，逐狡兔，食交君」。陳沆曰：「言將士若戰，首如飛蓬，以除群雄。」悲翁自比「蓬首狗」。以「狡兔」喻敵人。然而，蓬首狗，逐狡兔的結果卻是「食交君」，亦即耗盡少壯之年辛苦得來的戰功最終全爲「君」所得。「君」，應指下文的「梟子五，梟母六」，泛指群梟。梟在古代爲不詳之物，漢人以梟比喻惡鳥，本詩以之比爲悲翁之長官。當梟食足後，就「拉沓高飛莫安宿」。「莫」當爲「暮」，即痛斥邪惡君臣將高飛安宿以過夜也。

此詩後代無擬作。

（六）艾如張

《宋書・樂志》所錄的原文爲：

艾而張羅夷於何行成之四時和山出黃雀亦有羅雀以高飛奈雀何爲此揚欲誰肯礞室

《樂府詩集》的斷句如下：

艾而張羅，（夷於何）行成之。四時和。山出黃雀亦有羅，
雀以高飛奈雀何？爲此倚欲，誰肯礞室。（樂府詩集第十六卷）

《樂府詩集》說「夷於何」三字是表聲字，當與曲辭有別，陳本禮《漢詩統箋》引董若雨曰：「『夷於何』，篇中三轉聲之準也。」即「夷於何」三字應爲泛聲。

郭茂倩於解題中說：「艾與刈同，《說文》曰：『芟草也。』……古詞曰：『艾而張羅』又曰：『雀以高飛奈雀何？』《穀梁傳》曰：『艾蘭以爲防，置旃以爲轅門。』謂因蒐狩以習武事也。蘭，香草也。言艾草以爲田之大防是也。」

後代學者對此詩的解說也有不同，莊述祖《漢鼓吹鐃歌曲句解》認爲本曲主旨爲：

戒好田獵也。……田獵以時，愛及微物，則四時和，王道成矣〔註35〕。

莊述祖認爲本詩採用古今對照的方式，說明帝王田獵之法的差異，突顯出當時帝王的無愛及微物之心，並以王道能否完成爲誘因，以導引帝王效法古禮而戒田獵無度之失，使萬物依四時而生息。王先謙《漢鐃歌釋文箋正》也說：「此刺武帝之縱獵也」，說法近於莊說。然夏敬觀《漢短簫鐃歌注》則有不同說法：

仁者之師，網開三面，不傷天和。黃雀以比小國，言以德化，則行成而四時和，小國聽其歸德，不施以兵也〔註36〕。

陳沆《詩比興箋》云：

刺時也，法網苛細，反漏吞舟〔註37〕。

夏敬觀認爲本詩單純以網獵比喻中國以仁德施恩方式對待外邦，陳沆以法令類比狩獵，古代法令如狩獵之禮，以仁心爲本，看似疏漏，實則如天網恢恢；反觀當時法令，嚴密峻苛，結果反而漏洞百出，不見成效。夏、陳二人的解說則又太過穿鑿附會。

〔註35〕同註13，莊述祖《漢鼓吹鐃歌曲句解》。
〔註36〕同註10，夏敬觀《漢短簫鐃歌注》，頁16。
〔註37〕同註14，陳沆《詩比興箋》，頁9。

筆者認爲本詩的內容應是以田獵爲諷無誤，此詩前後文意的落差，有先頌美後諷刺的對比關係，藉田獵之事以古諷今，前三句寫先王田獵事，後四句寫今王田獵事。莊述祖曰：「艾而張羅，言芟艸爲防，而後設網羅，天子諸侯蒐綏之禮也。既有防限，必有驅逆之，車不逐奔走，亦天子不合圍，諸侯不掩群之義。」《周禮・夏官・司馬》：「春蒐、夏苗、秋獮、冬狩之制。」「成之，四時和」，此言古之帝王狩獵有時，因狩獵有道，所以萬物得以繁衍；因狩獵有時，所以農稼不廢。故以此道而行，成之，則四時和。前三句言古帝王之事，亦爲讚頌古帝王狩獵有道。

後四句則以古諷今。「山出黃雀亦有羅，雀以高飛奈雀何？」概言以雀之藐微，又藏身於深闊山中，仍有網羅欲擒之。雀不得已，只能高飛避難，何以如此？因雀亦愛其生，怎可坐而受死？莊述祖對本段之句解甚佳：

> 「山出黃雀」，山，險野也。「雀」，微物也。籠山圍澤，與古異矣。雀以高飛，猶恨失之，必徼禽獸之倦極者盡取焉。物亦自愛其身，誰甘心弋獲。而必以盡物爲樂乎？〔註38〕

本詩以今昔之對照，諷刺今之帝王田獵無度、狩獵無時。以黃雀高飛顯示其問題之嚴重，因爲連此一小禽猶不放過，則萬物只得遠避，田獵擾民甚深，民不堪命之餘，是否也如黃雀一般心存遠遁。此詩後代擬作二首，陳蘇子卿「誰在閑門外」與唐李賀「艾葉綠花誰剪刻」，二者皆與古題主旨迴異。茲將後代擬作情況列表於下：

標　題	朝　代	作　者	形　式	主　題
艾如張	陳	蘇子卿	五　言	勉少年自立
艾如張	唐	李　賀	雜　言	羅網禍機不可測

（七）君馬黃

《宋書・樂志》所錄的原文爲：

〔註38〕同註13，莊述祖《漢鼓吹鐃歌曲句解》。

君馬黃臣馬蒼二馬同逐臣馬良易之有騩蔡有赭美人歸以南
駕車馳馬美人傷我心佳人歸以北駕車馳馬佳人安終極

《樂府詩集》的句讀如下：

君馬黃，臣馬蒼，二馬同逐臣馬良。易之有騩蔡有赭，美人歸以南，駕車馳馬，美人傷我心，佳人歸以北，駕車馳馬，佳人安終極。（樂府詩集第十六卷）

莊述祖《漢鼓吹鐃歌曲句解》認爲本曲的主旨爲「諫亂也」，其云：

君臣各從其欲，車馬曾不得休息焉〔註39〕。

陳沆《詩比興箋》曰：

刺上下不一心，雖上下名分之別如此，至於出謀發慮，則君或當舍己而從臣，猶馬之蒼而驅逐或良也，豈特蒼黃無定〔註40〕。

陳沆認爲此詩是諷刺武帝剛愎自用，不納臣下之進言，以致上下不一心，臣不得君之所用。很明顯的，莊、陳二人的說法迥異。王先謙《漢鐃歌釋文箋正》則認爲此詩是枚乘所作，其用意在抒發不遇之懷，感慨吳王剛愎而不納諫，終釀成七國之亂。夏敬觀則認爲是武帝欲伐大宛而作。

關於本詩的主旨，筆者認爲應是寫軍士對長年南征北伐的痛苦與無奈，以諷刺帝王征伐之繁。詩中「君」、「臣」、「美人」、「佳人」之稱，夏敬觀說「美人」應指君；「佳人」應指臣。而「君馬黃，臣馬蒼」、「易之有騩蔡有赭」，易與蔡皆地名；「黃」、「蒼」、「騩」、「赭」四者皆指馬。《說文》云：「騅，馬蒼黑雜毛。」《漢書・項籍傳》云：「駿馬名騅，云蒼者，稱其爲騅，馬之神駿者也。」騩，《說文》云：「馬淺黑色，赭，赤色馬也。」《廣雅・釋器》：「赭，赤也。」指毛色美之馬。夏敬觀說：「君馬黃者，指金馬也，臣馬蒼者，指宛馬也。」詩人以易蔡二地所產之馬比大宛之馬，意謂天子好宛馬，但宛馬未必良於郡國所產之馬，此喻天下良馬甚多，君王實無須爲大宛良馬而大

〔註39〕同註13，莊述祖《漢鼓吹鐃歌曲句解》。

〔註40〕同註14，陳沆《詩比興箋》，頁7。

肆征伐，勞民傷財。

此詩後段「駕車馳馬」重出，應是合樂之故，而「美人歸以南」，指南伐歸京師也，「佳人歸以北」，指武帝遣李廣利伐大宛之事，大宛破而匈奴尚未臣服，故云〔註41〕。此謂君王南北征戰不息，實傷我心，且如此輕動干戈，勞師動眾，何時才會終止？

本詩以武帝為個人私慾而勞師動眾，遠征大宛之事為例，藉以諷刺武帝不恤士兵，南北征戰不息。

此詩後代擬作四首，陳蔡君知言「君馬徑西極，臣馬出東方」；張正見擬作之一言「幽并重騎射，征馬正盤桓」，另一首言「五色乘馬黃，追風時滅沒」，凡此皆為傷戰事之作，與古題詩旨較為接近，然李白擬作言「君馬黃，我馬白。馬色雖不同，人心本無隔。……相知在急難，獨好亦何益。」其題旨異於古題原作。茲將後代擬作情況列表於下：

標　題	朝　代	作　者	形　式	主　題
君馬黃	陳	蔡君知	五　言	傷戰事
君馬黃	陳	張正見	五　言	傷戰事
君馬黃	陳	張正見	五　言	傷戰事
君馬黃	唐	李　白	雜　言	言朋友相知不易

（八）雉子斑

《宋書·樂志》所錄的原文為：

雉子斑如此之于雉梁無以吾翁孺雉子知得雉子高飛止黃鵠之蜚以千里王可思雄來蜚從雌視子趨一雉雉子車大駕馬滕被王送行所中堯羊蜚從王孫行

《樂府詩集》的句讀如下：

雉子，斑如此。之（于）雉梁。無以吾翁孺，雉子。知得雉子高蜚止，黃鵠蜚，之以千里，王可思。雄來蜚從雌，

〔註41〕武帝伐大宛之事，參見瀧川龜太郎注《史記會注考證·大宛列傳》，（台北：洪氏出版社，民國66年）。

> 視子趨一雉。雉子，車大駕馬滕，被王送行所中。堯羊蜚從王孫行。(樂府詩集第十六卷)

關於本篇的主旨，莊述祖《漢鼓吹鐃歌曲句解》云：

> 戒貪祿也，…秦尚權力，君臣之禮廢，漢承其弊而不能改。仕者以爵祿相誘致，已而相謀，多罹法網。賢者皆思遯世焉。〔註42〕。

陳沆《詩比興箋》曰：

> 刺時也，上以爵祿誘士，士以貪利罹禍，進退皆不以禮，賢者思遯世遠害也〔註43〕。

莊、陳二人的說法雷同，二人皆以爲此詩是「刺時」之作。王先謙《漢鐃歌釋文箋正》曰：

> 作歌者託於雉咎其子而乞恩於王，以諷其上也〔註44〕。

王先謙認爲這是一首藉著雉責其子爲官人所得，害其父母因愛子心切而隨之併入網羅之事，諷刺當時王宮貴族競相田獵嬉戲。夏敬觀《漢短簫鐃歌注》則因《漢書・郊祀志》記載：「公孫卿候神河南，言見僊人跡緱氏城上，有物如雉，往來城上。天子親幸緱氏視跡」而認爲這是一曲將時事引入鐃歌，用以歌頌漢武帝之德，足以破不仁之邦，並喻四夷終將來服於我大漢威德之下，這樣的解說實屬附會。

筆者以爲當以莊、陳之說的「刺時」之旨爲是，詩人的主要目的是用以諷刺士人爲利祿所誘，紛紛入朝。然所爲利誘者，多爲如雉之不求高飛者，眞正賢者皆如黃鵠般千里遠遁。可將此詩看作是一首寓言詩，內容描寫雉子被王孫所捉，親子生離死別的哀傷，藉以反諷當時社會，常因徵兵、徭役、或其它原因被官府捉去，造成骨肉分離的家庭悲劇。古時有所謂「士執雉」之禮〔註45〕，由此聯想雉爲人所獲

〔註42〕同註13，莊述祖《漢鼓吹鐃歌曲句解》。

〔註43〕同註14，陳沆《詩比興箋》，頁8。

〔註44〕同註1，王先謙《漢鐃歌釋文箋正》，頁140。

〔註45〕據《後漢書・禮儀志》云：「每歲首正月，爲大朝受賀。其儀：夜漏未盡七刻，鐘鳴，受賀。及贄，公、侯璧，中二千石、二千石羔，千石、六百石鴈，四百石以下雉。」劉昭注補引《決疑要注》曰：「古

乃因其受食誘，且無以高飛之技，似有暗諷當時爲帝王所利誘者，是爲好利祿、無高遠之志者。

「雉子，斑如此」，首言雉子之父母讚美雉子斑紋美麗，寓士有美才之意。「之于雉梁，無以吾翁孺」，「吾」，應作「俉」，迎也。「翁孺」，老人與小孩，泛指人類。這二句乃叮嚀雉子覓食須當心，避免與人相遇而被捕獲。這個開頭新奇有趣，既生動的表現了對雉子的喜愛，又爲下文小雉被捉預設伏筆。「知得雉子高飛止，黃鵠之蜚以千里，王可思」，「知」，智也。「蜚」與飛同。此言黃鵠之翔雖高，王尚可思之，況且是不能高翔之雉子乎！最後雉子終被王孫智誘而得，因其不能如黃鵠高飛千里。此處以雉子的「高飛」與黃鵠的「蜚以千里」相對，突顯二者之志向大異也，因此黃鵠祇能令帝王可思而不可得，故云「王可思」。「雄來蜚從雌」，雌雄並飛。謂雉子的父母前往尋找時，已見有人追捕雉子。「滕」，騰也，表快速之意。指雉子被車馬快速載行。「王」，《漢書・刑法志》曰：「歸而往之謂之王矣。」「行所」，天子所在之處。謂雉子被送往朝中，爲士子求利祿而入朝。「堯羊蜚從王孫行」，「堯羊」，倘佯也。雉子與王孫相對比，一方是無權無勢的小民，一方是朝廷貴族，此句意謂雉子飛從於王孫之中，亦即士人終身尚徜徉於宦海之中。此詩後代擬作共六首，只有李白爲雜言體，其餘皆五言體，在題旨方面，吳均、陳後主和李白與古辭相近，其餘皆爲詠物詩。茲將後代擬作情況列表於下：

標　題	朝　代	作　者	形　式	主　題
雉子斑	梁	吳　均	五　言	歌頌高節之士
雉子斑	陳	陳後主	五　言	諷刺追逐利祿者
雉子斑	陳	張正見	五　言	詠　雉
雉子斑	陳	毛處約	五　言	詠　雉
雉子斑	陳	江　總	五　言	詠　雉
雉子斑	陳	李　白	雜　言	諷刺追逐利祿者

者朝會皆執贄，侯、伯執圭，……卿執羔，大夫執鴈，士執雉。」

（九）芳　樹

《宋書・樂志》所錄的原文爲：

芳樹日月君亂如於風芳樹不上無心溫不鵠三而爲行臨蘭池心中懷我悵心不可匡目不可顧人之子愁殺人君有他心他心樂不可禁王將何似如孫如魚乎悲矣

《樂府詩集》的句讀如下：

芳樹日月，君亂如於風。芳樹不上無心溫而鵠，三而爲行。臨蘭池，心中懷我悵。心不可匡，目不可顧，妒人之子愁殺人。君有他心，樂不可禁。王將何似，如孫如魚乎？悲矣。（樂府詩集第十六卷）

莊述祖認爲本曲的主旨是「諫時也」，《漢鼓吹鐃歌曲句解》云：

衰亂之世，以妾爲妻，上無以化下，而好惡拂其性。君子疾其無心焉〔註46〕。

王先謙《漢鐃歌釋文箋正》曰：

此悲廣川王之寵信妒后，悖亂失道而作歌〔註47〕。

王先謙認爲此詩乃出於藩國之事，文中感懷悲歌的成份大於諷刺，應是愛國詩人失望離去而作。夏敬觀《漢短簫鐃歌注》認爲是歌諷南粵相呂嘉之作亂弑王，且殺漢使，終致敗亡。三位注家對此詩的看法各異。

陸侃如《樂府古辭考》亦曰：

此篇與〈有所思〉同意，是一個「三角戀愛」的犧牲者的「坐妒」話，如「三而爲行」、「君有他心，樂不可禁」等句可證。莊說傅會〔註48〕。

筆者以爲本曲與〈上邪〉、〈有所思〉同屬愛情歌曲，詩人以一位失戀者的角度，採第一人稱創作，以芳樹起興，呼芳樹而告之，以芳樹自比之意。《樂府詩集》引《樂府解題》曰：「古詞中有云：『妒人之子愁殺人。君有他心，樂不可禁。』若齊王融『相思早春日』，謝朓『早

〔註46〕同註13，莊述祖《漢鼓吹鐃歌曲句解》。
〔註47〕同註1，王先謙《漢鐃歌釋文箋正》，頁118。
〔註48〕同註4，陸侃如《樂府古辭考》〈鼓吹曲〉，頁65。

玩華池陰』，但言時暮，眾芳歇絕而已。」由此可見，〈芳樹應是一首單純的抒情詩，詩人借景抒情，抒發悵然若失的愛情。

首句以呼告法呼告：「芳樹日月」，呼天之意也。「君亂如於風」，意為男子行為如風般不定。曲瀅生《漢代樂府箋注》引《詩經》〈終風〉詩以風比莊公惑於孌妾之事，以為此句應解為「君背道行私惑於孌妾」〔註 49〕，〈終風〉一詩的主旨亦是婦人不得於其夫之詩。詩人呼告芳樹並告之「君亂如於風」，「不上無心」，無上無心之意，表示男子無天理無良知，芳樹之花雖艷麗，君亦無心親近之。詩至此均為怨懟之語，以下具體說出所怨之緣由：「溫而鵠，三而為行」，意謂當我溫順、和悅的企盼他時，卻得到「三而為行」的結果。「溫」，謂顏色和悅。「鵠」，鵠候，意謂引頸等候。

「臨蘭池，心中懷我悵」，意謂每臨蘭池則生思君之感，而為之惆悵寡歡。「心不可匡，目不可顧」，「匡」者，正也，意謂男子的心已經無法匡正，意即已無法挽回兩者之間的情感，心中怨妒已經愁苦到了極點。「王」，往也。「王將何似」，意謂我往後將會如何？「如孫如魚」，「孫」同「蓀」，古字省，《楚辭・九章》：「蓀詳聾而不聞。」王注蓀一作荃，洪興祖曰：「蓀與荃同。」莊子云：「得魚而忘荃」，荃為捕魚之具。此句意謂我將如同荃中之魚，終不得優遊自得於水中，實在可悲。此應為臨蘭池，見魚而感發。

本詩藉物起興，藉景生情，將滿懷妒意與哀愁娓娓道來，可謂一唱三嘆。此詩後代擬作共十六首，只有唐徐彥伯和羅隱的擬作為雜言，其餘均為五言。在題旨方面，梁武帝和費昶的擬作藉芳樹之美好來思念佳人，其它南朝詩人的擬作多為歌詠芳樹的詠物詩，唐徐彥伯和盧照鄰的擬作內容則與閨怨有關。茲將代代擬作情況列表於下：

〔註 49〕見曲瀅生《漢代樂府箋注》卷二，（台北：學海出版社，民國 88 年），頁 41。

標　題	朝　代	作　者	形　式	主　題
芳　樹	齊	謝　朓	五　言	相　思
芳　樹	齊	王　融	五　言	相　思
芳　樹	梁	梁武帝	五　言	相　思
芳　樹	梁	梁元帝	五　言	詠芳樹
芳　樹	梁	費　昶	五　言	相　思
芳　樹	梁	沈　約	五　言	詠芳樹
芳　樹	梁	丘　遲	五　言	詠芳樹
芳　樹	陳	李　爽	五　言	詠芳樹
芳　樹	陳	顧野王	五　言	相　思
芳　樹	陳	張正見	五　言	詠芳樹
芳　樹	唐	沈佺期	五　言	相　思
芳　樹	唐	盧照鄰	五　言	相　思
芳　樹	唐	徐彥伯	雜　言	相　思
芳　樹	唐	韋應物	五　言	相　思
芳　樹	唐	元稹	五　言	詠芳樹
芳　樹	唐	羅隱	雜　言	自抒懷抱

二、相和歌辭

（一）公無渡河行

公無渡河，公竟渡河。渡河而死，將奈公何！（樂府詩集第二十六卷）

此詩後代擬作有七篇，大致來說皆就古辭題旨來發揮，如梁劉孝威：「請公無渡河，河廣風威厲。檣偃落金烏，舟傾沒犀枻。」李白：「被髮之叟狂而癡，清晨徑流欲奚爲。旁人不惜妻止之，公無渡河苦渡之。」王建：「男兒縱輕婦人語，惜君性命還須取。婦人無力挽斷衣，舟沉身死悔難追，公無渡河公自爲。」其中李賀所作的標題或曰〈箜篌引〉。他們的作品題旨都模擬漢古辭〈公無渡河〉，因此音節、語意都溫厚、樸質，含有古意。在句法方面，梁劉孝威和陳張正見的擬作爲五言句，唐王建和溫庭筠的爲七言句，其餘皆爲雜言。茲將此詩後代擬作列表於下：

標　題	朝　代	作　者	形　式	主　題
公無渡河	梁	劉孝威	五　言	悲渡河而死男子
公無渡河	陳	張正見	五　言	悲渡河而死男子
公無渡河	唐	李　白	雜　言	悲渡河而死男子
公無渡河	唐	王　建	七　言	悲渡河而死男子
公無渡河	唐	溫庭筠	七　言	悲渡河而死男子
公無渡河	唐	王　叡	雜　言	悲渡河而死男子
箜篌引	唐	李　賀	雜　言	悲渡河而死男子

（二）江　南

江南可采蓮，蓮葉何田田。魚戲蓮葉間，魚戲蓮葉東，魚戲蓮葉西，魚戲蓮葉南，魚戲蓮葉北。（樂府詩集第二十六卷）

這首詩文字質樸，結構單純，富有濃厚民歌的色彩。余冠英說：「『魚戲蓮葉東』以下可能是和聲。〈相和歌〉本是一人唱，多人和的。〔註50〕」這首江南古辭具有鮮明的民歌風味，茂盛的蓮葉浮在水面，魚群穿梭其間，配合採蓮嬉戲的唱和聲，可謂詩中有畫，聲韻天成。傅庚生云：

可謂「詩中有畫」，又極生動自然，於文字之外，更令人萌「美目盼兮」之遐想。東西南北，地載四方，江南一曲，天生本色也〔註51〕。

深一層研究這首詩的內容主題，歷來有兩種不同的解釋，其一，這首是歌頌風光明媚嬉遊的辭。例如《樂府古題要解》曰：

江南古辭，蓋美其芳晨麗景，嬉遊得時〔註52〕。

余冠英《樂府詩選》云：

這首是採蓮歌，歌詠在良辰好景中嬉遊的樂趣〔註53〕。

〔註50〕同註3，余冠英《樂府詩選》前言，頁9。
〔註51〕傅庚生《中國文學欣賞舉隅》，（台北：國文天地，民國 79 年），頁141。
〔註52〕同註9，吳兢《樂府古題要解》。

其二，這首是有關男女嬉戲之辭，或「刺游蕩」之辭。如聞一多引用左傳疏中鄭眾云：

魚……方羊遊戲，喻衛侯淫縱〔註54〕。

陳沆《詩比興箋》云：

刺游蕩無節，宛邱、東門之旨也〔註55〕。

他們都重視詩中「魚」的意象。「魚」在《詩經》中常常比喻男女之間的愛情，「魚」以外此詩中另一個具有雙關意義的字就是「蓮」，「蓮」和「憐」諧音，而且與「愛」相通。由此我們可知這是一首戀歌無誤，然從此詩的情調與結構來看，這首詩雖然含有男女之情愛，但還是採蓮時所唱的歌。

此詩在後代擬作方面，分別有關於江南、採蓮及採菱三方面的作品，數量眾多，是樂府古辭後代擬作最多的詩，然而擬作的篇幅大多短小。

1. **有關江南方面的擬作**

有關江南方面的作品，計有三十首。在這三十首擬作中，又有〈江南思〉、〈江南曲〉和〈江南弄〉三種標題。

（1）江南思：共三首。如宋湯惠休〈江南思〉，詩云：「幽客海陰路，留戍淮陽津」，應爲思鄉之作。梁簡文帝有二首〈江南思〉，其一云：「紫荷擎鉤鯉，銀筐插短蓮」，單純描述採蓮釣鯉的遊戲歌。其二云：「江南有妙妓，時則應璿樞」，似寫江南名妓的秋思。

（2）江南曲：共二十三首。如梁柳惲：「汀洲採白蘋，日落江南春」，描述於瀟湘逢故人的情形。梁沈約的〈江南曲〉，則敘「櫂歌發江潭，採蓮渡湘南」，應是一首工作時所唱的歌。至於唐宋之間的〈江南曲〉，以「妾住越城南，離居不自堪」，描述的是在等待中的侍妾的憂愁心情。唐李賀的〈江南曲〉：「汀洲白蘋草，柳惲乘馬歸」，述其

〔註53〕同註3，余冠英《樂府詩選》前言，頁9。
〔註54〕朱自清編輯《聞一多全集》，（台北里仁書局，民國85年），頁121。
〔註55〕同註14，陳沆《詩比興箋》，頁81。

歸時江頭岸上的景致，唐李商隱的〈江南曲〉：「郎船安兩槳，儂舸動雙橈」，似述男女道情之作。還有兩首二十句的擬作，其一是唐丁仙芝一首，似寫乘船訪故人的江邊兒女。其二是唐陸龜蒙，將古辭廣為五解，分別敘述魚戲蓮葉間及在東西南北四方的情形，可說是以旁觀的角度，作細部的描繪。此外〈江南曲〉在五言部分，最短的是唐李益的四句擬作：「嫁得瞿塘賈，朝朝誤妾期。早知潮有信，嫁與弄潮兒。」此詩簡明，卻能有力間接地表達商婦閨怨。最長的一首則為唐溫庭筠五言四十句〈江南曲〉，以「妾家白蘋浦，日上芙蓉楫」起句，描述一個荳蔻年華的待嫁女心情，對情愛有著「不作浮萍生，寧作藕花死」的期盼。

以上是五言部分的〈江南曲〉，在七言部分，有六首作品，由最短的談起，如唐于鵠一首：「偶向江邊採白蘋，還隨女伴賽江神。眾中不敢分明語，暗擲金錢卜遠人。」此詩述及江邊嬉戲暗卜的玩耍，流露民間俗文學精神。接著，唐羅隱一首七言十句〈江南曲〉，以「江煙濕雨鮫綃軟，漠漠遠山眉黛淺」起句，大致為寫景詩。而唐張籍另一首七言十四句〈江南曲〉，則言其地理人情；如多橘樹，民住竹屋飲潮水，江村假亥日常為市，於是落帆來浦裡，江口懸酒旗，倡樓夜唱竹枝詞留北客，勾勒一幅水鄉澤國的風情。

另外，唐劉希夷還有一首五、七言雜體十句的〈江南曲〉，先述暮春三月，吳楚城的雲煙景色，後則寄情，所謂「可憐離別誰家子，于此一至情何已」之哀淒。

（3）江南弄〔註 56〕：共四首。如梁武帝一首：「眾花雜色滿上林，舒芳耀綠垂輕陰。連手躞蹀舞春心。舞春心，臨歲腴，中人望，獨踟躕。」此寫江南春光。另外，唐王勃的〈江南弄〉，以「江南弄，

〔註 56〕《古今樂錄》曰：「梁天監十一年冬，武帝改西曲，製〈江南上雲樂〉十四曲、〈江南弄〉七曲：一曰〈江南弄〉、二曰〈龍笛曲〉、三曰〈採蓮曲〉、四曰〈鳳笛曲〉、五曰〈採菱曲〉、六曰〈遊女曲〉、七曰〈朝雲曲〉。」由此可見，屬於江南方面的作品還有〈江南弄〉一首。

巫山連楚夢」起興，述金童仙女無見期，而請清風明月遙寄相思，此詩顯然由江南聯想至巫楚雲夢之事。再如李賀〈江南弄〉，以七言八句述江中綠霧，渚暝蒲帆，鱸魚千頭的景致，中有醉臥南山之閒逸，基本上尚不違背江南本題。

綜觀江南的擬作敘述江南的作品，計有〈江南思〉三首。〈江南曲〉二十三首加上簡文帝江南弄裡的〈江南曲〉一首，另有〈江南弄〉三首，總計三十首。這些作品內容大抵以江南爲中心，最多的是以純粹描寫江南景色的計有八首；其次述及江邊兒女情感，如相思或少女情懷的七首；言及閨怨愁緒的四首；另有江邊船上工作或嬉戲的四首；再其次觸景生情者有三首；述及故人逢友之詩兩首，鄉愁一首，言及妓女的一首。

2. 有關採蓮方面的擬作

《樂府詩選》曰：「梁武帝作〈江南弄〉以代西曲，有〈採蓮〉、〈採菱〉，蓋出於此。」梁武帝把當時流行的「西曲」改作〈江南弄〉。由此可知，〈採蓮曲〉由〈江南〉本辭而出，於《樂府詩集》共收錄二十八首。〈江南弄〉中，〈採蓮〉，〈採菱〉係出漢代「相和曲」的〈江南〉，也就是說，〈江南弄〉把採蓮，採菱做爲主題的歌曲，大約出自漢代〈江南〉曲。後代擬作這種「採蓮」、「採菱」的歌曲相當多。如梁武帝一首：「遊戲五湖採蓮歸，發花田葉芳襲衣。爲君儂歌世所希。世所希，有如玉。江南弄，採蓮曲。」簡文帝也有一首：「桂楫蘭橈浮碧水，江花玉面兩相似。蓮疏藕折香風起。香風起，白日低，採蓮曲，使君迷。」此兩首都是〈江南弄〉裡的作品，因此句法相同；另簡文帝亦有兩首五言的採蓮曲，同是圍繞採蓮主題描寫，其一敘述荷絲菱角白鷺，以及風起時「採蓮承晚暉」之景。

在〈採蓮曲〉二十八首中，除上述三首直述採蓮之相關動作情狀外，尚有梁劉孝威一首敘蓮香荷葉「戲採江南蓮」之狀。梁朱超言及「湖裡人無限，何日滿船時」，至如隋殷英童則純述蕩舟棹移，藕絲蓮葉之狀。再有唐王昌齡第一首〈採蓮曲〉，言吳姬越豔爭弄蓮舟，「採罷江頭月送歸」之景。其次唐張籍一首〈採蓮曲〉，很寫實地記下採蓮過程，描述樸素採蓮女辛苦的工作情形。後有題名爲〈採蓮曲〉，卻不以採蓮爲直接描述者，計有兩首，一爲梁元帝作品，描寫碧家小女嫁汝南王，以荷葉蓮花喻其衣貌；另有陳後主一首言及女子於晨曦的荷塘小舟梳妝景況，末以「歸時會被喚，且試入蘭房」作結，似帶有色情意味。

另有更換標題，且有關採蓮的作品，計有五首。如梁劉緩的〈江南可採蓮〉，寫夏月南湖卷荷綻紅，小船來回荷叢中之情形。另有唐王勃〈採蓮歸〉一首，三五七言雜體三十六句，描述「羅裙玉腕搖輕櫓」的採蓮女相思之苦，只因塞外征夫未歸而引起的閨怨之情。其次，唐閻朝隱有一首〈採蓮女〉，言春日春江薄暮時分，乘蓮舟歌一曲「氛氳香氣滿汀洲」。另有唐李白〈湖邊採蓮婦〉一首，五言八句，言夫遠行於外，婦採蓮於湖，願學秋胡堅貞，將心比古松。至於唐溫庭筠〈張靜婉採蓮曲〉一首，七言二十句，據《梁書》卷三十九，〈羊侃列傳〉所言：

> 侃性豪侈，善音律，自造採蓮，棹歌兩首，甚有新致。姬妾侍列，窮極奢侈……儛人張靜婉，腰圍一尺六寸，時人咸推能掌中儛〔註57〕。

飛卿以較濃麗的文字敘述張靜婉姿容神貌，強調其纖腰，以「船頭折藕絲暗牽，藕根蓮子相留連」寓其情意。

綜上所述，採蓮方面的作品計有三十三首。由各個角度的描寫，可知採蓮方式過程及情趣，有的不直寫採蓮，只以蓮荷來比況。不過在三十三首作品中，以採蓮爲主，還是佔大多數。

3. 關於採菱方面的作品

有關採菱方面的作品共有十七首，三種標題。

（1）採菱歌：如宋鮑照就有七首〈採菱歌〉，皆是短小的五言四

〔註57〕見《梁書》，唐姚思廉等撰、清錢大昕考異，斷句本二十五史，（台北：新文豐出版，民國64年），頁274。

句，然除第一首言及「蕭弄澄湘北，菱歌清漢南」外，其餘六首皆未提及採菱事，大抵爲寫景或抒懷之作。

（2）採菱曲：在採菱曲部分，共有九首，如梁武帝〈江南弄〉第五曲，描述江南稚女紅顏興起，划桂棹歌採菱而望所思。梁簡文帝一首與梁江洪兩首，皆爲五言四句，所歌者亦在菱花、桂棹、紫莖間。接著有三首五言八句的〈採菱曲〉，如梁費昶則敘一素面翠眉的妾婦，於五湖側採菱，逮日敘天暮，風浪未息時，「宛在水中央，空作兩相憶」。其次梁江淹五言十四句〈採菱曲〉，述秋日涉水望碧蓮，香氣氤氳，櫂女詠歌，而有「乘黿非逐俗，駕鯉乃懷仙」之想。另有唐儲光羲以五言十六句，言浦口漁家，相邀其至船，以稻蓴爲飯羹，永日終年而不厭。

（3）採菱行：最後另有唐劉禹錫一首〈採菱行〉，七言二十句，描寫白馬湖上，遊女盪舟笑語「採菱不顧馬上郎」，後言於市橋市集，估客「醉踏大堤相應歌」。

以上所言十七首採菱歌曲，除針對採菱所作外，亦有藉題自抒懷抱、志趣，言及感情相思者。除鮑照有六首〈採菱歌〉較不關涉標題外，其餘均直接或間接述及採菱。在江南本辭此一母題下，引發之子題計有關於江南方面的作品三十首，關於採蓮方面的三十三首，採菱爲題的十七首，總計八十首。在這麼多作品描述中，大抵可明白江南的山水風光、風土民情，於其採蓮採菱時特有的景致及工作方式；以及江南兒女的情感生活，也或多或少從中窺知。

綜上所述，漢代〈江南〉古辭被後代模擬作品共有八十首，數量佔所有擬作中最多，約占全部擬作的六分之一。針對此一現象，王淳美說：「魏晉、齊和北朝無有擬作，可能由於地理風土影響，自宋以下始有江南方面作品出現。再者，緣於人性對山光湖色等優美景致的愛賞，加上南方樂調綺麗，適於吟詠謳歌，詩人便就地取材歌誦江南。

〔註 58〕」這是以人性的角度省察。我們觀察後人大部分的擬作，發現大部分的作品都普遍流露一種對人性人情的呈現，此種情思表現較能合乎自然，也符合「詩言志，歌詠言」的文學目的，易於引發後人的共鳴。

由列表中我們發現時間不過五十餘年的梁代（502～557）模仿〈江南〉的詩在南朝中最多，但梁代的作品大部分是雕琢堆砌的形式，缺乏漢代民間的質樸自然美。這可能是當時梁武帝自作〈江南弄〉提倡的緣故。《南史・文學傳序》云：

> 降及梁朝，其流彌盛，蓋由時主儒雅，篤好文章，故才秀之士，煥乎俱集。於時武帝每所臨幸，輒命群臣賦詩，其文之善者，賜以金帛。〔註 59〕

武帝既博學多藝，其後他旳兒子簡文帝也愛好文學。他在〈江南弄〉的作品中仿〈江南〉的有四首，又「相和歌曲」的〈江南思〉有二首，共有六首，而元帝也有〈採蓮曲〉，在三位喜愛文學的皇帝提倡之下，自然也就流行於文人之間。

相和歌辭的〈江南〉到唐代文人擬作比較多，而其內容、形式改變的較多。唐代文人襲用古題來描寫他們個人的感情，如思鄉、男女之情、人生無常等。茲將此詩後代擬作列表於下：

標　題	朝　代	作　者	形　式	主　題
江南思	宋	湯惠休	五　言	思　鄉
江南思	梁	簡文帝	五　言	採蓮遊樂
江南思	梁	簡文帝	五　言	秋　思
江南曲	梁	柳　惲	五　言	思故友
江南曲	梁	沈　約	五　言	採蓮工作歌
江南曲	梁	簡文帝	五　言	江南風光

〔註 58〕見王淳美《兩漢民間樂府與後人擬作之研究》，（政大中研所碩士論文，民國 75 年），頁 214～215。

〔註 59〕《南史》卷七十二，列傳第六十二〈文學傳〉，（台北：藝文印書館，民國 46 年），頁 815。

標　題	朝　代	作　者	形　式	主　題
江南曲	唐	宋之問	五　言	閨　怨
江南曲	唐	劉愼虛	五　言	閨　怨
江南曲	唐	丁仙芝	五　言	情　思
江南曲	唐	劉希夷	五　言	傷　春
江南曲	唐	劉希夷	五　言	江南暮色
江南曲	唐	劉希夷	五　言	情　思
江南曲	唐	劉希夷	五　言	情　思
江南曲	唐	劉希夷	五　言	江南風光
江南曲	唐	劉希夷	雜　言	傷離別
江南曲	唐	劉希夷	七　言	相　思
江南曲	唐	劉希夷	七　言	相　思
江南曲	唐	于　鵠	七　言	採蓮遊樂
江南曲	唐	李　益	五　言	閨　怨
江南曲	唐	李　賀	五　言	自抒懷抱
江南曲	唐	李商隱	五　言	情　思
江南曲	唐	韓　翃	七　言	江南暮色
江南曲	唐	溫庭筠	五　言	閨　怨
江南曲	唐	張　籍	七　言	江南風土民情
江南曲	唐	羅　隱	七　言	江南春光
江南曲	唐	陸龜蒙	五　言	江南風光
江南曲	唐	陸龜蒙	五　言	江南風光
江南弄	梁	梁武帝	雜　言	江南風光
江南弄	唐	王　勃	雜　言	相　思
江南弄	唐	李　賀	七　言	江南風光
江南可採蓮	梁	劉　緩	五　言	採蓮情景
採蓮曲	梁	梁武帝	雜　言	情　歌
採蓮曲	梁	簡文帝	雜　言	情　歌
採蓮曲	梁	簡文帝	五　言	江南風光
採蓮曲	梁	簡文帝	五　言	情　歌

標　題	朝　代	作　者	形　式	主　題
採蓮曲	梁	梁元帝	五　言	寫女子出嫁
採蓮曲	梁	劉孝威	五　言	採蓮遊樂
採蓮曲	梁	朱　超	五　言	採蓮情景
採蓮曲	梁	沈君攸	五　言	採蓮情景
採蓮曲	梁	吳　均	五　言	採蓮情景
採蓮曲	梁	吳　均	五　言	閨　思
採蓮曲	陳	陳後主	五　言	寫女子梳妝
採蓮曲	隋	盧思道	五　言	採蓮工作歌
採蓮曲	隋	殷英童	五　言	採蓮工作歌
採蓮曲	唐	崔國輔	五　言	情　歌
採蓮曲	唐	徐彥伯	五　言	情　歌
採蓮曲	唐	李　白	七　言	情　歌
採蓮曲	唐	賀知章	七　言	傷　春
採蓮曲	唐	王昌齡	七　言	採蓮工作歌
採蓮曲	唐	王昌齡	七　言	採蓮工作歌
採蓮曲	唐	王昌齡	五　言	情　歌
採蓮曲	唐	戎　昱	五　言	採蓮女之怨
採蓮曲	唐	戎　昱	七　言	採蓮工作歌
採蓮曲	唐	儲光羲	五　言	春遊的閒逸
採蓮曲	唐	鮑　溶	七　言	採蓮工作歌
採蓮曲	唐	鮑　溶	七　言	採蓮工作歌
採蓮曲	唐	張　籍	七　言	採蓮工作歌
採蓮曲	唐	白居易	七　言	情　歌
採蓮曲	唐	僧齊己	雜　言	採蓮遊樂
採蓮歸	唐	王　勃	雜　言	相　思
採蓮女	唐	閻朝隱	雜　言	採蓮情景
湖邊採蓮婦	唐	李　白	五　言	閨　怨
張靜婉採蓮曲	唐	溫庭筠	七　言	寫女子容貌
採菱歌	宋	鮑　照	五　言	寫　景

標 題	朝 代	作 者	形 式	主 題
採菱歌	宋	鮑 照	五 言	寫 景
採菱歌	宋	鮑 照	五 言	春 思
採菱歌	宋	鮑 照	五 言	寫 景
採菱歌	宋	鮑 照	五 言	自 傷
採菱歌	宋	鮑 照	五 言	傷 春
採菱歌	宋	鮑 照	五 言	抒 懷
採菱曲	梁	梁武帝	雜 言	相 思
採菱曲	梁	簡文帝	五 言	採蓮情景
採菱曲	梁	陸 罩	五 言	寫 景
採菱曲	梁	費 昶	五 言	閨 怨
採菱曲	梁	江 淹	五 言	自抒懷抱
採菱曲	梁	江 洪	五 言	相 思
採菱曲	梁	江 洪	五 言	相 思
採菱曲	梁	徐 勉	五 言	相 思
採菱曲	唐	儲光羲	五 言	相 思
採菱行	唐	劉禹錫	七 言	自抒懷抱

（三）東 光

東光平，倉梧不平？蒼梧多腐粟，無益諸軍糧。諸軍遊蕩子，早行多悲傷。（樂府詩集第二十七卷）

關於這首詩的主旨，朱嘉徵《樂府廣序》曰：

東光平，諷時也。似有鄭風清人之刺，一曰漢武帝征南越久未下而作。

詩云：「蒼梧多腐粟，無益諸軍糧。」蒼梧之粟腐敗不可食，無益軍糧，由此可見這首詩應是描寫南征軍人的悲怨情懷。《樂府詩集》引《古今樂錄》云：

張永《元嘉技錄》云：東光，舊但有絃無音，宋識造其歌聲。

「東光」是西漢縣名，東漢侯國。又宋識是魏人。所以有人認爲「東光」是魏代宋識依絃曲制作的。然《漢書・武帝紀》記載元鼎五年大出兵於南越，且這首詩在《宋書・樂志》、《樂府詩集》等都屬於古辭。另從作品的內容與形式來看，這首是描述當時出征從軍的痛苦，而且語言樸實，所以這首詩是漢代的民歌無誤。

此詩後代無擬作。

（四）薤　露

> 薤上露，何易晞。露晞明朝更復落，人死一去何時歸？（樂府詩集第二十七卷）

詩言薤上之露容易乾，露乾了明朝又會落，但是人死不能復生，人生短促，壽命無常，詩人藉露水的易乾，比喻人命易逝。吳兢《樂府古題要解》說：

> 右喪歌，舊曲本出於田橫門人。歌以葬橫，一章言人命奄忽，如薤上之露易晞滅也。……二章言人死精魄於蒿里。……至漢武帝時，李延年分爲二曲，薤露送王公貴人，蒿里送士人夫庶人。挽柩者歌之，亦呼爲挽柩歌。）左氏春秋齊將與吳戰於支陵，公孫夏使其徒歌虞殯。杜預注云：送葬歌也。即喪歌。不自田橫始矣〔註60〕。

晉崔豹《古今注》亦曰：

> 薤露、蒿里、並喪歌也。出田橫門人。橫自殺，門人傷之，爲之悲歌，言人命如薤上露，易晞滅也，亦謂人死魂魄歸乎蒿里。至孝武時，李延年乃分爲二曲，薤露送王公貴人，蒿里送士大夫庶人，使挽柩者歌之，世呼爲挽歌〔註61〕。

蜀譙周〈法訓〉曰：

> 挽歌者，漢高帝召田橫至尸鄉自殺，從者不敢哭，而不勝哀，故爲挽歌以寄哀音〔註62〕。

關於田橫的事蹟，《史記》卷九十四〈田儋列傳〉有記載。但司馬遷

〔註60〕同註9，吳兢《樂府古題要解》。

〔註61〕見崔豹《古今注》，收錄在《叢書集成新編》第十一冊，（台北：新文豐出版社，民國74年）。

〔註62〕見嚴一萍《叢書集成・三編》之十六，〈黃氏逸書考〉第十六卷〈法訓〉，頁1～2。

並沒有提到挽歌，所以有的人認爲挽歌不是始於田橫門人。杜預注《左氏傳》，提出挽歌非始於田橫，王應麟《困學紀聞》也說：「左傳有虞殯，莊子有紼謳，挽歌非始於田橫之客。」吳兢《樂府古題要解》說：「喪歌不自田橫始。」而且在宋玉的〈對楚王問〉也可看見〈薤露〉的曲名〔註63〕，因此方祖燊先生也認爲〈薤露〉由來已久，非始於田橫〔註64〕。梁啓超也認爲在李延年以前，實漢歌中最古者〔註65〕。

綜上所述，不管〈薤露〉始於何時，其爲挽歌之用，是可以肯定的。且由宋玉的〈對楚王問〉中可知，〈薤露〉已是宋玉時楚國流行的通俗歌曲。因此〈薤露〉之名始於秦漢以前是無疑的。這種本來送葬時用的挽歌，至東漢已不僅爲喪歌，而又有用之宴會，或用之婚宴〔註66〕。

此詩後代擬作共五首，在主旨方面發生極大變化。如魏武帝一首五言十六句〈薤露行〉，以「惟漢廿二世，所任誠不良」起興，描述漢帝基業蕩覆於賊臣之手，賊臣持國柄，以致宗廟燔喪，京都西遷。此詩以歷史觀點著眼，如要勉強附會本辭原意，則可說其乃爲漢帝國作挽歌；否則就題意而言，近似敘述式的歷史詩。

曹植以〈薤露〉爲題，也有一首五言十六句擬作，此言人生如寄，思乘時立德建業，服膺孔氏詩書以明王道，冀思不朽。然以翰墨爲勳績之理想，是緣於不得建功而託之之故。因而此詩可看作是曹植個人自抒失意與懷抱之作。

〔註63〕宋玉〈對楚王問〉曰：「客有歌於郢中者，其始曰下里巴人，國中屬而和者數千人，其爲陽阿薤露，國中屬而和與數百人，其爲陽春白雪，國中屬而和者不過數十人。」

〔註64〕同註26，方祖燊《漢詩研究》第四章〈漢朝樂府詩的簡史與解題〉，頁181。

〔註65〕同註8，梁啓超《中國之美文及其歷史》第一章〈古歌謠及樂府〉，頁54。

〔註66〕應劭《風俗通義》云：「京師殯婚嘉會，皆作魌櫑，酒酣之後，續以挽歌。魌櫑，喪家之樂。挽歌，執紼相偶和之者。」收錄在《叢書集成新編》第十一冊，（台北：新文豐出版社，民國74年）。

另外晉張駿的〈薤露〉，五言二十句，描述晉室皇道不明，主暗臣亂，牝雞司晨，以致權綱失紀，胡馬南侵，導出內禍外亂的戰爭。

以上是與古辭同標題的擬作，再者還有以「惟漢行」爲異題的擬作，曹植據曹操的擬作首句「惟漢二十二世」擬作一首五言二十句〈惟漢行〉，以「太極定二儀，清濁始以形」起句，描寫爲人明主的道理。此外，晉傅玄也有一首五言二十六句的〈惟漢行〉，但內容敘述鴻門會，項莊舞劍志在沛公的一段史實，及亞父、張良、樊將軍之間情事，亦可算爲敘述史事之詩。

綜觀〈薤露〉在後代擬作，有三首同標題的擬作，及二首異題〈惟漢行〉；除曹植兩首作品，一述臣道及立身理想；另一述君道外，餘三首則述史實，五首擬作與本辭在內容上沒有關涉，而以樂府題詠時事，可能受曹操影響所致。另外在形式上，五首擬作皆爲五言詩。茲將此詩後代擬作列表於下：

標　題	朝　代	作　者	形　式	主　題
薤　露	魏	曹　操	五　言	寫史實
薤　露	魏	曹　植	五　言	自抒懷抱
薤　露	晉	張　駿	五　言	寫史實
惟漢行	魏	曹　植	五　言	寫爲君之道
惟漢行	晉	傅　玄	五　言	寫史實

（五）蒿　里

蒿里誰家地，聚斂魂魄無賢愚。鬼伯一何相催促，人命不得少踟躕。（樂府詩集第二十七卷）

這是一首與〈薤露〉相同的挽歌。「蒿里」是古代人死後魂魄聚居的地方。「蒿里」又作「薨里」。黃節箋注引師古曰：

死人之里謂之蒿里，或呼爲下里者也，字則爲蓬蒿之蒿。或者見泰山神靈之府，高里山又在其旁，即誤以高里爲蒿里。

然黃節箋云：案玉篇：「薨里，黃泉也，死人里也。」……內則注：「薨，乾也。」蓋死則槁乾矣。以蓬蒿字爲蒿里，乃流俗所誤耳〔註 67〕。

這首詩言人死不分賢愚，死後皆聚集死人里，詩中流露生死有命的悲悽。〈薤露〉、〈蒿里〉是武帝之前混用的挽歌，而〈蒿里〉比〈薤露〉又更普遍些。因爲宋玉〈對楚王問〉說：有人唱「下里」，幾千人和著他唱，等他唱〈薤露〉，只有幾百人和他。其中的「下里」就是〈蒿里〉，而且崔豹《古今注》也載錄〈蒿里〉是士大夫庶人出殯時用的。

此詩後代擬作共十七首，有二種標題。

1. **以蒿里為標題的擬作**：共三首。

襲用「蒿里」標題的擬作，後代擬作的並不多，只有三篇而已。如：魏武帝曹操的〈蒿里〉五言十六句，詩云：「關東有義士，興兵討群凶」，言袁紹意在王室，起兵欲討董卓，致使天下戰禍，漢末大亂。如方植之所言：「此用樂府題敘漢末時事，所以然者，以所詠喪亡之哀，足當挽歌也。〈薤露〉哀君，〈蒿里〉哀臣，亦有次第〔註 68〕。」又如鮑照的〈蒿里〉，在《鮑參軍集注》記載〈代蒿里行〉。詩云：「同盡無貴賤，殊願月窮伸」，爲日暮途窮的自悼之詞。唐僧貫休的〈蒿里〉，則描述蒿里墳上荒草淒涼之景，呈現野墳孤煙的蕭索之感。

2. **以挽歌為標題的擬作**：共十四首。

〈蒿里〉被李延年分爲送士大夫與庶人之喪歌，使挽柩者歌之，故謂之挽歌。在〈蒿里〉後代擬作中，有十四首〈挽歌〉。《晉書・禮志》有云：

> 漢魏故事：大喪及大臣之喪，執紼者輓歌新禮，以爲輓歌出於漢武帝，役人之勞歌聲哀切，遂以爲送終之禮。〔註 69〕

又晉干寶《搜神記》言及：

> 挽歌者，喪家之樂：執紼者，相和之聲也〔註 70〕。

〔註 67〕見黃節著《漢魏樂府風箋》卷一，（台北：學海出版社，民國 72 年），頁 5。

〔註 68〕同註 65，黃節《漢魏樂府風箋》卷九，頁 78。

〔註 69〕見《晉書》卷二十，志第十，禮志，（台北：新文豐出版社），頁 454。

〔註 70〕見干寶《搜神記》卷十六，（台北：洪氏出版社，民國 71 年），頁 189。

由此可知〈挽歌〉是送終時之喪歌。這種因人生無常的感慨而作的挽歌，應是受到〈薤露〉和〈蒿里〉的影響。因爲晉陸機的〈挽歌〉有「聽我薤露詩」的詩句。擬作詩人始於魏繆襲的「生時遊國都，死沒棄中野。朝發高堂上，暮宿黃泉下」，其詩以達觀心態闡明生死分際，而有人生自古能無死之襟抱。其次晉陸機有三首〈挽歌〉，皆爲五言詩。分別爲第一首三十四句，描述送終行列及泣子的悲歌。再有晉陶潛三首〈挽歌〉，亦爲五言詩。第一首十八句，以「荒草何茫茫，白楊亦蕭蕭」起興，接寫於嚴霜九月中，被送出遠郊的心情，大抵以自挽心態爲此篇。第二首十四句，說明有生必有死，「昨暮同爲人，今旦在鬼錄」，其第三首「在昔無酒飲，今但湛空觴」，亦寫歸入黃泉之狀。另外北齊祖孝徵一首〈挽歌〉「昔日驅駟馬，謁帝長楊宮」，闡述的亦是是非成敗轉頭空的死生之感。最後唐白居易一首〈挽歌〉，十六句。起句以丹旐飛揚、素驂悲鳴於蕭條九月，哀挽出重城的送終行列起始；詩以自挽觀點出之，末則「春風草綠北邙山，此地年年生死別」，而有自古誰無死之感，於含悲慟哭哀聲中，隱含達觀的理性。

綜觀〈蒿里〉在後代擬作中，三首〈蒿里〉各有所託，或哀國或自悼或描繪死人之里；十四首〈挽歌〉則呈現較近似格調，表達人生大幻，方生方死，只是一夢南柯；繁華事散，皆付笑談，因而喪歌中流露此種浮生若夢的無常感，用以安慰亡靈，或用以自挽。大致而言，發生在民間葬送時坦率、質樸的挽歌，在後代文人擬作過程中逐漸表現寫作技巧與移入個人思想，把人生無常的悲哀予以藝術化的修飾。茲將此詩後代擬作列表於下：

標　題	朝　代	作　者	形　式	主　題
蒿　里	魏	曹　操	五　言	寫史實
蒿　里	宋	鮑　照	五　言	自抒懷抱
蒿　里	唐	僧貫休	雜　言	喪　歌
挽　歌	魏	繆　襲	五　言	喪　歌
挽　歌	晉	陸　機	五　言	喪　歌

挽歌	晉	陸機	五言	傷逝
挽歌	晉	陸機	五言	喪歌
挽歌	晉	陶潛	五言	自挽之辭
挽歌	晉	陶潛	五言	傷逝
挽歌	晉	陶潛	五言	傷逝
挽歌	宋	鮑照	五言	傷逝
挽歌	北齊	祖孝徵	五言	傷逝
挽歌	唐	趙微明	五言	傷逝
挽歌	唐	于鵠	五言	傷逝
挽歌	唐	于鵠	五言	傷逝
挽歌	唐	孟雲卿	五言	喪歌
挽歌	唐	白居易	雜言	喪歌

（六）雞　鳴

雞鳴高樹巔，狗吠深宮中。蕩子何所之，天下方太平。刑法非有貸，柔協正亂名。黃金爲君門，璧玉爲軒堂。上有雙樽酒，作使邯鄲倡。劉王碧青甓，後出郭門王。舍後有方池，池中雙鴛鴦。鴛鴦七十二，羅列自成行。鳴聲何啾啾，聞我殿東廂。兄弟四五人，皆爲侍中郎。五日一時來，觀者滿路傍。黃金絡馬頭，熲熲何煌煌。桃生露井上，李樹生桃傍。蟲來齧桃根，李樹代桃殭。樹木身相代，兄弟還相忘。（樂府詩集第二十八卷）

這首詩描寫上流社會貴族的奢侈生活。吳兢《樂府古題要解》云：

古詞：「雞鳴高樹巔，狗吠深宮中。」初言「天下方太平，蕩子何所之。」次言「黃金爲門，白玉爲堂，置酒作倡樂爲樂。」兄弟三人近侍，榮耀道路，其文與〈相逢狹路間行〉同。終言桃傷而李仆，喻兄弟當相爲表裏。〔註71〕。

此詩五言整齊，文字稍嫌華麗，而且詩作較長，很可能在民間流傳或樂工、文人製譜時，被他們所潤改。所以梁啓超云：

〔註71〕同註9，吳兢《樂府古題要解》。

每解六句，各解似皆獨立，文義不相連屬，又間有全句和別的歌大同小異者。殆當時樂人喜唱之語。故不嫌犯複。漢魏六朝樂府多如此〔註72〕。

因此這首詩雖然沒有民間的坦率直述，但當兩漢混亂不安定的時期，出自民間的詩歌，外表上雖然描寫高官的奢侈，而其內在卻包涵諷刺的意味。所以《樂府廣序》曰：

雞鳴與「尺布」之謠，同爲諷時之作。

黃節箋引李子德曰：

此詩必有所刺。首云蕩子何之，繼之柔協亂名；中則追敘其盛時，既謂兄弟四五人皆爲侍中，何等赫矣；而末乃借桃李以傷之。蓋有權貴罹禍，其兄弟莫相爲理，惟僥倖得脫；刺之云云。首尾乃正意，中故作詰曲，所謂「定哀多微辭」耳〔註73〕。

此詩暴露漢代貴族統治者的盛衰無常。在華麗的文字中，隱含諷刺的意味。全詩共分三段，首段言太平盛世，中段敘家世繁華之狀，末段誡兄弟相尤。

這首詩後代擬作的很少，只有三篇而已。梁劉孝威的〈雞鳴篇〉、簡文帝的〈雞鳴高樹巔〉和陳張正見的〈晨雞高樹鳴〉。梁劉孝威〈雞鳴篇〉，歌詠雞的情態，近似詠物詩。其二梁簡文帝的〈雞鳴高樹巔〉似以女子口吻，於夜寐聞雞鳴而慵懶未起，頗類深閨之情詩。其三陳張正見〈晨雞高樹鳴〉，全詩文意晦澀不明，言及戰爭，卻不知爲何而作。

大抵雞鳴三首擬作，與本辭意旨不相涉，但由雞起興的想像連結，則可以肯定。且梁劉孝威、陳張正見詩意晦澀，在四百多首擬作中較特別；另於形式句法言，除張正見擬爲雜體外，其餘爲五言。茲將此詩後代擬作列表於下：

〔註72〕同註8，梁啓超《中國之美文及其歷史》第一章〈古歌謠及樂府〉，頁61。

〔註73〕同註65，黃節《漢魏樂府風箋》卷一，頁7。

標　　題	朝　代	作　者	形　式	主　題
雞鳴篇	梁	劉孝威	五　言	詠　物
雞鳴高樹巔	梁	簡文帝	五　言	閨　怨
晨雞高樹鳴	陳	張正見	雜　言	言戰事

（七）烏　生

烏生八九子，端坐秦氏桂樹間。唶！我秦氏家有遊遨蕩子，工用睢陽強，蘇合彈，左手持強彈，兩丸出入烏東西。唶！我一丸即發中烏身，烏死魂魄飛揚上天。阿母生烏子時，乃在南山巖石間。唶！我人民安知烏子處，蹊徑窈窕安從通？白鹿乃在上林西苑中，射工尚復得白鹿脯。唶！我黃鵠摩天極高飛，後宮尚得得烹煮之；鯉魚乃在洛水深淵，釣鉤尚得鯉魚口。唶！我人民生各各有壽命，死生何須復道前後。（樂府詩集第二十八卷）

這是一首描述人生無常的寓言詩。《樂府詩集》卷二十八云：「一曰『烏生八九子』」。然在《宋書・樂志》載「烏生十五子」。吳兢《樂府古題要解》云：

古詞烏生八九子，端坐秦氏桂樹間。言烏母生子，本在南山岩石間，而來爲秦氏彈丸所殺。白鹿在苑中，人得以脯，黃鵠摩天，鯉魚在深困，人可得而烹煮之，則壽命各有定分，死生何嘆前後也。

此詩先敘述烏的慘死，次敘述烏自責藏身不密，然後轉念世情難測，善於藏身的魚、鹿、黃鵠也不免遭人毒手，最後委之天命。這種借動物以寓言人自以爲無禍，各得其所，不意禍出於造次之間，而無可逃避的宿命。借動物來寓意在民間文學裏常常可見，兩漢民間樂府裏就有幾篇。如：〈烏生〉、〈豫章行〉、〈枯魚過河泣〉、〈蜨蝶行〉等。

此詩後代擬作的只有三篇而已。《樂府詩集》卷二十八云：

若梁劉孝威「城上烏，一年生九雛」，但詠烏而已。又有「城上烏」蓋出於此。

另有梁吳均一首擬作，亦詠烏而已，其詩末以「陛下三萬歲，臣至執金吾」作結，有歌功頌德的意味。再如朱超擬作，也以烏爲主體描述，大抵這三首擬作都類似詠物詩，以詠烏爲主，不再有古辭般的富有憂患意識。茲將此詩後代擬作列表於下：

標　　題	朝　代	作　者	形　式	主　題
烏生八九子	梁	劉孝威	雜　言	詠　烏
城上烏	梁	吳　均	五　言	詠　烏
城上烏	梁	朱　超	五　言	詠　烏

（八）平陵東

> 平陵東，松柏桐，不知何人劫義公。劫義公，在高堂下，交錢百萬兩走馬，兩走馬，亦誠難，顧見追吏心中惻。心中惻，血出漉，歸告我家賣黃犢。（樂府詩集第二十八卷）

這首詩反映貪官暴吏對人民掠奪的詩。吳兢在《樂府古題要解》曰：

> 古詞平陵東，松柏桐，不知何人劫義公，此漢翟義門人所作也。義丞相方進之少子，字文中，爲東郡太守。以王莽篡漢，起兵誅之，不克而見害。門人作歌以怨之。

本詩從內容來看，是一首反抗政治壓迫的詩，漢法可以貨贖罪。因此若能救義公，則不惜交錢百萬，然爲官吏所追，於是歸去賣犢買刀，以死救之爲義復仇。全詩義憤填膺，雖懷救贖之心，卻力不從心，其情甚哀，暴露了漢代政治的混亂與不安。

　　這首詩後代擬作只有魏曹植的一篇而已。詩云：「閶闔開天衢，通補我羽衣乘飛龍。乘飛龍，與仙期，東上蓬萊採靈芝。靈芝採之可服食，年若王父無終極。」首二句黃節箋句讀爲「閶闔開，天衢通」，言天門開，被我羽衣乘飛龍，遨遊四海，如此句讀似較合理。這首擬作其內容主題與古辭完全不同，古辭是描寫貪官污吏的橫暴，而曹植的〈平陵東〉描寫長生不老的神仙思想，與標題毫無關係，不過技巧上曹植也用「古辭」的頂眞法。茲將此詩後代擬作列表於下：

標　　題	朝　代	作　者	形　式	主　題
平陵東	魏	曹　植	雜　言	游　仙

（九）陌上桑

日出東南隅，照我秦氏樓。秦氏有好女，自名爲羅敷。羅敷喜蠶桑，採桑城南隅。青絲爲籠繫，桂枝爲籠鉤。頭上倭墮髻，耳中明月珠。緗綺爲下裙，紫綺爲上襦。行者見羅敷，下擔捋髭鬚，少年見羅敷，脫帽著帩頭。耕者忘其犁，鋤者忘其鋤。來歸相怨怒，但坐觀羅敷。使君從南來，五馬立踟躕。使君遣吏往，問是誰家姝？秦氏有好女，自名爲羅敷。羅敷年幾何？二十尚不足，十五頗有餘。使君謝羅敷，寧可共載不？羅敷前置辭：使君一何愚！使君自有婦，羅敷自有夫。東方千餘騎，夫婿居上頭。何用識夫婿？白馬從驪駒。青絲繫馬尾，黃金絡馬頭，腰中鹿盧劍，可值千萬餘。十五府小吏，二十朝大夫三十侍中郎，四十專城居。爲人潔白皙，鬑鬑頗有鬚。盈盈公府步，冉冉府中趨。坐中數千人，皆言夫婿殊。（樂府詩集第二十八卷）

吳兢《樂府古題要解》云：

其歌詞稱羅敷採桑陌上，爲使君所邀，羅敷盛誇其夫爲侍中郎以拒之〔註74〕。

崔豹《古今注》曰：

陌上桑，出秦氏女人。秦氏邯鄲人，有女名羅敷，爲邑人千乘王仁妻。王仁後爲越王家令。羅敷出採桑於陌上，趙王登臺，見而悅之，因飲酒欲奪焉。羅敷乃彈箏，乃作「陌上歌」以自明焉。〔註75〕。

這首古辭是由民間流傳，從詩中所表現的洗鍊手法，結構的精緻，而且整齊的五言形式等來看，似有人加以創作，然後經過許多人的參與修改，或文人的潤飾而成爲敘事詩的代表。此詩內容可分爲三段。首段描寫羅敷之美貌，令人神往；中段描寫太守的求愛遭受羅敷義正詞嚴的拒絕；末段敘述羅敷的自語，詳述其夫之風采。

〔註74〕同註9，吳兢《樂府古題要解》。

〔註75〕晉崔豹《古今注》收入《叢書集成新編》第十一冊，（台北：新文豐出版社，民國74年）。

《宋書・樂志》曰：

> 大曲十五曲，三曰羅敷行，一曰日出東南隅行，一曰豔歌羅敷行，亦曰日出行。

雖然《宋書・樂志》有〈豔歌羅敷行〉的標題，但《樂府詩集》裏則未見，郭茂倩將之分爲〈豔歌行〉、〈羅敷行〉二首。此詩後人擬作標題凡經五變，分述如下：

1. **陌上桑**：同標題共九首。

魏武帝一首：「駕虹霓，乘赤雲，登彼九疑歷玉門」描述神仙之事；魏文帝一首：「棄故鄉，離室宅，遠從軍旅萬里客。披荆棘，求阡陌，側足獨窘步，路局笮」描述遠役之苦痛，以上二首主題內容與古辭〈陌上桑〉無關，其餘六首皆從〈陌上桑〉主題延伸而來，如王筠一首：「人傳陌上桑，未曉已含光。重重相蔭映，軟軟自芬芳。秋胡始停馬，羅敷未滿筐。春蠶朝已伏，安得久彷徨」；李白一首：「妾本秦羅敷，玉顏豔名都。綠條映素手，採桑向城隅」；常建一首：「翳翳陌上桑，南枝交北堂。美人金梯出，素手自提筐」均就古辭〈陌上桑〉的主題發揮。

2. **採桑**：共十四首。

以〈採桑〉爲題的擬作，內容大部分藉春日蠶桑等事物，表現男女之情愛，或描寫春天之景色。有敘述採桑情趣的，如宋鮑照「採桑淇澳間，還戲上宮閣」；有描述工作情狀的，如梁沈君攸「南陌落光移，蠶妾畏桑萎」；有述說相思的，如梁吳均「無由報君信，流涕向春蠶」。

除了男女之情愛，在十四首〈採桑〉的擬作中，有三首引用〈陌上桑〉古辭的本事，如陳張正見寫蠶妾採桑「恐疑夫婿遠，聊復答專城」，賀徹的「自憐公府步，誰與少年同」，而傅縡的〈採桑〉則直寫羅敷的故事。

3. **豔歌行**：共二首。

晉傅玄純粹模仿古辭鋪陳羅敷故事，有些字句甚至與古辭如出一轍，如「日出東南隅，照我秦氏樓。秦氏有好女，自字爲羅敷」，所以梁啓超曾經在《中國之美文及其歷史》一書裏說：

> 晉傅玄有豔歌行，將此歌改頭換面。末兩句作爲羅敷告使君語云：「天地正厥位，願君改其圖」眞臭腐得不可嚮邇〔註 76〕。

這就是民間文學與文人文學顯著差別的好例子。又如陳張正見的擬作述及「二八秦樓婦，三十侍中郎」的風采。

4. **羅敷行**：共三首。這三首不是歌詠羅敷故事，就是描述蠶妾的姿態。

5. **日出東南隅行**：共十首。

《樂府古題要解》有云：「若晉陸士衡『扶桑升朝暉』等，但歌佳人好會，與古調始同而末異。」陸機此作影響後代九首的擬作，其內容不是描寫有關女人的美貌、貞節，就是描述桑郊春景，其中偶雜有秦樓女子與夫婿等古辭裡的意象背景。

6. **日出行**：共三首。

除北周蕭撝仍述「正值秦樓女，含嬌酬使君」不出本辭主題外，唐李白、李賀皆自出機杼，如太白以「日出東南隈」引述太陽終古不息運轉，人卻不能與之久徘徊，而其末則慷慨道出「吾將囊括大塊，浩然與溟涬同科」。李賀則敘「白日下崑崙，發光如舒絲」，似是言天道循環，而人事渺小。

綜上四十首〈陌上桑〉擬作，照標題年代先後次序，先有〈豔歌行〉，繼之〈日出東南隅行〉，復而〈採桑〉、〈羅敷行〉，末則〈日出行〉。在內容題旨方面，除魏武帝、文帝兩首〈陌上桑〉，及唐李白、李賀兩首〈日出行〉外，其餘皆由〈陌上桑〉本辭承襲模擬，或局部特寫而來；因此充滿李春風光，採桑蠶事，美人姿貌，使君專城等意象；另〈採桑〉十四首中，也加入一般在工作歌裡，慣常出現的男女

〔註 76〕同註 8，梁啓超《中國之美文及其歷史》第一章〈古歌謠及樂府〉，頁 63。

情思。至於在形式句法上，與本辭同樣為五言者有三十三首，七言詩兩首，雜體五首。

後代模擬〈陌上桑〉的作品中約二分之一是在梁代產生。因為在梁代武帝、簡文帝等以詞藝為天下倡的風氣下，天下的騷人墨客，共同致力於純文學之創作。結果完成了宮體的唯美文學。這種指向純文學的情況之下，當時梁代的文人喜作浪漫浮靡的作品。〈陌上桑〉中美女的機智與春天的美景當然是容易受到文人的喜好。茲將此詩後代擬作列表於下：

標　題	朝　代	作　者	形　式	主　題
陌上桑	魏	曹　操	雜　言	游　仙
陌上桑	魏	曹　丕	雜　言	行　役
陌上桑	梁	吳　均	五　言	相　思
陌上桑	梁	王臺卿	五　言	採桑蠶事
陌上桑	梁	王　筠	五　言	採桑蠶事
陌上桑		無名氏	五　言	採桑女情懷
陌上桑	唐	李　白	五　言	採桑女情懷
陌上桑	唐	常　建	五　言	採桑蠶事
陌上桑	唐	陸龜蒙	七　言	採桑蠶事
採桑	宋	鮑　照	五　言	採桑情趣
採桑	梁	簡文帝	五　言	採桑情趣
採桑	梁	姚　翻	五　言	相　思
採桑	梁	吳　均	五　言	相　思
採桑	梁	劉　邈	五　言	怨　情
採桑	梁	沈君攸	五　言	採桑情趣
採桑	陳	陳後主	五　言	採桑女情懷
採桑	陳	張正見	五　言	採桑女情懷
採桑	陳	賀　徹	五　言	採桑女情懷
採桑	陳	傅　縡	五　言	採桑女情懷
採桑	唐	郎大家宋氏	五　言	相　思

標　題	朝　代	作　者	形　式	主　題
採桑	唐	劉希夷	五　言	採桑女情懷
採桑	唐	李彥遠	五　言	採桑女情懷
採桑	唐	王　建	五　言	少年愁思
艷歌行	晉	傅　玄	五　言	羅敷故實
艷歌行	陳	張正見	五　言	羅敷故實
羅敷行	梁	蕭子範	五　言	詠美人姿貌
羅敷行	陳	顧野王	五　言	採桑女情懷
羅敷行	後魏	高　允	五　言	羅敷故實
日出東南隅行	晉	陸　機	五　言	美人姿貌
日出東南隅行	宋	謝靈運	五　言	美人姿貌
日出東南隅行	梁	沈　約	五　言	美人姿貌
日出東南隅行	梁	張　率	五　言	美人姿貌
日出東南隅行	梁	蕭子顯	五　言	美人姿貌
日出東南隅行	陳	陳後主	五　言	美人姿貌
日出東南隅行	陳	徐伯陽	七　言	美人姿貌
日出東南隅行	陳	殷　謀	五　言	詠美人
日出東南隅行	北周	王　褒	雜　言	詠美人
日出東南隅行	隋	盧思道	五　言	閨　怨
日出行	北周	蕭　撝	五　言	詠美人
日出行	唐	李白	雜　言	自抒懷抱
日出行	唐	李賀	雜　言	自抒懷抱

（十）王子喬

王子喬，參駕白鹿雲中遨，下遊來，王子喬，參駕白鹿上至雲，戲遊傲。上建逋陰廣里，踐近高。結仙宮，過謁三台，東遊四海五嶽山，上過蓬萊紫雲臺。三王五帝不足令，令我聖明應太平。養民若子事父明，當究天祿永康寧。玉女羅坐吹笛簫。嗟行聖人遊八極，鳴吐銜福翔殿側，聖主享萬年，悲吟皇帝延壽命。（樂府詩集第二十九卷）

據劉向《列仙傳》記載：

王子喬者，周靈王太子晉也，好吹笙作鳳凰鳴。遊伊、洛之間，道士浮丘公接以上嵩高山三十餘年。後求之於山上，見柏良曰：「告我家，七月七日待我於緱氏山巔。」至時，果乘白鶴駐山頭，望之不得到，舉手謝時人，數日而去。亦立祠於緱氏山下，及嵩高首焉。

此詩即以王子喬爲題，藉其羽化登仙之說，歌頌神仙思想並祝頌帝王。當時漢武帝好神仙之術，曾遣方士入海求神山、不死之藥。漢代的這種神仙思想，可能起因於當時社會混亂而腐敗，人民或知識分子不滿於現實生活，因此寄託幻想於長生不死的仙界，駕鹿雲遊，不再過有生老病死的人間生活。《後漢書・方術列傳》云：

漢自武帝頗好方術，天下懷協道藝之士，莫不負策抵掌，順風而屆焉。後王莽矯用符命，光武尤信讖言，……自是習爲內學。尚奇文，貴異數，不乏於時也〔註77〕。

由此可知漢代的皇帝很喜歡方術、讖言等。所以在民間也普遍具存這種逃避現實的神仙思想。因此兩漢民間樂府中內含神仙思想的作品不少，例如：〈長歌行〉、〈善哉行〉、〈步出夏門行〉、〈董逃行〉等。

此詩到後代擬作不多，只有四篇而已，其內容都有關神仙的，而且標題也沒有改變，只是擬作篇幅皆短小，如梁江淹一首「子喬好輕舉，不待鍊銀丹。控鶴去窈窕，學鳳對巑岏」即是詠述王子喬駕鶴仙遊之事。又如魏高允一首「王少卿，王少卿，超升飛龍翔天庭」，再如唐宋之問的「王子喬，愛神仙，七月七日上賓天」等都是描述神仙之事。茲將此詩後代擬作列表於下：

標　題	朝　代	作　者	形　式	主　題
王子喬	梁	江　淹	五　言	游　仙
王子喬	梁	高允生	五　言	游　仙
王子喬	後魏	高　允	雜　言	游　仙
王子喬	唐	宋之問	雜　言	游　仙

〔註77〕《後漢書・方術傳》（台北：洪氏出版社，民國67年），頁2705。

（十一）長歌行

青青園中葵，朝露待日晞。陽春布德澤，萬物生光輝。常恐秋節至，焜黃華葉衰。百川東到海，何時復西歸。少壯不努力，老大徒傷悲。

仙人騎白鹿，髮短耳何長，導我上太華，攬芝獲赤幢，來到主人門，奉藥一玉箱，主人服此藥，身體日康彊，髮白復更黑，延年壽命長。

岧岧山上亭，皎皎雲間星。遠望使心思，遊子戀所生。驅車出北門，遙觀洛陽城。凱風吹長棘，夭夭枝葉傾。黃鳥飛相追，咬咬弄音聲。佇立望西河，泣下沾羅纓。（樂府詩集第三十卷）

這三首詩詩旨各異，第一首言芳華不久，時光一逝不回，勸人當及時努力，以免「老大徒傷悲」；第二首言仙葯可以延年，描寫神仙思想；第三首描寫遊子思親，可望不可及。崔豹《古今注》曰：

長歌、短歌，言人壽命長短各有定分，不可妄求。

但郭茂倩《樂府詩集》第三十卷云：

古詩云：「長歌正激烈」。魏文帝〈燕歌行〉云：「短歌微吟不能長」，晉傅玄〈豔歌行〉云：「咄來長歌續短歌」，然則歌聲有長短，非言壽命也。

樂府曲調的命名，多依聲調而定，郭氏之說應爲是。

這首詩後代擬作共有十篇。大部分的擬作都襲用漢代的〈長歌行〉原題。如魏明帝一首「靜夜不能寐，耳聽眾禽鳴」「哀彼失群燕，喪偶獨煢煢。單心誰與侶，造房孰與成。徒然喟有和，悲慘傷人情」，由此可知應是一首感懷之作；又如梁元帝的〈長歌行〉，詩云：「人生行樂爾，何處不留連。朝爲洛生詠，夕作據梧眠。忽茲忘物我，優游得自然」是一首勸人及時行樂的詩。晉傅玄的擬作主題較爲突兀，詩云：「二軍多壯士，聞賊如見讎。投身效知己，徒生心所羞」寫的是勝戰的雄心。

另外六首以〈長歌行〉爲標題的擬作，主題較一致，大都流露出對人生無常的感嘆。如晉陸機「逝矣經天日，悲哉帶地川。寸陰無停晷，尺波徒自旋」；謝靈運的「寸陰果有逝，尺素竟無觀」；李白的「畏落日月後，強歡歌與酒。秋霜不惜人，倏忽侵蒲柳」等都有人事代謝，寸陰流逝的感慨。

另外曹植有一首〈鰕䱇篇〉，詩云：「鰕䱇游潢潦，不知江海流。燕雀戲藩柴，安識鴻鵠游」又云：「高念翼皇家，遠懷柔九州。撫劍而雷音，猛氣縱橫浮。泛泊徒嗷嗷，誰知壯士憂。」

《樂府詩集》卷三十云：

> 一曰：〈鰕䱇篇〉。《樂府解題》曰：曹植擬〈長歌行〉爲〈鰕䱇〉。

曹植〈鰕䱇篇〉，篇名乃取篇首二字。乃描寫世俗的人，眼光短淺，不如「大德」的人以「翼皇家」、「柔九州」爲己志，這是對世俗之士的蔑視和表達胸懷壯志卻無人理解的苦悶。這與漢代〈長歌行〉的標題、內容主題相去甚遠。但是《樂府解題》曰：曹植擬〈長歌行〉的，這或許是因爲其聲調的緣故。所以曹植的〈鰕䱇篇〉只模仿〈長歌行〉的聲調，而無關〈長歌行〉的內容、形式和標題。茲將此詩後代擬作列表於下：

標　題	朝　代	作　者	形　式	主　題
長歌行	魏	魏明帝	五　言	自抒懷抱
長歌行	晉	傅　玄	五　言	征戰雄心
長歌行	晉	陸　機	五　言	人生無常
長歌行	宋	謝靈運	五　言	人生無常
長歌行	梁	梁元帝	五　言	及時行樂
長歌行	梁	沈　約	五　言	人生無常
長歌行	梁	沈　約	五　言	人生無常
長歌行	唐	李　白	五　言	人生無常
長歌行	唐	王昌齡	五　言	人生無常
鰕䱇篇	魏	曹　植	五　言	自抒懷抱

（十二）猛虎行

飢不從猛虎食，暮不從野雀棲。野雀安無巢，遊子爲誰驕。

（樂府詩集第三十一卷）

這首詩《樂府詩集》不錄入正文，而於魏文帝擬作之前小序引及之。朱嘉徵《樂府廣序》云：

猛虎行，歌猛虎，謹於立身也。記曰：「君子不失足於人，不失色於人，不失口於人。」詠遊子，士窮視其所不爲，義加警也〔註 78〕。

此詩的主旨在勸人謹於立身，有勸世的意味。詩中的「飢不從猛虎食」比喻不行非法的事，「暮不從野雀棲」比喻不行非禮的事，蓋勸世之歌也。張蔭嘉曰：

此客游不合，思歸之詩。言野雀則安分無巢，遊子何爲辭家久客，徒使人致怪。其不苟棲食，以貧賤驕人也。自嘲之中，仍有人不我知意〔註 79〕。

此詩後代擬作共十一首，與古辭同標題的有十首，異題一首。就內容言，單詠猛虎的有五首，分別是宋謝惠連，唐儲光羲、韓愈、張籍和僧齊己五人。如謝惠連詩云：「猛虎潛深山，長嘯自生風。人謂客行樂，客行苦心傷」，言猛虎的長嘯生風，不可一世，然其內心是否有如外表的威風則不得而知，此詩似在暗喻一己心中之苦悶。其他如韓愈的「猛虎雖云惡，亦各有匹儕。群行深谷間，百獸望風低」；張籍的「南山北山樹冥冥，猛虎白日遶村行。向晚一身當道食，山中麋鹿盡無聲」等都是詠虎之作。

另外五首同標題的擬作，則不單詠虎，或根本不言及猛虎的，如晉陸機一首「渴不飲盜泉水，熱不息惡木陰。」《樂府古題要解》云：「陸士衡渴不飲盜泉水，言從遠役，猶耿介，不以艱險改節也。」漢古辭主旨在「謹於立身」，陸機擬作承此而發，仿效古辭格局，以「盜泉」、「惡木」起興，引出志士當堅持操守之苦心。其他擬作如李白以

〔註 78〕朱嘉徵《樂府廣序》。

〔註 79〕同註 65，黃節《漢魏樂府風箋》卷二，頁 17。

「朝作猛虎行，暮作猛虎吟」起首，接寫秦燕戰役，後敘韓信、張良、劉邦、項羽等事，而有「賢哲栖栖古如此，今時亦棄青雲士。有策不敢犯龍鱗，竄身南國避胡塵」之感。

另有梁簡文帝一首異題擬作〈雙桐生空井〉，《樂府解題》所謂「又有『雙桐生空井』，亦出於此。」這首擬作但言景，無關古辭「謹於立身」原意，詩云：「季月對桐井，新枝雜舊株。晚葉藏栖鳳，朝花拂曙烏。還看稚子照，銀床繫轆轤。」

綜觀〈猛虎行〉十一首擬作，有單純詠虎者，有從虎起興而另託他意者，與古辭呈現較大歧異。茲將此詩後代擬作列表於下：

標　題	朝　代	作　者	形　式	主　題
猛虎行	魏	曹　丕	五　言	嬪妃之事
猛虎行	晉	陸　機	雜　言	耿介情操
猛虎行	宋	謝惠蓮	雜　言	遠　役
猛虎行	宋	謝惠蓮	五　言	詠　虎
猛虎行	唐	儲光羲	五　言	詠　虎
猛虎行	唐	李　白	雜　言	戰　役
猛虎行	唐	韓　愈	五　言	戰　役
猛虎行	唐	張　籍	七　言	戰　役
猛虎行	唐	李　賀	四　言	猛虎傷人之狀
猛虎行	唐	僧齊己	雜　言	猛虎傷人之狀
雙桐生空井	梁	簡文帝	五　言	寫　景

（十三）君子行

君子防未然，不處嫌疑間。瓜田不納履，李下不正冠。嫂叔不親授，長幼不比肩。勞謙得其柄，和光甚獨難。周公下白屋，吐哺不及餐。一沐三握髮，後世稱聖賢。（樂府詩集第三十二卷）

這首詩《文選》、《樂府古題要解》及《樂府詩集》卷三十二都作「古辭」，而《藝文類聚》四十一卻引作曹植辭。《樂府古題要解》曰：

古辭云：「君子防未然」，蓋言遠嫌疑也〔註80〕。

朱嘉徵《樂府廣序》云：

君子以周公爲法。周公抱孺子而朝，處疑謗之地，有不易居者，若非勞謙下士，其何以自白於世〔註81〕？

這首詩雖然載於《曹子建集》中，但卻不像曹植的作品。可能是出於漢代知識分子，藉典故來表現君子的處世之道。汪師雨盦《樂府詩選注》也以爲恐非曹植所作〔註82〕，蕭滌非也認爲這首是民間古辭，並說是一首純爲儒家思想的詩〔註83〕。由此看來，此詩恐非完成於道家思想盛行的魏代曹植筆下。

「瓜田李下」現在成爲膾炙人口的名言，「瓜田不納履，李下不正冠」的遠嫌疑的比喻法，沒有親身體驗過的一般文人是不能體會的，所以應當是有才幹的百姓所作的。後代襲用此標題而擬作的有五篇：晉陸機，梁簡文帝、沈約、戴暠，唐僧齊己。內容與古辭題意接近，大都描寫君子的處世態度，多用典故，較不易解。在句法方面，只有唐僧齊己旳擬作爲雜言，其餘皆爲整齊的五言句。茲將此詩後代擬作列表於下：

標　題	朝　代	作　者	形　式	主　題
君子行	晉	陸　機	五　言	君子處世之道
君子行	梁	簡文帝	五　言	君子處世之道
君子行	梁	沈　約	五　言	君子處世之道
君子行	梁	戴　暠	五　言	君子處世之道
君子行	唐	僧齊己	雜　言	君子處世之道

〔註80〕同註9，吳兢《樂府古題要解》。

〔註81〕朱嘉徵《樂府廣序》。

〔註82〕見汪師雨盦《樂府詩選注》，（台北：學海出版社，民國68年），頁27。

〔註83〕見蕭滌非《漢魏六朝樂府文學史》第二編第三章〈兩漢民間樂府〉，（台北：長安出版社，民國70年），頁73。

（十四）豫章行

> 白楊初生時，乃在豫章山。上葉摩青雲，下根通黃泉。涼秋八九月，山客持斧刀。我口何皎皎，梯落□□□。根株已斷絕，顚倒巖石間。大匠扶斧繩，鋸墨齊兩端。一驅四五里，枝葉相自捐。□□□□□，會爲舟船蟠。身在洛陽宮，根在豫章山。多謝枝與葉，何時復相連？吾生百年□，自□□□俱。何意萬人巧，使我離根株。（樂府詩集第三十四卷）

這首詩文中缺十三字。《樂府詩集》引《古今樂錄》曰：

> 豫章行，王僧虔云：「荀錄」所載古白楊一篇，今不傳。

這首詩是描寫棟梁與根株分離之苦的寓言體敘事詩。藉白楊的身、根、枝、葉各自分離，由自然生長至人工雕造之過程，以寓名材本願棲身豫章山，不願爲匠斧所得，即託豫章山上的白楊樹，而言人物遇合的難。這就是與〈烏生〉同一意境的寓言體敘事詩。

這首詩後代擬作九首，與古辭同標題八首，異題一首。由內容來看，魏曹植以「窮達難豫圖，禍福信亦然」，言虞舜、太公望乃遇賢而掘起，孔子卻厄於陳蔡間，以興自己懷才不遇之悲，說明人的窮達，蓋由於際遇不同也。這應是曹植較後期的作品，適曹丕即位，己才遭壓抑，於是託豫章，而言懷才不遇的憤懣的作品。曹植的另一首〈豫章行〉，亦言自身修道以俟時機任用。

曹植之外，另有述離別之思者，如晉陸機：「泛舟清川渚，遙望高山陰。川陸殊途，懿親將遠尋。」謝惠連：「軒帆遡遙路，薄送瞰遐江。舟車理殊緬，密友將遠從」；有言征思者，如沈約：「一見塵波阻，臨途引征思。雙劍愛匣同，孤鸞悲影異。」謝靈運：「覽鏡睨頹容，華顏豈久期？苟無迴戈術，坐觀落崦嵫。」

另有一首異題的擬作，晉傅玄的〈豫章行古相篇〉描寫社會重男輕女的心理和女子所受的苦痛。《樂府古題要解》云：

> 傅玄〈苦相篇〉云：『苦相身爲女』，言盡力於人，終以華落見棄。

已與本辭相去甚遠。只是豫章乃漢郡邑地名，不知是否當地習尚重男輕女，女子卑賤難以自保，傅玄因之託以篇什。至於在形式方面，九首擬作中，與本辭同為五言齊體者八首，另一則七言齊體。茲將此詩後代擬作列表於下：

標　題	朝　代	作　者	形　式	主　題
豫章行	魏	曹　植	五　言	懷才不遇
豫章行	魏	曹　植	五　言	修己以俟時機任用
豫章行	晉	陸　機	五　言	離別之狀
豫章行	宋	謝靈運	五　言	人生無常
豫章行	宋	謝惠連	五　言	離別之狀
豫章行	梁	沈　約	五　言	征　思
豫章行	隋	薛道衡	七　言	征　思
豫章行	唐	李　白	五　言	征　戰
預章行苦相篇	晉	傅　玄	五　言	情　傷

（十五）董逃行

吾欲上謁從高山，山頭危險大難。遙望五嶽端，黃金為闕，班璘。但見芝草，葉落紛紛。（一解）

百鳥集，來如煙。山獸紛綸，麟、辟邪；其端鵾雞聲鳴。但見山獸援戲相拘攣。（二解）

小復前行玉堂，未心懷流還。傳教出門來：「門外人何求？」所言：「欲從聖道，求一得命廷。」（三解）

教敕凡吏受言，採取神藥若木端。白兔長跪擣藥蝦蟆丸。奉上陛下一玉柈，服此藥可得神仙。（四解）

服爾神藥，莫不歡喜。陛下長生老壽，四面肅肅稽首，天神擁護左右，陛下長與天相保守。（五解）（樂府詩集第三十四卷）

這篇名「董逃」二字，有三個異說，第一、「董」指「董卓」。晉崔豹《古今注》曰：

董逃歌，後漢游童所作也。後有董卓作亂，卒以逃亡，後人習之，以為歌章。樂府奏之。以為炯戒焉。

《風俗通義》云：

董卓以董逃之歌，主爲己發，大禁絕之。

此乃說明董卓叛亂，時人以〈董逃行〉譏之。第二、「董逃」爲仙人的名字。《樂府古題要解》曰：

古詞：「吾欲上謁從高山，山頭危險大難言。」言五嶽之上，皆以黃金爲宮闕，而多靈獸仙草，可以求長生不死之術，令天神擁護人君以壽考也。

黃節箋引吳旦生曰：

樂府原題謂董逃行，作於漢武之時，蓋武帝有求仙之興，董逃者，古仙人也〔註 84〕。

第三，「董逃」二字，本來有音無義。《後漢書・五行志》云：

靈帝中平立中，京都歌曰：「承樂世，董逃；遊四郭，董逃；蒙天恩，董逃；帶金紫，董逃；行謝恩、董逃；整車騎、董逃；垂欲發、董逃；與中辭，董逃；出西門，董逃；瞻宮殿，董逃；望京城，董逃；日夜絕，董逃；心摧傷，董逃。」

梁啓超認爲這詩裏每句句末都有「董逃」二字，係童謠的尾聲，用以奏節拍的。如「丁當」耳〔註 85〕。

關於此詩作者，朱嘉徵《樂府廣序》云：

董逃行，古辭。小雅之歌壽考，天子宴樂則歌之。或曰：諷也。王者服藥求神仙，其志蠱矣。曲中傳教、教敕、求言、受言，此方土迂怪語，使王人庶幾遇之。或武帝時，使方土入海，求三神山，爲公孫卿輩所作〔註 86〕。

大抵〈董逃行〉出於西漢，詩採白描直敘方式，不失民歌風格。我們由這首歌的內容來看，乃描寫求神仙服藥之事，含有一種遊仙的思想，而無關「董卓」的事。

這首詩後代擬作者有晉傅玄、陸機、唐元稹、張籍，共四首。不

〔註 84〕同註 65，黃節《漢魏樂府風箋》卷二，頁 18。

〔註 85〕同註 8，梁啓超《中國之美文及其歷史》第一章〈古歌謠及樂府〉，頁 59。

〔註 86〕朱嘉徵《樂府廣序》。

過他們所描寫的內容幾乎沒有古辭的遊仙思想。陸機的〈董逃行〉，有傷時感逝之歎，詩云：「日月相追周旋，萬里倏忽幾年，人皆冉冉西遷。盛時一往不還，慷慨乖念悽然。」《樂府古題要解》云：

> 陸士衡『和風習習薄林』……，但言節物芳華，可及時行樂，無使徂齡坐徒而已。

及至唐代張籍、元稹以〈董逃行〉標題來敘述戰亂的情形。另一首異題的擬作是晉傅玄的〈董逃行歷九秋篇〉，詩中描述夫婦別離之思。是一首六言六十句的長詩，帶有楚辭騷體形式，分爲十二章，言夫婦別離之思，及婦情意之深，只因胡越分隔，「影欲捨形高飛，誰言往恩可追」之歎。但爲何題爲〈董逃行歷九秋篇〉，則莫知其所以。

綜觀古辭題旨本是遊仙思想的〈董逃行〉，至後代擬作爲董逃歌，及陸機、傅玄兩首出自己意的擬作，可謂皆異於本辭原意。至於形式，則由本辭的雜體，至擬作中兩六言，兩雜體。茲將此詩後代擬作列表於下：

標　題	朝　代	作　者	形　式	主　題
董逃行	晉	陸　機	六　言	感時傷逝
董逃行	唐	元　稹	雜　言	漢末戰亂
董逃行	唐	張　籍	雜　言	漢末戰亂
董逃行歷九秋篇	晉	傅　玄	六　言	離　思

（十六）相逢行

> 相逢狹路間，道隘不容車。如何兩少年，挾轂問君家。君家誠易知，易知復難忘。黃金爲君門，白玉爲君堂。堂上置樽酒，作使邯鄲倡。中庭生桂樹，華鐙何煌煌。兄弟兩三人，中子侍中郎。五日一來歸，道上自生光。黃金絡馬頭，觀者滿路旁。入門時左顧，但見雙鴛鴦，鴛鴦七十二，羅列自成行。音聲何噰噰，鶴鳴東西廂。大婦織羅綺，中婦織流黃。小婦無所作，挾瑟上高堂。丈人且安坐，調絲未遽央。（樂府詩集第三十四卷）

《樂府詩集》卷三十四云：

一曰相逢狹路間行，亦曰長安有狹斜行。樂府解題曰：古辭，文意與雞鳴同意。

這首歌描寫貴族家庭的享受，反映當時富貴人家生活的一部分，旨在諷刺貴族的奢豪。黃節箋引朱止谿曰：

相逢行歌相逢狹路間，刺俗也。俗化流失，王政衰焉。曲中游俠相過，侈富踰制，有五噫歌「遼遼未央」意，雅斯變矣〔註87〕。

《樂府詩集》裏〈相逢行〉與〈長安有狹斜行〉兩篇古辭的內容大同小異，且〈相逢行〉爲晉樂所奏，而〈長安有狹斜行〉爲古辭。在形式上，〈相逢行〉比〈長安有狹斜行〉更臻華麗，有樂工或文人修飾過的痕跡。由此可知，〈相逢行〉應比〈長安有狹斜行〉較爲晚出。陸侃如也認爲〈長安有狹斜行〉是本辭〔註88〕，梁啓超也說：

此歌與〈雞鳴高樹巔〉多相同之語句，竊疑兩首中必有一首爲當時伶人所造，採集當時通行歌語而譜以新調，樂府中類此者尚多〔註89〕。

方師祖燊先生也說：

大概由一個來源而來，由於傳播各地時，爲各地歌者所增添刪改，而略有變動〔註90〕。

這首詩後代擬作很多，然在其十二首擬作中，內容又有分歧，標題也有異：

1. **相逢行**：同標題共六首。

如宋謝惠連一首以「行行即遠道，道長息班草。邂逅賞心人，與我傾懷抱」起句，雜言三十五句〈相逢行〉，全詩描述與知心人邂逅互吐衷情。且於字裡行間表現一種對人生無奈與悲觀之情。唐李白擬

〔註87〕同註65，黃節《漢魏樂府風箋》卷三，頁21。

〔註88〕同註4，陸侃如《樂府古辭考》〈相和歌〉，頁102。

〔註89〕同註8，梁啓超《中國之美文及其歷史》第一章〈古歌謠及樂府〉，頁67。

〔註90〕同註26，方師祖燊《漢詩研究》第四章〈漢朝樂府詩的簡史與解題〉，頁188。

作的〈相逢行〉兩首，其一乃五言三十四句的長詩，描寫途遇清秀佳人，與之銜杯同歡，然後「願因三青鳥，更報長相思」，說明尋歡當及時。再者，梁張率一首五言三十二句〈相逢行〉，以「相逢夕陰街」起興，述及訪問貴公子，並及其高門府第，兄弟兩三人、大中小三婦的描寫，與〈相逢行〉古辭如出一轍，為名符其實之擬作。

2. **相逢狹路間**：共六首。

在〈相逢行〉擬作中，另有一組標題改為〈相逢狹路間〉的作品；如宋孔欣有一首，內容敘述相逢狹路間，「輟步相與言，君行欲焉知？」結果以為世風不復淳樸，競逐名利，人情淡薄，寄寓歸隱及不慕榮利的淡泊思想，至於梁昭明太子的〈相逢狹路間〉，乃於京華曲巷中，道逢一俠客「緣路問君居」，然後便敘述在城北的君居家朱門內陳設，三個孩子華麗外表及得宜的容止，且敘及三婦和文人，此詩與古辭〈相逢行〉類似，旨在鋪陳富貴人家的居舍及生活。此外，梁劉孺的〈相逢狹路間〉，述及送君在狹路間的場景及情懷，已背離古辭的原旨。

綜觀〈相逢行〉在後代擬作中，有六首〈相逢行〉，就內容來看，只有張率一首承本辭加以仿作；其他五首，或述女子情感，或與知音、故舊、佳人相逢，而另創新意。至於另一組標題更改為〈相逢狹路間〉的擬作，也有六首，其中昭明太子及沈約之作，極近神似。另外三首，或敘隱退思想，或述女子情感，則又別出新裁。茲將此詩後代擬作列表於下：

標　題	朝　代	作　者	形　式	主　題
相逢行	宋	謝惠連	五　言	人生無奈
相逢行	梁	張　率	五　言	鋪陳貴族生活
相逢行	唐	崔　顥	五　言	寫朱門貴婦
相逢行	唐	李　白	五　言	及時行樂
相逢行	唐	李　白	五　言	男女情思
相逢行	唐	韋應物	五　言	才俊之士的偶遇

相逢狹路間	宋	孔　欣	五　言	歸隱思想
相逢狹路間	梁	昭明太子	五　言	鋪陳貴族生活
相逢狹路間	梁	沈　約	五　言	鋪陳貴族生活
相逢狹路間	梁	劉　孺	五　言	送別情懷
相逢狹路間	梁	劉　遵	五　言	女子與少年相逢
相逢狹路間	隋	李德林	五　言	鋪陳貴族生活

（十七）長安有狹斜行

長安有狹斜，狹斜不容車。適逢兩少年，夾轂問君家。君家新市傍，易知復難忘。大子二千石，中子孝廉郎。小子無官職，衣冠任洛陽。三子俱入室，室中自生光。大婦織綺紵，中婦織流黃。小婦無所爲，狹琴上高堂。丈人且徐徐，諷弦詎未央。（樂府詩集第三十五卷）

這首詩與晉樂所奏的〈相逢行〉內容相似，描寫當時貴族的生活，不過此曲較簡樸，而〈相逢行〉已有鋪陳華麗字句之現象，且內容也較繁複，如朱嘉徵《樂府廣序》所言：

長安有狹斜，刺時也。世路多歧，夫誰適從焉。古采詩入樂府，此疑爲相逢行本辭〔註91〕。

大抵由一個主題，經由不同人修改，或流傳之間有所增飾，才造成這種重出的結果。再者，〈相逢行〉疑恐與〈長安有狹斜行〉及〈雞鳴曲〉有淵源關係，而成二合爲一的作品。〈長安有狹斜行〉，以「適逢兩少年，夾轂問君家」起興，後便敘君家貴族子弟三子及三婦，是一首敘述貴門家族的詩。

在擬作方面，與古辭同標題的從晉到北周共十一篇，異題的擬作有三組標題，分別是〈三婦艷詩〉二十一首，〈中婦織流黃〉四首和唐李賀的〈難忘曲〉一篇。

1. **長安有狹斜行**：共十一首。

其中宋荀昶、梁武帝、簡文帝、庾肩吾、王冏、徐防等六首，都

〔註91〕朱嘉徵《樂府廣序》。

是道地的擬作，從邂逅狹路間問及君家，到敘及三子、三婦、丈人，可說如出一轍。晉陸機的擬作據《樂府古題要解》曰：

> 晉陸機長安狹敘行云：「伊洛有歧路，歧路交朱輪。」則言世路險狹邪僻，正直之士無所措手足矣〔註92〕。

由此可知陸機借狹路隱喻世路多歧，借題抒發一己懷抱。宋謝惠連一首〈長安有狹斜行〉，「紀郢有通逵，通逵並軒車」，寫王公大臣坐於華車，威風權貴的光景。

2. **三婦艷詩**：共二十一首，其中陳後主便獨擬了十一首。

後代擬作大部分都是描寫宮中富貴三婦的奢侈生活。襲用了古辭的頂眞法與描寫三婦的排比手法。不過在這麼多的擬作中，內容句式幾乎如出一轍；先寫大婦，次序中婦，後爲小婦乃至丈人之行止，可說是一組最公式化的擬作。如齊王融的〈三婦豔詩〉與漢代的〈長安有狹斜行〉描寫三婦的部分，可說如出一轍：

> 大婦織綺紵，中婦織流黃。小婦無所爲，挾琴上高堂。丈夫且徐徐，調絃詎未央。（古辭）
>
> 大婦織綺羅，中婦織流黃。小婦獨無事，挾瑟上高堂。丈夫且安坐，調弦詎未央。（三婦豔詩）

〈三婦艷詩〉的擬作如陳後主一首：「大婦正當壚，中婦裁羅襦。小婦獨無事，淇上待吳姝。鳥歸花復落，欲去卻踟躕。」此乃陳後主十一首擬作中唯一不含閨中豔情之作，而在全部〈三婦豔詩〉裡，或多或少涉及了閨情豔體，尤以梁、陳二代最明顯。

3. **中婦織流黃**：共四首。

如梁簡文帝一首：「翻花滿階砌，愁人獨上機。浮雲西北起，孔雀東南飛。調絲時繞腕，易鑷乍牽衣。鳴梭逐動釧，紅妝映落暉。」此詩就題發揮，敘述愁婦上織機，調絲織布的情形，其中隱含幽怨。又如陳徐陵：「蜘蛛夜伴織，百舌曉驚眠。封用黎陽土，書因計吏船。欲知夫婿處，今督水衡錢。」似寫夫婿離家的少婦，由蜘蛛夜伴織的

〔註92〕同註9，吳兢《樂府古題要解》。

心情。再如唐虞世南以〈中婦織流黃〉爲題，寫了一首閨怨女織素錦，卻有「還恐裁縫罷，無信達交河」的無奈。

4. **難忘曲**：只有李賀一首。

郭茂倩在〈相逢行〉解題下，說明「唐李賀有難忘曲，亦出於此」，至於爲何〈難忘曲〉出於此，清王琦注《李長吉歌詩彙解》卷三於〈難忘曲〉下題解有言：

> 蓋相逢行古題云，君家誠易知，易知復難忘，長吉本此辭而命名也〔註93〕。

李賀的〈難忘曲〉主題與古辭不同，觀其「夾道開洞門，弱楊低畫戟。簾影竹葉起，簫聲吹日色。蜂語繞妝鏡，拂蛾學春碧。亂繫丁香梢，滿欄花向夕。」，五言八句的〈難忘曲〉，詩的題旨似描述沈靜閨閣中，美人曉粧之景。至於李賀〈難忘曲〉雖命意襲古辭〈相逢行〉而來，然卻述及女子情態。

大致而言，這種描寫富貴、高官的貴族奢侈生活的詩在梁代最多，占擬作的一半，〈長安有狹斜行〉在後代擬作過程中，題目雖與古辭相同，卻改變了主題，例如晉代的〈長安有狹斜行〉題目雖未變，然主題則變爲描寫世路陝狹邪僻，令正直之士無所措手足，有時主題與古辭相同，卻改變了標題，例如：宋代劉鑠的〈三婦豔詩〉，題目雖然變了，然而藉詩暴露貴族奢侈的意識形態，則與古辭一致。此外，在所有題爲〈三婦艷詩〉的擬作裡，則不管在主題、內容、詩句形式方面，都呈現統一格調，可說是相當整齊的一組擬作。茲將此詩後代擬作列表於下：

標　題	朝　代	作　者	形　式	主　題
長安有狹斜行	晉	陸　機	五　言	世道艱難
長安有狹斜行	宋	謝惠連	五　言	鋪陳權貴生活
長安有狹斜行	宋	荀　昶	五　言	鋪陳權貴生活

〔註93〕見其書，收於楊家駱主編之《中國學術名著》第六輯李賀詩注中，（台北：世界書局，民國53年），頁108。

長安有狹斜行	梁	梁武帝	五　言	鋪陳權貴生活
長安有狹斜行	梁	簡文帝	五　言	鋪陳權貴生活
長安有狹斜行	梁	沈　約	五　言	描寫貴遊之士
長安有狹斜行	梁	庾肩吾	五　言	描寫貴遊之士
長安有狹斜行	梁	王　冏	五　言	描寫貴遊之士
長安有狹斜行	梁	徐　防	五　言	描寫貴遊之士
長安有狹斜行	陳	張正見	五　言	描寫貴遊之士
長安有狹斜行	北周	王　褒	五　言	王孫公子的交遊
三婦艷詩	宋	劉　鑠	五　言	描寫三婦之奢華
三婦艷詩	齊	王　融	五　言	描寫三婦之奢華
三婦艷詩	梁	昭明太子	五　言	描寫三婦之奢華
三婦艷詩	梁	沈約	五　言	描寫三婦之奢華
三婦艷詩	梁	王筠	五　言	描寫三婦之奢華
三婦艷詩	梁	吳均	五　言	描寫三婦之奢華
三婦艷詩	梁	劉孝綽	五　言	描寫三婦之奢華
三婦艷詩	陳	陳後主	五　言	描寫三婦之奢華
三婦艷詩	陳	陳後主	五　言	描寫三婦之奢華
三婦艷詩	陳	陳後主	五　言	描寫三婦之奢華
三婦艷詩	陳	陳後主	五　言	描寫三婦之奢華
三婦艷詩	陳	陳後主	五　言	描寫三婦之奢華
三婦艷詩	陳	陳後主	五　言	描寫三婦之奢華
三婦艷詩	陳	陳後主	五　言	描寫三婦之奢華
三婦艷詩	陳	陳後主	五　言	描寫三婦之奢華
三婦艷詩	陳	陳後主	五　言	描寫三婦之奢華
三婦艷詩	陳	陳後主	五　言	描寫三婦之奢華
三婦艷詩	陳	陳後主	五　言	描寫三婦之奢華
三婦艷詩	陳	張正見	五　言	描寫三婦之奢華
三婦艷詩	唐	董思恭	五　言	描寫三婦之奢華
三婦艷詩	唐	王紹宗	五　言	描寫三婦之奢華
中婦織流黃	梁	簡文帝	五　言	織婦之愁
中婦織流黃	陳	徐　陵	五　言	閨怨

中婦織流黃	陳	盧 詢	五 言	織婦之愁
中婦織流黃	唐	虞世南	五 言	織女之怨
難忘曲	唐	李 賀	五 言	美人情態

（十八）善哉行

來日大難，日燥唇乾，今日相樂，皆當喜歡。（一解）

經歷名山，芝草翻翻，仙人王喬，奉藥一丸。（二解）

自惜袖短，內手知寒，慚無靈輒，以報趙宣。（三解）

月沒參橫，北斗闌干，親交在門，飢不及餐。（四解）

歡日尚少，戚日苦多，何以忘憂，彈筝酒歌。（五解）

淮南八公，要道不煩，參駕六龍，遊戲雲端。（六解）（樂府詩集第三十六卷）

《樂府詩集》卷三十六引吳兢《樂府解題》曰：

古辭云：「來日大難，口燥脣乾。」言人命不可保，當見親友，且永長年術，與王喬八公遊焉。又魏文帝辭云：「有美一人，婉如青揚。」言其妍麗，知音，識曲，善爲樂方，令人忘憂。此篇諸集所出，不入樂志。

吳兢說此詩不入樂志，然而在《宋書‧樂志》裡卻記載這首詩，可見吳氏之說有誤。這首詩亦見於《曹子建集》，而且《藝文類聚》四十一也誤爲曹植所作，而《樂府詩集》卷三十六引《樂府解題》曰：「曹植擬〈善哉行〉爲〈日苦難〉。」這〈日苦難〉的標題就是〈當來日大難〉，所以〈善哉行〉不是曹植所作。

〈善哉行〉以整齊的四言爲一句，四句一解，音節諧美的形式出現，或已經樂工修飾，如張壽平所言：

其或始爲徒歌，既而被之管弦，以善哉行曲調歌之者歟！〔註94〕

梁啓超在〈古歌謠及樂府〉一文中也說：

此首在四言樂府中，音節最諧美，和魏武帝的「對酒當歌」

〔註94〕張壽平《漢代樂府與樂府歌辭》第二編〈兩漢樂府歌辭考識〉，（台北：廣文書局，民國85年），頁125～126。

頗相類，想時代相去不遠，但魏武帝另有〈善哉行〉數首，此首必在其前耳。〔註95〕

這首詩是宴會時主客贈答的詩。採對答方式來表現享樂思想。首言來者大難，接著寫及時行樂的神仙思想，繼而念及故交飢貧度日，末則託以酒歌歡醉自解。人生多難，變化難測，尤以漢末戰亂頻仍，因此追求享樂的現實主義因而孳生。此首〈善哉行〉即是歌頌於大難來前，當乘時尋歡，復間雜遊仙思想，至於四解「恤貧交」可能有烘托世亂民貧之意。黃節箋注引李子德曰：

此篇言來者之難，知本勸人及時爲樂飲耳；忽而求仙，忽而報恩，忽而恤貧交，無論無序；然念此數者，將可奈何，大指所歸，終於歡醉而已〔註96〕。

這種思想也可以用來祝頌人。所以陳祚明曰：

富貴人復何可祝？所不知者壽耳；故多言神仙。爲詞以進者，大抵其客。此客承恩深，故其詞如此〔註97〕。

此詩後代擬作共十五首，與古辭同標題的有十二首，異題有〈來日大難〉一首和〈當來日大難〉二首。與古辭同標題的擬作中，魏武帝、文帝、明帝三人就佔有八首。在《宋書・樂志》裡可見魏武、文、明帝的七篇，而在《樂府詩集》多載了文帝的「有美一人」篇。

1. 善哉行：同標題共十二首。

如魏文帝有四首〈善哉行〉，其一「朝日樂相樂」，敘歡宴賓客的情景，「眾賓飽滿歸」，獨「主人苦不悉」，以其君子多苦心。又如其四「有美一人，婉如清揚」，敘其妍姿巧笑，知音識曲。後因感心動耳而難忘。魏明帝的二首〈善哉行〉都是描述戰爭之事。另外唐僧貫休以「有美一人兮婉如清揚」起句，接言能使君子忘憂，復言欲贈其

〔註95〕同註8，梁啓超《中國之美文及其歷史》第一章〈古歌謠及樂府〉，頁68。

〔註96〕同註65，黃節《漢魏樂府風箋》卷四，頁26。

〔註97〕陳祚明《采菽堂古詩選》，收錄在《續修四庫全書》集部總集類第一五九一冊，（上海：古籍出版社，2002年）。

物時，卻「久不見之兮，湘水茫茫」。

2. **來日大難**：只有李白一首擬作。

李白的擬作有「仙人相存，誘我遠學」、「授以神藥，金丹滿握」等詩句，可看出有遊仙的思想。

3. **當來日大難**：共二首。

曹植的擬作云：「日苦短，樂有餘」及「別易會難，各盡杯觴」，似蘊含人生無常之慨，唐元稹的擬作，敘述「當來日，大難行」，以牛車行於顛簸之路，末言「行必不得，不如不行」。

綜觀〈善哉行〉於後代擬作，魏武帝兩首關於治國之道，傷己失怙復憂國之念，由內容來看，描述古聖王仁君的德業，並敘一己的遭遇及意志。及魏文帝四首人生無常，及時行樂、憂心沖靜及冀求美人之詩，惟於現實追求享樂及以燕樂聊忘憂之意念，關乎〈善哉行〉本辭。文帝與曹植所描寫人生無常須及時行樂的思想，與古辭意旨頗近似。至於魏明帝兩首戰爭詩，更是自出新意，出征的題旨，與古辭毫不相干。再者，自宋至唐的擬作中，大抵就本辭來日大難、尋歡處樂、人生無常及求仙等思想，作個別鋪陳，除了唐元稹是諷刺政治混亂以外，大都描寫人生無常的感慨，有著及時行樂、或求長生的神仙思想。只有江淹與僧貫休乃模擬承繼魏文帝「朝遊」、「有美」兩篇而來。另就形式而言，在所有相關的十五首擬作中，與本辭同爲四言齊體的有五首，五言齊體三首，七言一首，辭賦體一首，其餘五首爲雜體。茲將此詩後代擬作列表於下：

標　題	朝　代	作　者	形　式	主　題
善哉行	魏	曹　操	四　言	寫史實
善哉行	魏	曹　操	雜　言	自抒懷抱
善哉行	魏	曹　丕	五　言	歡宴賓客的情景
善哉行	魏	曹　丕	四　言	遠　遊
善哉行	魏	曹　丕	五　言	宴會遊樂
善哉行	魏	曹　丕	四　言	知音美人

善哉行	魏	魏明帝	四　言	征　戰
善哉行	魏	魏明帝	雜　言	征　戰
善哉行	宋	謝靈運	四　言	及時行樂
善哉行	梁	江　淹	五　言	宴會遊樂
善哉行	唐	僧貫休	雜　言	知音美人
善哉行	唐	僧齊己	七言	尋　仙
來日大難	唐	李　白	四　言	求　仙
當來日大難	魏	曹　植	雜　言	人生無常
當來日大難	唐	元　稹	雜　言	顛簸之路難行

（十九）隴西行

天上何所有，歷歷種白榆。桂樹夾道生，青龍對道隅。鳳凰鳴啾啾，一母將九雛。顧視世間人，為樂甚獨殊。好婦出迎客，顏色正敷愉。伸腰再拜跪，問客平安不。請客北堂上，坐客氈氍毹。清白各異樽，酒上正華疏。酌酒持與客，客言主人持。卻略再拜跪，然後持一杯。談笑未及竟，左顧敕中廚。促令辦粗飯，慎莫使稽留。廢禮送客出，盈盈府中趨。送客亦不遠，足不過門樞。取婦得如此，齊姜亦不如。健婦持門戶，一勝一丈夫。（樂府詩集第三十七卷）

這首詩一名〈步出夏門行〉。《樂府詩集》三十七卷引《樂府解題》曰：

古辭云：『天上何所有，歷歷種白榆』。始言婦有客色，能應門承賓。次言善於主饋，終言送迎有禮。此篇出諸集，不入〈樂志〉。……王僧虔《技錄》云：『〈隴西行〉歌武帝『碣石』、文帝『夏門』二篇。

然在《宋書·樂志》有武帝的「碣石」與明帝的「夏門」，都名為〈步出夏門行〉，而且《技錄》所謂的文帝「夏門」在《宋書·樂志》為明帝所作，當作明帝為是。

這首詩的頭四句跟〈步出夏門行〉的末四句大致相同，不知是否為郭茂倩所謂「此詩一曰〈步出夏門行〉之故。不過由內容來看，這二首詩卻完全不同。余冠英以為前段寫天象與下面不相關，因為樂府往往拼湊成篇，而不問文義〔註 98〕。梁啓超也說：「步出夏門行的末四句和隴西行的起四句全同。兩首不知孰先孰後。當時樂府並不嫌字句抄襲，只要全首組織各有妙處。」然而他並未提到這四句話與內容上的連接問題，反而讚美地說：「可謂極技術之能事。〔註 99〕」

至於隴西，據《樂府詩集》引《通典》曰：

> 秦置隴西郡，以居隴坻之西爲名。

而朱乾也說：

> 秦之隴西，今之鞏昌，臨洮，羌戎雜居，民尚氣力；小戎婦人，亦知勇於戰鬥，其來舊矣。讀此可以知隴西之俗焉〔註 100〕。

此詩敘健婦能持門戶之詩，婦人本應處深閨不應接待賓客也，然好婦不幸無夫無子，因而不得已必須親自待客也。

這首詩後代擬作共有十首，均與古辭同標題，但是後代並沒有承襲漢代古辭的主題，尤其是從梁代到唐代的擬作中，幾乎全部描寫有關戰爭的苦痛，以閨人恩怨，與古辭大異其趣。如晉陸機一首：「我靜如鏡，民動如煙。事以形兆，應以象懸。豈曰無才，世鮮興賢。」此詩隱有懷才不遇之感。宋謝靈運、謝惠連各以四言詩述己志，另外七首〈隴西行〉，在內容上均呈現共同意識，都是關於戰爭邊役之描寫。如梁簡文帝描述「長安路遠書不還，寧知征人獨佇立」的邊秋異鄉情緒。又如梁庾肩吾的〈隴西行〉，詩云：「借問隴西行，何當驅馬征」，而唐王維的「十里一走馬，五里一揚鞭。都護軍書至，匈奴圍酒泉」則述戰況。在詩句方面，陸機、謝靈運和謝惠連的擬作是四言；梁簡文帝二首五言，一首雜言；其餘的擬作皆爲整齊的五言句。茲將此詩後代擬作列表於下：

〔註 98〕同註 3，余冠英《樂府詩選》〈漢魏樂府古辭〉，頁 25～26。

〔註 99〕同註 8，梁啓超《中國之美文及其歷史》第一章〈古歌謠及樂府〉，頁 62。

〔註 100〕同註 65，黃節《漢魏樂府風箋》卷四，頁 27。

標　題	朝　代	作　者	形　式	主　題
隴西行	晉	陸　機	四　言	懷才不遇
隴西行	宋	謝靈運	四　言	抒寫己志
隴西行	宋	謝惠連	四　言	抒寫己志
隴西行	梁	簡文帝	雜　言	征　戰
隴西行	梁	簡文帝	五　言	征　戰
隴西行	梁	簡文帝	五　言	征　戰
隴西行	梁	庾肩吾	五　言	征　戰
隴西行	唐	王　維	五　言	征　戰
隴西行	唐	耿　湋	五　言	征　戰
隴西行	唐	長孫左輔	五　言	征　戰

（二十）步出夏門行

> 邪徑過空廬，好人常獨居。卒得神仙道，上與天相扶。過謁王父母，乃在太山隅。離天四五里，道逢赤松俱。攬轡爲我御，將吾天上遊。天上何所有，歷歷種白榆。桂樹夾道生，青龍對扶趺。鳳凰鳴啾啾，一母將九雛。顧視世間人，爲樂甚獨殊。（樂府詩集三十七卷）

此詩末四句與〈隴西行〉前四句幾乎一樣，雖然〈隴西行〉又曰〈步出夏門行〉，但二首內容完全不同，此詩言獨居修道者的遊仙經歷，是一首完整的遊仙詩，從敘述遊仙的原因、經過，到天上的仙人、景物，都刻劃得極爲詳盡。

此詩後代擬作只有魏代的二篇而已，即文帝和明帝的擬作。他們擬作的內容都沒有承襲後代古辭的主題，而著重於描寫己志。其中武帝擬作共四解，每解皆以「幸甚至哉！歌以詠志」作結。此詩乃孟德北征烏桓所作，自述功德偉大，立國已具根基，能務農通商，爭取關隴之地，以得賢士爲致王之本；末則抒發「老驥伏櫪，志在千里；烈士暮年，壯心不已」老當益壯的呑吐宇宙雄心。魏明帝〈步出夏門行〉，以「步出夏門，東登首陽山」起句，全詩四十八句，分爲二解，一豔一趨；似有拼湊魏文帝另一首〈丹霞蔽日行〉之跡。詩中之「丹霞蔽日，彩虹帶天」、「弱水潺潺，葉落翩翩。孤禽失群，悲鳴其間」和「月盈則沖，華不再繁。古來之說，嗟哉一言」等詩句均與魏文帝之詩句極相似。此兩首擬作中，武帝抒發己志，立國雄心昭然顯現；明帝則以伯夷叔齊相互退讓，至于今傳頌不絕，興其處於骨肉見猜的政治風暴中，而流露無枝可依之哀。兩首擬作皆與古辭原意不同，至於形式句法，由原先的五言變爲四言詩。茲將此詩後代擬作列表於下：

標　題	朝　代	作　者	形　式	主　題
步出夏門行	魏	曹　操	四　言	自抒懷抱
步出夏門行	魏	魏明帝	四　言	自　傷

（二十一）折楊柳行

默默施行違，厥罰隨事來。末喜殺龍降，桀放於鳴條。（一解）
祖伊言不用，紂頭懸白旄。指鹿用爲馬，胡亥以喪軀。（二解）
夫差臨命絕，乃云負子胥。戎王納女樂，以亡其由余。璧馬禍及虢，二國俱爲墟。（三解）
三夫成市虎，慈母投杼趨。卞和之刖足，接輿歸草廬。（四解）（樂府詩集，第三十七卷）

這是一首警世詩，如陳胤倩所謂：「此應是賢者諫不得行，而作詩以諷，其言危切。〔註101〕」

全詩多引用故事，這是兩漢民間樂府中，用典最多的一首。近人梁啓超評之曰：「此首堆積若干件故事，別是一格，詞卻不佳」。此詩分爲四解，首二句提綱，以下引述歷史故事，第一解開頭說人君糊塗一定有不良的後果，下文就列舉歷史上的故事證明如：「末喜殺龍逢，桀放於鳴條」、「指鹿用爲馬，胡亥以喪軀」等故實，夏桀放于南巢；商紂赴火而死，頭斬懸以白旗；秦二世失權，使趙高得以指鹿爲馬；又如夫差自陷絕地，至悔不用子胥之言；戎王好女樂怠於政，其賢人由余遂去降秦；晉獻公以寶馬璧玉，假虞道攻虢國，因而唇亡齒寒，二國皆亡；三傳曾參殺人，曾母由之踰牆而走；卞和獻璧，楚王刖之；

〔註101〕同註65，黃節《漢魏樂府風箋》卷四，頁31。

楚狂接輿躬耕以食，莫知所往。這些都是藉歷史典故，寓有警世規戒意，尤多君不聽忠諫，終致亡國禍亂。

此詩後代擬作共四首。但是就其內容來看，並沒有襲用古辭的主題，如魏文帝明顯是描寫遊仙思想，詩云：「西山一何高，高高殊無極。上有兩仙僮，不飲亦不食。與我一丸藥，光耀有五色。服藥四五日，身體生羽翼。」晉陸機描寫盛衰興亡之感慨，詩云：「盛門無再入，衰房莫苦闓。人生固已短，出處鮮為諧。慷慨惟昔人，興此千載懷。」又宋謝靈運擬作二首，其一描述夫婦別離之情，詩云：「未覺泮春冰，已復謝秋節。空對尺素遷，獨視寸陰滅。」其二則有感於光陰的流逝，詩云：「合我故鄉客，將適萬里道。妻妾牽衣袂，收淚沾懷抱。還拊幼童子，顧託兄與嫂。」

綜觀〈折楊柳行〉，由用典最多的警世詩，到後代四首擬作，內容上亦無相關，除陸機借為今昔盛衰對照，及謝靈運感於春去秋來，和另一個以折楊柳興起的別離意象外，魏文帝之遊仙思想，迨為借題發揮。至於在形式句法方面，本辭與擬作皆為五言。茲將此詩後代擬作列表於下：

標　題	朝　代	作　者	形　式	主　題
折楊柳行	魏	曹　丕	五　言	遊　仙
折楊柳行	晉	陸　機	五　言	人事興衰
折楊柳行	宋	謝靈運	五　言	別離之情
折楊柳行	宋	謝靈運	五　言	光陰流逝

（二十二）西門行

出西門，步念之，今日不作樂，當待何時？逮為樂，當及時。何能愁怫鬱，當復待來茲。釀美酒，炙肥牛，請呼心所歡，可用解憂愁。人生不滿百，常懷千歲憂。晝短苦夜長，何不秉燭遊。遊行去去如雲除，弊車羸馬為自儲。（樂府詩集第三十七卷）

吳兢《樂府古題要解》云：

古辭云「出西門，步念之」。始言醇酒肥牛，及時爲樂，次言「人生不滿百，常懷千歲憂，晝短苦夜長，何不秉燭遊」。末言貪財惜費，爲後世所嗤〔註 102〕。

朱乾《樂府正義》曰：

『西門，日沒之地。』堯典『寅餞納日』，有送往之義焉，故爲及時行樂之詞〔註 103〕。

朱嘉徵《樂府廣序》曰：

〈西門行〉，君子悼時之作，悼時爲無益之憂也……。「請呼心所歡」者是，古詩云：「貴與願同俱」非邪？按曲與善哉行同指〔註 104〕。

這首〈西門行〉是本辭，另有一首晉樂所奏的〈西門行〉，在「晝短苦夜長，何不秉燭遊」以下改爲「自非仙人王子喬，計會壽命難與期。自非仙人王子喬，計會壽命難與期。人壽非金石，年命安可期。貪財愛惜費，但爲後世嗤」。由此可見，吳兢《樂府古題要解》所引者爲晉樂所奏的〈西門行〉。黃節箋引陳胤倩曰：

晉人每增加古辭，寫令極暢者，此也。或漢晉樂律不同，不能無所增改。郭茂倩樂府詩集並錄之〔註 105〕。

此詩勸人及時行樂，從「人生不滿百，常懷千歲憂」、「晝短苦夜長，何不秉燭遊」兩句可知這是一首感嘆生命無常的遊仙詩。這種人生無常、及時行樂的消極態度，在東漢後期的中下階層知識分子中，產生很大的感染力。因爲他們生逢亂世，遂產生種種的困惑、苦悶與牢騷，於是開始懷疑人生的價值，想從頹喪的生活中求得解脫。

此詩後代以〈西門行〉爲標題的擬作，一首也沒有，但是吳兢《樂府古題要解》曰：「又有〈順東西門行〉爲三七言，亦傷時顧陰，有類於此。」除了〈順東西門行〉外還有〈東西門行〉、〈卻東西門行〉

〔註 102〕同註 9，吳兢《樂府古題要解》。
〔註 103〕朱乾《樂府正義》。
〔註 104〕朱嘉徵《樂府廣序》。
〔註 105〕同註 65，黃節《漢魏樂府風箋》卷四，頁 32。

也可能是受到〈東門行〉與〈西門行〉的影響而產生的作品。

1. **東西門行**：共一首。

《古今樂錄》曰：「王僧虔《技錄》云：〈東西門行〉今不歌。」梁劉孝威的擬作，詩云：「餞淚留神眷，離歛切私儔」，由此可知此詩應是餞贈之作。

2. **卻東西門行**：共三首。

魏武帝乃「征夫思鄉」之作，詩以「鴻雁出塞北，乃在無人鄉」開頭，接著又云：「奈何此征夫，安得去四方。戎馬不解鞍，鎧甲不離傍。冉冉老將至，何時反故鄉。」謝惠連表達人生無常的感嘆，詩云：「人生隨時變，遷化焉可祈。百年難必保，千慮盈懷之。」，沈約亦爲征思之作，詩云：「歲華委徂貌，年霜移暮髮。辰物久侵晏，征思坐論越。清氣掩行夢，憂原盪瀛渤。一念起關山，千里顧兵窟。」

3. **順東西門行**：共三首。

三首擬作皆有古辭〈西門行〉及時行樂的思想，且開頭句法皆與古辭同爲三字句，古辭云：「出西門，步念之」，陸機云：「出西門，望天庭」；謝靈運云：「出西門，眺雲間」，顯然有模擬之跡。

綜觀後代擬作標題凡經三變，內容多變，與古辭〈西門行〉「人生無常，及時行樂」的原意較接近的有謝惠連的〈卻東西門行〉和以〈順東西門行〉爲標題的擬作，在句法方面，只有唐柳宗元的擬作爲七言，其餘皆爲整齊的五言體。茲將此詩後代擬作列表於下：

標　題	朝　代	作　者	形　式	主　題
東西門行	梁	劉孝威	五　言	餞　別
卻東西門行	魏	曹　操	五　言	征夫思鄉
卻東西門行	宋	謝惠連	五　言	人生無常
卻東西門行	梁	沈　約	五　言	征　思
順東西門行	晉	陸　機	雜　言	及時行樂
順東西門行	宋	謝靈運	雜　言	及時行樂
順東西門行	宋	謝惠連	雜　言	及時行樂

（二十三）東門行

出東門，不顧歸。來入門，悵欲悲。盎中無斗米儲，還視架上無懸衣。拔劍東門去，舍中兒母牽衣啼。他家但願富貴，賤妾與君共餔糜。上用倉浪天故，下當用此黃口兒。今非，咄！行！吾去爲遲，白髮時下難久居。（樂府詩集第三十七卷）

吳兢《樂府古題要解》曰：

古詞云：出東門，不顧歸。言士有貧不安其居者，拔劍將去，妻子牽衣留之，願共餔糜，不求富貴，且曰：今時清，不可爲非也〔註106〕。

〈東門行〉一詩，蓋貧士失職不平之作。社會動亂不安，於是寒門家庭中，夫因貧困，而拔劍出外鋌而走險，其妻不忍見他貧而觸法，牽衣苦勸，願與其共食粥糜，不求富貴。黃節箋曰：

蓋夫答婦之詞，謂今非咄嗟之間行，則吾去爲已遲矣。髮白且落，不可久處矣〔註107〕。

潘重規《樂府詩講稿》亦有言：

今若此，誤矣誤矣！妻言至此殆已泣不成聲。其夫感寤，行步爲之重遲，不禁嘆息曰：白髮欺人，當世溷混，雖隱忍饑寒終難久居也〔註108〕。

大抵從本辭可知，在社會變動中貧士的悲憤，爲人妻的賢淑，更因之反應出時政紊亂，及老百姓們堅貞的愛情，如梁啓超《中國之美文及其歷史》所謂：「此篇寫一有骨氣的寒士家庭，人格嶽嶽難犯，愛情卻十分濃摯，又是樂府中一別調。」此詩乃兩漢樂府中較富民歌色彩，以對話方式來述說貧民生活的淒慘，此對話直述的方式，是民間樂府的一種特性。

〈東門行〉在後代同標題的有三首擬作，但作品內容已毫不相

〔註106〕同註9，吳兢《樂府古題要解》。

〔註107〕同註65，黃節《漢魏樂府風箋》卷四，頁34。

〔註108〕見龔慕蘭《樂府詩選註》所引，（台北：廣文書局），民國89年，頁33。

涉，如晉張駿〈東門行〉以鮮麗文字描述春遊情景，敘及郊外景致，用祥風、甘雨、綠野、百花、鳥鳴、香氣來鋪陳麗景；然春遊者欣臨陽春，又不免爲悲逝者而觸景傷情。宋鮑照亦有一首〈東門行〉，詩云：「涕零心斷絕，將去復還訣。一息不相知，何況異鄉別。」據吳兢《樂府古題要解》所評論：「若鮑照『傷禽惡弦驚』，但傷離別而已。」唐柳宗元亦有一首〈東門行〉，詩云：「漢家三十六將軍，東方雷動橫陣雲。」詩中分段描寫漢家將軍、馮敬、魏王、子西等事件，似屬詠史詩，內容亦無涉於〈東門行〉古辭。

綜觀〈東門行〉古辭，在後代擬作中，內容由本辭至三首擬作間互相獨立，彼此表達的詩旨則互不關連。至於形式句法，則由本辭的雜言，變爲兩首五言二十句，一首七言十八句；標題則沿襲不變。茲將此詩後代擬作列表於下：

標　題	朝　代	作　者	形　式	主　題
東門行	東晉	張　駿	五　言	春遊情景
東門行	宋	鮑　照	五　言	傷離別
東門行	唐	柳宗元	七　言	詠　史

（二十四）飲馬長城窟行

青青河畔草，綿綿思遠道。遠道不可思，宿昔夢見之。夢見在我旁，忽覺在他鄉。他鄉各異縣，展轉不相見。枯桑知天風，海水知天寒。入門各自媚，誰肯相爲言。客從遠方來，遺我雙鯉魚。呼兒烹鯉魚，中有尺素書。長跪讀素書，書中竟何如？上言加餐飯，下言長相憶。（樂府詩集第三十六卷）

〈飲馬長城窟行〉一詩的主題，據郭茂倩《樂府詩集》曰：

長城，秦所築以備胡者。其下有泉窟，可以飲馬。古辭云：『青青河畔草，綿綿思遠道。』言征戍之客，至於長城而飲其馬，婦人思念其勤勞，故作是曲也。

《樂府廣題》曰：

長城南有溪坂，上有土窟，窟中泉流；漢時將士征塞北，皆飲馬此水也。

《樂府古題要解》曰：

傷良人流宕遊蕩不歸，或云蔡邕之詞。

秦漢時代爲防胡人南侵，在沿邊修築長城，屯駐部隊，征人行役，尋找泉窟讓馬飲水，於是飲馬長城窟就成爲行役艱苦的寫照，並進而擴大指婦人對征戍者的思念。

從題材上來說，這首應屬思婦詞，全詩以婦人口吻，借河邊青草起興，引出對他鄉良人的思念之情，《楚辭・招隱士》：「王孫遊兮不歸，春草生兮萋萋。」此詩應是轉化了《楚辭》的用法。

〈飲馬長城窟行〉後代擬作共二十三首。擬作的標題有〈飲馬長城窟行〉、〈青青河畔草〉和〈泛舟橫大江〉三種。大致說來，以〈飲馬長城窟行〉爲標題的，內容大多與戰事有關。以〈青青河畔草〉爲標題的，內容大都描寫春時感物而懷思遠人之情，而以〈泛舟橫大江〉爲標題的則是羈旅詩。

1.〈**飲馬長城窟行**〉：共十六首。

這首詩，後人的擬作分爲兩類：一爲舊題新作；一爲沿用舊題但與本事相符。舊題新作的詩，都是依舊題而內容上與原作無關，這些擬作純寫征戰之事，與思婦情懷無關。

沿用舊題但與本事相符的雖然只有四首，但這四首在寫作技巧上均較舊題新作的詩爲佳，蓋舊題新作的詩內容全以描寫征戰爲主，而擬用舊題與本事相符的詩往往於征戰外又加入思婦內容，則詩的藝術成就又更進一層，可讀性較高，其中陳琳的擬作，歷來最爲論者所重視，其詩云：

飲馬長城窟，水寒傷馬骨。往謂長城吏，慎莫稽留太原卒。官作自有程，舉築諧汝聲。男兒寧當格鬥死，何能怫鬱築長城。長城何連連，連連三千里。邊城多健少，內舍多寡婦。作書與內舍：「便嫁莫留住。善事新姑嫜，時時念我故夫子。」報書往邊地：「君今出語一何鄙！身在禍難中，何

> 爲稽留他家子。生男慎莫舉，生女哺用脯。君獨不見長城下，死人骸骨相撐拄。結髮行事君，慊慊心意關。明知邊地苦，賤妾何能久自全。」

以對話「君獨不見長城下，死人骸骨相撐拄」直抒胸臆，陳琳寫秦築長城給人民帶來的痛苦較原作更爲深刻，《樂府解題》云：「若魏陳琳辭云：『飲馬長城窟，水寒傷馬骨』則言秦人苦長城之役也。」楊泉《物理論》也說：「秦築長城，死者相屬，民歌曰：『生男慎勿舉，生女哺用脯，不見長城下，尸骸相支拄。』其冤痛如此。」

晉傅玄的擬作也是沿用樂府舊題但與本事相符的例子，其詩云：

> 青青河邊草，悠悠萬里道。草生在春時，遠道還有期。春至草不生，期盡歎無聲。感物懷思心，夢想發中情。夢君如鴛鴦，比翼雲間翔。既覺寂無見，曠如參與商。河洛自用固，不如中岳安。回流不及反，浮雲往自還。悲風動思心，悠悠誰知者。懸景無停居，忽如馳駟馬。傾耳懷音響，轉目淚雙墮。生存無會期，要君黃泉下。

傅玄的擬作與原作相似，也是以「青青河邊草」起興，其中「夢君如鴛鴦，比翼雲間翔。既覺寂無見，曠如參與商。」昔日戲水鴛鴦，今日卻分隔兩地，思念之情油然而生，歲月似乎寂然地逝去，而等待卻遙遙無期。此首在《樂府詩集》，標題爲〈飲馬長城窟行〉，逯欽立《先秦漢魏晉南北朝詩》卻作〈青青河邊草〉，應與首句以「青青河邊草」起句有關。

大致說來，以〈飲馬長城窟行〉爲題的擬作對征戰的描寫均有特定的場景與風格。在空間方面，以長城爲邊界，於漢地的描寫多用長安，而於胡地的描寫則語多陰山、天山、輪臺、瀚海、玉塞、玉關、樓蘭等以邊塞爲主的場景。在人物方面，因詩中的戰役多涉及胡漢之爭，所以人物多是單于、漢虜和漢代伐胡的名將。

2. 〈青青河畔草〉：共五首。

以〈青青河畔草〉爲標題的共五首，這些擬作內容與戰事無關，大多以懷思良人爲主。如齊王融的「容容寒煙起，翹翹望行子。行子殊未歸，寤寐君容輝。……珠露春華返，璿霜秋照晚。入室怨蛾眉，情歸為誰婉」；梁沈約的「漠漠床上塵，心中憶故人。故人不可憶，中夜長歎息」；梁武帝的「幕幕繡戶絲，悠悠懷昔期，昔期久不歸，鄉國曠音輝。……月以雲掩光，葉似霜摧老。當途競自容，莫肯為妾道。」

以〈青青河畔草〉為題的擬作，尚有荀昶的擬作，荀昶的擬作在結構上幾乎句句模擬原作，若以表格歸納，則可看出其中模擬之跡。

原　　作	擬　　作
青青河畔草，綿綿思遠道	熒熒山上火，苕苕隔隴左
遠道不可思，宿昔夢見之	隴左不可至，精爽通寤寐
夢見在我傍，忽覺在他鄉	寤寐衾幬同，忽覺在他邦
他鄉各異縣，展轉不相見	他邦各異邑，相逐不相及
枯桑知天風，海水知天寒	迷墟在望煙，木落知冰堅
入門各自媚，誰肯相為言	升朝各自進，誰肯相攀牽
客從遠方來，遺我雙鯉魚	客從北方來，遺我端弋綈
呼兒烹鯉魚，中有尺素書	命僕開弋綈，中有隱起珪
長跪讀素書，書中竟何如	長跪讀隱珪，辭苦聲亦悽
上言加餐飯，下言長相憶	上言各努力，下言長相懷

原作的「忽覺在他鄉」，擬作改為「忽覺在他邦」；原作的「客從遠方來」，擬作改為「客從北方來」；原作的「上言加餐飯，下言長相憶」，擬作改為「上言各努力，下言長相懷」。擬作的方式有的截取原詩字面；有的改易原詩字句；有的化用原詩句意，模擬之跡甚為明顯，由此可知受本辭的影響之深。

以〈青青河畔草〉為題的擬作，寫作技巧均較〈飲馬長城窟行〉的擬作為高，詩人靈活運用疊字、頂眞、對仗來烘托詩境。

由〈飲馬長城窟行〉的標題轉變到〈青青河畔草〉的標題，這或許是因為詩的主題與內容與〈飲馬長城窟行〉的詩題不切合，又因為古辭中的首句是「青青河畔草」，為了突顯和區分相思的主題，所以後人遂改以〈青青河畔草〉爲題。

3. 〈泛舟橫大江〉：共二首。

梁簡文帝和陳張正見的〈泛舟橫大江〉，郭茂倩在梁簡文帝的詩題後有所解釋，說簡文帝的詩是依魏文帝〈飲馬長城窟行〉曰「泛舟橫大江」，因以爲題也。魏文帝的詩雖題爲〈飲馬長城窟行〉，然而卻是一首舊題新作的詩，其詩云：「浮舟橫大江，討彼犯荊虜。武將齊貫甲；征人伐金鼓。長戟十萬隊，幽冀百石弩。發機若雷電，一發連四五。」詩的內容與情愛無關，純寫征戰之事。簡文帝的〈泛舟橫大江〉即是襲用魏文帝〈飲馬長城窟行〉的首句「浮舟橫大江」一句而來，因此，就傳承上來看仍是相關連的。雖然兩首〈泛舟橫大江〉仍是舊題新作的詩，然而魏文帝純寫征戰，而這兩首擬作卻都是寫羈旅情懷的，詩作如下：

> 滄波白日輝，遊子出王畿。旁望重山轉，前觀遠帆稀。廣水浮雲吹，江風引夜衣。旅雁同洲宿，寒鳧夾浦飛。行客誰多病，當念早旋歸。(梁簡文帝)
>
> 大江修且闊，揚舲度回磯。波中畫鷁涌，帆上錦花飛。舟移歷浦月，櫂舉濕春衣。王孫客若遠，詎待送將歸。(陳張正見)

由這兩首〈泛舟橫大江〉詩中有「遊子」、「行客」、「王孫客」之詞來看，應屬羈旅詩無誤，其中有關「雁」、「遠帆」、「舟」的描寫也是羈旅詩的特色，在唐詩中詩人也常用這些意象來烘托羈旅之悲。

由下面的表格中，可得知擬作中以〈飲馬長城窟行〉爲標題的最多，共十六首，其中又以唐人的擬作最多；以〈青青河畔草〉爲標題的共五首，這些擬作都集中在南朝；以〈泛舟橫大江〉爲標題的數量最少，只有二首。就擬作方法而言，以舊題新作的數量最爲可觀，這些作品都是利用舊曲的曲名，而不受限原辭本事內容，沿用舊題和本事相符的只有魏陳琳、晉傅玄、唐虞世南和王建四首。

茲將此詩後代擬作列表於下：

標　題	朝　代	作　者	形　式	主　題
飲馬長城窟行	魏	曹　丕	五　言	征　戰
飲馬長城窟行	魏	陳　琳	雜　言	征戰閨怨
飲馬長城窟行	晉	傅　玄	五　言	相　思
飲馬長城窟行	晉	陸　機	五　言	征　戰
飲馬長城窟行	梁	沈　約	五　言	征　戰
飲馬長城窟行	陳	陳後主	五　言	征　戰
飲馬長城窟行	陳	張正見	五　言	征　戰
飲馬長城窟行	北周	王　褒	五　言	征　戰
飲馬長城窟行	北周	尚法師	五　言	征　戰
飲馬長城窟行	隋	隋煬帝	五　言	征　戰
飲馬長城窟行	唐	唐太宗	五　言	征　戰
飲馬長城窟行	唐	虞世南	五　言	征　戰
飲馬長城窟行	唐	袁　朗	五　言	征　戰
飲馬長城窟行	唐	王　翰	七　言	征　戰
飲馬長城窟行	唐	王　建	雜　言	征　戰
飲馬長城窟行	唐	僧子蘭	五　言	征　戰
青青河畔草	齊	王　融	五　言	懷思遠人
青青河畔草	梁	沈　約	五　言	懷思遠人
青青河畔草	梁	何　遜	五　言	懷思遠人
青青河畔草	梁	梁武帝	五　言	懷思遠人
青青河畔草	梁	荀　昶	五　言	懷思遠人
泛舟橫大江	梁	簡文帝	五　言	羈旅詩
泛舟橫大江	陳	張正見	五　言	羈旅詩

（二十五）上留田行

里中有啼兒，似類親父子。回車問啼兒，慷慨不可止。（樂府詩集第三十八卷）

郭茂倩《樂府詩集》不錄入古辭，而於魏文帝擬作之前一小序引之。郭茂倩引崔豹《古今注》曰：

上留田，地名也。人有父母死不字其孤弟者，鄰人爲其弟作悲歌以諷其兄。

〈上留田行〉所敘乃爲兄不保弟之悲歌。里中有啼兒，看來像似同一父之子，他人問明原因，因而爲之悲嘆不已。黃節箋引陳祚明言：

回車問者，他人問也。不加一語，一父之子，情何以堪。

〔註 109〕

〈上留田行〉在後代擬作，有六首作品，均與古辭同標題，如魏文帝一首：「居世一何不同，上留田。富人食稻與粱，上留田。貧子食糟與糠，上留田。貧賤亦何傷，上留田。祿命懸在蒼天，上留田。今爾歎息將欲誰怨？上留田。」此首〈上留田行〉的「上留田」，是用來當作句子後面的相和聲，至於詩的內容，則將貧富託之於天，勸人不要怨貪而嘆息，因爲貴賤懸於天，原是人強求不來的。其次晉陸機〈上留田行〉：「歲華冉冉方除，我思纏綿未紓，感時悼逝悽如。」流露一種感時悼逝之情，對人生冬去春來，時節更代，歲華流逝之悲嘆，而引起人生無常之感。另外，宋謝靈運有一首較特別的〈上留田行〉，以「薄遊出彼東道」起興，而「上留田」亦作爲相知和聲使用；甚且詩中重覆相和之處，運用得很頻繁，總計二十次，而稍嫌冗贅，不過也因此符合相和歌行特色。梁簡文帝的〈上留田行〉：「正月土膏初欲發，天馬照耀動農祥。」此詩述及農家田事，春臨大地，膏土可耕，農民辛勤耕作，以酒相勞高歌之景。此外，唐李白的〈上留田行〉乃行至上留田，見孤墳纍纍，所生之悲古感今情懷；藉走獸、飛禽、植物來反諷「昔之弟死兄不葬」，唐僧貫休的〈上留田行〉以一種悲憤義氣控訴上留田父不慈，兄不友之惡行。

此詩後代擬作有六首，均與古辭同標題。其中魏文帝與宋謝靈運所作，每句後都加「上留田」三字，重複「上留田」之字，蓋相和歌辭中的和聲，此法與〈東門行〉晉樂所奏的形式相似，如：「……今時清廉，難犯教言，君復自愛莫爲非。今時清廉，難犯教言，君復自愛，莫爲非。」就句法來說，除了陸機六言句，簡文帝七言句外，其

〔註 109〕同註 65，黃節《漢魏樂府風箋》卷四，頁 36。

餘皆用雜體。茲將此詩後代擬作列表於下：

標　題	朝　代	作　者	形　式	主　題
上留田行	魏	曹　丕	雜　言	貧富不由人
上留田行	晉	陸　機	六　言	感時傷逝
上留田行	宋	謝靈運	雜　言	感時傷逝
上留田行	梁	簡文帝	七　言	農家田事
上留田行	唐	李　白	雜　言	悲古感今
上留田行	唐	僧貫休	雜　言	世風日下，人心不古

（二十六）婦病行

婦病連年累歲，傳呼丈人前一言。當言未及得言，不知淚下一何翩翩。「屬累君兩三孤子，莫我兒飢且寒，有過愼莫笪笞，行當折搖，思復念之」。亂曰：抱時無衣，襦復無裏。閉門塞牖舍，孤兒到市，道逢親交，泣坐不能起。從乞求與孤買餌，對交啼泣淚不可止。「我欲不傷悲不能已」。探懷中錢持授，交入門，見孤兒啼索其母抱，徘徊空舍中，行復爾耳！棄置勿復道！（樂府詩集第三十八卷）

此詩描述一病婦，夫不在傍，遺言淒苦託孤的情景。張蔭嘉曰：

此刺爲父者不恤無母孤兒之詩。然「不恤」意卻在病婦口中、親交眼中顯出，絕不一語正寫。蓋斥父不慈，非以教孝，此詩人忠厚得體處也〔註 110〕。

朱乾《樂府正義》云：

讀飲馬長城窟行，則夫妻不相保矣；讀婦病行，則父子不相保矣；讀上留田孤兒行，則兄弟不相保矣〔註 111〕。

朱嘉徵《樂府廣序》曰：

婦病行，古辭，以婦能持門户，婦歿子不免飢寒而乞諸親交也。『亂曰』下是婦歿後後事，『我欲不傷』不是親交之信。『行復爾耳』謂啼索如故也〔註 112〕。

〔註 110〕同註 65，黃節《漢魏樂府風箋》卷四，頁 38。
〔註 111〕朱乾《樂府正義》。
〔註 112〕朱嘉徵《樂府廣序》。

由於漢代土地兼併劇烈，租稅賦斂苛暴，農民慘遭剝削掠奪，生活瀕於絕境，因此在漢樂府民歌中不乏對飢餓、貧困，受迫害之血淚呼號。在〈孤兒行〉、〈婦病行〉、〈東門行〉等幾首民間樂府裡，都揭露了這個嚴重的社會問題。

此詩後代擬作的只有陳代江總一人而已，然內容與形式都不像古辭，詩云：「窈窕懷貞室，風流挾琴婦」，內容由貧婦託孤的臨終情態，變爲閨怨少婦。此篇描述春閨少婦，題爲〈婦病行〉，似有閨怨之意，或可解爲病在相思，而江總以其善寫宮體詩之癖，擬此〈婦病行〉，卻與本辭淒愴悲苦聲，大相逕庭。茲將此詩後代擬作列表於下：

標　題	朝　代	作　者	形　式	主　題
婦病行	陳	江　總	五　言	閨　怨

（二十七）孤兒行

孤兒生，孤子遇生，命獨當苦！父母在時，乘堅車，駕駟馬。父母已去，兄嫂令我行賈。南到九江，東到齊與魯。臘月來歸，不敢自言苦。頭多蟣虱，面目多塵。大兄言辦飯，大嫂言視馬。上高堂，行取殿下堂，孤兒淚下如雨。使我朝行汲，暮得水來歸。手爲錯，足下無菲。愴愴履霜，中多蒺藜。拔斷蒺藜，腸肉中愴欲悲。淚下渫渫，清涕纍纍。冬無複襦，夏無單衣。居生不樂，不如早去，下從地下黃泉。春氣動，草萌芽。三月蠶桑，六月收瓜。將是瓜車，來到還家。瓜車反覆，助我者少，啗瓜者多。願還我蒂，兄與嫂嚴，獨且急歸。當興校計。亂曰：里中一何譊譊，願欲寄尺書，將與地下父母，兄嫂難與久居。（樂府詩集第三十八卷）

此篇描繪孤兒爲兄嫂所苦，受盡折磨，忍受飢寒奔波的情節，類似敘事詩章法，詩旨正如郭茂倩《樂府詩集》所云：

孤子生行，一曰孤兒行。古辭言孤兒爲兄嫂所苦，難與久居也。

〈孤兒行〉以簡單敘述手法，表現時政頹敗，情義乖離，風俗澆薄的現象，其又名〈放歌行〉。何謂「放歌」朱乾在《樂府正義》云：

> 放歌者，不平之歌也。孤兒兄嫂惡薄，詩人傷之，所以爲放歌也〔註113〕。

梁啓超〈古歌謠及樂府〉一文評之說：

> 這首歌可算中國頭一首寫實詩，妙處在把瑣碎情節委曲描寫，內中行汲收瓜兩段特別細敘，深刻情緒自然活現。〔註114〕

余冠英在《樂府詩選》云：

> 這是一篇血淚文字，它寫的是一個孤兒的遭遇，也反映了當時奴婢的生活。它提出的問題是家庭的問題也是社會的問題〔註115〕。

此詩後代擬作只有三首，其標題都是〈放歌行〉，然內容有所變異，雖然《歌錄》曰：「『孤子生行』，亦曰『放歌行』」，又朱乾謂「放歌者，不平之歌也」，但這種不平之歌的〈放歌行〉，後代擬作的只有宋鮑照的一首較接近，詩云：「蓼蟲避葵堇，習苦不言非。小人自齷齪，安知曠上懷。」據吳兢《樂府古題要解》有言：「鮑照『蓼蟲避葵堇』之類，言朝廷方盛，君上愛才，何時臨路相將而去也。」此詩文字艱澀，然大抵有冠蓋滿京華，斯人獨憔悴的感傷。詩中鋪陳洛城聚集四方才子，明君將有所重用，然而成爲小人所陷，因之而懷才不遇。

其餘如晉傅玄的〈放歌行〉：「丘冢如履綦，不識故與新。高樹來悲風，松柏垂威神。曠野何蕭條，顧望無生人」似乎寫上墳時之感傷，流露人生無常的感慨，又唐王昌齡的〈放歌行〉：「明堂坐天子，月朔朝諸侯」是寫天子坐明堂朝見諸侯的情形，這二人所作的〈放歌行〉的「放歌」，有縱聲而歌或高歌的意味，與郭茂倩在《樂府詩集》漢鐃歌中〈將進酒〉所言：「古辭曰將進酒乘大白，大略以放歌爲言」之「放歌」意思相同。

〔註113〕朱乾《樂府正義》。

〔註114〕同註8，梁啓超《中國之美文及其歷史》第一章〈古歌謠及樂府〉，頁73。

〔註115〕同註3，余冠英《樂府詩選》，頁36。

總之，後代擬作的三首〈放歌行〉，無論標題、內容或形式都不像漢古辭的〈孤兒行〉。不但標題更改爲〈放歌行〉；就內容來看，由兄嫂虐待孤子的不平之歌，變爲抒發個人情感的不平之歌，或感時傷逝，或懷才不遇，或以慰孝思。在寫作立場方面，則由客觀的代抒不平之心，變成主觀的縱聲高歌，因之內容各自獨立。至於形式句法，由雜言體的〈孤兒行〉，變爲三首五言體的擬作。茲將此詩後代擬作列表於下：

標　題	朝　代	作　者	形　式	主　題
放歌行	晉	傅　玄	五　言	人事無常
放歌行	宋	鮑　照	五　言	懷才不遇
放歌行	唐	王昌齡	五　言	天子會見諸侯

（二八）雁門太守行

孝和帝在時，洛陽令王君，本自益州廣漢蜀民。少行宮，學道五經論。(一解)

明知法令，歷世衣冠。從溫補洛陽令。治行致賢，擁護百姓，子養萬民。(二解)

外行猛政，內懷慈仁。文武備具，料民富貧。移惡子姓，篇著里端。(三解)

傷殺人，比伍同罪對門，禁鍪矛八尺，捕輕薄少年，加笞決罪，詣馬市論。(四解)

妄發賦，念在理冤。敕吏正獄，不得苛煩。財用錢三十，買繩禮竿。(五解)

賢哉賢哉，我縣王君。臣吏衣冠，奉事皇帝。功曹主簿，皆得其人。(六解)

臨部居職，不敢行恩。清身苦體。夙夜勞勤。治有能名，遠近所聞。(七解)

天年不遂，早就奄昏。爲君作祠，安陽亭西。欲令後世，莫不稱傳。(八解)(樂府詩集第三十九卷)

吳兢《樂府古題要解》有言：

漢孝和帝時，洛陽令王君，當時廣漢郪人。王渙字稚子，父順，安定太守。渙少好俠，尚氣力，數通輕剽少年晚改節，博學通於法律，舉茂才，除溫令，政化大行〔註116〕。

吳兢根據《後漢書》而爲解題，但是吳兢又曰：「按古歌詞，歷述渙本末，與傳合。而曰：『雁門太行』，所未詳。」可見吳兢已懷疑標題與內容之不相合。樂府詩因爲樂譜之故，可能內容不盡如標題，因而有題與旨不同的情形；亦可能本辭流佚，而致錯亂的結果。

這首詩描寫王渙的愛民、忠君、勤廉、奉公等政績的敘事詩。這首詩歌頌王渙的功德與《後漢書・王渙傳》的本末相合。

此詩後代擬作共有六首，如梁簡文帝、褚翔、唐李賀、張祜、莊南傑。他們的作品標題與古辭一樣，但其內容與古辭不合，都有關邊城征戰之思。

梁簡文帝的擬作，據《樂府詩集》引《樂府解題》曰：「若梁簡文帝『輕霜中夜下』，備言邊城征戰之思，皇甫規雁門之問，蓋據題爲之也。」此詩原寫邊秋寒涼，馬疲蕭瑟之氣，末二句則據題附會。簡文帝另有一首〈雁門太守行〉，詩云：「輕霜中夜下，黃葉遠辭枝。寒苦春難覺，邊城秋易知。風急旝旗斷，塗長鎧馬疲」，又云：「隴暮風恒急，關寒霜自濃」，此詩五言十四句，寫的亦是邊地秋重，追逐單于之詩。至如梁褚翔〈雁門太守行〉的「三月楊花合，四月麥秋初。幽州寒食罷，鄭國採桑疏。便聞雁門戍，結束事戎車」，此詩五言十六句一詩，描述戍守雁門，即將結束戍役之人，憶及邊地征戰歲月，而「寄語閨中妾，忽怨寒床虛」之想念心情。唐張祜〈雁門太守行〉詩云：「燈前拭淚試香裘，長引一聲殘漏子」又云：「魚金虎竹天上來，雁門山邊骨成灰」，一首七言九句，流露出戍士傷感的情緒，李賀〈雁門太守行〉詩云：「黑雲壓城城欲摧，甲光向月一作日金鱗開。角聲滿天秋色裏，塞上燕支凝夜紫。」最後唐莊南傑以七言八句寫的一首〈雁門太守行〉，詩云：「旌旗閃閃搖天末，長笛橫吹虜塵闊。跨下嘶

〔註116〕同註9，吳兢《樂府古題要解》。

風白練獰，腰間切玉青蛇活。」全篇充滿戰爭俐落雄邁動感，然在旌旗閃閃，跨下嘶風之餘，末了卻以「九泉寂寞葬秋蟲，濕雲荒草啼秋思」的幽怨口吻作結。

綜觀〈雁門太守行〉，在後代擬作中，就內容言，由敘述表彰洛陽令王渙政績，到描寫邊城征戰之思之間，有一段明顯距離，而六首擬作均呈現戍守邊秋之聲，之所以偏向戰爭邊塞詩，或恐是雁門山、雁門關給人予邊地的意象聯想所致。在句法方面，梁簡文帝和褚翔的擬作爲五言句，其餘皆爲整齊的七言體。茲將此詩後代擬作列表於下：

標　題	朝　代	作　者	形　式	主　題
雁門太守行	梁	簡文帝	五　言	征　戰
雁門太守行	梁	簡文帝	五　言	征　戰
雁門太守行	梁	褚　翔	五　言	征　戰
雁門太守行	唐	李　賀	七　言	征　戰
雁門太守行	唐	張　祜	七　言	征　戰
雁門太守行	唐	莊南傑	七　言	征　戰

（二十九）豔歌何嘗行

飛來雙白鵠，乃從西北來。十十五五，羅列成行。（一解）
妻卒被病，行不能相隨。五里一反顧，六里一徘徊。（二解）
吾欲銜汝去，口噤不能開，吾欲負汝去，毛羽何摧頹。（三解）
樂哉新相知，憂來生別離，躇躊顧群侶，淚下不自知。（四解）
念與君離別，氣結不能言，各各重自愛，遠道歸還難。妾當守空房，閉門下重關。若生當相見，亡者會黃泉。今日樂相樂，延年萬歲期。（樂府詩集第三十九卷）

《樂府詩集》卷三十九云：

一曰〈飛鵠行〉……《樂府解題》曰：古辭云：「飛來雙白鵠，乃從西北來」言雌病雄不能負之而去，「五里一反顧，六里一徘徊」雖遇新相知，終傷生別離也。

朱嘉徵《樂府廣序》云：

豔歌何嘗行，歌白鵠，歎仳離也。一曰爲新知見阻，棄其舊好焉。

劉履《選詩補遺》謂此爲新婚遠別之作，胡適以爲與〈孔雀東南飛〉多少有關係，其《白話文學史》云：

> 本辭仍舊流傳在民間，「雙白鵠」已訛成「孔雀」了，但「東南飛」仍保存「從西北來」的原義。曹丕原詩前段有「中有黃鵠往且翻」，「白鵠」也已變成了「黃鵠」。民間歌辭靠口唱相傳，字句的訛錯是免不了的，但「母題」（Motif）依舊保留不變。故從漢樂府到郭茂倩，這歌辭雖有許多改動，而「母題」始終不變。這個「母題」恰合焦仲卿夫婦的故事，故編〈孔雀東南飛〉的民間詩人遂用這一隻歌作引子〔註117〕。

同一個「母題」的故事，由於在口傳的流傳中，往往因個人的增刪而訛成多種的故事詩。

此詩後代擬作共六首，與古辭同標題一首，後來標題凡經三變，各有擬作。

1. **艷歌何嘗行**：共一首。

魏文帝有一首〈豔歌何嘗行〉，以雜言體二十六句，描寫「男兒居世，各當努力」的情景。

2. **飛來雙白鵠**：共一首。

宋吳邁遠擬作一首〈飛來雙白鵠〉，以五言十八句鋪陳題旨，用詞皆近似原辭〈豔歌何嘗行〉的作品，以「可憐雙白鵠，雙雙絕塵氛」起興，用連翩交頸形容其恩愛，逮其雌雄分離，則「步步一零淚，千里猶待君」，雖樂有新知，卻悲來生別離。

3. **飛來雙白鶴**：共三首。

如陳後主的擬作，全詩隱有蕭瑟苦寒之氣，表達一失侶，毛羽殘摧而獨回的孤鶴。其次，梁元帝亦有一首〈飛來雙白鶴〉，單純地描述白鶴之鳴和其行動。另如唐虞世南的〈飛來雙白鶴〉，則又模擬本辭原意，以五言二十句，敘述雙白鶴哀響詎聞天後，「無因振六翮，

〔註117〕胡適《白話文學史》第六章〈故事詩的起來〉，頁74。

輕舉復隨仙」之收尾，表達出某種程度的神仙思想。

4. 今日樂相樂：共一首。

陳江總，以〈今日樂相樂〉擬作一首，詩云：「綺殿文雅遒，玳筵歡趣密……。願以北堂宴，長奉南山日。」而「今日樂相樂」原就是樂工增設的祝頌語，因此其詩便以華麗之應酬文字，用弦瑟歌舞佳釀來表達歡宴氣氛，並祝頌能以此長樂。

綜觀〈豔歌何嘗行〉在後代擬作中，標題凡三變。就內容言，從本辭敘述雌雄夫婦相離別之辭，到六首擬作間，除梁元帝及江總不類本辭題旨外，其餘四首或多或少就原意加以引申或模仿，就夫婦離別及失侶孤鶴發揮，因而擬作與本辭大致呈現一貫性。至於形式句法，除魏文帝一首與本辭爲雜言外，餘均爲五言體。茲將此詩後代擬作列表於下：

標　題	朝　代	作　者	形　式	主　題
艷歌何嘗行	魏	曹　丕	雜　言	男子當自強
飛來雙白鵠	宋	吳邁遠	五　言	悲別離
飛來雙白鶴	陳	陳後主	五　言	孤鶴之悲
飛來雙白鶴	梁	梁元帝	五　言	詠白鶴
飛來雙白鶴	唐	虞世南	五　言	神仙思想
今日樂相樂	陳	江　總	五　言	歡宴情景

（三十）豔歌行

翩翩堂前燕，冬藏夏來見。兄弟兩三人，流宕在他縣。故衣誰當補，新衣誰當綻。賴得賢主人，覽取爲吾組。夫婿從門來，斜柯西北眄。語卿且勿眄，水清石自見。石見何纍纍，遠行不如歸。

南山石嵬嵬，松柏何離離。上枝拂青雲，中心十數圍。洛陽發中梁，松樹竊自悲。斧鋸截是松，松樹東西摧。特作四輪車，載至洛陽宮。觀者莫不歎，問是何山材。誰能刻鏤此？公輸與魯班。被之用丹漆，薰用蘇合香。本自南山松，今爲宮殿梁。（樂府詩集第三十九卷）

《樂府詩集》引《古今樂錄》曰：

〈豔歌行〉非一，有直云〈豔歌〉，即〈豔歌行〉是也。若〈羅敷〉、〈何嘗〉、〈雙鴻〉、〈福鍾〉等行，亦皆〈豔歌〉。

又引《技錄》云：

〈豔歌雙鴻行〉，荀錄所載，〈雙鴻〉一篇；〈豔歌福鍾行〉，荀錄所載，〈福鍾〉一篇，今皆不傳。〈豔歌羅敷行〉、〈日出東南隅〉篇，荀錄所載。〈羅敷〉一篇，相和中歌之，今不歌。

由此可知，〈豔歌行〉有四種：〈豔歌雙鴻行〉、〈豔歌福鍾行〉、〈豔歌羅敷行〉、〈豔歌何嘗行〉。不過〈豔歌雙鴻行〉與〈豔歌福鍾行〉兩首，今已不傳。〈豔歌羅敷行〉一名〈陌上桑〉與〈豔歌何嘗行〉兩首，於《樂府詩集》可見。那麼，「豔」是什麼意思呢？據郭茂倩《樂府詩集》云：

諸調曲皆有辭、有聲，而大曲又有豔，有趍、有亂。辭者其歌詩也，聲者若羊吾夷伊那何之類也，豔在曲之前，趍與亂在曲之後，亦猶吳聲西曲前有和，後有送也。〔註118〕

綜觀〈豔歌行〉兩首古辭，在後代擬作中，就內容言，無本辭毫不相涉，甚且七首擬作的主題意識，也互有歧異。不過可以發現其四首，是就美女豔麗的容色發揮，大概取義於「豔歌」行的字面而引起連想。

梁啓超在《中國之美文及其歷史》解釋說：

普通大曲，曲前有豔，或未解之前有豔。此歌及〈羅敷〉〈何嘗〉等四章，殆全曲皆「豔」的音節，故專以「艷歌」名，後人指香奩體爲艷歌，誤也〔註119〕。

余冠英《樂府詩選》云：

『豔』是音樂名辭，是正曲之前的一段〔註120〕。

〔註118〕見郭茂倩《樂府詩集》（台北：里仁書局，民國88年），頁377。

〔註119〕同註3，梁啓超《中國之美文及其歷史》第一章〈古歌謠及樂府〉，頁76。

〔註120〕同註 8，余冠英《樂府詩選》〈漢魏樂府古辭〉，（華正書局，民國70年初版），頁42。

由此詩內容來看，第一首是描寫兄弟漂泊異鄉，自述在他鄉衣服破敝，遇到一位善良女子爲其縫補衣裳，卻遭到男主人的猜疑，因而興起歸思之情。這是遊子思歸的詩。黃節引張蔭嘉之言曰：「『語卿』二句，客曉居停婦夫之詞，以喻出之，言簡意括。末二，夫答客之詞，蒙上喻接口而下，言心跡雖明，不如歸去之嫌疑自釋也。」

第二首描寫南山松樹的遭遇，由野生野長，到被選中爲洛陽宮殿正梁，於是本來聳立青雲的松柏，被雕漆薰香成宮梁的寓言，表現了不願爲利祿所用而追求自然的思想。黃節引朱嘉徵之言曰：「艷歌行歌南山。或云：隱者見徵，大用於時。詩人美之。余曰：非也。讀『松柏竊自悲』，一似非時而榮，君子所悼。一曰諷土木繁興也。」

此詩後代擬作共七首，與古辭同題有六首，異題有晉傅玄〈艷歌行有女篇〉一首，這些擬作大多描寫宮廷的華麗或女人美豔奢侈的姿態，近以〈豔歌羅敷行〉，因此有人以爲名爲〈豔歌〉必有關於男女之情，如陸侃如即以爲〈豔歌〉亦名〈妍歌〉〔註 121〕。雖然後代把〈豔歌行〉擬成描繪女子美豔的情態方面，但並不表示如陸侃如於《樂府古辭考》裡所謂的「豔歌亦名妍歌」，因爲或可推測「豔歌行」的標題，其實是與內容無涉的。因此，它可以表現遊子思歸，可以指示嚮往自然，也可以涵蓋其他種種。余冠英在《樂府詩選》云：

> 有人以爲〈豔歌〉必有關於男女夫婦，是誤解，以爲「南山石嵬嵬」一篇是寫民間女子被採充後宮，自傷離別，是由誤解生出來的誤解〔註 122〕。

梁啓超也在《中國之美文及其歷史》云：「後人指香奩體爲豔歌，誤也。」

後人的擬作如晉傅玄〈豔歌行有女篇〉便是以「有女懷芬芳，媞媞步東廂。蛾眉分翠羽，明眸發清揚」起句，言一絕色美女，貞德良善，才德兼俱，極盡鋪陳之能事。另有宋劉義恭〈豔歌行〉，詩首言

〔註 121〕同註 8，陸侃如《樂府古辭考》〈相和歌〉，頁 109。
〔註 122〕同註 3，余冠英《樂府詩選》〈漢魏樂府古辭〉，頁 42。

江濱淑女「中情未相感」，下以「悲鴻失良匹」，興濱女之求思與嘆息，或恐是暗喻濱女欲求偶之閨情。其次梁簡文帝一首五言至十六句〈豔歌行〉，描述一鳳樓倡女的故事。

據《樂府詩集》可知，除了兩漢〈豔歌行〉古辭二首以外，後代擬作的〈豔歌行〉都是擬自〈豔歌羅敷行〉之類。就句法來看，除了顧野王有一首雜體，一首七言體外，其餘皆爲五言體。茲將此詩後代擬作列表於下：

標　題	朝　代	作　者	形　式	主　題
豔歌行	宋	劉義恭	五　言	閨　情
豔歌行	梁	簡文帝	五　言	寫倡女
豔歌行	梁	簡文帝	五　言	富貴人家的生活
豔歌行	陳	顧野王	五　言	採桑遊樂
豔歌行	陳	顧野王	七　言	美人傾城之姿
豔歌行	陳	顧野王	雜　言	美人的遊樂
豔歌行有女篇	晉	傅　玄	五　言	美人姿貌

（三十一）白頭吟

> 皚如山上雪，皎若雲間月。聞君有兩意，故來相決絕。今日斗酒會，明旦溝水頭。躞蹀御溝上，溝水東西流。淒淒復淒淒，嫁娶不須啼。願得一心人，白頭不相離。竹竿何嫋嫋，魚尾何簁簁。男兒重意氣，何用錢刀爲！（樂府詩集第四十一卷）

吳兢《樂府古題要解》云：

> 右古詞皚如山上雪，皎若雲間月。又云願得一心人，白頭不相離。始言良人有兩意，故來與之相決絕。次言別于溝水之上，敘其本情，終言男兒當重意氣，何用于錢刀也〔註123〕。

郭茂倩《樂府詩集》於此詩解題下云：

> 〈白頭吟〉疾人相知，以新間舊，不能至於白首，故以爲名。

〔註123〕同註9，吳兢《樂府古題要解》。

然全詩於怨刺之餘，又不失忠厚之致；以皚皚的雪和月，象徵一己之堅貞與光明，從而反諷對方的無情。關於此詩的作者，漢劉歆《西京雜記》曰：「相如將聘茂陵人女爲妾，卓文君作〈白頭吟〉以自絕，相如乃止。〔註 124〕」然陳沆《詩比興箋》已駁其非是，故不必將詩意強行附會。

清馮舒《詩紀匡謬》云：

> 宋書大曲有白頭吟，作古辭，樂府詩集、太平御覽亦然，玉臺新咏題作皚如山上雪，非但不作文君，並題亦不作白頭吟也。惟西京雜記有文君爲白頭吟以自絕之說，然亦不著其辭，或文君自有別篇，不得據以此詩當之也。宋人不明其故，妄以此詩實之。

陳沆《詩此興箋》云：

> 玉臺新詠載此篇，題作皚如山上雪，不云白頭吟，亦不云何人作也。宋書大曲，有白頭吟，作古辭。御覽樂府詩集同之，亦無文君作白頭吟之說。自西京雜記僞書，始傅會文君，然亦不著其辭。……蓋棄友逐婦之詩……。

陳沆之說與馮舒之說，大體相同。而且《宋書・樂志》云：

> 凡樂章古辭，今之存者，並漢世街陌謠謳，江南可採蓮、烏生十五子、白頭吟之屬是也。

由此我們可確定這首詩是一首來目民間的古辭。此詩後代擬作共有十首。與古辭同標題六首，異題有白居易的〈反白頭吟〉一首和元稹的〈決絕詞〉三首。

1. **白頭吟**：共六首。

鮑照詩云：「直如朱絲繩，清如玉壺冰。何慚宿昔意，猜恨坐相仍。人情賤恩舊，世路逐衰興。」用以表達自己正直，卻不蒙君恩之怨；陳張正見詩云：「平生懷直道，松比眞風。語默妍蚩際，沈浮毀譽中。讒新恩易盡，情去寵難終」似是閨怨之作；又如唐劉希夷亦以

〔註 124〕見嚴一萍，《百部叢書集成》之三十三，《抱經堂叢書》第六函，《西京雜記》卷上，頁 19。

七言二十六句，擬作一首〈白頭吟〉，此詩以落花、桑田成海、松柏爲薪比喻人世代謝遷化，花開依舊，人老不復紅顏，接著寫一白頭翁，憶昔年少時，清歌妙舞來往於王孫公子的情景，如今卻是「一朝臥病無人識」。《全唐詩》卷三題此詩爲〈代悲白頭翁〉，觀其旨意，似由白頭吟之題引發之聯想，而與漢本辭無涉。

再者，唐李白有兩首〈白頭吟〉，皆取自古辭〈白頭吟〉原意及附會《西京雜記》而來，是名符其實的擬作，其詠敘之事與古辭近似，甚至連開頭結尾都類似，只是文字鋪陳不同。第一首內容皆針對司馬相如作長門賦，敘阿嬌失恩寵嬌，待相如勝達後，不憶昔貧賤日，欲另聘茂陵女，文君因而哀怨深。復以菟絲女蘿相親恩，人心不如草來反諷相如寡情。再如張籍的擬作，詩云：「春天百草秋始衰，棄我不待白頭時，羅襦玉珥色未暗，今朝已道不相宜。揚青銅作明鏡，暗中持照不見影。」可看出棄婦的絕望。

2. 反白頭吟：共一首。

白居易的〈反白頭吟〉。《白氏長慶集》卷二作〈反鮑明遠白頭吟〉，《樂府詩集》曰：「鮑照作〈白頭吟〉，白居易反其致，爲〈反白頭吟〉。」此詩五言二十句，即是針對鮑照白頭吟提出反證。白氏以「火不熱眞玉，蠅不點清冰」表明「此苟無所受，彼莫能相仍」的道理。

3. 決絕詞：共三首。

郭茂倩於《樂府詩集》〈白頭吟〉解題中有言：「〈白頭吟〉疾人相知，以新間舊，不能至於白首，故以爲名。唐元稹又有〈決絕詞〉，亦出於此。」此三首擬作內容均關乎綿密久長的相思，寧願以生離死別杜絕此無盡思念。第一首借牽牛織女一年一相見，比喻迢遞之思。第二首內容涉及長期分別，一日不見如隔三秋之苦相思，卻有破鏡之悲而淚血。第三首也是久相思之怨，以致有「天公隔是妬相憐，何不便教相決絕」之怒。

綜觀〈白頭吟〉在後代擬作中，六首同標題作品裡，其中唐劉希夷之〈白頭吟〉，則是就標題引起聯想寫成的〈代悲白頭翁〉，其詩描寫人生無常與古辭意旨相去較遠；李白兩首就司馬相如棄文君之附會傳說予以發揮，張籍刻劃棄婦期盼之心情；這三首均直接相涉於本辭。至於鮑照及張正見兩首，則以〈白頭吟〉而興起自傷自憐心態，如吳兢所言：「若宋鮑照『直如朱絲繩』，張正見『平生懷直道』……皆自傷清直芬馥，而遭鑠金點玉之謗。君恩似薄，與古文近焉」，此則就本辭貞婦被棄之狀引申爲忠直而見棄於君之情，可謂間接相涉之擬作。另外白居易之〈反白頭吟〉，則針對鮑照擬作所寫成的作品，可說是本辭間接又間接的擬作。反倒是更換標題的三首〈決絕詞〉，均著墨於情感之苦澀及決絕、相思等方面鋪敘，詩旨與古辭最接近。茲將此詩後代擬作列表於下：

標　題	朝　代	作　者	形　式	主　題
白頭吟	宋	鮑　照	五　言	懷才不遇
白頭吟	陳	張正見	五　言	閨　怨
白頭吟	唐	劉希夷	七　言	人事無常
白頭吟	唐	李　白	雜　言	詠　史
白頭吟	唐	李　白	雜　言	詠　史
白頭吟	唐	張　籍	雜　言	棄婦之悲
反白頭吟	唐	白居易	五　言	闡明清者自清的道理
決絕詞	唐	元　稹	雜　言	相　思
決絕詞	唐	元　稹	雜　言	相　思
決絕詞	唐	元　稹	雜　言	相　思

（三十二）梁甫吟

> 步出齊城門，遙望蕩陰里。里中有三墓，累累正相似。問是誰家墓，田疆、古冶子。力能排南山，文能絕地紀。一朝被讒言，二桃殺三士。誰能爲此謀？國相齊晏子。（樂府詩集第四十一卷）

朱嘉徵《樂府廣序》說：

> 梁甫吟，歌『步出齊東門』，哀時也。無罪而殺士，君子傷之，如聞〈黃鳥〉哀音〔註125〕。

〈黃鳥〉是《詩經‧秦風》的篇名，〈詩序〉說是秦穆公死，以奄息、仲行、針虎三人殉葬，國人視爲良人，作詩以哀悼他們，由此可知這首詩內容雖取材於春秋末年齊國「二桃殺三士」的歷史故事，但主旨不是悼古，而是傷今，也就是借古事來抒發其對時事的感慨。詩中「排南山」、「絕地紀」就是對他們的高度褒美；而晏子所云，則被斥爲「讒言」，這就表明詩人對三勇士的景仰和對晏子的貶視。此詩雖詠歷史往事，但顯然又有借古諷今之意。作者譴責晏子，當時不滿當世權臣不能容賢；憑弔三勇士，實也是感嘆賢能之士生不逢世，報國無門。

此詩後代擬作共五首，同標題的四首，異題的一首。

1. **梁甫吟**：共四首。

如晉陸機的「悲風無絕響，玄雲互相仍。……哀吟梁甫巔，慷慨獨撫膺。」梁沈約的：「哀歌步梁甫，歎絕有遺音」，二者的題旨皆爲喪歌；而李白的擬作與古辭同爲歌詠南山三壯士之喪歌也。只有陳陸瓊的擬作言：「寄言諸葛相，此曲作難忘」，似詠諸葛孔明之詩，此應受到前人誤以諸葛亮作〈梁甫吟〉之故也。

2. **泰山梁甫行**：共有曹植的一首。

曹植擬作詩旨與古辭迴異，《樂府解題》曰：「曹植改〈泰山梁甫〉爲『八方』。」曹植詩云：「八方各異氣，千里殊風雨。」再寫寄身於草野的海民，其「妻子象禽獸，行止依林阻」，而「柴門何蕭條，狐兔翔我宇」似寫生活雖貧困，但卻心懷曠達。

綜觀〈梁甫吟〉的擬作共五首，只有陳陸瓊和曹植的擬作題旨與古辭不同，其餘皆就古辭原題發揮。在句法方面，只有李白的爲雜言體，其餘皆爲整齊的五言體。茲將此詩後代擬作列表於下：

〔註125〕朱嘉徵《樂府廣序》。

標　題	朝　代	作　者	形　式	主　題
梁甫吟	晉	陸　機	五　言	喪　歌
梁甫吟	梁	沈　約	五　言	喪　歌
梁甫吟	陳	陸　瓊	五　言	詠諸葛亮
梁甫吟	唐	李　白	雜　言	喪　歌
泰山梁甫吟	魏	曹　植	五　言	自抒懷抱

（三十三）怨詩行

天德悠且長，人命一何促。百年未幾時，奄若風吹燭。嘉賓難再遇，人命不可續。齊度遊四方，各繫太山錄。人間樂未央，忽然歸東嶽。當須盪中情，遊心恣所慾。（樂府詩集第四十一卷）

此詩言人命短促，轉瞬即倏忽來去，因當趁有生之年及時行樂也。題爲〈怨詩行〉，即是將心中之怨抒之於言，因人生苦短，春花秋月不盡眼，而歲月不待，只恐老去徒自傷悲。此詩表露的是積極的享樂主義思想。

此詩後代擬作較多，總計有二十六篇，與古辭同標題的有四首，異題的有〈怨詩〉二十二首。

1. 怨詩行：共四首。

魏曹植一首「明月照高樓，流光正徘徊」，此詩言愁思婦之閨怨，君出行十年，客子妻寂聊無依心境，是曹植頗負盛名之作。宋僧惠休一首「明月照高樓，含君千里光」起句的〈怨詩行〉，似受曹植擬作的影響亦寫孤妾含情相思而又自傷情景。

2. 怨詩：共二十二首。

此組擬作篇製皆短小，內容大都衷心有怨，至於因何而怨，所怨爲誰，則略有不同，如陳江總：「憶昔相期柏樹林」、「情去思移那可留」兩首七言體，第二首詩云：「情去思移那可留。團扇篋中言不分，纖腰掌上詎勝愁」，江總的二首擬作皆描述情去恩斷之怨；唐薛奇童一首五言八句，詩云：「豔舞矜新寵，愁容泣舊恩。不堪深殿裏，簾外欲黃昏。」寫失寵嬪紀的深宮怨；唐劉元濟的「玉關芳信斷，蘭閨錦字新。愁來好自抑，念切已含嚬。虛牖風驚夢，空床月厭人。」亦言閨怨愁緒；唐鮑溶以一種委婉心境，敘一女子由初婚至榮華衰弱，夫有新人後，「希君舊光景，照妾薄暮年」之悲怨，有感於人生世道之怨；魏阮瑀「民生受天命，漂若河中塵」，以爲人世難免罹禍而恒苦辛。另如晉陶潛〈怨詩〉，詩云：「天道幽且遠，鬼神茫昧然……。夏日長抱飢，寒夜無被眠……。吁嗟身後名，於我若浮煙。」此言世阻身貧，天道幽遠，身後之事渺若浮煙，因而「慷慨激悲歌」，其怨帶有無奈安貧之感。

綜觀〈怨詩行〉於後代擬作，三首同標題作品及二十二首怨詩中，流露出對情感之怨最多，包括相思、離怨、失寵，被棄之哀，而怕以女子口吻道出。另有兩首感於身世飄零引發對人生之怨。在句法方面，只有陳江總的爲七言句，其餘皆爲整齊的五言句。茲將此詩後代擬作列表於下：

標　題	朝　代	作　者	形　式	主　題
怨詩行	魏	曹　植	五　言	閨　怨
怨詩行	魏	曹　植	五　言	閨　怨
怨詩行	晉	梅　陶	五　言	自抒懷抱
怨詩行	宋	僧惠休	五　言	閨　怨
怨　詩	魏	阮　瑀	五　言	人生之怨
怨　詩	晉	陶　潛	五　言	死生無常之怨
怨　詩	梁	簡文帝	五　言	情　怨
怨　詩	梁	劉孝威	五　言	情　怨
怨　詩	陳	張正見	五　言	美人之豔
怨　詩	陳	江　總	七　言	情　怨
怨　詩	陳	江　總	七　言	情　怨
怨　詩	唐	薛奇童	五　言	情　怨
怨　詩	唐	薛奇童	五　言	情　怨
怨　詩	唐	張　汯	七　言	情　怨

怨　詩	唐	劉元濟	五　言	情　怨
怨　詩	唐	李　暇	五　言	情　怨
怨　詩	唐	李　暇	五　言	情　怨
怨　詩	唐	李　暇	五　言	情　怨
怨　詩	唐	崔國輔	五　言	情　怨
怨　詩	唐	崔國輔	五　言	情　怨
怨　詩	唐	孟　郊	五　言	情　怨
怨　詩	唐	劉　叉	五　言	情　怨
怨　詩	唐	鮑　溶	五　言	情　怨
怨　詩	唐	白居易	五　言	情　怨
怨　詩	唐	姚氏月華	七　言	情　怨
怨　詩	唐	姚氏月華	七　言	情　怨

（三十四）滿歌行

爲樂未幾時，遭時嶮巇，逢此百離。伶丁荼毒，愁苦難爲。遙望辰極。天曉月移。憂來塡心，誰當我知。戚戚多思慮，耿耿殊不寧。禍福無形，惟念古人，遜位躬耕。遂我所願，以茲自寧。自鄙棲棲，守此末榮。暮秋烈風，昔蹈滄海，心不能安。攬衣瞻夜，北斗闌干。星漢照我，去自無他。奉事二親，勞心可言。窮達天爲，智者不愁，多爲少憂。安貧樂道，師彼莊周。遺名者貴，子遐同遊。往者二賢，名垂千秋。飲酒歌舞，樂復何須。照視日月，日月馳驅。轗軻人間。何有何無。貪財惜費，此一何愚。鑿石見火，居代幾時？爲當歡樂，心得所喜。安神養性，得保遐期。（樂府詩集第四十三卷）。

吳兢《樂府古題要解》云：

古詞云：「爲樂未幾，遭世險巇。」其始言逢此百罹，零丁荼毒。古人遜位躬耕，遂我所願。次言窮達天命，智者不憂。莊周遺名，名垂千載。終言命如鑿石見火，宜自娛以頤養，保此百年也〔註 126〕。

〔註 126〕同註 9，吳兢《樂府古題要解》。

朱乾《樂府正義》云：

> 滿歌「懣歌」也，胸懷憤懣，因而作歌。本辭云：「零丁荼毒，愁懣難支」以此爲懣歌也〔註 127〕。

朱嘉徵《樂府廣序》云：

> 余讀日者傳，言天不足西北，星辰西北移，地不足東南，以海爲池；日中必移。月滿必虧，先生之道乍存乍亡，是即滿歌行之志也〔註 128〕。

此詩寫顛危之世的有志之士壯志難伸，上友古人而隱寓達觀的遁世思想，享樂主義。余冠英在《樂府詩選》云：「這詩似表現東漢末年士大夫階層逃避亂世的思想」。

此詩後代無擬作。

（三十五）傷歌行

> 昭昭素明月，輝光燭我床。憂人不能寐，耿耿夜何長。微風吹閨闥，羅帷自飄揚。攬衣曳長帶，屣履下高堂。東西安所之，徘徊以彷徨。春鳥翻南飛，翩翩獨翱翔。悲聲命儔匹，哀鳴傷我腸。感物懷所思，泣涕忽霑裳。佇立吐高吟，舒憤訴穹蒼。(樂府詩集第六十二卷)

《樂府詩集》將此詩列入雜曲。然《古樂苑》曰：「傷歌行，側調曲也。傷日月代謝，年命遒盡，絕離知友，傷而作歌也」。何謂側調曲？《舊唐書》二十九云：「側調者生於楚調；與前三調（平、清、瑟）總謂之相和調。」因此陸侃如在《樂府古辭考》便把這首歌移入相和歌辭之列。並且說：「前人誤入雜曲」。

朱嘉徵《樂府廣序》曰：

> 素月可懷，微風自適，春鳥翻飛，皆足樂也。獨傷心之人，莫不增感。所謂將墜之葉，無假迅薄之飆；傷心之涕，豈待雍門之奏。少陵詩：感時花濺淚，恨別鳥驚心是也〔註 129〕。

〔註 127〕朱乾《樂府正義》。
〔註 128〕朱嘉徵《樂府廣序》。
〔註 129〕朱嘉徵《樂府廣序》。

其內容寫女人憂悶不寐。後代擬作只有唐張籍一首。張籍的〈傷歌行〉只襲用標題，而描述作者的悲感。詩云：「長安里中荒大宅，朱門已除十二載。高堂舞榭鎖管絃，美人遙望西南天」。張籍的擬作爲七言句，與古辭五言不同。茲將此詩後代擬作列表於下：

標　題	朝　代	作　者	形　式	主　題
傷歌行	唐	張　籍	七　言	自傷之辭

三、雜曲歌辭

（一）蛺蝶行

> 蛺蝶之遨遊東園，奈何卒逢三月養子燕，接我苜蓿間。持之，我入紫深宮中，行纏之，傅欂櫨間。雀來燕，燕子見銜哺來，搖頭鼓翼，何軒奴軒。（樂府詩集第六十一卷）

〈蛺蝶行〉就是〈蜨蝶行〉，是郭氏據《初學記》卷三十改成的。朱乾《樂府正義》云：

> 孤臣孽子，操心危，慮患深：故達。禍機之伏，從未有不於安樂得之。

這首詩有幾個疑字。郭茂倩在《樂府詩集》裏註曰：「之：疑衍，雀：疑誤，奴：疑衍。」梁啓超亦云：「這歌有些錯字，不甚可讀。〔註130〕」但是余冠英《樂府詩選》裏解釋這些字說：

> 本篇三個「之」字，無關文義，似乎都是表聲字。「鐃歌」和「舞曲」裏「聲」、「辭」雜寫的例子最多，有些重出次數較多，而且往往無關文義的字，可以斷爲表聲的字，「之」字是其之一。本篇除「之」字外，最後一句的「奴」字也可能是聲〔註131〕。

此詩用擬人法的寓言方式，借蛺蝶立場，闡述弱肉強食的情況。

這種寓言詩，在漢代民間樂府裏還有三首，〈枯魚過河泣〉、〈烏生〉、〈豫章行〉。這些作品大部分是通過動物的遭遇，傾吐弱者受迫

〔註130〕同註8，第一章〈古歌謠及樂府〉，頁82。
〔註131〕同註3，〈漢魏樂府古辭〉。頁51。

害之哀音。這種表現手法在民間文學裏常見。

此詩後代擬作只有梁李鏡遠一首「青春已布澤，微蟲應節歡」，此詩描述春景潤澤，微蟲出遊群飛的情景，是一首單純寫景的詠物詩。然文體上不像古辭的雜言體，而是整齊的五言詩。茲將此詩後代擬作列表於下：

標　題	朝　代	作　者	形　式	主　題
蛺蝶行	梁	李鏡遠	五　言	春　景

（二）悲歌行

悲歌可以當泣，遠望可以當歸。思念故鄉，鬱鬱纍纍。欲歸家無人，欲渡河無船。心思不能言，腸中車輪轉。（樂府詩集第六十二卷）

《宋書・樂志》曰：

雜曲者，歷代有之，或心志之所存，或情思之所感，或宴游歡樂之所發，或憂愁憤怨之所興，或敘離別悲傷之懷，或言征戰行役之苦，或緣於佛老，或出自夷虜。兼收備載，故總謂之雜曲〔註132〕。

朱嘉徵《樂府廣序》言：

悲歌，不得志於時之所作也。聲若可傳，雖痛不悲；此無聲之哀也〔註133〕。

這是一首描寫無家可歸的愁苦征人或旅人懷鄉的詩。朱乾《樂府正義》云：

或邦國喪亂，流寓他鄉；或負罪離憂，竄身絕域，故詞極悽楚，而無可怨恨。李陵似之。

又陳胤倩曰：

情意曲盡。旅客至情不能言，乃眞愁也〔註134〕。

此首〈悲歌行〉，敘及的便是想念故鄉所引起的離別悲傷情緒。人至

〔註132〕梁沈約《宋書・樂志》，（台北：鼎文書局，民國66年）。
〔註133〕朱嘉徵《樂府廣序》。
〔註134〕同註65，黃節《漢魏樂府風箋》卷十四，頁168。

傷心處，無法用哭泣表達內心哀痛，思以歌聲宣洩；正如歸不得故鄉，而以遠望來替代一樣。

此詩後代擬作只有唐李白的一首而已。但是李白沒有承襲漢古辭遊子思鄉之題旨，而以三三、七的古詩形式來描寫失意落寞的情懷。詩以「悲來乎，悲來乎，主人有酒且莫斟，聽我一曲悲來吟」起興，寫出一個自以爲天下無人知其心的儒生心情，看盡生死富貴，並藉歷史事件比喻自己的失意落寞，不爲世用。詩中以八句「悲來乎」貫串全詩；才子落拓不遇，借酒爲朋的悲嘆，亦因之溢於言表。

〈悲歌行〉在後世，只有李白仿作一首。就內容言，由古辭遊子思歸的悲嘆，到李白不遇的嗟傷，主題雖所哀之緣由不同，然悲嘆之情卻一致，同爲胸中悲鬱而放聲高歌。就形式句法言，則由五言體變爲雜言體，標題則不變。茲將此詩後代擬作列表於下：

標　題	朝　代	作　者	形　式	主　題
悲歌行	唐	李　白	雜　言	懷才不遇

（三）前緩聲歌

水中之馬必有陸地之船，但有意氣，不能自前。心非木石，荊根株數，得覆蓋天，當復思。東流之水必有西上之魚，不在大小，但有朝於復來。長笛續短笛，欲今皇帝陛下三千萬。（樂府詩集第六十五卷）

《樂府詩集》卷六十五曰：

按緩聲本謂歌聲之緩，非言命也。

朱乾《樂府正義》曰：

王朴云：「半之者，清聲也，倍之者，緩聲也」〔註135〕。

黃節《漢魏樂府風箋》云：

然則緩聲者，其用律之倍聲者歟？長笛、長律也；短笛、短律也；長笛續短笛，是爲緩聲〔註136〕。

〔註135〕朱乾《樂府正義》。

〔註136〕同註65，黃節《漢魏樂府風箋》卷十四。頁169。

由此可知長律或長聲的「緩聲」的用途，也可能是用於致君的頌禱之哃。觀此詩末二句即對君王的祝頌之詞。此詩主題在闡揚窮則變，變則通之道；雖時勢窮危，亦不可意氣用事，如黃節箋注所言：

是故事不在大小，小之如馬也，船也、水也、魚也，并有窮而思變之道；大如天下、國家、可不思變乎〔註 137〕？

此詩後代擬作共有六首。與古辭同標題共三首，異題〈緩歌行〉共三首。

1. **前緩聲歌**：共三首。

《樂府詩集》卷六十五云：「晉陸機〈前緩聲歌〉曰：『游仙聚靈族，高會曾城阿。』言將前慕仙游，冀命長緩，故流聲於歌曲也。」陸機的〈前緩聲歌〉，詩云：「遊仙聚靈族，高會曾城阿」，從全詩描述仙女遊蹤，末以「清輝溢天門，垂慶惠皇家」看來，應是遊仙詩而寓祝頌禱詞。宋孔甯子一首「供帳設玄宮」，中有脫字，然而內容亦言遊仙羽化思想。宋謝惠連之〈前緩聲歌〉，言「處山勿居峰，在行勿爲公」，詩旨大抵如郭茂倩所謂「大略戒居高位而爲讒諂所蔽，與前歌之意異矣」。以〈前緩聲歌〉爲題的擬作可分爲兩種，即「冀命長緩」的致頌之類，較合古辭意，另外就是宋謝惠連的「戒居高位而爲讒諂所蔽」，這一類較不合古辭的意思。

2. **緩歌行**：共三首。

宋謝靈運「飛客結靈友，凌空萃丹丘」，敘述娥皇之遊仙思想。而梁沈約「羽人廣宵宴，帳集瑤池東」，述及龍駕玉鑾羽化騰空，亦屬遊仙詩。唐李頎一首描繪遊俠浪蕩子，小時放任胡爲，被貴遊子弟棄如敝屣後，發憤自強讀書求得功名。詩云：「男兒立身須自強，十五閉戶穎水陽。業就功成見明主，擊鐘鼎食坐華堂。」

綜觀〈前緩聲歌〉六首擬作中，有四首言及羽化遊仙思想，且其中兩首寓有致祝於君之意，基本上合於本辭標題之旨。至於無祝禱之意的李頎擬作，可能有其「緩歌」之調；再者孔甯子與謝靈運

〔註 137〕同註 65，黃節《漢魏樂府風箋》卷十四。頁 169。

兩首但述遊仙之詩，或恐受陸機擬作影響。在句法方面，由本辭的雜體，變爲擬作的四首五言，一首七言，一首雜體。茲將此詩後代擬作列表於下：

標　題	朝　代	作　者	形　式	主　題
前緩聲歌	晉	陸機	五　言	遊　仙
前緩聲歌	宋	孔甯子	五　言	遊　仙
前緩聲歌	宋	謝惠連	雜　言	戒讒邪小人
緩歌行	宋	謝靈運	五　言	遊　仙
緩歌行	梁	沈　約	五　言	遊　仙
緩歌行	唐	李　頎	七　言	浪子發憤圖強

（四）焦仲卿妻

全文過長，不錄。（詞見《樂府詩集》卷七十三）

此詩《玉臺新詠》卷一作〈古詩爲焦仲卿妻作〉，作者爲無名氏。以首句之故，又名〈孔雀東南飛〉，全詩三百五十三句，一千七百六十五字，是民間敘事詩的巨構。《玉臺新詠》有序云：

> 漢末，建安中，廬江府小吏焦仲卿妻劉氏，爲仲卿母所遣，自誓不嫁，其家逼之，乃沒水而死。仲卿聞之，亦自縊於庭樹。時人傷之，爲詩云爾。

郭茂倩依徐氏之說，稱爲古辭，並說：「〈焦仲卿妻〉，不知誰氏之所作也。」就其長篇巨構觀之，恐非出於一人一時之作，或乃始出於民間無名詩人，將當時流行的故事鋪敘成樂府，獲得人們認可與共鳴後，在傳承過程中，經過無數改創造，才形成今日面目。邱師燮友先生在《中國歷代故事詩》中云：

> 到東漢末年，更是有些長篇的鉅作問世，像〈陌上桑〉、〈孔雀東南飛〉，便是極爲出色的故事詩。同時，這些都是民間的詩人，這些詩又是流傳民間，所以作者的姓氏是多半隱沒無法考徵，故事的來源，也都取材於民間發生的事……這些題材都是由於漢代的社會背景造成的。一直到東漢、

建安時代，才有文人加入故事詩的寫作〔註138〕。

他清楚地說明兩漢民間故事的發展過程。所以我們可以就民間文學特性的角度來看這種民間故事詩，由於民間樂府本爲集體創作的、口傳的因此在寫定前，不可避免地有人刪改，增附或潤飾。

這首詩意境很美，音節諧協，但仍保留著語言的通俗，不失古樸的民歌色彩。在中國敘事詩不發達情況下，本篇確能代表民間樂府、敘事詩中極至的成就，而在文學史上，位於樂府邁入五言詩成熟的階段，亦可說樂府詩發展至東漢末的一篇具代表性詩歌。

這種凡三百五十三句，一千七于六十五個字的長篇古詩，在後代沒有擬作。

（五）枯魚過河泣

枯魚過河泣，何時悔復及。作書與魴鱮，相教愼出入。（樂府詩集第七十四卷）

朱嘉徵《樂府廣序》言：

悔過之詩也。古人知進退存亡而不失其正，只爭先著耳，作者魴鱮，使豫爲愼焉〔註139〕。

另外清李調元《詩話》亦提及：

枯魚過河泣，命題甚奇。魚已枯，何能泣？人將此渡河，而悔前之不愼，又安得不泣也。夫涉世末流，而此身尚在，猶可及也。偶蹈虎機，名敗身喪，何可及耶？世間之事，受累一番，便爲他日受用根本。作書寄魴鱮，前車覆，後車戒，皆此意也。

張蔭嘉曰：

此罹禍者規友之詩。出入不謹，後悔何及；卻現枯魚身而爲說法〔註140〕。

〔註138〕邱燮友《中國歷代故事詩》〈兩漢的故事詩〉（台北：三民書局，民國58年），頁112～113。

〔註139〕朱嘉徵《樂府廣序》。

〔註140〕同註65，黃節《漢魏樂府風箋》卷十四，頁170。

這首詩與〈烏生〉、〈蜨蝶行〉同樣是寓言體裁。以魚比擬人，似是遭遇禍患者警告伙伴的詩。後代擬作只有李白的一首。這首詩的主題很接近古辭，而且題材和語言也近似古辭。詩云：「白龍改常服，偶被豫且制。誰使爾爲魚，徒勞訴天帝。作書報鯨鯢，勿恃風濤勢。濤落歸泥沙，翻遭螻蟻噬。萬乘慎出入，柏人以爲誡。」此詩命意與古辭類似，亦是借魚身作書報鯨鯢，戒人慎出入；勿得意忘形，應有居安思危，免於罹禍之體會。就句法而言，與古辭同爲五言句。茲將此詩後代擬作列表於下：

標　題	朝　代	作　者	形　式	主　題
枯魚過河泣	唐	李　白	五　言	居安思危

（六）棗下何纂纂（古咄唶歌）

棗下何攢攢，榮華各有時。棗欲初赤時，人從四邊來；棗適今日賜，誰當仰視之？（樂府詩集第七十四卷）

《樂府詩集》只錄入梁簡文帝擬作之題解中。但是郭氏《樂府詩集》題作〈古咄唶歌〉。「咄唶」，余冠英謂歎聲。郭氏《樂府詩集》引潘安仁〈笙賦〉曰：

詠園桃之夭夭，歌棗下之纂纂。歌曰：棗下纂纂，朱實離進。宛其死矣，化爲枯枝〔註141〕。

郭氏又曰：

纂纂，棗花也。棗之纂纂，盛貌，實之離離將衰，言榮謝之各有時也〔註142〕。

這首是感嘆世情冷暖的詩。大抵借用棗樹花茂盛實離離，比興人世代謝有時，或隱譬世情冷晴，原題名〈古咄唶歌〉，此詩後代擬作有梁簡文帝及隋王冑的三首。梁、簡文帝引其「棗下何纂纂」首句爲題，擬作一首「垂花臨碧澗」五言十句詩，但言「落日芳春暮，遊人歌吹晚」等春遊郊景，與本辭迥異。王冑亦襲此標題，擬作二首五言四句

〔註141〕郭茂倩《樂府詩集》，（台北：里仁書局，民國88年），頁1045。
〔註142〕郭茂倩《樂府詩集》，（台北：里仁書局，民國88年），頁1045。

詩，言及柳黃、草綠；「還得聞春曲，便逐鳥聲來」，無怪乎郭茂倩加注曰：「按詩詠春景，與題不相應，疑題有誤」。大致而言，此三首擬作，與本辭似無牽涉。茲將此詩後代擬作列表於下：

標　題	朝　代	作　者	形　式	主　題
棗下何纂纂	梁	簡文帝	五　言	春　景
棗下何纂纂	隋	王　胄	五　言	春　景
棗下何纂纂	隋	王　胄	五　言	春　景

（七）樂　府

行胡從何方，列國持何來。氍毹毾㲪五木香，迷迭艾蒳及都梁。（樂府詩集第七十七卷）

這首是漢人與西域交易之詩。但是爲何題名爲「樂府」呢？朱乾《樂府正義》曰：

以失題無所附麗，故郭氏統曰樂府而編諸雜曲〔註 143〕。

因此所謂〈樂府〉，實同「無題」，而樂府之標題自與其內容毫不相涉。《樂府詩集》收錄的九首題爲〈樂府〉的擬作，內容各自獨立，或述新嫁娘，或言朱禮朝臣、或狀蓮子綠萍等不一而足，嚴格說來，此組同標題作品，本辭與後代九首作品沒有擬作關係，只因標題相同，因而郭氏歸納合併於古辭後面。故筆者不擬討論這九首擬作。

第二節　樂府詩題及其異名

漢代的樂府詩題到了後代的擬作有的已改變了詩題，我們從同一詩題的歷代作品中，可以看出它們在思想內容上承襲創新的脈絡，也可看出詩題和內容的關係不斷的在演變。

樂府詩題和一般的詩歌命題有所不同，它不僅是詩歌的題目，也兼具樂曲的意義。因此，樂府詩的題目，往往帶有音樂性的標識，郭茂倩引《宋書・樂志》說：「漢魏之世，歌詠雜興，而詩之流乃有八

〔註 143〕朱乾《樂府正義》。

名：曰行，曰引，曰歌，曰謠，曰吟，曰詠，曰怨，曰嘆，皆詩人六義之餘也。至其協聲律，播金石，而總謂之曲。〔註 144〕」由此可知，「總謂之曲」的這些題目，帶有音樂的性質是很明顯的。這些篇名，雖然後世聲譜失傳，樂府詩漸漸脫離音樂而成爲案頭文學，但命題傳統，仍被後世文人繼承了下來〔註 145〕。後來明代徐師曾的《詩體明辨》也分出十二類，其中兼歌與行之性質者徐氏曰「歌行體」，這是《宋書‧樂志》所沒有的分類。

我們依上述的分類，將相關的漢代樂府古辭篇目列如下：

1. 行：公無渡河行、猛虎行、君子行、豫章行、董逃行、相逢狹路間行、長安有狹斜行、善哉行、隴西行、步出夏門行、折楊柳行、西門行、東門行、飲馬長城窟行、上留田行、婦病行、孤兒行、雁門太守行、艷歌何嘗行、怨詩行、蛺蝶行。
2. 歌行：長歌行、艷歌行、滿歌行、傷歌行、悲歌行。
3. 吟：梁甫吟、白頭吟。
4. 歌：前緩聲歌、咄唶歌（棗下何纂纂）。

由上述所列，可知以「行」命題的詩作最多，其次是與其相關的「歌行」體。徐師曾《詩體明辨》說「行」是「步驟馳騁，疏而不滯者」，也就是鋪張本事而歌者，以「行」命題自然符合漢樂府「緣事而發」的特色。

樂府詩的命題方式相當自由，辭意和詩題之間有時毫無關聯，同樣的詩題而其內容可以完全不相干。余冠英認爲這是因爲樂府是以音樂爲主之故，爲了音樂的需要，甚而可以拼湊和分割樂辭〔註 146〕。大致來說，樂府詩的命題方式有三種：一種是用樂曲來命題；一種是

〔註 144〕見《樂府詩集》卷六十一，（台北：里仁書局，民國 88 年），頁 884。
〔註 145〕如古辭〈江南〉一詩，後代的擬作標題中有〈採菱行〉、〈採菱歌〉，或曰「行」，或曰「歌」，都是傳統命題的方式。
〔註 146〕見余冠英《漢魏六朝詩論叢》，（上海：中華書局，1962 年）頁 26。

用詩中的主題來命題；一種是取詩中的首句來命題。第一種用樂曲來命題，往往可以看出詩歌的風格所在，如〈短歌行〉、〈長歌行〉、〈放歌行〉，其內容風格都是屬於慷慨、感慨爲主的歌曲。第二種是用詩中的主題來命題，漢樂府的特色是「感於哀樂，緣事而發」，緣事而發的詩歌，容易形成敘事詩，如〈孤兒行〉，寫孤兒訴說遭遇兄嫂虐待的情形；〈婦病行〉寫病婦臨終交待遺言，以及遺孤無人照顧的悲劇；〈白頭吟〉寫妻欲與夫白頭偕老，無奈丈夫變心而仳離的故事；〈戰城南〉寫戰爭的慘況。第三種是取詩中的首句來命題，如〈江南〉取首句「江南可採蓮，蓮葉何田田」；〈薤露〉取首句「薤上露，何易晞」，在鐃歌十八曲中更是完全以首句爲題。在這三種命題的方式中，前二種命題方式有直接點題的作用，第三種以詩中首句爲題的，則不全然與詩中的主題有直接點題的關係。

在後人的擬作中，不少的詩題又是從其他舊題中孳生出來的，如〈薤露〉本是漢古辭，曹操〈薤露行〉首句是「惟漢二十世」，後來曹植即以〈惟漢行〉爲題代〈薤露行〉；漢〈陌上桑〉首句爲「日出東南隅」，後來陸機即以〈日出東南隅行〉爲題；古辭〈善哉行〉首句爲「來日大難」，後來李白即以「來日大難」爲題，諸如此類，不勝枚舉。

樂府詩題和內容的關係也很特別，大略也可分爲三種情況：第一種是詩題與內容相合，如〈戰城南〉寫戰爭；〈將進酒〉寫飲酒；〈婦病行〉寫病婦慘況。第二種是詩題與內容不合，但仍與古辭維持一定的關聯，如〈豫章行〉，古辭詩中有「身在洛陽宮，根在豫章山」、「何意萬人巧，使我離根株」之意，而後曹植借詠史抒發受到曹丕父子猜忌打壓的憤恨，傅玄則寫女子必將遭到遺棄的命運，陸機則敘與親友訣別的悲戚，這些後代的擬作雖然詩題與內容都不合，但在立意上和古辭所寫的根株分離之悲有明顯的聯繫。第三種是詩題與內容不但不合，和古辭也完全沒有聯繫，如〈步出夏門行〉古辭寫遊仙之事，曹操的擬作卻用來抒發抱負；〈薤露〉、〈蒿里〉古辭是挽歌，曹操卻用來寫戰亂。

由本章第一節中，得知後代擬作共二十一首有異題的情形，集中在相和歌辭和雜曲歌辭二類中，茲將這些樂府詩題的異名列表於下：

樂府古辭標題	後代擬作標題
江　南	江南思、採菱歌、江南曲、江南可採蓮、江南弄、採蓮曲、採菱曲、採蓮歸、採蓮女、湖邊採蓮婦、張靜婉採蓮曲、採菱行
薤　露	惟漢行
蒿　里	挽歌
雞　鳴	雞鳴篇、雞鳴高樹巔、晨雞高樹鳴
烏　生	烏生八九子、城上烏
陌上桑	艷歌行、日出東南隅行、採桑、羅敷行、日出行
長歌行	鰕䱇篇
猛虎行	雙桐生空井
豫章行	豫章行苦相篇
董逃行	董逃行歷九秋篇
相逢行	相逢狹路間
長安有狹斜行	三婦艷詩、中婦織流黃、難忘曲
善哉行	當來日大難、來日大難
飲馬長城窟行	青青河畔草、泛舟橫大江
孤兒行	放歌行
白頭吟	反白頭吟、決絕詞
怨詩行	怨詩
艷歌何嘗行	飛來雙白鵠、飛來雙白鶴、今日樂相樂
艷歌行	艷歌行有女篇
前緩聲歌	緩歌行
古咄唶歌	棗下何纂纂

第四章　擬樂府詩寫作方法的流變

唐代詩人元稹在《樂府古題序》中，提到了樂府詩的三種寫作方法：

> 沿襲古題，唱和重覆，于文或有短長，于義咸爲贅剩。尚不如寓意古題，刺美見事，猶有詩人引古以諷之義焉。曹劉沈鮑之徒，時得如此，亦復稀少。近代唯詩人杜甫〈悲陳陶〉、〈哀江頭〉、〈兵軍〉、〈麗人〉等，凡所歌行，率皆即事名篇，無復倚傍。予少時與友人樂天、李公垂輩謂是爲當，遂不復擬賦古題〔註1〕。

樂府詩歷經了自漢至唐的演變，不僅在內容主題上有所改變，在形式上歷代詩人的寫作方法也都互有不同，在研究擬樂府詩發展的過程中必須兼顧內容與形式上的流變，如此才能看出在文人擬樂府復古的過程中重要的革新意義。

第一節　在謀篇結構方面

一、沿襲古題的方法

〔註 1〕元稹《元氏長慶集》卷二十三，（台北：台灣商務印書館，民國 54 年）。

文人樂府詩「沿襲古題」大致有三種情形：一是依舊曲制新辭，如建安詩人的樂府詩；二是不依舊曲，只是模擬舊篇章，黃初至晉宋的古題樂府多是這種寫法；三是既不依舊曲，也不模擬舊篇，而是賦寫古樂府詩的題名，棄古意造新辭，齊梁至唐代的古題樂府多是這種寫法。

（一）依舊曲制新辭——建安詩人

樂府民歌自兩漢盛行於民間，便以其活潑的生命力，激發文人的創作動力。東漢末已開始有文人的擬樂府出現，然未蔚成風氣，逮至建安，魏武帝開始依舊曲改制新辭而有爲量豐碩的樂府詩作出現，「上有所好，下必甚焉」，樂府詩歌乃由民間而漸興於士大夫文人階級。樂府詩歌發展至建安，爲樂府文士化之趨於成熟時期。文人的創作也漸脫離漢樂府質樸的風格，建安文人取樂府古辭舊曲舊題，改制新辭，與舊題旨相距日遠而終於與詩題脫離而只取其樂調而已。

建安詩人的「依舊曲制新辭」，就是取漢樂府舊題賦予新的內容，是擬樂府詩的一種原始創作方法，樂府詩歌至建安詩人的筆下，模擬樂府的內容與樂府古辭的題旨大都全然無涉，僅取其舊題舊調而已，這種脫離樂曲、側重文字意義的擬樂府詩，是從曹操開始的，例如魏武樂府〈蒿里行〉，詩云：

> 關東有義士，興兵討群凶。初期會盟律，乃心在咸陽。軍合力不齊，躊躇而雁行。勢利使人爭，嗣還自相戕。淮南弟稱號，刻璽於北方。鎧甲生蟣蝨，萬姓以死亡。白骨露於野，千里無雞鳴。生民百遺一，念之斷人腸。

漢古辭〈蒿里〉爲送葬時的挽歌，曹操卻用來寫時事，詩中敘寫漢末大亂，關東各州群興兵伐董卓，大會於盟津之事。此詩反映時局，於萬姓死亡，暴屍於野，寄予無限悲憫。另一首〈卻東西門行〉，雖非史詩，然藉征夫久從征役懷鄉情感，深寓世代亂離之悲，屬自傷之詞，詩云：

> 鴻雁出塞北，乃在無人鄉。舉翅萬餘里，行止自成行。冬節食南稻，春日復北翔。田中有轉蓬，隨風遠飄揚。長與故根絕，萬歲不相當。奈何此征夫，安得去四方？戎馬不解鞍，鎧甲不離傍。冉冉老將至，何時返故鄉？神龍藏深泉，猛獸步高岡。狐死歸首丘，故鄉安可忘。

〈卻東西門行〉是受到〈東門行〉與〈西門行〉的影響而產生的作品，古辭〈東門行〉寫的是貧士的悲憤、〈西門行〉則是一首勸人及時行樂的遊仙詩，而魏武此首擬作寫的卻是感遇傷世、憫時悼亂的感嘆，是故陳祚明評曰：「孟德所傳諸篇，雖並屬擬古，然皆以寫己懷來，始而憂貧，繼而憫亂。」曹操用樂府古辭寫新內容的作法，成爲當時詩壇的一種風氣，也影響曹丕和曹植的創作，如古辭〈陌上桑〉一詩，寫的是採桑女智拒使君的故事，曹操的擬作寫神仙之事；曹丕的擬作則寫從軍之事，皆異於古辭之題旨。又如〈善哉行〉一詩，古辭是一首抒發及時行樂思想的遊仙詩，此詩後代擬作共十五首，魏武帝、文帝、明帝、陳思王曹植四人就占了九首，武帝有兩首擬作，一首以「古公亶甫，積德垂仁」起句，繼述太伯、仲雍、伯夷、叔齊之賢；另一首擬作「自惜身薄祜，夙賤罹孤苦」，言思父之情，繼述王業維艱，頗具英雄憂患意識。文帝有四首擬作，其一「朝日樂相樂」，敘歡宴賓客的情景；其二「上山採薇」，敘遠遊之感；其三「朝遊高臺觀」，也是敘宴樂之事；其四「有美一人」，述一美人，知音識曲，令人難忘。明帝有兩首擬作，其一「我徂我征」，敘征戰之事；其二「赫赫大魏」，亦敘征戰之事。陳思王也有一首異題爲〈當來日大難〉的擬作，內容則述人生無常之慨。這些擬作皆異於古辭〈善哉行〉的題旨，皆爲自鑄新辭之作。

建安詩人取古辭舊調以自詠，而另鑄新辭，詩人們逞才競勝，已不似古樂府質樸無華的風格，建安樂府文士化的轉變，使得詩歌形式趨於整，篇幅亦趨於擴張，內容則屬詩人自詠，或述酣宴，或傷羈旅，於現實之描寫，往往流露世積亂離之哀音。

（二）不依舊曲，只擬舊篇章——晉代詩人的擬篇法

晉代詩人的擬篇法，主要是在題材和主題方面都沿襲舊篇章，蕭滌非《漢魏六朝樂府文學史》曰：

> 魏雖出於模擬，然所擬者不過舊曲之聲調，故亦絕少其作，迨乎西晉，而故事樂府始大盛行焉，……晉之作者，則多在口題中討生活，借古題即詠古事，所借爲何題，則所詠亦必爲何事，如傅玄〈和秋胡行〉便詠秋胡事，〈惟漢行〉便詠漢高祖事〔註2〕。

蕭滌非又說晉世的擬古樂府約可分爲兩派，一派是借古題詠古事，另一派則是借古題詠古意，大概都是就前人之原意來敷衍成篇，此種擬作價值較低〔註3〕，如傅玄的〈艷歌行〉就是完全襲用漢古辭〈陌上桑〉而來，全詩人物毫無生氣。比較二詩如下：

古辭〈陌上桑〉	擬作〈艷歌行〉
日出東南隅，照我秦氏樓	日出東南隅，照我秦氏樓
秦氏有好女，自名爲羅敷	秦氏有好女，自字爲羅敷
頭上倭墮髻，耳中明月珠	首戴金翠飾，耳綴明月珠
緗綺爲下裙，紫綺爲上襦	白素爲下裙，丹霞爲上襦

由表列的詩句比較二詩，即可探知其模擬之跡，二詩除了字句相似外，連內容都是言採桑女智拒使君之事，形式內容可謂如出一轍。又如晉陸機擬漢樂府古辭的擬作共十五首，爲晉代詩人之冠，然其詩作多因襲模擬，內容空虛，較少新意，又以俳偶雕刻爲能事，故其作品較無價值，如其〈君子行〉，詩云：

> 天道夷且簡，人道險而難。休咎相乘躡，翻覆若波瀾。去疾苦不遠，疑似實生患。近火固宜熱，履冰豈惡寒。掇蜂滅天道，拾塵惑孔顏。逐臣尚何有，棄友焉足歎。福鍾恒有兆，禍集非無端。天損未易辭，人益猶可歡。朗鑒豈遠

〔註 2〕蕭滌非《漢魏六朝樂府文學史》第四編〈晉樂府〉第二章〈晉之故事樂府〉，（台北：長安出版社，民國 70 年），頁 161。

〔註 3〕同上註，第三章〈晉之擬古與諷刺樂府〉，頁 172。

假，取之在傾冠。近情苦自信，君子防未然。

吳兢《樂府古題要解》云：「古辭云：『君子防未然』，蓋言遠嫌疑也。」陸機的擬作也是敷衍古辭題意而來，描寫君子的處世之道，他的另一首〈順東西門行〉，也是敷衍古辭〈西門行〉而來，詩云：

出西門，望天庭。陽谷既虛崦嵫盈。感朝露，悲人生，逝者若斯安得停。桑樞戒，蟋蟀鳴，我今不樂歲聿征。迨未暮，及時平，置酒高堂宴友生。激朗笛，彈哀箏，取樂今日盡歡情。

句首模擬古辭「出西門，步念之」而來，題旨也是敷衍古辭及時行樂的思想。又如〈長歌行〉，詩云：「逝矣經天日，悲哉帶地川。寸陰無停晷，尺波徒自旋」，這種感嘆時光消逝、人生無常的內容，與古辭〈長歌行〉：「常恐秋節至，焜黃華葉衰」之題旨相同，再如〈梁甫吟〉一詩，陸機詩云：「悲風無絕響，玄雲互相仍」、「哀今梁甫顛，慷慨獨撫膺」，乃就古辭「喪歌」的題旨敷衍發揮而成。

魏晉同屬模擬，而晉又不如建安詩人者，大抵皆因其就古題敷衍篇章，缺乏新意之故。

（三）不依舊曲，也不擬舊篇章——齊梁至唐詩人的賦題法

與魏晉詩人的擬篇法不同，齊梁詩人的擬樂府詩主要是用賦題法。所謂「賦題法」，就是由詩題字面著手，按著題面所提示的內容運思選材，眞正的賦詠題意，其賦詠題面，以盡題、切題爲宗旨的作風，並不像後來的近體詩的詩題與內容的關係一般，以唐詩人爲例，如盧照鄰的〈戰城南〉專寫城南作戰的情形，李白的〈蜀道難〉專寫蜀道之難。這種專就古題曲名的題面之意來賦寫的創作方法，拋棄了舊篇章的題材和主題，成功的擺脫了擬樂府詩創作傳統中因襲模擬的作風，呈現了齊梁詩人在藝術形式和表現手法上追求創新的藝術觀念，同時也爲漢魏樂府舊題的發展尋找出一條新路。

事實上，在齊梁之前的樂府詩中，也有詩人以賦題法創作樂府詩，如晉張華的〈遊俠篇〉，詩云：「翩翩四公子，濁世稱賢明。龍虎

方交爭，七國並抗衡。食客三千餘，門下多豪英」，專寫遊俠之事；宋鮑照的〈擬行路難〉，詩云：「舉杯斷絕歌路難，心非木石豈無感，吞聲躑躅不敢言」，專寫行路之難，但這些都只是難以成氣候的初試啼聲之作。「賦題」作爲一個明確的創作方法出現是始於齊代永明末沈約倡導寫作的賦漢鼓吹曲名。沈約取漢鐃歌十八曲中的〈芳樹〉、〈有所思〉、〈臨高臺〉的曲名，運用齊代詩壇流行的體裁和風格，以清詞麗語賦詠題意，當時稱之爲「賦曲名」。一時之間詩人們紛起唱和模仿，如王融的〈巫山高〉、〈芳樹〉、〈臨高臺〉；謝朓的〈芳樹〉、〈巫山高〉；劉繪的〈巫山高〉、〈有所思〉。據謝朓〈巫山高〉下附注「時爲隨王文學」，可知作於永明八年左右，當是受到沈約賦題法創作的影響。

沈約、謝朓等人以賦題創作樂府詩的方式，在擬樂府詩的發展過程中具有革新的意義，也符合當時齊梁詩壇詠物賦寫、風格靡麗的創作風氣，所以很快就在詩壇上造成影響，詩人們紛紛響應唱和，造成擬漢魏樂府的創作又一次的繁榮，這時期的擬樂府詩數量十分可觀。

齊梁詩人不采用魏晉人通行的擬舊篇、寫舊事的方法，不去模擬漢樂府原作，而是借用當時流行的詠物賦事的創作方法，直接從〈芳樹〉、〈有所思〉、〈巫山高〉這些字面意義上發揮，如劉繪的〈有所思〉：

> 別離安可再，而我更重之。佳人不相見，明月空在帷。共銜滿堂酌，獨斂向隅眉。中心亂如雪，寧知有所思。

又如梁武帝的〈芳樹〉：

> 綠樹始搖芳，芳生非一葉。一葉度春風，芳芳自相接。色雜亂參差，眾花紛重疊。重疊不可思，思此誰能惬。

上面所舉的詩作其實都是狀物之態、窮物之情的詠物詩。錢志熙說：「擬樂府詩的賦題法正是仿照這種同題詠物的作法而創造出來的，但因爲眾多的樂府舊題名、舊曲名形式多樣，並非總是像〈芳樹〉、〈朱鷺〉那樣可以按詠物格來寫作，所以擬樂府的賦題又不等於詠物，而沈約諸人賦曲名的意義也不是爲詠物詩添一新格，而是爲擬樂府詩創一良法。〔註4〕」

賦題法由沈約首倡，然而沈約早年並非以賦題法創作樂府，而是以魏晉詩人的擬篇法創作。沈約是由宋入齊梁的作家，早年他在劉宋時期的創作經歷，也深受當時劉宋詩人仿效魏晉詩人擬篇復古的影響，在沈約的十餘篇擬樂府詩中，有些篇章很明顯的是步趨陸機、謝靈運、鮑照等晉宋詩人的同題之作，不論是主題、題材及至詩意都可看出因襲之跡，與他晚年的齊梁賦題法的擬樂府詩作迥異，如〈豫章行〉：

> 燕陵平而遠，易河清且駛。一見塵波阻，臨途引征思。雙劍爱匣同，孤鶯悲影異。宴言誠易纂，清歌信難嗣。臥聞夕鐘急，坐閱朝光亟。往歡墜壯心，來戚滿衰志。殂芳無再馥，淪灰定還熾。夏臺尚可忘，榮辱亦奚事。愧微曠士節，徒感鄙生餌。勞哉納辰和，地遠託聲寄。

吳兢《樂府古題要解》云：「陸機『泛舟清川渚』，謝靈運『出宿告密親』，皆傷離別，言壽短景馳，容華不久。〔註5〕」沈約的這首〈豫章行〉也是傷離別之作，雖然主題是寫征思，也可視爲另一種形式的離情。

又如〈長歌行〉，沈約的擬作有二首，其一如下：

> 連連舟壑改，微微市朝變。來功嗣往跡，莫武徂升彥。局塗頓遠策，留歡恨奔箭。拊戚狀驚瀾，循休擬回電。歲去芳願違，年來苦心薦。春貌既移紅，秋林豈停蒨。一倍茂陵道，寧思柏梁宴。長戢兔園情，永別金華殿。聲徽無惑簡，丹青有餘絢。幽篇且未調，無使長歌倦。

〈長歌行〉一題，自漢古辭中的「青青園中葵」始，就確立了這種感物興思，感嘆人生無常的傳統主題。沈約的這首〈長歌行〉，繼承了

〔註 4〕見錢志熙〈齊梁擬樂府詩賦題法初探〉一文，《北京大學學報，1995年第四期》，頁 62。

〔註 5〕吳兢《樂府古題要解》。

漢樂府古辭的這種主題，又如晉陸機「逝矣經天日，悲哉帶地川」，也是感嘆時移事往，光陰流逝，而徒恨功名無著。

沈約這種以仿效陸謝等人，以模擬爲旨的擬篇法樂府擬作，在劉宋時期並未占得當時文壇重要地位，促使他在晚年入齊梁後走向革新一途，積極的嘗試新體、探尋新法，擬樂府的賦題法就成爲他革新的重要目標，他的〈有所思〉就是這種賦寫題面字義的擬樂府，詩云：

西征登隴首，東望不見家。關樹抽紫葉，塞草發青芽。昆明當欲滿，蒲萄應作花。垂淚對漢使，因書寄狹邪。

「狹邪」是長安的街道，代指故鄉。沈約這首〈有所思〉極力專寫離鄉之思，道阻且長，東望又不見家，因而流下惆悵的眼淚。

沈約等人的擬樂府詩賦題法之所以能迅速推行，並非偶然之事，這是齊梁詩歌發展的必然趨勢。

二、篇章結構的成熟——由無題到制題

漢樂府民歌「感於哀樂，緣事而發」的寫實主義精神，到了魏晉詩人的筆下轉變爲慷慨抒情、自然流露的創作風格，與漢樂府詩一樣都是質樸、不事刻劃的特點。西晉以降，詩歌創作中刻劃描寫的風氣漸開，到了劉宋時期，唯美文學之風日盛，詩人們刻意講究文學形式之美，劉勰《文心雕龍・物色》云：「自近代以來，文貴形似，窺情風景之上，鑽貌草木之中。吟詠所發，志惟深遠；體物爲妙，功在密附。故巧言切狀，如印之印泥。不加雕削，而曲寫毫芥；故能瞻言見貌，即字而知時也。」劉勰這段話說明了南朝詩賦注重賦寫刻劃的風氣。漢魏詩歌物爲我用，物爲情意所驅遷，南朝詩歌則是我爲物用，神思逐物，因此詩歌的對象由主觀走向客觀。當時詩歌創作的重要標準就是「形似」，從文字中呈現出事物的完整形貌，使得詠物詩賦盛行，即使是一般的抒情敘事、描寫山水景觀的詩歌，也都帶有詠物詩的色彩。

南朝詩歌的這種轉變，使得詩歌從漢魏時的無題狀態變爲南朝的

有題狀態，早在漢魏以前，詩經三百篇以篇首字爲題的詩，就是後來的無題詩。漢樂府也多是有曲名而無題名的詩，有的題目與內容並無必然的關係，眞正開始重視詩題的是劉宋詩人，對他們而言，制題、切題進而盡題成爲寫作的重要步驟。如謝靈運的山水詩，其詩題往往近似小序，有描述全詩梗概的作用，又如江淹的擬古詩，無論是抒情詠物都有切題盡題的特點。在這種重題的風氣下，擬樂府的賦題法自然盛行，在沈約等人的擬作中，常出現漢鐃歌的曲名，如〈有所思〉、〈巫山高〉、〈芳樹〉，可能就是因爲這些詩的題面很美，很符合當時詩人流連風光、吟詠情事的創作趣味。

樂府詩在發展的過程中，詩人創作詩歌的技巧也不斷在演進，這可從詩歌結構來看，六朝以前的詩歌結構，創作較爲自由，劉勰《文心雕龍・章句》所謂：「隨變適會，莫見定準。」無拘束的自由創作也許能產生優秀詩篇，但劉勰又說詩歌結構「莫見定準」，就會造成「若辭失其朋，則羈旅而無友；事乖其次，則飄寓而不安。」中國古典詩歌的結構，無論是在理論上或是實踐上的趨於定型，都是南朝的事，然而在南朝以前，魏晉詩歌的創作中，已經表現出對詩歌結構規律的初步探索。在樂府詩的擬作中可探知此一現象，我們從同一個漢樂府古辭的詩題中，可直觀詩歌結構的演進軌跡，以下舉〈陌上桑〉爲例：

> 日出東南隅，照我秦氏樓。秦氏有好女，自名爲羅敷。羅敷喜蠶桑，採桑城南隅。青絲爲籠繫，桂枝爲籠鉤。頭上倭墮髻，耳中明月珠。緗綺爲下裙，紫綺爲上襦。行者見羅敷，下擔捋髭鬚，少年見羅敷，脫帽著帩頭。耕者忘其犁，鋤者忘其鋤。來歸相怨怒，但坐觀羅敷。使君從南來，五馬立踟躕。使君遣吏往，問是誰家姝？秦氏有好女，自名爲羅敷。羅敷年幾何？二十尚不足，十五頗有餘。使君謝羅敷，寧可共載不？羅敷前置辭：使君一何愚！使君自有婦，羅敷自有夫。東方千餘騎，夫婿居上頭。何用識夫婿？白馬從驪駒。青絲繫馬尾，黃金絡馬頭，腰中鹿盧劍，可値千萬餘。十五府小史，二十朝大夫，三十侍中郎，四

十專城居。爲人潔白晳，鬑鬑頗有鬚。盈盈公府步，冉冉府中趨。坐中數千人，皆言夫婿殊。（漢古辭．陌上桑）

扶桑升朝暉，照此高臺端。高臺多妖麗，濬房出清顏。淑貌耀皎日，惠心清且閒。美目揚玉澤，峨眉象翠翰。鮮膚一何潤，秀色若可餐。窈窕多容儀，婉媚巧笑言。暮春春服成，粲粲綺與紈。金雀垂藻翹，瓊佩結瑤璠。方駕揚清塵，濯足洛水瀾。……清川含藻景，高岸被華丹。馥馥芳袖揮，泠泠纖指彈。悲歌吐清響，雅韻播幽蘭。丹脣含九秋，妍迹淩七盤。赴曲迅驚鴻，蹈節如集鸞。綺態隨顏變，沈姿無定源。俯仰紛阿那，顧步咸可歡。遺芳結飛飆，浮景映清湍。冶容不足詠，春遊良可歎。（晉陸機．日出東南隅行）

季春梅始落，工女事蠶作。採桑淇澳間，還戲上宮閣。早蒲時結陰，晚篁初解籜。靄靄霧滿閨，融融景盈幕。孔燕逐草蟲，巢蜂拾花樂。……承君郢中美，服義久心諾。衛風古愉艷，鄭俗舊浮薄。靈願悲渡湘，宓賦笑灑洛。盛明難重來，淵意爲誰涸？君其且調弦，桂酒妾行酌。（宋鮑照．採桑）

嫋嫋陌上桑，蔭陌復垂塘。長條映白日，細葉隱鸝黃。蠶飢妾復思，拭淚且提筐。故人寧如此，離恨煎人腸。（梁吳均．陌上桑）

春色映空來，先發院邊梅。細萍重疊長，新花歷亂開。連珂往淇上，接幰至叢臺。叢臺可憐妾，當窗望飛蝶。……寄語採桑伴，訝今春日短。枝高攀不及，葉細籠難滿。（梁簡文帝．採桑）

《樂府古題要解》曰：「古辭言羅敷採桑爲使君所邀，盛誇其夫爲侍中郎以拒之。」沈德潛《古詩源》云：「陌上桑鋪陳穠至與辛延年羽林郎一副筆墨，此樂府體別於古詩者在此。又曰：謝使君四語，大義凜然，末段盛稱夫婿，若有章法，若無章法，是古人入神處。〔註6〕」

〔註 6〕見沈德潛《古詩源》，（台北：世界書局，民國 87 年 5 月）。

沈氏所謂「若有章法，若無章法」者，蓋詩人隨意感詠，不必盡當其事，所謂不以辭害意也。我們觀察古辭的篇章結構，可分出三個階段：

採桑城南隅→受到使君的干擾→採桑女的拒絕

進一步觀察此詩，可看出詩人在時序上的特別安排，「日出東南隅」、「採桑城南隅」，說明故事是從春天的某一天開始敘述的，按照故事發展的時序，詩人卻在使君出現前插入旁論，由「行者」、「少年」、「耕者」、「鋤者」引出使君，這種敘事手法的變化，也許是詩人要突顯階級地位的差別，「行者」、「少年」、「耕者」、「鋤者」因地位低下，對美麗的羅敷僅僅只能「看」，使君與他們不同，地位高，故不僅可看，且敢付諸誘引的實際行動，而使君與羅敷之夫相比則又遜一籌，同為大官，但地位有異。

將本詩的篇幅與故事時間作一個比較，詩篇開頭用六句分別描述羅敷住所方位、姓名及愛好，接下來描寫其衣飾之美也用了六句，在使君出現前詩人用了八句來描寫旁人對羅敷的喜愛，說明羅敷之美可使「耕者忘其犁，鋤者忘其鋤」，全詩至此為一階段，下面重點在羅敷對使君的拒絕，詩人以對話的形式，在語義層次上，羅敷言語所強調的，是其夫婿在地位、財富、相貌、風度各方面的優勢，相對於使君的自傲，構成一個極大的諷刺。

〈陌上桑〉是漢樂府的名篇，它透過一位智拒使君調戲的採桑女，塑造了一個美麗、機智又堅貞的女性形象。然而此詩在詩篇結構上仍有缺點，注重敘事是漢樂府詩的一大特點，這首詩在結構上有一個簡單的脈絡：羅敷之美（起因）——使君調戲羅敷（發展）——羅敷的反抗（結果）。然而在第一階段中，詩人用大量的篇幅描寫羅敷之美，其目的僅僅是為了「使君調戲羅敷」來作準備，是一種鋪敘的寫法，然在剪裁上有失精當，影響全詩結構的完整性。雖然敘事也有層次，但似採取因事而作、順情而發的自然筆法，詩的結構，表現出典型的「隨變適會，莫見定準」的特色。

與古辭原作相較，後人的擬作在詩篇結構上則較完整，詩作也較具形式美。以陸機擬作爲例,《樂府古題要解》有云:「若晉陸士衡『扶桑升朝暉』等,但歌佳人好會,與古調始同而末異。」陸機的擬作開首便點出「淑貌耀皎日,惠心清且閒」,再由佳人引出自己的悲感,說明「冶容不足詠,春遊良可歎」,由暮春佳人興起時間消逝的悲感。與古辭相比,此詩結構出現了較規律的表述方式,即入題→鋪陳→反應。

再看晉之後宋鮑照的擬作,其詩云:「季春梅始落,工女事蠶作。採桑淇澳間,還戲上宮閣。」古辭爲敘事之作,鮑照的擬作雖由採桑寫起,卻脫略採桑本事,由描述梅落時節季春的風光及採桑的情趣入題,中段鋪寫暮春之景,而又於景中帶情,末段直抒「盛明難重來,淵意爲誰涸」,以比興的方式抒發一種盛年難再,渴望知遇的感歎,在結構上又較陸機的擬作完整。

第二節　在藝術形式方面

一、由參差句法趨於整齊

樂府詩在發展的過程中有一明顯的現象,就是詩歌句法由參差趨於整齊。筆者在第三章詩論的擬作共四百六十二首,其中五言形式的共三百四十八首,占總擬作的 75%強,這個比例顯示,擬樂府在由漢至唐的發展過程中,五言詩漸漸走向一個成熟的道路。

事實上,五言之體,兩漢之前已在醞釀,摯虞的〈文章流別論〉以爲五言是由《詩經》演化而來,如〈召南・行露〉:「誰謂雀無角,何以穿我屋」。劉勰《文心雕龍・明詩篇》以爲「召南行露,始肇半章,孺子滄浪,亦有全曲;暇豫優歌,遠見春秋;邪徑童謠,近在成世,閱時取徵,則五言久矣。」據近人傅隸樸的統計,《詩經》五言句型共三百九十三句〔註 7〕,然而《詩經》中的五言形式只是略具規

〔註 7〕見《中國韻文概論》第一冊,(台北:中華文化事業委員會出版,民國 43 年),頁 106。

模，五言形式眞正的發展應在兩漢以後。

五言詩作爲一種詩歌形式，它的發展與成熟與漢民間樂府有直接的關係。「采詩」是漢樂府的重要來源，今存漢樂府民歌中的五言詩，都是在武帝時期從民間采集而來的，《晉書‧樂志》云：「凡樂章古辭，今之存者，並漢世街陌謠謳，〈江南可采蓮〉、〈烏生十五子〉、〈白頭吟〉之屬是也。」《晉書》所舉三詩，除〈烏生十五子〉爲雜言，〈江南可采蓮〉和〈白頭吟〉都是五言。此外，在漢樂府古辭裡，尚有一大批五言詩形式的樂府詩，如〈雞鳴〉、〈長歌行〉、〈步出夏門行〉、〈君子行〉、〈豔歌行〉、〈梁甫吟〉、〈豫章行〉、〈怨詩行〉、〈飲馬長城窟行〉、〈陌上桑〉、〈隴西行〉、〈相逢行〉、〈長安有狹斜行〉、〈上留田行〉、〈折楊柳行〉、〈傷歌行〉、〈枯魚過河泣〉、〈棗下何纂纂〉等。這些詩作雖然創作年代無法確立，但它們均由樂府機關采自民間，已無疑問。它們是五言詩興盛於漢樂府民歌的有力證據。

漢樂府古辭形式爲五言的，後世擬作大部分也以五言爲主；漢樂府古辭爲四言的，後世擬作基本上也以四言爲主，漢樂府古辭的導向作用是很明顯的，舉例來看，〈江南〉古辭爲五言，中古時期擬作有三十六首，其中除了梁武帝的〈江南弄〉、〈採蓮曲〉、〈採菱曲〉和梁簡文帝的〈採蓮曲〉爲雜言外，其餘三十二首擬作皆爲五言體。〈陌上桑〉古辭爲五言，中古時期擬作有三十二首，其中除了曹操、曹丕和王褒爲雜言外，其餘的二十九首擬作皆爲五言體。〈長安有狹斜行〉古辭爲五言，中古時期的三十三首擬作皆爲五言體。〈相逢行〉古辭爲五言，中古時期的八首擬作皆爲五言體。〈長歌行〉古辭爲五言，中古時期的八首擬作皆爲五言體。凡此之例不勝枚舉。

我們探討南朝擬作的形式以五言爲主的原因，應與永明聲律論相關，爲了追求音律之美，形式的固定成爲必然的趨勢。在南朝詩人的創作上，注重聲律特色的講求，因而在五言詩的創作形式，多以八句爲主，這都是爲了配合永明聲律說的特性。正如劉躍進所言：「永明詩人在句式方面，將五言四句八句漸漸歸於定型，使成爲文壇比較主要之詩歌樣式。這就爲近體詩的形式，在句式上做了奠基性的工作〔註 8〕。」

相較於有規律的形式，漢樂府古辭中爲雜言體的，後世的擬作也大都爲雜言，如〈董逃行〉一詩，古辭爲雜言，後代擬作二首爲雜言，二首爲六言。〈平陵東〉古辭爲雜言，後代曹植的一首擬作也是雜言。〈猛虎行〉古辭爲雜言，後代陸機和謝惠連的擬作也是雜言體。

另外還有一種情形，就是古辭爲雜言形式，而後代的擬作卻爲整齊的五言形式，如古辭〈薤露行〉爲雜言，中古時期的擬作有五首，皆爲五言體。古辭〈蒿里行〉爲雜言，中古時期的擬作有十一首，皆爲五言體。古辭〈東門行〉、〈西門行〉皆爲雜言，中古時期的相關擬作共有九首，除了陸機、謝靈運和謝惠連的擬作爲雜言，其餘皆爲五言體。這種情形反映了五言形式在中古時期已經成熟且普及化，詩人們在創作樂府詩時，很自然的運用這種形式。

以上所言後代擬作皆指中古時期的擬作，而不涉及唐代擬作的原因，是因爲唐代是詩歌發展的另一全新時代，除了成熟的近體詩外，七言體也開始普遍的創作，例如古辭〈江南〉的擬作，到了唐代才開始出現七言的擬作，如劉希夷〈江南曲〉中就有採用七言的，另外唐代許多詩人的擬作如于鵠、韓翃、張籍、羅隱、李賀、李白、賀知章、王昌齡、戎昱、鮑溶、白居易、溫庭筠和劉禹錫等人也都以七言的形式創作樂府。此一現象說明了五言形式對中古時期詩人的影響，雖然中古時期仍存在雜言形式，七言形式也逐漸在醞釀發展中，但詩人們仍然喜愛採用原題原作的原有形式去創作擬樂府。至於唐人採用七言形式，那是因爲七言形式的發展已經成熟，這種詩歌形式的衍變是可以理解的。

綜合以上所言，擬作與漢樂府古辭不相一致的情況，反映了漢樂府民歌的五言形式對中古詩歌形式的巨大影響，體現了詩歌形式由雜

〔註 8〕見劉躍進《永明文學研究》，（台北：文津出版社，民國 81 年），頁 119。

趨整的發展傾向。因此我們可以說漢樂府民歌的五言形式，奠定了中古五言形式的地位和基礎。

二、由質樸自然走向形式主義

漢代的樂府古辭多文辭質樸自然，較少人工的刻意雕飾，魏晉以降，文學擺脫了儒家的束縛，獲得了獨立發展的空間，文體分類日趨詳密，創作日趨成熟，文人開始注重詩文的創作技巧，如曹丕《典論·論文》所云：「詩賦欲麗」；陸機〈文賦〉也說：「游文章之林府，嘉麗藻之彬彬。」陸機以爲文學須如花草搖曳多姿，文章的體貌風格也需追逐時代，不斷翻新，開啓了江左唯美主義文風的全盛。六朝時期，唯美文風盛行，再加上聲律之說的影響，文學創作愈趨精巧，文人競相使用儷辭對句，如《文心雕龍·明詩篇》所言：

> 宋初文詠，體有因革。莊老告退，山水方滋。儷采百字之偶，爭價一句之奇。情必極貌以寫物，辭必窮力而追新，此近世之所競也。

六朝文學的藝術價值往往呈現在詩歌的表現形式上，文學既是以個人主義的浪漫思潮爲依歸，自然重視在形式上的雕飾，不僅文辭要求華美、聲律也講究合諧，用典繁複之外，行文也趨於對偶工整。這時期詩人的擬樂府受到形式主義的影響，已完全脫離古辭質樸自然的風格而趨於華美，這也是文學由樸而華，由平淡而絢爛的進化過程，這種華美的風格表現在以下幾個方面：

（一）辭藻雕飾

不似漢樂府平實的文字鋪陳，魏晉以後人，特別是南朝詩人，在創作擬樂府詩時，特別重視字句的鍛鍊雕琢，這可從色彩穠麗和修辭技巧二方面來看。

1. 色彩穠麗

這時期的詩人喜在普通名詞上，冠以色彩妍麗的形容詞，使得平凡的用字，轉變成穠麗的辭藻，例如用「紅」、「金」、「綠」、「紫」等色彩濃艷的字來作渲染，詩例如下：

◎憮然坐相望，秋風下庭綠。（王融・巫山高）

◎金華妝翠羽，鷁首畫飛舟。（王融・採菱曲）

◎江南稚女珠腕繩，金翠搖手紅顏興。（梁武帝・採菱曲）

◎大婦理金翠，中婦事玉觴。（梁武帝・長安有狹斜行）

◎紫荷擎釣鯉，銀筐插短蓮。（梁簡文帝・江南思）

◎桃花全覆井，金門半隱堂。（梁簡文帝・雞鳴高樹巔）

◎綠綺試一彈，玄鶴方鼓翼。（沈約・相逢狹路間）

◎若若青組紆，煙煙金璫色。（沈約・相逢狹路間）

◎關樹抽紫葉，塞草發青牙。（沈約・有所思）

◎春貌既移紅，秋林豈停蒨。（沈約・長歌行）

◎檣偃落金烏，舟傾沒犀枻。（劉孝威・公無渡河）

◎金堤分錦纜，白馬渡蓮舟。（張正見・公無渡河）

◎迎風金珥落，向日玉釵明。（張正見・採桑）

◎度水春山綠，映日晚妝紅。（賀徹・採桑）

◎朱城璧日起朱扉，青樓含照本暉暉。（徐伯陽・日出東南隅行）

◎圜籠裊裊挂青絲，鐵鈎冉冉勝丹桂。（徐伯陽・日出東南隅行）

2. 修辭技巧

此時期的修辭技巧包括譬喻、雙關、頂眞、擬人、夸飾、複疊等。

（1）譬　喻

譬喻是修辭裡最常使用的方法。董季棠《修辭學析論》說：「使用譬喻，能使未知的事物，顯出清晰的形象，使人明曉；能使抽象的理論，成爲具體的概念，教人接受；能使微妙的情緒，化作感人的力量，引人共鳴。〔註 9〕」簡言之，譬喻是將兩種不同類的事或物相比擬，使主題更加明顯生動。比喻的兩者事物間必須有切近的相似之處，俾能貼近詩意。此即《文心雕龍・比興篇》所謂：「寫物以附意，

〔註 9〕見董季棠《修辭學析論》第一章〈譬喻〉，（台北：文史哲出版社，民國 83 年），頁 35。

颺言以切事者也。」又云：「比類雖繁，以切至爲貴。」這時期的詩人多用「如」、「似」、「比」、「類」、「若」、「疑」、「同」、「成」來作譬喻。詩例如下：

◎樹雜山如畫，林暗澗疑空。（梁元帝・巫山高）

◎相望早春日，煙華雜如霧。（王融・芳樹）

◎枝偃疑欲舞，花開似含笑。（費昶・芳樹）

◎春至花如錦，夏近葉成帷。（李爽・芳樹）

◎落花同淚臉，初月似愁眉。（陳後主・有所思）

◎時欣一來下，復比雙鴛鴦。（梁簡文帝・雞鳴高樹巔）

◎縈場類轉雪，逸控似騰鸞。（沈約・日出東南隅行）

◎延軀似纖約，遺視若回瀾。（沈約・日出東南隅行）

◎含貝開丹吻，如羽發青陽。（張率・日出東南隅行）

◎月如弦上弩，星類水中魚。（褚翔・雁門太守行）

◎顏如花落槿，鬢似雪飄蓬。（張正見・白頭吟）

◎平生懷直道，松桂比眞風。（張正見・白頭吟）

◎初疑京兆劍，復似漢冠名。（吳均・採蓮曲）

◎桂楫蘭橈浮碧水，江花玉面兩相似。（梁簡文帝・採蓮曲）

（2）雙　關

董季棠《修辭學析論》說：「用一個字、一個詞或一句話，關顧兩種不同的情景的，叫做雙關辭。〔註10〕」中國文字往往音同義異，或字同義異，雙關語多見於樂府民歌清商曲辭中的吳歌、西曲，詩用雙關令人讀之有言外之意的趣味，這時期的詩人往往用「蓮＼憐」、「藕＼偶」、「芙蓉＼夫容」、「琴＼情」、「晴＼情」、「絲＼思」等雙關語，詩例如下：

◎雲來足薦枕，雨過非感琴。（陳後主・巫山高）

◎春樓曙鳥驚，蠶妾候初晴。（張正見・採桑）

〔註10〕同註9，第十七章〈雙關〉，頁265。

◎逐舞隨疏節，聞琴應別聲。（梁元帝・有所思）
◎別心不可寄，唯餘琴上玄。（陳後主・飛來雙白鶴）
◎階前看草蔓，窗中對網絲。（陳後主・有所思）
◎幕幕繡戶絲，悠悠懷昔期。（梁武帝・青青河畔草）
◎卷荷舒欲倚，芙蓉生即紅。（劉緩・江南可採蓮）
◎棹動芙蓉落，船移白鷺飛。（簡文帝・採蓮曲）
◎江花玉面兩相似，蓮疏藕折香風起。（簡文帝・採蓮曲）
◎風起湖難度，蓮多摘未稀。（簡文帝・採蓮曲）

（3）頂　眞

董季棠《修辭學析論》說：「上句的末字，和下句的首字相同；或前段的末句，和後段的首句相同；這樣上遞下接，蟬聯而下的修辭法，叫做頂眞。〔註11〕」頂眞的運用若近乎自然，而不過分矯揉造作，便可使語氣連貫、音律流暢，如一橋樑，使詩意緊湊又有趣味。頂眞是這時期的詩人愛用的修辭技巧，詩例如下：

◎容容寒煙起，翹翹望行子。行子殊未歸，寤寐君容輝。（王融・青青河畔草）
◎鄉國曠音輝，音輝空結遲。（梁武帝・青青河畔草）
◎苕苕隔隴左，隴左不可至。（荀昶・青青河畔草）
◎綠樹始搖芳，芳生非一葉。一葉度春風，芳芳自相接。色雜亂參差，眾花紛重疊。重疊不可思，思此誰人愜。（梁武帝・芳樹）
◎洛陽有曲陌，曲陌不通驛。（梁武帝・長安有狹斜行）
◎道逢雙總丱，扶輪問我居。我居青門北，可憶復易津。（梁簡文帝・長安有狹斜行）
◎連珂往淇上，接幰至叢臺。叢臺可憐妾，當窗望飛蝶。（梁簡文帝・採桑）

〔註11〕同註9，第二十七章〈頂眞〉，頁399。

◎依依往紀盈，霏霏來思結。思結纏歲晏。曾是掩初節，初節曾不掩，浮榮逐弦缺。（沈約・長歌行）

◎金槳木蘭船，戲採江南蓮。蓮香隔蒲渡，荷葉滿江鮮。（劉孝威・採蓮曲）

◎憑軾日欲昏，何處訪公子。公子之所在，所在良易知。（張率・相逢行）

◎洞庭有歸客，瀟湘逢故人。故人何不返，春華復應晚。（柳惲・江南曲）

◎枝低且候潮，葉淺還承露。承露觸嚴霜，葉淺伺朝陽。（張正見・晨雞高樹鳴）

（4）擬　人

董季棠《修辭學析論》說：「描寫一件東西，把東西擬做人，叫做擬人。〔註12〕」詩人對事物寄以靈性，託付感情，把無形的抽象事物以我寓物，以物見我，可加深敘述，增加文章的感染力。此即王國維《人間詞話》所謂：「以我觀物，故物皆著我之色彩。」詩例如下：

◎雷歎一聲響，雨淚忽成行。（蕭統・有所思）

◎桂影含秋月，桃花染春源。落英逐風聚，輕香帶蕊翻。（梁元帝・芳樹）

◎雙劍愛匣同，孤鸞悲影異。（沈約・豫章行）

◎谷深流響咽，峽近猿聲悲。（王泰・巫山高）

◎朝雲觸石起，暮雨潤羅衣。（費昶・巫山高）

（5）夸　飾

董季棠《修辭學析論》說：「夸飾又稱鋪張。這種修辭法，是說話、作文時過分地鋪排張揚，夸大修飾，離開客觀的事實很遠。〔註13〕」《文心雕龍・夸飾篇》說：「因夸以成狀，沿飾而得奇。」又說：「雖詩書雅言，風格訓世，事必宜廣，文亦過焉。是以言峻則「嵩高極天」，論

〔註12〕同註9，第八章〈擬化〉，頁133。
〔註13〕同註9，第七章〈夸飾〉，頁119。

狹則『河不容舠』；說多則「子孫千億」，稱少則『』靡有孑遺」……辭雖已甚，其義無害也。〔註 14〕」由此可見，作者的過分夸飾可收到刺激讀者，引起共鳴的效果。詩例如下：

◎玉鑾乃排月，瑤轅信凌空。（沈約・緩歌行）

◎雲雨麗以佳，陽臺千里思。（虞羲・巫山高）

（6）複　疊

董季棠《修辭學析論》說：「複疊是同樣的字、詞、句，接二連三地重複使用的修辭法。〔註 15〕」《文心雕龍・物色篇》說：「詩人感物，聯類不窮。流連萬象之際，沈吟視聽之區，寫氣圖貌，既隨物以宛轉，屬采附聲，亦與心而徘徊。故『灼灼』狀桃花之鮮，『依依』盡楊柳之貌，……並以少總多，情貌無遺矣。〔註 16〕」可見早在《詩經》便已出現複疊的技巧。詩用複疊可增強氣勢，讀起來音調合諧，言有盡而意無窮。南朝詩人多用複疊，詩例如下：

◎靄靄霧滿閨，融融景盈幕。（鮑照・採桑）

◎亹亹衰期迫，靡靡壯志闌。（謝靈運・長歌行）

◎習習和風起，采采彤雲浮。（謝靈運・緩歌行）

◎容容寒煙起，翹翹望行子。（王融・青青河畔草）

◎連連舟壑改，微微市朝變。（沈約・長歌行）

◎寒光稍眇眇，秋塞日沈沈。（沈約・梁甫吟）

◎望望江南阻，悠悠道路長。（蕭統・有所思）

◎靄靄朝雲去，溟溟暮雨歸。（范雲・巫山高）

◎曖曖巫山遠，悠悠湘水深。（王筠・有所思）

◎重重相蔭映，軟軟自芬芳。（王筠・陌上桑）

◎芳葉已漠漠，嘉實復離離。（丘遲・芳樹）

〔註 14〕見范文瀾《文心雕龍注》卷八〈夸飾〉，（臺北：開明書店，民國 82 年）。

〔註 15〕同註 9，第二十四章〈複疊〉，頁 353。

〔註 16〕同註 14，卷十〈物色〉。

◎團團落日樹，耿耿曙河天。（陳後主・有所思）

（二）聲律合諧

《文心雕龍・聲律篇》有云：「夫音律所始，本於人聲者也，聲含宮商，肇自血氣，先王因之，以制樂歌。」聲律也是修辭的一環，在詩樂未分之前，音律即包含在音樂之中，用以表達情感。建安以後，唯美思潮漸興，降至南朝，王融、謝朓、周顒、沈約諸子，提倡聲律之說，使詩歌體貌煥然一新，至此，有系統的聲律之說才制爲定法，成爲後人作詩行文的依據。永明之世，反切的運用日漸廣泛，平上去入四聲的分析也愈益明確，對詩文聲韻的講求，已由自然直覺的表現，轉爲人工匠意的製定。由沈約等人五言詩律化的情形來看，此固爲詩體演變之自然趨勢，然律體之初具雛形與聲律論之關係甚大。如張仁青所云：「永明之末，沈約、謝朓、王融以聲氣相通，而周顒善識音律。王融始以四聲爲詩，沈約繼之，遂啓唐律，謝朓尤多唐音，大爲古近詩體衍變之樞，一時號永明宮商之論。〔註17〕」

齊梁詩人重視的問題，是兩句之間的音調變化，用意在盡量避免聲調或雙聲疊韻等音韻上相同，因此齊梁詩作篇幅雖短，句子卻無定數，直到唐代近體詩成立之後，兩聯間的關係更爲密切，格式也已固定，對音韻之美的追求達到極峰，由此可見永明聲律論對唐詩人的影響。齊梁詩人對聲律的講究可從以下詩例看出：

◎如何有所思，而無相見時。宿昔夢顏色，階庭尋履綦。
（平平仄仄平，平平平仄平。仄平仄平仄，平平平仄平。）
高張更何已，引滿終自持。欲知憂能老，爲視鏡中絲。
（平平仄平仄，仄仄平仄平。仄平平平仄，平仄仄平平。）
（王融・有所思）

按：此詩「時、綦、持、絲」四字押平聲「支」韻，中間兩聯對仗工

〔註17〕見《魏晉南北朝文學思想史》第二章〈魏晉南北朝文學概貌〉，（台北：文史哲出版社，民國67年），頁84。

整，全詩聲調仍多未合唐律。

◎雲楣桂成户，飛棟杏爲梁。斜窗通蕊氣，細隙引塵光。

（平平仄平仄，平仄仄平平。平平平仄仄，仄仄仄平平。）

裁衣魏后尺，汲水淮南床。青驪暮當返，預使羅裙香。

（平平仄仄仄，平仄平平平。平平仄平仄，仄仄平平平。）

（梁簡文帝・艷歌行）

按：此詩「梁、光、床、香」四字押平聲「陽」韻，中間兩聯對仗工整，在聲律方面只有第二聯合唐律，其餘多不合。

◎西征登隴首，東望不見家。關樹抽紫葉，塞草發青芽。

（平平平仄仄，平仄平仄平。平仄平仄仄，仄仄平平平。）

昆明當欲滿，蒲萄應作花。垂淚對漢使，因書寄狹邪。

（平平平仄仄，平平平仄平。平仄仄仄仄，平平仄平平。）

（沈約・有所思）

按：此詩「家、芽、花、邪」四字押平聲「麻」韻，中間兩聯對仗工整，唯在聲律上與唐津相去甚多。

◎巫山高不極，白日隱光暉。靄靄朝雲去，溟溟暮雨歸。

（平平平仄仄，仄仄仄平平。仄仄平平仄，平平仄仄平。）

巖懸獸無跡，林暗鳥疑飛。枕席竟誰薦，相望空依依。

（平平仄平平，平仄仄平平。仄仄仄平仄，平仄平平平。）

（范雲・巫山高）

按：此詩「輝、歸、飛、依」四字押平聲「微」韻，中間兩聯對仗工整，聲調首兩聯合唐律，末兩聯與唐律出入較多。

唐代律詩講求平仄韻律，八句成章，中間兩聯必須對偶工整，由以上所舉詩例，可知自六朝已開唐代律詩之先路。古詩中有意用對句，建安詩人啓其端，至太康時代，已成爲風尚。及永明聲律論起，王融、謝朓、沈約、范雲、梁簡文帝諸人大力創作，雖然平仄運用未臻完美，但對偶修辭已有進展，此後作者日眾，作品益多，五言律體，庶幾成立，雖其內容尚嫌不足，然於詩中平仄格律符合唐律要求之作品，已陸續出現，且於對偶修飾，已略具唐人格局，由此可見樂府與律詩關係之密切。

（三）用典繁複

魏晉以來，繁用典故成爲文學作品的必要條件，「用典繁複」也是六朝擬樂府的一個特色。《文心雕龍・事類篇》云：「事類者，蓋文章之外，據事以類義，援古以證今也。」黃侃也認爲文人徵典隸事有助於文章之修辭：

> 齊梁以後，聲律對偶之文大興，用事采言，尤關能事。其甚者，捃拾細事，爭疏僻典，以一事不知爲恥，以字有來歷爲高〔註18〕。

南朝因受魏晉清談與玄學的影響，作品多傾向事理的鋪陳，元嘉以來盛行用典，葉慶炳謂元嘉詩歌之特色爲：「體盡排偶，語盡雕刻，又繁用典故。〔註19〕」反映在樂府詩上也略見其貌。茲舉例如下：

◎宓妃興洛甫，王韓起太華。（陸機・前緩聲歌）

◎洛陽遠如日，何由見宓妃。（費昶・有所思）

按：此明用神女宓妃的典故，《楚辭・離騷》云：「吾令豐隆乘雲兮，求宓妃之所在。」

◎高唐與巫山，參差鬱相望。（劉繪・巫山高）

按：此明用楚王巫山之夢的典故。

◎寧思柏梁宴，長戢兔園情。（沈約・長歌行）

按：此明用漢柏梁臺的典故，《漢書・武帝紀》云：「元鼎二年春，起柏梁臺。」「柏梁」也是詩體的一種，相傳漢武帝在柏梁臺上置酒宴君群臣賦詩。

◎依依往紀盈，霏霏來思結。（沈約・長歌行）

按：此暗用《詩經・采薇》：「昔我往矣，楊柳依依。今我來思，雨雪

〔註18〕見黃侃《文心雕龍札記・麗辭篇》，（台北：文史哲出版社，民國68年），頁161～169。

〔註19〕葉慶炳《中國文學史》，（台北：學生書局，民國76年），頁209。

霏霏。」

◎還看稚子照，銀某繫轆轤。（梁簡文帝・雙桐生空井）

按：此明用西施的典故。《孟子・離婁下》云：「西子蒙不潔，則人皆掩鼻而過之。」注曰：「西子，古之好女西施也。」

◎王嬙向絕漠，宗女入祁連。（劉孝威・怨詩）

按：此明用王嬙入胡的典故。王嬙字昭君，漢元帝後宮既多，不得常見，往往按圖召幸，宮女多賄賂畫工，昭君獨不肯與，畫工將其醜化，後單于入朝求美人，元帝以嬙賜之。

（四）對偶工整

所謂「對偶」，就是語言中上下兩句，字數相等，句法相似的修辭法。中國文字單音、方塊形體的特性，特別適於對偶的形式，詩經、楚辭中便有許多整齊的對句。隨著時代的演進與文學之美的愈趨講究，對偶的技巧亦日趨繁複。西晉時代，對偶的使用已十分可觀，陸機可稱是對偶的先驅，其〈文賦〉云：「其會意也尚巧，其遣言也貴妍。」魏晉以後，辭藻愈加華麗，對偶愈趨工整。偶句不僅可以完成對比或對稱的多樣藝術效果，又能展示主題完整的獨立景象，加強生動的感受，劉勰於《文心雕龍》中特標「麗辭」一篇，以說明對偶自然而趨於巧密，是質文代變的自然現象。茲舉詩例如下：

◎南崖充羅幕，北渚盈軿軒。（陸機・日出東南隅行）

◎三春燠敍，九秋蕭索。（謝靈運・善哉行）

◎習習和風起，采采形雲浮。（謝靈運・緩歌行）

◎乳燕逐草蟲，巢蜂拾花藥。（鮑照・採桑）

◎細萍重疊長，新花歷亂開。（梁簡文帝・採桑）

◎棹動芙蓉落，船移白鷺飛。（梁簡文帝・採蓮曲）

◎浮雲西北起，孔雀東南飛。（梁簡文帝・中婦織流黃）

◎垂花臨碧澗，結翠依丹巘。（梁簡文帝・棗下何纂纂）

◎叢枝臨北閣，灌木隱南軒。（梁元帝・芳樹）

◎灘聲下濺石，猿鳴上逐風。（梁元帝・巫山高）
◎別前秋葉落，別後春花芳。（蕭統・有所思）
◎長條映白日，細葉隱鸝黃。（吳均・陌上桑）
◎樂去哀鏡滿，悲來壯心歇。（沈約・卻東西門行）
◎春貌既移紅，秋林豈停蒨。（沈約・長歌行）
◎山無一春草，谷有千年蘭。（江淹・王子喬）
◎丹山可愛有鳳凰，金門飛舞有鴛鴦。（劉孝威・雞鳴篇）
◎戲鳥波中蕩，游魚菱下出。（陸罩・採菱曲）
◎谷深流響咽，峽近猿聲悲。（王泰・巫山高）
◎幾銷蘼蕪葉，空落蒲桃花。（王僧孺・有所思）
◎散雨收夕臺，行雲卷晨障。（劉繪・巫山高）
◎卷荷舒欲倚，芙蓉生即紅。（劉緩・江南可採蓮）
◎春至花如錦，夏近葉成帷。（李爽・芳樹）
◎懸崖下桂月，深澗響松風。（蕭詮・巫山高）

以上詩例可顯示南朝以後，詩人在詩篇形式上對稱的工整美，如梁簡文帝和吳均的擬作，皆由採桑引出「思婦」的主題，詩作的前段在鋪寫景物，然後由景入情，說明思婦之悲。吳均的擬作共八句，前四句寫景，後四句寫情；簡文帝的擬作共十四句，前六句寫景，後八句景中帶情。詩篇結構上工整對稱，吳均的「長條映白日，細葉隱鸝黃」、簡文帝的「細萍重疊長，新花歷亂開」都已略具對仗的規模。

第五章　漢魏樂府的特質與詩風交融

第一節　漢魏樂府以悲為美的特質

造成漢魏樂府悲怨特質的原因，可從外在與內在兩方面因素來看：

一、外在因素——時代環境的影響

就外在因素來看，漢魏之際大量出現的閨怨作品，與當時腐敗的政治環境有密切的關係，政治的腐敗與黑暗，造成文人有身心無法安頓的落魄之怨，更甚者是有家歸不得的悲哀，於是在外有遊子傷時羈旅之痛；在內則有棄婦獨守空閨的怨情。曹植的〈怨詩行〉揭露了這一黑暗政治下，寡妻的悲哀與無助，詩云：「明月照高樓，流光正徘徊。上有愁思婦，悲歎有餘哀。借問歎者誰？自云客子妻。夫行踰十載，賤妾常獨栖。」阮瑀的〈怨詩〉也道出當時文人普遍的哀情：「民生受天命，漂若河中塵。雖稱百齡壽，孰能應此身，猶獲嬰凶禍，流落恒苦辛。」建安七子之一的阮瑀所刻劃的不只是仕人離鄉背景的悲哀，更流露出對生命的恐懼與不安。

到了魏代，這種執政者對文人的箝制和壓迫更勝於前代，在紊亂的政治局面，一些士大夫文人在宦海的沈浮浪潮中，無不傷時感懷，悲歎人事多艱，命運多舛，於是在詩中各自尋求解脫之道，詩中遍存死生無常之念，如陸機的〈長歌行〉就帶有濃厚的哀怨之情，詩云：「逝矣經天日，悲哉帶地川。寸陰無停晷，尺波徒自旋。……天道良自然。但恨功名薄，竹帛無所宣。迨及歲未暮，長歌乘我閒。」

政治的黑暗造成了社會的不安，詩人的心靈在動盪的世局裡經歷了生離死別的慘痛，對於世間的一切感到茫然不安，這種不安的情緒發之於詩篇就成了訴怨的作品，劉勰《文心雕龍・時序》論曰：「觀其時文，雅好慷慨，良由世積亂離，風衰俗怨，並志深而筆長，故梗概而多氣也。」由於世積亂離，風衰俗怨的刺激，不僅使漢魏詩人的作品充滿了悲涼的音調，更使漢魏時期出現了大量傾訴生命短促、人生坎坷的怨詩。

二、內在因素——文學觀念的改變

（一）文學的覺醒與獨立

先秦時期文學還沒有以獨立的形態出現，漢代文學則已經從文史哲的母體中分化出來，出現了以文學創作爲精神寄托的文人，兩漢的時代精神和作家的主體性轉化爲文學作品的意蘊出現，這種作家主體意識的抬頭對詩歌創作的影響甚深。

兩漢詩歌脫離了周禮的束縛，標誌著中國詩歌開始走上一條新的獨立道路。但是，這並不意味著文學言志傳統的消失，文學中的意識形態具有跨時代的繼承性。漢詩和先秦詩並沒有因爲漢代文人主體意識的抬頭而割斷聯繫，它的發展仍然是在先秦詩歌的基礎上來發展，只是突破了先秦「禮」的束縛而更加自由獨立。以《詩經》、《楚辭》爲主要成就的先秦文藝創作，也不斷影響漢詩的創作。

詩從周禮中解放出來後，詩歌的藝術性漸增強，從客觀上也標誌著詩歌創作方向的改變，教化與抒情不同，個人著眼和從宗教觀念著眼也不同。如此一來，若以漢詩和《詩經》相比，就出現了最根本的差異。在漢代聲威赫赫四百年的歷史中，少有言及「王政廢興」的作品出現，抒情詩的出現進一步突出作家個人的特質和詩歌的藝術層次，標誌著兩漢詩歌創作的一個新方向。

兩漢詩歌從禮教中的解放，標誌著中國詩歌發展自漢代起走上了一條更加自由獨立的藝術道路。因爲抒情詩所描寫的只是個別主體及其所涉及的特殊情境和對象，重點不在必然的外在世界，而在作家偶然觸及的內心情感，黑格爾曾說：

> 一縱即逝的情調，內心的歡呼，閃電似的無憂無慮的謔浪笑傲、悵惘、愁怨和哀嘆。總之，情感生活的全部濃淡色調，瞬息萬變的動態或是由極不同的對象所引起的零星的飄忽的感想，都可以被抒情詩凝定下來，通過表現而成爲耐久的作品〔註1〕。

中國詩歌突破了儒家「以道制欲，以禮節情」的文藝觀念束縛，造成了漢代封建時期詩人的個人主義思想傾向與抒情詩的進一步融合，中國抒情詩才得以有新的發展，從這個意義上來看，我們才能理解班固爲什麼會把「感於哀樂，緣事而發」作爲兩漢詩歌創作特點的內在含意。

文學的覺醒和獨立使得詩人在創作時情感表達更爲自由，另外，形式上的自由也是一種藝術技巧的追求。在中國詩歌史上，我們就可以看到，無論是先秦還是六朝以後，中國的詩歌在形式的規範上大都表現出較嚴格的要求。《詩經》以四言爲主，大小雅的所有篇章，幾乎都是非常整齊的四言詩句；六朝的吳聲西曲，如〈子夜歌〉、〈子夜四時歌〉等，都是固定的五言詩句，文人詩也以五言的雕琢逞巧爲美。唐代的格律詩，宋元的詞曲，在平仄對偶字數格律等各方面，要求則更嚴格。只有兩漢詩歌的創作，從〈鐃歌十八曲〉〈郊祀歌十九章〉到民間的樂府詩，才表現出如此不拘一格的自由風格，即使是文人五言詩，句式比較整齊，也不苛求語言的對偶和平仄的嚴格要求。

〔註1〕見黑格爾《美學》第三卷下冊，朱光潛譯（上海：商務印書館，1979年），頁192。

漢樂府這種形式表達的自由，可以從古辭〈江南〉一詩爲例：

> 江南可採蓮，蓮葉何田田，魚戲蓮葉間。魚戲蓮葉東，
> 魚戲蓮葉西，魚戲蓮葉南，魚戲蓮葉北。

表面上看來，這首詩的寫法極簡單，卻也極爲自然，宛如一個人在水上採蓮時突然看到這樣一幅迷人的畫面：在美麗的蓮葉下，清澈的水中，魚兒在忽東忽西忽南忽北的快樂嬉戲。整首詩給人的印象既明快又清新，絲毫不造作。所以沈德潛在《古詩源》卷三中稱讚它爲「奇格」。張玉穀《古詩賞析》也說：

> 此採蓮曲也。前三敘事，不說花偏說葉，葉尚可愛，花不待言矣。魚戲葉間，更有以魚比己意，詩旨已盡。後四，忽接上「間」字，平排衍出東西南北四句，轉見古趣〔註2〕。

這首採蓮曲不論是在表面的自然描寫還是抒情的風格方面，都有著高度的藝術技巧。他能夠用文同白話式的自由語言，來描寫客觀世界的現實景象，同時也描繪出人的心靈。黑格爾也曾經說過：

> 既簡單而又美這種理想毋寧說是辛勤的結果，要經過多方面的轉化作用，把繁蕪的、駁雜的、混亂的、過分的、臃腫的因素一齊去掉，還要使這種勝利不露一絲辛苦的痕跡，然後美才自由自在地、不受阻撓地、彷彿天衣無縫似地湧現出來〔註3〕。

黑格爾此言可以幫助我們認識兩漢詩歌體現自由化風格和對藝術技巧的追求。〈江南〉一詩，沈德潛稱之「奇格」，又如〈上邪〉一詩，張玉穀稱之爲「局奇筆横」（《古詩賞析》卷五），陳祚明也稱之爲「奇」（《采菽堂古詩選》卷一），再如〈烏生〉一詩，李因篤《漢詩音注》卷六亦評價其爲「章法奇横伸縮，妙不可言」。這裡所說的「奇」，都是指在文同白話的自由表達中見出其出人意料之處。

我們再看〈孤兒行〉一詩，全詩以孤兒自己抒情敘事的口氣，是散文式的自由筆法。初看似無章法，仔細琢磨，則發現這裡蘊含著極

〔註 2〕見黃節《漢魏樂府風箋》卷一所引，頁3。
〔註 3〕同註1，見《美學》第三卷上冊，頁5～6。

高的寫作技巧，這裡有對比，父母在世，與父母不在世的差別；有照應，開頭與結尾相銜；有粗線條的敘事，言及兄嫂讓孤兒承擔的一切苦事，也有細膩的形象勾勒，寫孤兒「手爲錯，足下無菲，愴愴履霜」，「淚下渫渫，清涕累累」。沈德潛《古詩源》卷二評之：「斷續無端，起落無跡」，張玉穀《古詩賞析》卷五也說：「通體照應謹嚴，接落變化，敘次簡古，無美不臻」，從以上的分析可以看出，前人對漢詩的這種評價並非溢美之詞。自由的風格來自於思想情感的自由表達與對藝術上新的追求，其最終又體現在詩歌的形式表現上。

詩歌創作的主體是人，詩歌作爲反映社會生活的一種藝術形式，它的一切具體內容都必須通過人的主體意識才能得以表現，這也是先秦詩歌與兩漢詩歌的不同之處。人的社會意識可分爲個體意識與群體意識兩種。《呂氏春秋・古樂篇》所言：

> 昔葛天氏之樂，三人操牛尾，投足以歌八闋：一曰〈載民〉，二曰〈玄鳥〉，三曰〈遂草木〉，四曰〈奮五穀〉，五曰〈敬天常〉，六曰〈達帝功〉，七曰〈依地德〉，八曰〈總萬物之極〉〔註4〕。

早期的周代社會是從遠古的氏族部落發展而來的，在以宗教血緣關係爲主的社會制度中，原始社會形成的群體意識，仍然在漢代有所影響。周人有「與民同樂」的文藝主張，此即〈樂記〉所謂「備舉其道，不私其欲」，這種文藝主張，就是建立在群體觀念之上，而不是建立在個人的意志之上。其中所提倡的群體精神，也激勵了後世無數志士仁人，如杜甫的「致君堯舜上，再使風俗淳」，范仲淹的「先天下之憂而憂，後天下之樂而樂」的詩文名句，就是這種群體主義精神在後世文學創作中的最好繼承和體現。但是，我們不能不看到，在以宗族血緣關係爲主的古代社會裡，僅管高揚著群體意識，卻缺乏一種個性意識。嚴格的宗法等級制度牢牢地禁錮著人們的行動與思想，使這個時代難以產生獨立的個體人格。兩漢詩歌之所以不同先秦詩歌的基本

〔註4〕《呂氏春秋・古樂篇》。

點就在這裡，它把個體意識觀念體現在詩歌創作中，從此以後，中國的詩歌創作，才眞正完整地把個體意識和群體意識統一起來，眞正產生了具有個性的詩人與具有個性的作品。從他們在詩歌創作中共同表達的人生短促，游仙厭世、追求個人解脫的感傷情調中，我們可以看出二者間存在的一致性，如陶淵明的退隱田園，寄情山水，和漢代張衡寫〈歸田賦〉，也有內在精神上的一致之處。

自漢代以來的詩歌創作，無論是從兩漢的樂府詩與文人詩，到魏晉以來玄言、山水、田園詩作，以至到盛唐以來的詩歌創作，儘管這些詩作的內容、情調各不相同，卻都比先秦詩歌創作增強了一種共同的東西，那就是文人獨立的個體意識的呈現。兩漢詩歌創作的時代主題，基本上是圍繞著這個軸心不斷旋轉的。無論是人生短促的情調，還是及時行樂的感嘆；無論是遊子思歸的傷感，還是求仙飲酒的排遣，總之，這些都表現了文人的個體精神。所以，到了漢代以後，即使同是表現人的群體意識觀念的，如建安文人在亂世中要建功立業的慷慨抒情，唐代邊塞詩人爲國立功的英雄主義精神，這些也不同於《詩經》、《楚辭》中同類主題的作品。和先秦詩作比較起來，這些詩中突出了詩人的個性形象，也體現了他們個人獨立自主，而不是依賴他人，依賴於群體的個性精神。我們在漢詩中看到的，不只是兩漢社會的豐富內容，也是兩漢詩人異於先秦詩人的內在氣質。

東漢末年，儒學式微，老莊思想代之而起。東漢以來動亂的時代背景，正好是道家哲學滋生的溫床，加上儒學的式微，更助長了道家思想的發皇。道家思想主張清靜無爲而順乎自然，不同於儒家以教化爲目的的文學觀，於是東漢以來許多文人不再將文學視爲闡發經義的工具，文人開始以詩歌反映現實生活的遭遇和抒發個人情緒的悲喜，因此重視個人情志抒發的怨詩之作，成爲文人主要創作的對象。

漢末以來的文人也逐漸對儒家避而不談的生死問題，抱持著懷疑的態度，進而引發文人們對於生活的深刻探討與反省。

（二）詩騷美刺傳統的影響

孔子說：「詩可以怨」，依此觀點，詩歌是用以抒寫人們的情緒。「怨」是一種被壓抑的情感，劉勰《文心雕龍・明詩篇》云：「人稟七情，應物斯感，感物吟志，莫非自然。」這七情一般註家都採用《禮記・禮運》篇：「何爲七情？喜、怒、哀、懼、愛、惡、欲，七者弗學而能。」這與佛家以喜、怒、憂、懼、愛、憎、欲的七情不同，然這七情之中又以「怒」最爲激烈，但自先秦以來，在以「溫柔敦厚，詩教也」的傳統詩觀的要求下，漢魏詩人雖然在人生的歷程上遭遇種種的阻礙和挫折，而有失志或不平的情緒，但詩人大都以儒家傳統的詩教觀來約束自己不滿現狀的憤怒，於是「怒」的情緒就在自我約束下，由外發的情緒轉而爲向內的怨恨，因此形成古代文學「怨而不怒」的特色。此外，《尚書》所謂「詩言志，歌永言」，詩人賦詩以宣洩生命的怨情，雖可平復不平的情緒，然而詩人這種向內發洩的怨情，則往往帶有「刺」的諷諭，因此，「怨詩」之作，其情感是積極而深沈的。此即〈詩序正義〉所言：

> 包管萬慮，其名曰心，感物而動，乃呼爲志。志之所適，外物感焉。言悅豫之志則和樂興而頌聲作。憂愁之志則哀傷起而怨刺生。

漢魏之際，由於政治、社會動盪不安，以至整個學術風氣均遭逢巨大轉變，個人意識紛紛覺醒，詩人感受到生命在亂離世界的激怨，祈慕和幻滅，此種情懷一逕流下，縱啓六朝個人感傷文學之先聲〔註5〕。

〔註 5〕日本學者從本世紀的四〇年代開始，就注意到漢代文學的一個面向：感傷特質。吉川幸次郎〈推移的悲哀〉一文，與小川環樹〈論中國詩〉一書中，皆將漢魏以來，這種大量以抒寫悲哀情感爲主的詩歌，稱爲「感傷文學」。前者指出在漢代文學中，普遍隱含著一種「人類意識到自己生存於時間之上而引起的悲哀」，小川環樹更指出：從「風」、「雲」兩個文學意象來看，《詩經》著重其做爲自然界現象的性質，而漢人則由自然界現象中轉出一層哀傷的情感，漢初的〈大風歌〉、〈秋風辭〉，就簡略地標示出其差異所在。〈推移的悲哀〉一文有鄭清茂的中譯，見於《中外文學》第六卷四、五兩期（民國 69

這種感傷文學源遠流長，早在《詩經》時代，就有一些以棄婦為題材的作品傳世〔註6〕，如〈召南·江有汜〉、〈邶風·日月〉、〈衛風·氓〉、〈小雅·我行其野〉……等，怨詩的大量出現，是在動盪的東漢末年，劉紀華論〈漢魏之際文學的形式與內容〉說：

> 他們（儒者）轉而追求個人的價值，或求肉體之長生，或求精神之超脫，或求情感之發洩，或求才華之得售。這種轉變，自然便直接的反映在文學上〔註7〕。

漢末大量怨詩的產生即是最好的證明。這種哀怨的風格一直延續到漢魏六朝，到了唐代甚至有以「閨怨」為題的詩歌創作，不同的是，漢樂府中的棄婦形象大都是聰明、善良、勤勞的婦女，在傳統的封建禮教下，她們成了陋習的犧牲品，然而自魏晉以後，如曹植、傅玄、蕭綱、李白……等人，他們的棄婦詩用意往往不在棄婦本身，而是透過描寫棄婦的不幸遭遇，抒發自己懷才不遇之悲。

廖蔚卿先生於〈漢代民歌的藝術分析〉一文中指出：

> 詩歌固然能傳播人際親愛喜悅之情，然而人生之不幸：窮賤、幽居、飢寒、勞困等等卻常須由我承負。所以訴「怨」告哀的心理行為是被重視的〔註8〕。

至於漢魏為何會產生大量的怨詩創作，則須考究內在和外在的因素，外在因素包括時代背景、社會環境和詩人個人處境等；內在因素則是研究文學本身發展的限制。

就內在因素而言，可以從文學本身的發展來看，文學傳統的影響也是造成漢魏怨詩大量產生的原因。漢魏詩人從《詩經》、《楚辭》中

年9月、10月）；《論中國詩》一書，譚汝謙編，（香港：中文大學出版社，1986年）。

〔註6〕見朱東潤《讀詩四論》中〈詩心論發凡〉一文，（台北：東昇文化事業有限公司，民國69年），頁102。

〔註7〕見劉紀華〈漢魏之際文學的形式與內容〉一文，（台北：世紀書局，民國67年），頁4。

〔註8〕參見廖蔚卿著〈漢代民歌的藝術分析〉一文，收入於《文學評論》第六集（台北：書評書目出版社，民國69年），頁38。

學習到「美刺」的精神，繼而發揮在樂府詩的創作上，清方東樹有言：「愚謂騷與小雅，特支體不同耳。其憫時病俗，傷憂之情，豈有二哉！〔註 9〕」漢魏詩人即是在這種詩騷美刺的文學傳統薰染下，再結合大時代的動亂之憂，吟唱出一首首千古的悲怨詩情。

劉勰《文心雕龍・明詩》篇曰：「漢初四言，韋孟首倡。匡諫之義，繼軌周人。」我們從現存韋孟的〈諷諫詩〉可以看出其從思想意識到文學形式上模仿《詩經》雅頌的影子。漢代學者傳授《詩經》，從各種角度闡述《詩經》的微言大義，尤其突出《詩經》的教化之義與諷諭之旨。所謂「風，風也，教也。風以動之，教以化之」，「上以風化下，下以風刺上，主文而譎諫，言之者無罪，聞之者足以戒，故曰風」，這對兩漢文人詩歌創作影響甚深。因此，在以娛樂與抒情爲主的兩漢詩歌中，我們可以看到有很多詩寄託著詩人的諷諭之志。

《尙書・堯典》記舜命夔典樂的話：「詩言志，歌永言，聲依永，律和聲，八音克諧，無相奪倫，神人以和。」先秦時期，詩樂不分家，詩自然也包括在典樂之中，雖然樂本身即能體現「志」〔註 10〕，但以言辭爲媒介的詩歌卻更能充分體現「志」的精神〔註 11〕。由此可見，在秦漢以前，詩尙未獨立之時，已具有言志的特性，只是孔子及其弟子所言的「志」，主要是指與政治和道德教化的思想抱負，志→詩→政，詩是具有政教作用的。

孔子承襲了傳統賦詩言志的看法，進而論及詩的作用，提出所謂「興」、「觀」、「群」、「怨」的看法。此說見於《論語・陽貨篇》：「小子何莫學乎詩？詩可以興，可以觀，可以群，可以怨。邇之事父，遠之事君，多識於草木鳥獸之名」。所謂「怨」，孔安國注：「怨，刺上政也」；朱熹注：「怨而不怒」。在李澤厚的《中國美學史》中，將孔

〔註 9〕見方東樹《昭昧詹言》卷三，（台北：廣文書局，民國 51 年）。

〔註 10〕如《荀子・樂論》云：「君子以鐘鼓志道。」《禮記・禮器》云：「修樂以志道。」

〔註 11〕《左傳・襄公十六年》引孔子云：「言以足志。」又如《禮記・仲尼燕居》引孔子云：「志之所至，詩亦至焉。」

子所謂的「可以怨」，就論語中孔子的言行析分成三種：

第一是對違反仁道者的「怨」。如《論語・公冶長篇》說：「匿怨而友其人，左丘明恥之，丘亦恥之」。孔子主張「以直報怨」。第二是對不良政治的「怨」。如《論語・堯曰篇》孔子說：「擇其可勞而勞之，又誰怨？」第三是君子在仁道無由得行，遭到挫折和打擊時，也可以「怨」。孔子在《論言》中有不少這一類的怨恨之言，如《論語・先進篇》孔子悲痛顏淵之死，而曰：「噫！天喪予！天喪予！」

由李澤厚的分析可知，孔子肯定了在「仁」的前提下，人情感表現的正當性與合理性。孔子提出「詩可以怨」，其「怨」不僅包涵了孔安國所謂的「刺上政」，對政治的怨刺批判功能而已。清代黃宗羲指正：「怨不必專指上政」，也可以表現在社會生活各方面，對於《詩經》他的看法是：「一言以蔽之，曰：思無邪。」在《詩經》即保有不少男女怨慕的詩篇。可見孔子所說的「怨」，其範圍是廣泛的，其中已包涵了男女愛情的種種憂傷和感歎。孔子提出「詩可以怨」的原則，肯定了詩歌能夠而且應該表現各種人生的不滿與牢騷情緒。〈詩大序〉曰：

> 情發於聲，聲成文謂之音。治世之音安以樂，其政和。亂世之音怨以怒，其政乖；亡國之音哀以思，其民困。故正得失、動天地、感鬼神，莫近於詩。……至於王道衰、禮義廢，政教失、國異政，家殊俗，而變風變雅作矣。

由此可知，詩歌的抒發也必然具備了美刺的作用與目的。這種重視詩歌怨刺的文學精神，自然給予漢魏詩歌深遠的影響。漢魏的怨詩之作，也符合〈詩大序〉所謂的「變風變雅」之作。

《詩經》之外，再來看《楚辭》的影響，離騷產生的原因，是離騷思想內容上突出的特點。司馬遷說：「屈平之作〈離騷〉，蓋自怨生也。〔註12〕」又司馬遷有「發憤著書」之說，他於〈太史公自序〉中說：

〔註12〕見司馬遷《史記・屈原賈生列傳》。

> 昔西伯拘羑里，演周易；孔子厄陳蔡，作春秋；屈原放逐，著離騷，……詩三百篇，大抵聖賢發憤之所爲作也。此人意有所鬱結，不得通其道也，故述往事，思來者〔註13〕。

在此觀念下，司馬遷肯定了屈原〈離騷〉抒「怨」的特色，及其對於漢魏詩人在創作上的啓迪作用。至於〈離騷〉的「怨」傳統，也是承襲自詩經的變風、變雅而來的。淮南王〈離騷傳序〉言：「國風好色而不淫，小雅怨誹而不亂，若離騷者可謂兼之。……推此志雖與日月爭光可也。」此言對〈離騷〉可謂推崇備至。後世詩評家也可看出〈離騷〉所具有的「怨」的傳統精神，例如：梁裴子野有言：「若悱惻芳芬，楚騷爲之祖。〔註14〕」所謂悱惻，就是一種悲痛憐憫的怨氣，楚騷即是這股怨氣之祖。胡寅也說：「離騷者，變風變雅之怨而迫；哀而傷者也。〔註15〕」又如袁宏道說：「……雅之體窮於怨，不騷不足以寄也。〔註16〕」他們都看到了〈離騷〉繼承「詩可以怨」的特點。

《楚辭》這種哀怨之情，對漢代文學產生了鉅大的影響，劉勰《文心雕龍．時序》所謂：「爰自漢室，迄至成哀，雖世漸百齡，辭人九變，而大抵所歸，祖述楚辭，靈均餘影，於是乎在。」漢朝文化其實就是楚文化的移植，漢文化就是楚文化；因此以高祖劉邦爲首的政治集團，特別喜好「楚聲」而加以提倡〔註17〕。當時的知識份子，以屈原的「信而見疑，忠而被謗，能無怨乎」的內心「怨」憤，象徵著他們自身的「怨」。於是《楚辭》的反覆怨歎，也正抒發兩漢士人鬱勃悲憤的感情。兩漢如此，除自曹魏之世，由於「世積亂離，風衰俗怨」，在大時代環境的刺激下，更使得詩歌在內外因緣的推動下，大量出現

〔註13〕同上註。

〔註14〕見〈全梁文〉卷五十三，〈雕蟲論並序〉。

〔註15〕見明毛晉編《宋六十名家詞》〈題酒邊詞〉，（台北：台灣商務印書館，民國45年）。

〔註16〕見袁宏道《袁中郎全集》〈雪濤閣集序〉，收錄於《中國學術名著》第六輯，楊家駱主編，（台北：世界書局，民國67年）。頁6。

〔註17〕可參考李維綺《漢代的音樂發展——從楚聲談起》，（國立臺灣師範大學國文研究所碩士論文，民國84年）

以訴怨爲主的詩篇。鍾嶸《詩品》評詩即特別強調漢魏時代詩歌「怨」的特色，並歸納其源出於楚辭：如評班婕妤詩：「其源出於李陵，團扇短章，詞旨清捷，怨深文綺，得匹婦之致。」評李陵詩：「其源出於楚辭，文多悽愴，怨者之流。」評王粲詩：「其源出於李陵，發愀愴之詞，文秀質羸。」由此可見漢魏怨詩之作，其精神又與楚騷有極密切的關係。

清代方東樹曰：「愚謂騷與小雅，特文體不同耳。其憫時病俗，傷憂之情，豈有二哉！〔註 18〕」《詩經》美刺傳統的影響，經漢儒衍申後，也著重對現實政治、社會的反省與美刺；而《楚辭》則是抱著關懷社會的人文精神，激切地詠歎士人理想受挫、生不逢時的悲哀，著重在個人失志不遇的怨憤。前者反映個人對生活及環境的怨刺；後者的「遭憂作辭」，則開啓了個人性的抒志怨歎之風。漢魏怨詩的作者，即在這兩大精神的孕育薰染下，再結合大時代動亂之憂，吟唱出千古的悲怨詩情。

第二節　「以悲爲美」的主題再現

漢魏詩人作歌往往以悲作爲美的意識，早在西漢前期，劉安就把「悲麗」的情感因素作爲衡量藝術美的標準，《淮南子・詮言訓》言：「歌舞而不事爲悲麗者，皆無有根心者。」《淮南子・修務訓》又言：「歌者，樂之徵也；哭者，悲之效也。憤於中而應於外，故在所以感。」這裏「憤於中而應於外」，就是一種不平之鳴，作者肯定了哀怨之音會感動人心，而一反儒家對音樂所要求的「中和」之美。東漢人更把悲情與美感聯繫起來，王充《論衡・自紀》所謂：「美色不同面，皆佳於目；悲者不共聲，皆快於耳。」王褒〈洞簫賦〉所謂：「知音者樂而悲之」，馬融〈長笛賦〉所謂：「甚悲而樂之」。

在漢代音樂的審美觀點中，有著「以悲爲美」的音樂美學思想。

〔註 18〕見方東樹《昭昧詹言》卷三（台北：廣文書局，民國 51 年）。

以悲聲爲美樂，這種觀念可追溯於「楚聲」，楚聲多悲歌，歌詞也多慷慨淒涼。如《史記・刺客列傳》：

> 荊軻和而歌，爲變徵之聲，士皆垂淚涕泣……復爲羽聲慷慨，士皆瞋目……〔註19〕

楚聲多爲抒發個人不幸遭遇之作，或心中激憤不平，或面臨生死離別所發之歌舞，自然形成漢代這種以悲哀程度作爲音樂好壞及感人與否的標準。王褒〈洞簫賦〉云：

> 於是乃使夫性昧之宕冥，生不睹天地之體勢，闇於黑白之貌形，憤伊鬱而酷耐，愍眸子之喪精，寡所舒其思慮兮，專發憤乎音聲。故吻吮值夫宮商兮，和紛離其匹溢。形旖旎以順吹兮，瞋以紆鬱；氣旁迕以發射兮，馳散渙以邐律，趣從容其勿述兮。騖合遝以詭譎。

這一段文字，說明盲者奏出之樂格外美妙動聽，是因爲他們不見天地之勢，不知萬物形貌，心中鬱抑憂憤，不平之情久藏於內，感受力較常人更敏銳；發而爲音樂則成悲憤不平之鳴，感人至深。蔡邕的〈瞽師賦〉有類似敘述：

> 夫何蒙昧之瞽兮，心窮忽以鬱伊。目冥冥而無睹兮，嗟求煩以愁悲。撫長笛以攄憤兮，氣轟而橫飛。詠新詩之悲歌兮，舒滯積而宣鬱。何此聲之悲痛兮，愴然淚以潸惻。類雞昆之孤鳴兮，似杞婦之哭泣。

由於心中的悲憤愁思，而導致瞽師之樂悲愴感人，氣韻浩蕩，這都在肯定以悲樂爲美樂。不僅楚聲多悲歌，樂府詩中也多不平之鳴。

《後漢書・五行志》注引應劭《風俗通》曰：「（靈帝）時京師婚賓嘉會，皆作《魁壘》，酒酣之後，續以挽歌。」並曰：「《魁壘》，喪家之樂，挽歌，執紼相偶和者。」這也是樂極生悲以悲爲樂的風俗反映。今存樂府古辭中有很多感傷味很濃的詩，都突出了一個「悲字」。如〈善哉行〉：「何以忘憂，彈箏酒歌。」又如〈公無渡河〉曲，歌唱的既不是爲忠而死，也不是爲義而獻身的英雄，只是描寫了一位「白

〔註19〕同註12。

首狂夫，被發提壺，亂流而渡。其妻隨呼，止之不及，遂墮河水死」的不幸故事，再如〈長歌行〉，詩云：「常恐秋節至，焜黃華葉衰」、「少壯不努力，老大徒傷悲」、「佇立望西河，泣下沾羅纓」，以「恐」、「悲」、「泣」的心理狀態或是動作舉止，再三表現出哀怨的精神。這種處境猶如華葉因秋節至而變衰，百川到海而不復西歸，人與萬物遷化相同，豈能妄求增益年壽。在此處境中，又值離別的生命哀痛，便呈現出漢人對於生命悲感的理解。

事實上，漢詩以悲爲美的風格也與漢樂主悲有關，以清商曲爲主的樂府詩，從音樂的角度來看，清商曲具有哀怨的特質，王運熙說：

> 清商作爲一種音樂名稱，在先秦時代早已出現，其聲調的特點是清越哀傷。……因其聲調哀婉動人，贏得社會各界的廣泛喜愛〔註20〕。

到曹操、曹丕時代，清商三調得到進一步重視，大規模進入朝廷宴樂。曹魏三祖親自製作了不少篇章以配合清商三調，同時還利用了一部份相和舊歌配合清商曲。從此清商曲聲辭俱重，而且因爲音調美妙動聽，在宮廷娛樂性音樂中占據主要地位。清商曲哀怨的特色可能與其演奏時搭配的樂器以絲竹類樂器爲主有關，〈樂記〉曰：「絲聲哀」；《吳越春秋》亦曰：「絲竹之凄唳。」

漢代的感傷性質，除了可從詩賦的內容看出外，銅鏡銘文也是一個足以印證的文獻。日本學者小川環樹根據梅原末治的研究，舉「方格四乳素紋鏡」的銘文爲例，說明西漢人的生命感受，草葉紋鏡是漢代銅鏡裏重要的一種類型，主要流行於西漢前、中期（即約漢武帝之前後），而銘文的內容以長相思，勿相忘爲主〔註21〕。銅鏡的出土可

〔註20〕見王運熙《樂府詩述論》〈清商曲的產生及發展〉，（上海古籍出版社，1996年），頁382。

〔註21〕小川環樹認爲邊欽立將上述文獻歸於東漢，其又無法進一步提出說明，故參照梅原末治的說法歸於西漢。而孔祥星、劉一曼《中國古銅鏡》（台北：藝術圖書公司，1994年1月），則指出在漢墓掘發的過程中，中山靖王劉勝與勝妻竇館的墓裏，都發現了草葉紋鏡；而劉勝死於漢武帝元鼎四年（西原前113）年，竇館葬於漢武帝太初元

以證明西漢人在工藝的表現中，已見個人的感傷傾向，將抒情主體與情感所悲之原，做了簡要的說明。其例如下：

道路遠，侍前希，昔同起，予志悲。

心與心，亦誠親，終不去，子從他人，所與予言，不可不信。

久不見，侍前希，秋風起，予志悲。

這三個例子無疑都是離別抒情之作。特別是在第三例中，「秋風起」一語將秋士易悲的感懷與別離在即，不再囿於文人的政治感傷。由此也可看出，漢初對景物如「秋風起」的描寫，與宋玉〈九辯〉對秋天的描寫相似，都在景物間注入了時間意識，感受時間流動的離別之苦。

到了建安時期，悲涼哀怨的情感更是普遍進入了審美的領域，曹植〈元令詩〉所謂：「悲歌厲響，咀嚼清商。」曹丕〈與吳質書〉言及的：「高談娛心，哀箏順耳。」和曹丕〈善哉行〉的：「悲弦激新聲，長笛吐清氣。弦歌感人腸，四坐皆歡悅。」悲情的抒發，化爲審美的感受，而文人的生命意識中「美」的價值取向，則進一步加強了悲情的審美化。因此，建安後期文人的詩歌創作，尤其是那些以宴飲遊樂和遊子思婦爲題材的作品，有相當一部分體現出情哀辭美的藝術風貌。

建安文人所抒發的感情，帶有濃重的悲涼哀怨的特色，這種悲涼哀怨的情感表現，來自文人對生命短暫、世事無常的人生體驗。但也跟當時人們對情感本身的審美認識密切相關。曹丕〈大牆上蒿行〉所謂：「悲麗平壯觀」；繁欽〈與文帝箋〉的：「聲悲舊笳，曲美常均。……淒入肝脾，哀感頑豔。」以悲爲美，以哀爲豔，正是建安文人對情感本身的審美認識。

漢魏樂府中有許多詩歌都表現出感傷的情調。如〈白頭吟〉爲女子向負心郎決絕的詩歌，每首詩都「緣事而發」，深深地表現出自我

年（西元前 104 年）之前，所以斷定其爲西漢前、中期的作品，故小川環樹之說可信。

處境的艱辛與悲傷，他如〈思悲翁〉、〈戰城南〉、〈巫山高〉、〈芳樹〉、〈有所思〉、〈平陵東〉等等，均是涉及詩人現實挫折與不幸的詩篇，因此明代許學夷《詩源辨體》卷三有「漢魏人詩，本乎情興」的說法〔註22〕。

事實上，漢魏詩人這種「以悲爲美」的特質，主要是無法超越時間的限制，而對生命、人生的死生無常產生的悲感。再者，人事的瞬息變化也使文人的心靈頓失依靠，因此，漢魏時期大量出現以「遊子思婦」、「死生無常」和「悲士不遇」爲主題的創作是可理解的。其中，與「遊子思婦」題材相關的作品廣泛，可歸納出，閨怨、羈旅、邊塞行役詩等；而以「死生無常」爲主題的相關作品則有游仙詩和抒發及時行樂思想的宴飲詩等。

在後代擬樂府的詩作中，漢魏樂府這種「以悲爲美」的特質，可由以下三方面來看：

一、遊子思婦之悲

在不少詩歌中，「思婦」往往是連繫著「遊子」而共同出現的。這肇因於漢末社會動亂，民生凋敝，男子被迫於生活現實出外另謀生路；而妻子則在家操持家務，在久盼良人不歸之下，自然就成爲「思婦」。

遊子與思婦本來就是較爲孤苦的人，詩人透過對於他們心裡細膩的刻劃與掌握，集中於描寫世態的冷暖，去寄寓這種人生飄零的生命失落觀照，無論是用浮雲比喻遊子，或是以鳥類歸巢之思象徵思鄉不得歸來之苦，不都是藉此來表達自身對生命悲劇的深切體認，揭示出人生飄零、無所適從的傷逝悲感。

自漢魏以來，寫女子相思、閨怨之情的詩歌迭見不鮮，這類詩歌，在田園、山水、詠史、詠懷、邊塞等重要主題以外，隱然也形成一「自成一格」的寫作傳統。所謂「思婦」，簡而言之，即指幽居深閨，日

〔註22〕見許學夷《詩源辨體》，(北京：人民文學出版社，1987年)，頁49。

夜盼夫來歸的婦女。其所以會有如此的言行表現，大抵緣於丈夫因游宦、征戍等因素遠走天涯，而爲妻者不克同行之故。然而，除卻有形的時空阻絕之外，所愛者的移情別戀，使得空間的疏離不再是唯一的憾恨，故取相思之情而代之者，反倒是思而不得的怨情，與色衰見棄的哀情。也因此，由「思婦」一變而成「怨婦」、「棄婦」的形象。

「思婦」的題材所以能成爲「自成一格」的寫作傳統，實與魏晉以後文人多以「擬作」的方式摹寫思婦情懷有關。由於文人與文學傳統、政教環境間的多重關係，仍使其別出於原始的民歌系統，而成爲「文人詩」之一體。漢晉數百年間，其兩漢除極少數的文人之作外，唯樂府古辭可堪稱道；漢以來，則文人自作與據樂府舊題以敷衍成篇者，均所在多有。因此，推溯「思婦」題材的源起，仍屬於民間風謠，但眞正在詩歌發展中成爲「自成一格」的寫作傳統，實在建安以後。值得注意的是，這些以寫婦女相思情怨爲主的詩歌，除早期不明作者的樂府古詩外，絕大多數皆出於男性文人之手，他們透過「妾」、「子」、「我」等字眼，以「第一人稱」方式代思婦微吟長嘆，爲數十分可觀。

棄婦這個題材早在《詩經》就已出現，至於婦人被棄離的原因，在不同的詩章中描寫也各不相同。如《詩經・邶風・谷風》中女子以「我」的口吻訴說被丈夫拋棄的不幸，譴責丈夫的嘉新厭舊，女子雖被拋棄，但仍存有幻想，希望男子有一天能回心轉意，又如《詩經・衛風・氓》通過女子的自述，展現了她從戀愛到結婚終被遺棄的全部過程，而女子一旦被拋棄，決裂則是毫不猶豫的。

降及兩漢，由於武帝的「立樂府而采風謠，于是有代、趙之謳，秦、楚之風，皆感於哀樂，緣事而發」，這些早期歌謠的內容，多反映家庭問題及孤兒、婦女、鰥夫、流民、士卒的痛苦生活等方面。所歌詠者，與《詩經》多出自鄉野者未盡相同，但情感的質樸眞率，仍不脫〈國風〉的民歌本色。即使其所抒發者，仍不外乎相思之情，別離之苦、色衰見棄的憂懼，然其中的情感變化，自有其各異之面目。

在漢樂府古辭裡的棄婦詩如〈有所思〉，描述一個未嫁女子因所愛負心而生的怨恨；在〈飲馬長城窟行〉裡既有妻子的「綿綿思遠道」、「宿昔夢見之」亦有丈夫託遠客遣書的情意，「上有加餐飯，下有長相憶」正可見夫妻之情深；〈白頭吟〉在「聞君有兩意」之後，毅然做出「故來相決絕」的抉擇；〈艷歌何嘗行〉藉禽鳥托喻夫妻無法偕行的憾恨，倪其心先生認爲「它突出了思婦的節操與悲哀，空房獨守，生死相期。這觸及了古代思婦矛盾痛苦的實質，也是古代思婦詩傳統主題的核心；爲忠貞愛情付出了青春年華，乃至畢生幸福。而其根源卻在男子與丈夫的生活不得保障，及女子與妻室對於家庭與丈夫的依託〔註 23〕」。至此，思婦主題的發展逐漸走向對夫妻離別的深情思念和爲妻者對丈夫異鄉生活的焦慮，而女子之命運也取決於青春容顏，以致於引發色衰見棄的悲嘆。

漢樂府古辭中的思婦題材一直延續到後代，後來在魏至唐的樂府中也有許多以「遊子思婦」爲題材的擬樂府，舉例如下：

> 嫋嫋陌上桑，蔭陌復垂塘。長條映白日，細葉隱鸝黃。蠶飢妾復思，拭淚且提筐。故人寧如此，離恨煎人腸。（梁吳均・陌上桑）
>
> 碧玉好名倡，夫婿侍中郎。桃花全覆井，金門半隱堂。時欣一來下，復比雙鴛鴦。雞鳴天尚早，東烏定未光。（梁簡文帝・雞鳴高樹巔）
>
> 蕩子從來好留滯，況復關山遠迢遞。當學織女嫁牽牛，莫學姮娥叛夫婿。偏訝思君無限極，欲罷欲忘還復憶。願作王母三青鳥，飛來飛去傳消息。豐城雙劍昔曾離，經年累月復相隨。不畏將軍成久別，只恐封侯心更移。（隋薛道衡・豫章行）
>
> 採蓮婦，綠水芙蓉衣。秋風起浪鳧雁飛。桂棹蘭橈下長浦，羅裙玉腕搖輕櫓。葉嶼花潭極望平，江謳越吹相思苦。相思苦，佳期不可駐。塞外征夫猶未還，江南採蓮今已暮。……

〔註 23〕見倪其心《漢代詩歌新論》，（大陸江西：南昌百花洲文藝出版社，1992 年），頁 207。

蓮花復蓮花，花葉何重疊。葉翠本羞眉，花紅強如頰。佳人不在茲，悵望別離時。……（唐王勃・採蓮歸）

芳樹本多奇，年華復在斯。結翠成新幄，開紅滿舊枝。風歸花歷亂，日度影參差。容色朝朝落，思君君不知。（唐盧照鄰・芳樹）

玉花珍簟上，金鏤畫屏開。曉月憐箏柱，春風憶鏡臺。箏柱春風吹曉月，芳樹落花朝暝歇。藁砧刀頭未有時，攀條拭淚坐相思。（唐徐彥伯・芳樹）

妾家越水邊，搖艇入江煙。既覓同心侶，復採同心蓮。折藕絲能脆，開花葉正圓。春歌弄明月，歸棹落花前。（唐徐彥伯・採蓮曲）

請君膝上琴，彈我《白頭吟》。憶昔君前嬌笑語，兩情宛轉如縈素。宮中爲我起高樓，更開華池種芳樹。……人心回互自無窮，眼前好惡那能定。君恩已去若再返，菖蒲花生月長滿。（唐張籍・白頭吟）

這些都是以漢樂府古辭作爲模擬對象的擬樂府詩。

樂府古辭因出自閭里民間，故用字質樸，情感眞率，呈現不假雕飾的天然本色，建安以後的文人詩因出自文人之手，故具有典雅溫婉的「文人詩」特質，大多爲自抒胸臆之作，所抒之情事，亦因此而富於個人色彩。「思婦」主題經由曹氏父子以及其後文人的大量投入創作下，逐漸形成一個特定的美學典型。就建安時期以觀，除曹植相關作品甚多外，曹丕亦有所作，入晉以後，傅玄、張華、陸氏兄弟等知名文人，更曾就此類主題多所抒發。這些出自於文人墨客之手的詩作，其辭或據既有之樂府古題再行敷衍，或自制爲合樂歌辭而被之管弦，或僅襲樂府舊題而未必步軌其意，亦未必能入樂，如曹植的〈怨詩行〉，傅玄的〈豫章行苦相〉篇。以傅玄〈青青河邊草〉篇一詩爲例，其本爲仿擬古辭〈飲馬長城窟行〉之作，但同樣是寫女子因相思而致夢，古辭夢醒後，猶有遠客傳書致意，擬作卻在「既覺無所見」之後，不僅只能「傾耳懷音響，轉目淚雙墮」，尚且還在「生存無會期」之際，誓言「要君黃泉下」的執著。詩作如下：

> 青青河邊草，悠悠萬里道。草生在春時，遠道還有期。春至草不扛，期盡嘆無聲。感物懷思心，夢想發中情。夢君如鴛鴦，比翼雲間翔。既覺寂無見，曠如參與商。夢君結同心，比翼遊北林。既覺寂無見，曠如商與參。河洛自用固，不如中岳安。回流不及返，浮雲往自還。悲風動思心，悠悠誰知者。懸景無停居，忽如馳駟馬。傾耳懷音響，轉目淚雙墮。生存無會期，要君黃泉下。

這首詩雖爲擬作，但對思婦之遭遇、情懷的改造，均較古辭深刻。

早期古辭中的女子情思或溫柔敦厚、蘊藉纏綿，或熾烈奔放、愛恨分明，所流露的，正是不假雕飾的情性本然。但魏晉詩人所呈現的「思婦」，則幾乎千篇一律地以貞定嫻淑的面貌出現。這個貞定嫻淑的思婦形象一直延續到唐代，王昌齡的〈閨怨〉，詩云：「閨中少婦不知愁，春日凝粧上翠樓。忽見陌頭楊柳色，悔教夫婿覓封侯。」依然是女子癡情堅定的等待。

二、死生無常之歎

悲時歎逝也是漢魏六朝樂府詩的一個顯明的主題。在漢魏六朝的樂府詩中，處處可見對時光消逝的感歎，對人事無常的嗟傷，對生離死別的憂懼，漢末建安以來，這種對時間消逝的悲感，一直延續到西晉詩人的筆下，影響後世文人的創作。

時間的推移原是自然界「轉變」的現象，這種現象著落於人生時，就以死亡做爲人生的最大極限；亦即人由「從生而死」的轉變中，可以體會出時間推移的眞象，而「死亡」往往容易引起人最深沉的喟歎。

當代學者李澤厚提出「時間感情化」的說法：

> 時間不是主觀理知的概念，也不是客觀事物的性質，也不是認識的先驗感性直觀；時間在這裏是情感性的，它的綿延或頓挫，它的存在或消亡，是與情感連在一起的。如果時間沒有情感，那是機械的框架和恒等的蒼白；如果情感

> 沒有時間，那是動物本能和生命的虛無。只有期待（未來）、狀態（現在）、記憶（過去）集於一身的情感時間，才是活生生的人的生命〔註24〕。

我們透過閱讀曹操的〈薤露行〉，可以感受到他對於生命易逝的思考：

> 惟漢二十二世，所任誠不良。沐猴而冠帶，知小而謀強。猶豫不敢斷，因狩執君王。白虹爲貫日，己亦先受殃。賊臣執國柄，殺主滅宇京。蕩覆帝基業，宗廟已燔喪。播越西遷移，號泣而且行。瞻彼洛城郭，微子爲哀傷。

再看曹植的〈薤露行〉：

> 天地無窮極，陰陽轉相因。人居一世間，忽若風吹塵。願得展功勳，輸力於明君。懷此王佐才，慷慨獨不群。鱗介尊神龍，走獸宗麒麟。蟲獸猶知德，何況於士人。孔氏刪詩書，王業粲已分，騁我徑寸翰，流藻垂華芬。

時空的流轉變易隨時更迭，人類作爲萬物之靈，也仍然逃脫不了生命隨時可能消逝的命運。「傷逝」是文學作品的永恆母題，人類在有限的生命當中，往往對於死亡的經驗抱持著畏懼或是疑惑的態度，所以在有限的生命進程中，人類對於生活裡的紛雜煩擾，便採取不同的應對方式。消極的則以詩歌感歎死生無常的宿命，積極的則以詩歌表達及時行樂的思想，在漢魏時期的詩人筆下都可看見這二種創作。

張高評說：「儒學中衰，造成大一統觀念的瓦解和思想的大解放，於是生活情趣、生活方式皆有顯著之變化。由於倫理觀念淡化了，自我意識覺醒了，在生命意識、價值意識、情性意識方面，都走向新變突破的道路……自我覺醒、及時行樂之餘，遂有生命短促、世事無常之哀感。在人生觀的轉折改易中，悲情意識也獲得了消解與昇華〔註25〕」。

〔註24〕見李澤厚《華夏美學》，（香港：三聯書店，1988年），頁49～50。

〔註25〕參引〈建安詩人的悲情意識——以三曹七子的詩歌爲例〉，收錄於《第三居中國詩學會議論文集——魏晉南北朝詩學》，國立彰化師範大學國文系編印，頁183～222。

無論是消極的感歎人生無常，抑或是積極的表達及時行樂的思想，它們都有一個共同的母題——「傷逝」。「傷逝」作爲文學創作的母題，乃是作者透過「盛時」與「衰時」在時間上瞬間的即時變化，透露出人生如寄的想法，詩裡往往透過「生／死」、「盛／衰」、「晝／夜」、「短／長」、「朝露／金石」的對照組去呈現生命無常的本質。

首先，此時代的文士共同普遍呈現出「傷逝悲感」的生命情調，對於時空有著極爲高度的敏感性，於是在他們的作品中，透過各種題材與客體對象的描寫，往往指涉的就是關於惜時的主題。由「傷逝」母題所延伸出來的「惜時」主題，實際上就是詩人以作品去聯繫內在對於時間短促的哲思，與現象界的現實，來正視瞬息變化的生命歷程，去提供自己消釋「遷逝悲感」的底蘊，讓自身透過珍視生命的歷程，找出一個適應現狀的出處之道。

西晉文人中，最多遷逝悲情的就是陸機。其〈折楊柳〉一詩便是描述哀時歎逝的遷逝之感：

> 邈矣垂天景，壯哉奮地雷。隆隆豈久響，華光恒西隤。日落似有竟，時逝恒若摧。仰悲朗月運，坐觀璇蓋回。盛門無再入，衰房莫苦闓，人生固已短，出處鮮爲諧。……弭意無足歡，願言有餘哀。

其他詩例如下：

> 嗟行人之藹藹，駿馬陟原風馳。輕舟泛川雷邁，寒往暑來相尋。零雪霏霏集宇，悲風徘徊入襟，歲華冉冉方除。我思纏綿未紓，感時悼逝悽如。（陸機・上留田行）
>
> 泛舟清川渚，遙望高山陰。川陸殊途軌，懿親將遠尋。三荊歡同株，四鳥悲異林。樂會良自古，悼別豈獨今。寄世將幾何，日昃無停陰。前路既已多，後途隨年侵。促促薄暮景，亹亹鮮克禁。曷爲復以茲，曾是懷苦心。遠節嬰物淺，近情能不深。行矣保嘉福，景絕繼以音。（陸機・豫章行）
>
> 逝矣經天日，悲哉帶地川。寸陰無停晷，尺波徒自旋。年往迅勁矢，時來亮急弦。遠期鮮克及，盈數固希全。容華

> 夙夜零，體澤坐自捐。茲物苟難停，吾壽安得延。俛仰逝將過，倏忽幾何間。慷慨亦焉訴，天道良自然。但恨功名薄，竹帛無所宣。迨及歲未暮，長歌乘我閒。（陸機·長歌行）

詩人以自然萬物的悠忽變化，印證人事的短促無常；人生在世，不外一匆匆過客，猶如駿馬之過隙，輕舟之迅矣，日月之西遷。盛時終會一去不返，人生旅途更充滿霏霏零雨、凜凜悲風。故此，詩人感時悼逝的情思纏綿無盡，淒然不已。

《淮南子·繆稱訓》云：「春女思，秋士悲，而知物化矣。」四季之中，人們對春與秋的感受最爲敏感。這是因爲春與秋正是物候盛衰更替迭代之季——或萬物萌生，或萬物凋零。這種顯著的自然物候變化，無疑最易刺激、引發人的情感波動。

詩人以詩歌消解這種生命傷逝的悲感，以「游仙」和「宴飲」二種題材創作，游仙作爲此時代重要的創作題材，有著極重要的意義，王國瓔認爲：

> 悲哀歲月易逝，慨歎生命無常，是魏晉詩人吟詠求仙意圖的情感根據。但是他們對神仙的企慕，對長生的嚮往，並不侷限於希求自然生命的延長，以抗拒死亡的威脅；更重要的是，企圖寄懷於超越時空、無往而不自得的神仙境界。因此，魏、晉詩篇中求仙的吟詠，可說始終不離老、莊思想的範疇，是一種對個人生命存在的自覺，也是一種追求心靈逍遙自適的表露〔註26〕。

游仙詩在此時所扮演的消解生命傷逝悲感的內在思維爲何。首先，他們認識到的便是傷逝悲感所引起的對於生命存在的不信任與焦慮感，生命的開始與結束，逐漸地被視爲某種偶然性所導致的，對於現世的價值寄託，在此卻呈現一種飄零無根的感受，文士們以至於統治者有時在面對此深刻感受時，他們無法去承受這種短暫卻不知何時所終的生命時間，然而詩人面對這種窘境，試圖從詩文中尋求精神的寄

〔註26〕見王國瓔《中國山水詩研究》第一章〈求仙與山水〉，（台北：聯經出版社，民國85年），頁81。

託，於是虛擬了一個新的時空度量衡去消解在現世裡的傷逝悲感。仙境，便是一種超越性的場域，可以去延伸現實時空裡有限的生命時間，使生命時間在這個虛擬的空間裡成爲不死的傳說，也寄託著詩人對於永恆生命的冀求，最終連時間觀念在這個想像空間裡也不再存在，一切都將成爲無始無終的永恆。

在漢樂府詩裡就有許多以游仙爲題材的詩作，漢代遊仙詩的特色是遊仙的題材常與祝禱相結合，其實，這種貴族與神仙願望的結合，早在秦皇時代已開先端，到了漢武，只是沿襲風尚而已，所以《歷代詩話》引《樂府原題》云：「董逃行作於漢武之時，蓋武帝有求仙之興。董逃者，古仙人也。」到了東漢，由於東漢帝王福祚多短，因此下臣常會獻進一些長生之術，以祈君王長壽與太平，諸如〈董逃行〉之「奉上陛下一玉柈，服此藥可得神仙」、〈王子喬〉之「令我聖朝應太平」等均是遊仙與祝禱相結合之作。

對仙界的企慕，是遊仙詩常見的主題，例如〈長歌行〉一詩：

> 仙人騎白鹿，髮短耳何長，導我上太華，攬芝獲赤幢，來到主人門，奉藥一玉箱，主人服此藥，身體日康強，髮白復更黑，延年壽命長。

在〈長歌行〉中，仙人的形貌非常鮮明：「仙人騎白鹿」、「髮短耳何長」，其中「導我上太華」一句更說明了仙人所負的使命。另有感嘆人生無常的詩篇以〈西門行〉、〈步出夏門行〉、〈善哉行〉爲代表。先舉〈西門行〉如下：

> 出西門，步念之，今日不作樂，當待何時？逮爲樂，當及時。何能愁怫鬱，當復待來茲。釀美酒，炙肥牛，請呼心所歡，可用解憂愁。人生不滿百，常懷千歲憂。晝短苦夜長，何不秉燭遊。遊行去去如雲除，弊車羸馬爲自儲。

從「人生不滿百，常懷千歲憂」、「晝短苦夜長，何不秉燭遊」兩句可知這是一首感嘆生命無常的遊仙詩，在東漢後期的中下階層知識分子中，產生很大的感染力。因爲他們生逢亂世，遂產生種種的困惑、苦悶與牢騷，於是開始懷疑人生的價值，想從頹喪的生活中求得解脫。另一首〈步出夏門行〉也寫出了對人生無常的感嘆，詩云：

> 邪徑過空廬，好人常獨居。卒得神仙道，上與天相扶。過謁王父母，乃在太山隅。離天四五里，道逢赤松俱。攬轡為我御，將吾天上遊。天上何所有，歷歷種白榆。桂樹夾道生，青龍對伏趺。

這是一首完整的遊仙詩，從敘述遊仙的原因、經過，到天上的仙人、景物，都刻劃得極為詳盡。結尾顧視世間人而洋洋自得，雖與屈原臨視舊鄉的沈痛截然不同，卻也充滿了濃厚的遊仙特質。另一首同屬於相和歌辭的〈善哉行〉，所表現的神人關係，有另一番嶄新的面貌，詩云：

> 來日大難，口燥脣乾，今日相樂，皆當喜歡。（一解）
> 經歷名山，芝草翻翻，仙人王喬，奉藥一丸。（二解）
> 自惜袖短，內手知寒，慚無靈輒，以報趙宣。（三解）
> 月沒參橫，北斗闌干，親交在門，飢不及餐。（四解）
> 歡日尚少，戚日苦多，以何忘憂，彈箏酒歌。（五解）
> 淮南八公，要道不煩，參駕六龍，遊戲雲端。（六解）

綜觀〈善哉行〉與〈步出夏門行〉兩首遊仙詩，我們可以看出詩中詠懷的部份較諸前述幾首遊仙詩，明顯增加許多，詩人在詩中寄與生命短暫的無限感慨，為遊仙詩注入了新生命，雖然詩人在面對這種感慨時，所採取的態度是消極的「彈箏酒歌」、「與天相扶」的逃避態度，但無論如何，此「詠懷之門」一開，遊仙詩終於擺脫了狹小的格局，以及臣服於祭祀崇拜和仙道思想下的附庸地位，開啓魏晉遊仙詩人模擬的一條坦途。在漢遊仙詩中，也有單純以刻劃仙界為內容的，這類詩歌以〈董逃行〉、〈王子喬〉為代表，前者詩云：

> 吾欲上謁從高山，山頭危險大難。遙望五嶽端，黃金為闕，班璘。但見芝草，葉落紛紛。（一解）
> 百鳥集，來如煙。山獸紛綸，麟、辟邪；其端雞聲鳴。但見山獸援戲相拘攣。（二解）

小復前行玉堂，未心懷流還。傳教出門來：「門外人何求？」
所言：「欲從聖道，求一得命延。(三解)
教敕凡吏受言，採取神藥若木端。白兔長跪擣藥蝦蟆丸。
奉上陛下一玉柈，服此藥可得神仙。(四解)
服爾神藥，莫不歡喜。陛下長生老壽，四面肅肅稽首，天
神擁護左右，陛下長與天相保守。(五解)

〈董逃行〉寫的是入仙山求仙藥的事，詩人以質樸無華的語言鋪述仙山的建築、鳥獸紛陳的場面、仙人凡吏的對答和玉兔搗藥等細節，將仙山的環境和求藥的過程寫得栩栩如生，這首詩可能是時人爲投皇帝所好，襲取方士的傳聞而作，以生動的歌辭獻唱，最後奉上仙藥，天神擁護等等，都是祝頌討好之意。另一首刻劃仙界的詩是〈王子喬〉，開首「參駕白鹿雲中遨」即已說明遠遊的活動。下文「上建逋陰廣里踐近高。結仙宮，過謁三台，東遊四海五嶽上」和「玉女羅坐吹笛簫」都是刻劃仙境的句子，將仙人的遊樂描寫得生動逼眞，是一首典型的遊仙詩。這首詩較爲特別的是，詩人除了對仙界的刻劃，也夾雜了許多歌功頌德的句子，如「三王五帝不足令，令我聖明應太平。養民若子事父明，當究天祿永康寧。」漢人藉由原始神話的典型，塑造奇特的仙人形象，如〈長歌行〉中之「仙人騎白鹿，髮短耳何長」、〈王子喬〉之「王子喬，參駕白鹿雲中遨」、〈步出夏門行〉之「道逢赤松俱，攬轡爲我御。」王喬、赤松這兩位《列仙傳》中的仙人，也常出現在魏晉的遊仙詩歌中，據統計王喬、赤松凡二十四見。〔註27〕除了王喬、赤松之外，漢樂府中的仙人還有一對陰陽配對的仙侶——「西王母、東王公」，在漢代許多文物中常見西王母的圖樣，漢鏡中的西王母戴華勝，東王公也戴冠，兩人都是長壽的象徵。

在漢代詩人的筆下，遊仙詩仙人的形象都是外貌奇特，不再是一個人孤獨的修鍊，而是導引別人，助人長壽的仙人。在這些樂府詩中，

〔註27〕參見康萍《魏晉遊仙詩研究》一書，輔大中研所碩士論文，民國 59 年。

漢代的仙人都是長耳方目的形象，爲了配合仙人輕飄飄的形象，仙人出入的交通工具除了雲、虹之外，最常見的是青龍、白鹿、白鶴、白虎……等，據王充《論衡・無形篇》云：「圖仙人之形，體生毛，臂變爲翼，行於雲，則年增矣，千歲不死。」這是仙人成仙的傳說。仙人這種特殊的交通工具，是在打破人類肉身所受時間和空間的限制，因現實世界之出入須仰賴車馬，甚或徒步而行，在交通不發達的古代，到了想像世界，便天馬行空，不受任何拘束。上舉王子喬的例子，便是此類渴望突破肉身限制的作品，其遠遊的精神旨在強調遊仙經歷的豐富。

漢以後，由魏至唐的擬樂府中也有游仙詩作，詩例如下：

駕虹蜺，乘赤雲，登彼九嶷歷玉門。濟天漢，至崑崙，見西王母謁東君……絕人事，遊渾元。若疾風遊欻飄翩。景未移，行數千，壽如南山不忘愆。（魏曹操・陌上桑）

西山一何高，高高殊無極。上有兩仙僮，不飲亦不食。與我一丸藥，光耀有五色。服藥四五日，身體生羽翼。輕舉乘浮雲，倏忽行萬億。流覽觀四海，茫茫非所識。彭祖稱七百，悠悠安可原。老聃適西戎，于今竟不還。王喬假虛辭，赤松垂空言。達人識眞僞，愚夫好妄傳。追念往古事，憒憒千萬端。百家多迂怪，聖道我所觀。（魏曹丕・折楊柳行）

閶闔開天衢，通被我羽衣乘飛龍。乘飛龍，與仙期，東上蓬萊採靈芝。靈芝採之可服食，年若王父無終極。（魏曹植・平陵東）

遊仙聚靈族，高會曾城阿。長風萬里舉，慶雲鬱嵯峨。宓妃興洛浦，王韓起太華。北徵瑤臺女，南要湘川娥。肅肅霄駕動，翩翩翠蓋羅。羽旗棲瓊鸞，玉衡吐鳴和。太容揮高弦，洪崖發清歌。獻酬既已周，輕舉乘紫霞。總轡扶桑枝，濯足暘谷波。清輝溢天門，垂慶惠皇家。（晉陸機・前緩聲歌）

飛客結靈友，凌空萃丹丘。習習和風起，采采彤雲浮。娥皇發湘浦，霄明出河洲。宛宛連螭轡，裔裔振龍旒。（宋謝

靈運・緩歌行)

羲和纖阿去嵯峨，覩物知命，使余轉欲悲歌，憂戚人心胸。處山勿居峰，在行勿爲公。居峰大阻銳，爲公遇讒蔽。雅琴自疏越，雅韻能揚揚。滑滑相混同，終始福祿豐。(宋謝惠連・前緩聲歌)

供帳設玄宮，眾仙胥口亞。炤炤二儀曠，雍容風雲暇。北伐太行鼓，南整九疑駕。笙歌興洛川，鳴簫起秦榭。鈞天異三代，廣樂非韶夏。滿堂皆人靈，列筵必羽化。烏可循日留，免自延月夜。弱水時一濯，扶桑聊暫舍。兆旬方履端，千齡口八蜡。(宋孔甯子・前緩聲歌)

紫蓋學仙成，能令吳市傾。逐舞隨疏節，聞琴應別聲。集田遙赴影，隔霧近相鳴。時從洛甫渡，飛向遼東城。(梁元帝・飛來雙白鶴)

羽人廣宵宴，帳集瑤池東。開霞泛綵靄，澄霧迎香風。龍駕出黃苑，帝服起河宮。……神行燭玄漠，帝旆委曾虹。簫歌笑嬴女，笙吹悅姬童。瓊漿且未洽，羽轡已騰空。息鳳曾城曲，滅景清都中。降祐集皇代，委祚溢華嵩。(梁沈約・緩歌行)

子喬好輕舉，不待鍊銀丹。控鶴去窈窕，學鳳對巑岏。山無一春草，谷有千年蘭。雲衣下躑躅，龍駕何時還？(梁江淹・王子喬)

飛來雙白鶴，奮翼遠凌煙。雙棲集紫蓋，一舉背青田。颺影過伊洛，流聲入管弦。鳴群倒景外，刷羽閬風前。映海疑浮雪，拂澗瀉飛泉。燕雀寧知去，蜉蝣不識還。何言別儔侶，從此間山川。顧步已相失，征徊反自憐。危心猶〔警〕露，哀響詎聞天。無因振六翮，輕舉復隨仙。(唐虞世南・飛來雙白鶴)

江南弄，巫山連楚夢。行雨行雲幾相送。瑤軒金谷上春時，玉童仙女無見期。紫露香煙眇難託，清風明月遙相思。遙相思，草徒綠，爲聽雙飛鳳皇曲。(王勃・江南弄)

神女向高唐，巫山下夕陽。徘徊作行雨，婉孌逐荊王。電

> 影江前落，雷聲峽外長。霽雲無處所，臺館曉蒼蒼。（沈佺期・巫山高）
>
> 來日一身，攜糧負薪。道長食盡，苦口焦唇。今日醉飽，樂過千春。仙人相存，誘我遠學。海陵三山，陸憩五嶽。乘龍上三天，飛目瞻兩角。授以神藥，金丹滿握。蟪蛄蒙恩，深愧短促。思塡東海，強銜一木。道重天地，軒師廣成。蟬翼九五，以求長生。下士大笑，如蒼蠅聲。（李白・來日大難）

漢魏詩人這種生命時間永恒與自然時間並齊的虛擬思維，都在放縱想像的游仙時空中得到完成，畢竟在現實的世界當中，因爲環境上各種限制，人類並無法完成各種生命需求，於是生命欲求在無法獲致完整滿足時，會伴隨著相對性的痛苦與折磨，然而在這個虛擬的時空當中，詩人卻可以滿足對慾望需求的各種想像，獲得生命的解放與自由，在現實層面的生命憂慮與掙扎，於文士在游仙作品裡所編織的嶄新環境裡獲得一種安慰。他們最終仍要回歸現實時空，然而這種生命生死的必然是無法違反的，於是游仙作品便成爲文士生命憂慮感的一個短暫的停泊點。

以傷逝爲母題延伸出人生無常的感歎，在漢樂府的喪歌中最能看出這種對於時間流逝的憂傷之情，在喪歌之中，如〈薤露〉與〈蒿里〉：

> 薤上露，何易晞。露晞明朝更復落，人死一去何時歸？〈薤露〉
>
> 蒿里誰家地，聚斂魂魄無賢愚。鬼伯一何相催促，人命不得少踟躕。〈蒿里〉

人命之短淺猶如薤草上易乾的露水，本爲無可奈何之事；可是露水明朝依舊復落，但人死後又豈能重返世間？「人死一去何時歸」的困惑，更表現出人生無限的蒼茫與哀傷。至於〈蒿里〉「誰家地」的追問，仍是對於即將來臨的死後世界，提出沉重而究竟的詰疑。「鬼伯——何相催促，人命不得少踟躕」的冷靜語句，卻割裂了眷生、戀生的深情。這兩首喪歌不只具備了儀式化的禮節功能，更展現在時間推移下，人生壽命成了瞬間的實然與悲情。晉崔豹《古今注》:「〈薤露〉、〈蒿里〉，並哀歌也，出自田横門人。横自殺，門人傷之，爲之悲歌。言人命如薤上之露易晞滅，亦謂人死魂魄歸于蒿里。」這二首詩並未描寫田横之死如何悲壯，卻把人生短促的思想突顯出來。〈薤露〉與〈蒿里〉本是喪歌，經西漢李延年整理後，更爲普遍流傳。

有常與無常是漢魏詩人經常思索的人生哲理。詩人不僅透過喪歌表達對死亡的抗拒與無可奈何。在其它篇章中，「無常」的主題也普遍可見，如〈戰城南〉以白描手法大肆渲染死亡的淒慘；〈思悲翁〉抒發失去親人的哀傷；〈烏生〉借烏鴉之口道出遇害者的慘痛；〈婦病行〉表現孤兒喪母的絕望情狀。東漢門閥制度的加強，上層社會的傾軋，政治環境的險惡，貧富懸殊的對立，給文人士大夫官僚階層的大部分人的仕進、前途、生活、理想各方面都蒙上了一層暗淡的影子，在心靈裡種下一顆痛苦的種子，隨著時間的推移而逐漸萌發。在這種情況之下，人生無常的生活感受自然更加突出。

社會動盪是詩人產生荒涼感的原因，流民現象就是社會動盪的徵候，而此現象流行在漢代已有四百年之久，在《漢書・食貨志》中甚至記載西漢人民彼此相食的慘狀。漢末亂世中，人們恐懼不安的心理，朝不保夕的狀況，在史料中屢有所見，如《漢書・酷吏傳・尹賞傳》:「永始、元延間，上怠於政，……長安中姦猾浸多，閭里少年，群輩殺吏，受賕報仇，相與探丸爲彈，得赤丸者斫武吏，得墨丸者斫文吏，白者主治喪；城中薄墓塵起，剽劫行者，死傷横道，枹鼓不絕。」〈烏生〉即是一曲人生憂懼的哀歌。它用寓言的形式，發出了生死無常的歎息。詩中由烏鴉的遭難，引發出對人世間禍福難測的感慨傷心。爲了表達對死亡迫臨的恐懼及人世的苦難，作者用隱喻的手法，以烏鴉之遇比人生之情，無論是烏鳥、黃鵠、白鹿、鯉魚，也無論它們怎樣善於潛藏，終不免遭人之毒手。他如漢古辭〈怨詩行〉將天德與人命一對比，顯示人命之短淺而「不可續」，且似「風吹燭」一般飄忽。燭火因風而飄忽不定，又無法自做主宰，這正是人命之不可恃的寫照。

漢代以後的文人大都以宴飲遊樂來消解生命的悲感，此即劉勰《文心雕龍・時序篇》所謂：「傲雅觴豆之前，雍容衽席之上，灑筆以成酣歌，和墨以藉談笑。」曹丕〈與吳質書〉也說：「行則連輿，止則接席，何曾須臾相失。每至觴酌流行，絲竹並奏，酒酣耳熱，仰而賦詩。」建安文人顯然是企圖借宴飲遊樂來消釋遷逝哀痛，建安文人的哀情，往往就在宴飲遊樂的藝術氛圍中達到審美的境界。曹丕的一首出遊之作〈丹霞蔽日行〉：「丹霞蔽日，采虹垂天。谷水潺潺，木落翩翩。孤禽失群，悲鳴雲間。月盈則沖，華不再繁。古來有之，嗟我何言。」丹霞、彩虹、流水、落葉，一派清麗景致，卻因孤禽的一聲悲鳴，頓時黯然失色，出遊者的遷逝之哀油然而起。這時期的宴飲詩如下：

> 朝日樂相樂，酣飲不知醉。悲弦激新聲，長笛吹清氣。弦歌感人腸，四坐皆歡悅。寥寥高堂上，涼風入我室。……君子多苦心，所愁不但一。……眾賓飽滿歸，主人苦不悉。……靜得自然，榮華何足爲。（魏曹丕〈善哉行〉「朝日樂相樂」）
>
> 朝遊高台歡，夕宴華池陰。大酋奉甘醪，狩人獻嘉禽。齊倡發東舞，秦箏奏西音。有客從南來，爲我彈清琴。五音紛繁會，拊者激微吟。淫魚乘波聽，踴躍自浮沈。……樂極哀情來，寥亮摧肝心。清角豈不妙，德薄所不任。……（魏曹丕・〈善哉行〉「朝遊高台觀」）
>
> 日苦短，樂有餘。乃置玉樽，辦東廚。廣情故，心相於。闔門置酒，和樂欣欣。遊馬後來，轅車解輪。今日同堂，出門異鄉。別易會難，各盡杯觴。（魏曹植・〈當來日大難〉）
>
> 和風習習薄林，柔條布葉垂陰。鳴鳩拂羽相尋，倉鶊喈喈弄音，感時悼逝傷心。日月相追周旋，萬里倏忽幾年，人皆冉冉西遷。盛時一往不還，慷慨乖念悽然。昔爲少年無憂，常怪秉燭夜遊，翩翩宵征何求，於今知此有由。……長夜冥冥無期，何不驅馳及時。……人生居世爲安，豈若

> 及時爲歡。……（晉陸機・董逃行）
>
> 勾芒御春正，衡紀運玉瓊。明庶起祥風，和氣翕來征。慶雲蔭八極，甘雨潤四坰。昊天降靈澤，朝日耀華精。嘉苗布原野，百卉敷時榮。鳩鶻與鶯黃，間關相和鳴。芙蓉覆靈沼，香花揚芳馨。春遊誠可樂，感此白日傾。休否有終極，落葉思本莖。臨川悲逝者，節變動中情。（晉張駿・東門行）
>
> 陽谷躍升，虞淵引落。景躍東隅，晼晚西薄。三春燠敍，九秋蕭索。涼來溫謝，寒往暑卻。居德斯頤，積善嬉謔。陰灌陽叢，凋華墮萼。歡去易慘，悲至難鑠。激涕當歌，對酒當酌。鄙哉愚人，戚戚懷瘼。善哉達士，滔滔處樂。（宋謝靈運・善哉行）
>
> 置酒坐飛閣，逍遙臨華池。神飈自遠至，左右芙蓉披。綠竹夾清水，秋蘭被幽崖。月出照園中，冠珮相追隨。客從南楚來，爲我吹參差。淵漁猶伏浦，聽者未云疲。高文一何綺，小儒安足爲。肅肅廣殿陰，雀聲愁北林。眾賓還城邑，何用慰我心。（梁江淹・善哉行）
>
> 當壚擅旨酒，一卮堪十千。無勞蜀山鑄，扶授采金錢。人生行樂爾，何處不留連。朝爲洛生詠，夕作據梧眠。忽茲忘物我，優游得自然。（梁元帝・長歌行）
>
> 朝騎五花馬，謁帝出銀臺。秀色誰家子，雲車珠箔開。金鞭遙指點，玉勒近遲回。夾轂相借問，疑從天上來。憐腸愁欲斷，斜日復相催……。銜杯映歌扇，似月雲中見。……光景不待人，須臾髮成絲。相逢紅塵內，高揖黃金鞭。萬户垂楊裏，君家阿那邊。（李白・相逢行）

建安、黃初、正始，無論就政治或文學而觀，皆爲漢末的繼承。而漢人對生命有限、人生無常的哀怨，更隨著時代動亂，與政治上日趨嚴酷的壓制，佔據在曹魏文人的心中，詩人親眼目睹天災人禍奪人性命的事實，憂生的情緒更形強烈。然而，詩人這種消解生命憂感的方式並不能得到眞正的解脫，越是縱情享樂，就越感到人生的無常，對死亡更加恐懼，正如陳祚明《采菽堂古詩選》所言：「悲夫，古今惟此失志之感，不得已而托之名，托之神仙，托之飲酒……有所托以自解者，其不解彌深」。

三、悲士不遇之傷

清章學誠《文史通義》內篇〈詩教〉：「遇有升沉，時有得失，畸才匯於末世，利祿萃於性靈，廊廟山林，江湖魏闕，曠世而相感，不知悲喜之何從，文人情深於《詩》《騷》，古今一也。」文人雖然時遇不同，但是可以從《詩》《騷》中體驗古人之情，進而曠世相感；當然更可借他人酒杯以澆自己胸中塊壘，作詩以表露自己不遇，或傷人不遇之挫折感。

王勃的〈滕王閣序〉有言：

> 嗚呼！時運不齊，命途多舛，馮唐易老，李廣難封。屈賈誼於長沙，非無聖主，竄梁鴻於海曲，豈乏明時？

王勃生在大唐盛世，卻爲漢代的幾位文臣武將鳴不平，他信筆寫來，卻揭示了漢代士人普遍面臨的遇與不遇的人生課題，有深入的思索和痛切的感慨。許多文人不是慶幸自己遇到明時聖主，而是感慨仕途的坎坷，董仲舒有〈士不遇賦〉在前，司馬遷有〈悲士不遇賦〉在後，都是用以抒發內心的抑鬱。

無論直抒胸臆，或是借物比興；不管自述處境，或是詠史傷懷，都表現出一分文士的傷懷。這分傷懷的湧現，代表著從對外在政治環境的關注，移轉到自我內心的詠歎與調適。漢人在政治活動中發現自我的存在與傷痛，並且藉詩、賦的書寫來展露悲感。

身處亂世的漢魏知識份子，現實環境與用世理想的交戰下，精神遭受痛苦的煎熬，有志難伸的哀怨，使文人由滿腔希望轉變爲失望，最後落入無奈的絕望深淵。在此心態無奈的轉化中，怨恨亦由是而生。此種懷才不遇之怨恨，正是失意文人共同的情感。

「悲士不遇」的主題在樂府詩中也是常見的題材，如漢樂府古辭

〈豫章行〉，朱嘉徵《樂府廣序》云：「感遇也。遇矣而違其所願」，因有遇合之難之意。又如朱乾《樂府正義》所言：「皆由立志不堅，中途失路，究其原則爲名所累耳」。後來曹植也擬此詩寫了同標題的擬作，詩云：

窮達難豫圖，禍福信亦然。虞舜不逢堯。耕耘處中田。太公未遭文，漁釣終渭川。不見魯孔丘，窮困陳蔡間。周公下白屋，天下稱其賢。

詩言虞舜、太公望乃遇賢而掘起，孔丘卻厄於陳蔡間，以興自己懷才不遇之悲。曹植以外，漢魏文人面對紛亂的政治，回顧個人理想的初衷，黯然之情油然而生，不遇的怨歎，屢見於詩篇：

毫髮一爲瑕，丘山不可勝。食苗實碩鼠，點白信蒼蠅。鳧鵠遠成美，薪芻前見凌。申黜褒女進，班去趙姬升。周王日淪惑，漢帝益嗟稱。心賞固難恃，貌恭豈易憑。古來共如此，非君獨撫膺。（宋鮑照・白頭吟）

蓼蟲避葵堇，習苦不言非小人自齷齪，安知曠上懷。雞鳴洛城裏，禁門平旦開。冠蓋縱橫至，車騎四方來。素帶曳長飆，華纓結遠埃。日中安能止，鐘鳴猶未歸。夷世不可逢，賢君信愛才。明慮自天斷，不受外嫌猜。一言分珪爵，片善辭草萊。豈伊白璧賜，將起黃金臺。今君有何疾，臨路獨遲回。（宋鮑照・放歌行）

平生懷直道，松桂比眞風。語默妍蚩際，沈浮毀譽中。讒新恩易盡，情去寵難終。……王嬙沒故塞，班女棄深宮。春苔封履跡，秋葉奪妝紅。顏如花落槿，鬢似雪飄蓬。此時積長歎，傷年誰復同。（陳張正見・白頭吟）

鳳鳥不至河無圖，微子去之箕子奴。漢帝不憶李將軍，楚王放卻屈大夫。悲來乎，悲來乎，秦家李斯早追悔，虛名撥向身之外。范子何曾愛五湖，功成名遂身自退。劍是一夫用，書能知姓名，惠施不肯千萬乘，卜式未必窮一經。還須黑頭取方伯，莫謾白首爲儒生。（李白・悲歌行）

第三節　樂府詩風的交融

一種文體的產生絕非只有單一的原因。考證文體之間的淵源關係與相互影響，往往能讓一個作家或是一篇作品在文學史上重新找到定位與評價。歷來研究樂府流變的文論不少，有的從其體裁論之；有的泛論其風格的轉變，較有創新的論文則開始朝向主題學的領域爬梳新的觀點，這些傑出的論點也讓本文在撰寫的過程中往往茅塞頓開，近年來，研究中古文學的學者，研究的重心除了習見的隱逸、玄言、山水、宮體等題材的詩歌，也開始注意詩風交融的問題。

一、遊仙與隱逸詩風的交融

從長遠的詩歌發展趨向來看，各類詩歌之間似乎題材各異，但是它們卻呈現相互融合、相互作用的創作趨向。魏晉南北朝時代，我國文學史上出現了以自然景物爲題材的山水詩，山水詩產生的原因，除了劉勰《文心雕龍・明詩篇》將之歸因於「莊老告退，而山水方滋」外，他如時代的背景、思想潮流、文學發展的趨勢，也都直接或間接影響山水詩的發展。就詩歌創作發展過程來看，山水詩的發展也與辭賦、游仙詩、隱逸詩、玄言詩、行旅詩、詠物詩等其它文學的內容形式有或遠或近的淵源關係。我們爬梳山水詩由醞釀、發展到成熟的過程，可尋繹出一個多重詩風交融的現象，而這詩風交融的現象直接促進了山水詩的發展。山水詩的產生與相關時期各種題材的詩歌創作也有關聯，山水詩正是在這些詩歌滲透、改造、影響的過程中孕育產生的。山水詩一旦形成後也作用於各種類型、題材的詩歌，以至它們之間的界線並非涇渭分明，在同一時期有著共同的基調和特色，反映出時代的精神。

在晉宋山水詩還未成熟前，游仙與隱逸的玄言之作像包孕著山水詩的胚胎醞釀著山水詩的發展，當游仙、招隱、玄言等題材的詩歌隨著特定的歷史時期的結束而轉瞬即逝，只有山水詩經過長期的醞釀形成，發展成爲一個源遠流長的詩歌派系，在中國詩歌史上具有舉足輕重的地位。

悲哀歲月消逝，感歎生命無常，是詩人吟詠求仙的內在因素。由於政治的壓迫，文人們爲了逃避現實社會，所以假想神遊於虛幻的仙境，以求獲得精神上的解脫，這種對長生的嚮往，並不局限於生命本身的延長，更重要的是，詩人寄懷於神仙境界，以便從人生的苦悶中逃離出來，藉以得到心靈自由。游仙詩的起源很早，嚴格說起應起自上古民智未開之世，初民對自然力量多生恐懼之心，對生命個體的存亡亦往往缺乏理性的認知。逮至承襲周文化精神的孔子時代，轉而積極的正視現實人生的態度，所謂「未知生，焉知死」、「未能事人，焉能事鬼」及「敬鬼神而遠之」，都在在表現知識份子的高度理性。六朝文論家在區分詩歌的源流時，共分舉了國風、小雅、及楚騷三大源頭。其中屬於巫俗系統的楚騷，更影響後來一系列「仙道文學」的發展。在文學中，一般而言，學者皆將神仙思想的主題表現上溯自屈原的作品。在〈離騷〉後半段三度遠遊的神話，可視爲遊仙文學的典型和遠祖。黃節云：

> ……王逸章句曰『屈原履方直之行，不容於世，上爲讒佞所譖毀，下爲俗人所困極，章皇山澤，無所告訴，遂敘妙思，託配仙人，與俱遊戲，周歷天地，無所不到。』是遊仙之作，始自屈原。〔註 28〕

另一篇〈遠遊〉也同樣是神仙色彩濃厚的作品，在文句上，〈遠遊〉模擬〈離騷〉之跡更是顯而易見。〈遠遊〉開首便言：「悲時俗之迫阨兮，願輕舉而遠遊」，其中「輕舉」、「遠遊」便是飛天與仙同列之意，詩人在此篇中用富麗堂皇的文字在大量的篇幅裡抒寫上天入地、托配仙人、無所不到的境界，在後代的遊仙詩裡諸如此類的描寫也不勝枚舉，在創作手法上多少都受到影響。

屈原之外，莊子和列子的作品也可視爲遊仙文學的鼻祖，《莊子·

〔註 28〕見黃節《曹子建詩注》卷二游仙篇（台北：河洛文庫，民國 64 年）。

逍遙遊》云：「藐姑射之山，有神人居焉。」〈天地篇〉云：「千歲厭世，去而上僊，乘彼白雲，至於帝鄉。」《列子·黃帝篇》云：「列姑射之山，在海河洲中，山上有神人焉。」這些神仙思想和文學技巧，無不影響後來遊仙詩的發展。春秋戰國時代，神仙思想的發展可由《史記·封禪書》中得到印證，其云：

> 自威宣燕昭使人入海求蓬萊、方丈、瀛州，此三神山者，其傳在勃海中，去人不遠，患且至，則船風引而去，蓋嘗有至者，諸仙人及不死之藥皆在焉。〔註29〕

這是神山、仙人之事，首先見於史書的記載。神仙思想到了秦代，因秦始皇醉心仙術而有了更進一步的發展。〈秦始皇本紀〉記載：

> 齊人徐市等上書言：『海中有三神山，名曰蓬萊、方丈、瀛州，仙人居之，請得齋戒，與童男女求之。』於是遣徐市發童男女數千人，入海求仙人〔註30〕。

劉勰《文心雕龍·明詩篇》亦言：「秦皇滅典，亦造仙詩。」劉勰此說，即是本乎《史記》秦始皇使博士爲仙眞人詩的記載，由此可知，戰國末期濃厚的陰陽方術與迷信神仙的風氣，到了始皇時期已經堅不可破。

深受神仙方士迷惑的古代帝王，如秦始皇、漢武帝，他們的求仙意圖，主要還是貪求長生，並非眞想絕世離俗。可是在漢帝國崩解的過程中，政治、社會、經濟都陷入了一片混亂，文人體會到現實社會的痛苦與悲哀，針對解脫個人生命的焦慮和苦悶，離世成仙的思想依附著老莊養生的哲理，逐漸在知識分子當中蔓延了開來。到了魏晉時代，煉丹服食、求仙採藥、養生修道成了許多文人名士生活的一部分，離世求仙的意圖，自然也成了詩人吟詠的主要題材。

山水與玄理雜糅，是晉宋時期山水詩的重要特色。然而，劉勰所謂「莊老告退，而山水方滋」也說明了莊老玄學與山水詩之間的關係。

〔註29〕見《史記·封禪書》（台北：洪氏出版社，民國75年）。
〔註30〕同上註。

這種雜糅玄理玄趣的山水詩，是我國早期山水詩的基本形態，後來唐人的山水詩常常滲入佛理禪機，是這種形態的流變，足見玄言詩的衰落，是促成山水詩興起的條件。

魏晉詩篇中所表現的求仙思想，有隱逸觀念作爲後盾〔註 31〕。「隱」與「仕」是相對的，在強調君子以道自任的儒家思想體系裡，知識分子的引身而退是一種不得已的選擇，也是對當政者不滿的一種表現。從孔子《論語・衛靈公》的「邦有道，則仕；邦無道，則可卷而懷之」，到孟子〈盡心〉的「窮則獨善其身，達到兼善天下」，顯示在儒家的觀念裡，「仕」與「隱」同樣都是道德取向的政治行爲。然而在道家的思想體系中，「隱」乃是一種對個體生命的珍惜與重視，道家的隱是以自然爲取向的行爲，含有超世絕俗的特質。因此，在儒學衰退、道家思想昌熾的魏晉時代，「隱」就具有其獨特的價值，除了成爲個人追求自然、逍遙人生的媒介外，還是文人高尚情志的表現。雖然在東漢早已出現以隱者爲高士的現象，對漢代知識分子來說，隱逸的行爲還只是少數人所懷的高遠理想，但是經過一場漢末大亂，以政治道德爲取向的儒家思想，實已無法滿足個人的內心需求，知識分子企圖從儒家名教的囹圄中解放出來，隱逸的行爲遂在魏晉知識階層中成爲一種風尚，這些隱士幽居生活中的自然山水就成爲詩人吟詠的主要題材。

曹魏及西晉初期的詩人，在作品中表現對隱逸的企慕還普遍含有逃避政治的意味，由於他們關切的還是自己的處境和安危，因此往往忽略隱逸環境的自然山水。在西晉統一之後，隱逸的觀念也開始轉變，詩人政治的憂患意識消失了，自然山水開始成爲詩人歌詠的對象，這時的隱逸者遠離塵世，流連山林丘壑，藉由形跡的消遙，達到精神的超越，乃至契合於老莊的玄遠之境。

〔註 31〕黄坤堯〈郭璞遊仙詩淺析〉一文云：「遊仙詩固然與談玄論道有關，然而卻更曲折地表現了一個『隱』的主題。」該文收入在《詩歌之審美與結構》一書中，（台北：文史哲出版社，民國 85 年），頁 55。

為什麼隱逸會與山林相關聯呢？在《莊子》一書中提到隱士時，就直接與山林相聯繫，《莊子・刻意篇》云：

> 就藪澤，處閑曠，釣魚閑處，無為而已矣。此江海之上，避世之人，閑暇者之所好也。

又如《莊子・知北游》曰：

> 山林與，皋壤與，使我欣欣然而樂焉。

此外，游仙與隱逸的關聯性可從多方面來看，由於神仙是離群索居者，仙境必定遠離人間，魏晉詩人表現的游仙意圖，與當時風行的隱逸思想是密切相關的〔註32〕，兩者同樣是基於逃避現實的心理，都是引導詩人走向自然山水的原動力。雖然，求仙與隱逸的行為同樣是感於世途艱險，為了逃避人生苦悶的一種寄託，求仙者與歸隱者都是離世索居、棲息山林的人物，他們的四周不乏山水環繞，然而二者仍有區別，隱士遁入山林的動機是由於不能認同現實社會，他們以山水為安身之所，避開混亂不安的世局，而求仙者卻視山水為虛無飄渺的仙境，因而游仙詩作中的山水，往往不是以本來的面目出現。為了紓解苦悶而尋求精神上的寄託，但卻不能由人間的自然山水所取代，因此游仙詩的面貌漸漸轉變。

在魏晉游仙詩的發展過程中，郭璞扮演著關鍵性的角色，他能突破玄言隱逸的傳統，以山川草木襯托遊仙思想，以自然美景代替虛無縹緲的仙境，盡量擺脫玄言詩缺乏興會，語言乾枯的說理，卻又將文學中「隱」的主題發揮得淋漓盡致，加速了山水詩的發展，然而，郭璞的游仙詩中的山水麗句，只是作者借為仙境的表現，非單純的對自然美景的欣賞，山水詩的地位尚未建立起來，眞正使山水詩脫離玄風

〔註32〕魏晉詩人在描寫游仙時，有時隱與仙是混淆不清的。例如阮籍的〈詠懷〉組詩的第三十二首，也是仙、隱相雜，詩云：「願登太華山，上與松子遊。漁父知世患，乘流泛輕舟」，詩人既感嘆人生，憂患時局，因而以求仙和漁夫隱遁為離世絕俗的寄託。又如郭璞的〈遊仙詩〉也出現仙隱不分的情形，其詩中出現的「道士」、「冥寂士」、「山林客」等，都是可仙可隱的人物。

仙氣而在文學史上獲得獨立地位的是晉宋之際的謝靈運，他的山水詩以山水景物爲主，老莊玄風退居其次，與郭璞以游仙爲主，山水爲次是相反的，林文月在〈從游仙詩到山水詩〉一文中說：「至此，山水不必再作爲仙界的替代物，它已回復了本來面目；而山水詩句也就脫離了臣役於游仙詩的配角地位，作爲大自然本身的忠實紀錄，獲得了眞正獨立的生命。〔註33〕」李豐楙在〈山水詩傳統與中國詩學〉一文裡也說：「謝靈運所以能完成山水之作，乃是綜合多種題材始能創新：其中包括雛形的模山範水的山水詩、以名山洞府爲場景的游仙詩、嘉遯山林的隱逸詩。〔註34〕」

山水寫景的詩句雖然也出現在以前的游仙詩裡，然而早期的山水詩句都是作爲陪襯的角色，隨著游仙詩的發展，山水麗句逐漸發展成熟，又隨著隱逸玄言詩的衰微，終於取得獨立的地位，替代了游仙、玄言詩的地位，在文學發展的過程來說，這是一個自然發展的現象。自此山水田園成爲詩人安身立命之所，不再寄託於仙境了。劉勰所謂「莊老告退，而山水方滋」，指出詩體演變的歷程，而郭璞就是從隱逸玄言詩和游仙詩過渡到山水詩的關鍵人物，游仙詩至郭璞而達於極盛，同時也呈現了衰疲的現象，在文學發展的途徑上，「窮則變」是常理，繼之而充實詩的內涵者爲依附著游仙詩而逐漸成熟起來的山水詩〔註35〕。

當然，求仙觀念的轉變和當時的政治社會環境和時代思潮要相互配合才行，此即東晉渡江後，游仙詩漸由山水詩取代的緣由。初時，

〔註33〕見林文月〈從游仙詩到山水詩〉一文，收錄在《山水與古典》一書中，（台北：三民書局，民國85年），頁22。

〔註34〕見李豐楙〈山水詩傳統與中國詩學〉一文，收錄在《中國詩歌研究》，（台北：中央文物供應社，民國74年），頁93。

〔註35〕李文初在〈關於中國山水詩的形成問題〉一文裡說：「作爲一種文學潮流，山水詩在東晉時期出現，決非偶然，而是有其歷史的必然，……促成山水詩興起的諸種條件，第一是江南優越的自然地理條件，第二是玄學的感召，第三是玄言詩的嬗變。」此文收錄在《漢魏六朝文學研究》一書，（廣東人民出版社，2000年），頁327～342。

通過隱逸來享受消遙的生活，在漢代還只是一種人生理想的寄託，但在西晉統一之後，已經成爲一種可以實現的生活方式。這種逍遙自適的隱逸行爲，在東晉南渡後更爲顯著，這是由於老莊玄風昌行，文人即使身懷經世之才，也企慕老莊之道，寄情隱逸；有的名士甚至視政治爲俗事，以隱逸山林爲傲；有的即使身在廟堂之上，卻寄情山水。尤其北方文人在南渡後，南方綺麗的風光立即吸引了他們的注意，對自然山水的態度遂由隱遁的實用目的，轉爲感歎的欣賞與頌讚。東晉渡江之士多爲貴族子弟，他們既享權位之重，又有山水作爲娛樂，所以個人的出處進退與他們創作山水詩已無絕對的直接關係，離世成仙的概念對於這些隱入山林的名士來說沒有實用價值，隱入山林對他們而言是一種高逸情志的象徵。因此，東晉南遷後，由詠仙進而詠山水成爲必然的趨勢。如此一來，由躲避現實而隱入山林；再由隱入山林而發現大自然之美，成爲山水的愛好者與崇拜者。這種對隱逸態度的轉變，是促成山水詩產生的重要原因。事實上，山水詩的歸類並不始於南朝，在《文選》一書中可以見到「游仙」、「詠史」、「詠懷」、「招隱」等重要詩類，就是未見「山水」的名目〔註36〕，但這並不代表《文選》不知山水詩在當時的發展，昭明太子只是將山水詩分置於「遊覽」和「行旅」二類中。

總而言之，從隱逸的玄言詩和虛幻的游仙詩；由嚮往神仙世界到發掘山水空靈的意蘊，因而形成了一個享譽古今的南朝山水詩傳統，進而開啓唐代眾體兼備的文學盛世。在南朝，山水詩所以能在詠物、宮體、宴飲等詩風行一時甚而大有取代之勢下依然向前蓬勃發展，直到唐以後成爲中國古典詩歌一支強大的主流，正在於它本身具有挖掘不盡的思想生命和藝術潛能。

〔註36〕蕭統編《文選》，將詩類分爲二十三種，計有「補亡、述德、勸勵、獻詩、公讌、祖餞、詠史、百一、遊仙、招隱、反招隱、遊覽、詠懷、哀傷、贈答、行旅、軍戎、郊廟、樂府、挽歌、雜歌、雜詩、雜擬。」並未見「山水」一類。

二、邊塞與閨怨詩風的交融

王文進先生有一系列考證南朝邊塞詩與唐詩淵源的論文〔註 37〕，研究的規模與完整性值得稱道，王氏在〈邊塞詩形成於南朝論〉一文裡，推論出唐人的邊塞詩形成於南朝的論點，並在另一篇文章〈邊塞詩形成於南朝的原因〉裡，從外緣和詩歌自身發展的結構詳述邊塞詩形成於南朝的原因，王氏的分析極精細且具有說明力，然而，邊塞詩眞的如王氏所言形成於南朝嗎？南朝固然有邊塞詩發展的條件，但邊塞詩的起源應推源至更早的《詩經》爲是，在《詩經》裡不乏這類的詩作，如〈邶風・擊鼓〉、〈秦風・無衣〉和小雅的〈六月〉一詩，《詩經》之後，《楚辭》的〈國殤〉篇，漢高祖的〈大風歌〉，項羽的〈垓下歌〉均是邊塞詩的源頭。而在漢樂府詩中，這類的詩作更是不勝枚舉，如〈古歌〉、〈戰城南〉、〈從軍行〉和〈飲馬長城窟行〉。繆文傑也說：「邊塞詩的根源可追溯到詩經及漢代民間歌謠中的一些軍歌，其中最主要的根源是樂府詩中的横吹曲辭與相和歌辭。在相和歌辭中爲人熟知的從軍行詩篇裡，即有許多與唐代邊塞詩題材相似的詩歌。〔註 38〕」

以邊塞詩作爲一個研究的對象，就必須先義界邊塞詩的定義，其實，在漢代早已有「邊塞」空間的觀念，在史書的記載中，漢人將邊塞界定在與胡人對峙的長城國界，而有「邊」、「邊塞」的說法，《史記・匈奴列傳》云：「是時天子巡邊，至朔方，勒兵十八萬騎以見武節，而使郭吉風告單于」，《漢書・匈奴列傳》亦云：「漢與匈奴約爲昆弟，無侵害邊境，所以輸遺匈奴甚厚。」又曰：「漢兵至邊，匈奴亦遠塞。」

王文進先生認爲：「所謂『邊』、『塞』、『邊塞』均是指胡漢交界的長城而言，邊塞詩的空間背景也是環繞著與漢代長城有關的典故而

〔註 37〕可參見王氏所作〈初唐邊塞詩中的南朝體——南朝邊塞詩對唐人邊塞影響的初步觀察〉、〈南朝邊塞詩的類型〉、〈邊塞詩形成於南朝論〉、〈邊塞詩形成於南朝的原因〉等論文。

〔註 38〕見繆文傑〈試用原始類型的文學批評方法論唐代邊塞詩〉一文，收入於《唐詩論文選集》，（台北：長安出版社，1985 年），頁 122。

來。」繼而又說：「令人訝異的是，使用這些邊塞題材的，非但不是躬逢其盛的漢朝人士，也不是漢唐並稱的唐代詩人，而是在實際空間上距離長城最遠的南朝詩人〔註 39〕。」關於邊塞詩如何能夠開花結果於煙雨的江南，王氏的解說已十分詳盡，然而，筆者要提出的疑問是，如果早在漢代即有「邊塞」一詞的用法，則漢詩中涉及戰爭或邊地題材的詩作是否也可以冠之以「邊塞詩」？梁鍾嶸《詩品．序》有言：

> 至於楚臣去境、漢妾辭宮，或骨橫朔野，或魂逐飛蓬，或負戈外戍、殺氣雄邊，塞客衣單，孀閨淚盡，或士有解佩出朝，一去忘返，……，再盼傾國。凡斯種種，感蕩心靈，非陳詩何以展其義，非長歌何以騁其情？〔註 40〕

關於「邊塞詩」的定義，應從詩歌的內容來界定，舉凡詩歌內容是描寫與邊塞地區相關的特殊自然風光或軍旅生涯的都在邊塞詩的範圍內，這自然也包括邊塞將士征夫思婦的主題，所以邊塞詩的源遠流長，樂府與擬樂府之間的淵源，應起於漢樂府時期，而非南朝時期，而唐詩以「邊塞」內容爲主的擬樂府，也應追溯至漢樂府〈飲馬長城窟行〉之類的樂府詩。漢唐皆是中國歷史上的盛世，而對外敵的征戰也甚多，直接引發詩人以「邊塞」作爲創作的題材。而唐人的擬樂府也承襲了漢樂府「緣事而發」的寫實精神，出現了如李白〈關山月〉、〈子夜秋歌〉、〈行路難〉；杜甫〈兵車行〉、〈麗人行〉等描述征夫思婦、邊地景象的詩作。

唐以前，文人寫邊塞題材多用樂府的形式，尤其是南朝大部分的詩作都是採用漢魏樂府古題來寫，王文進將南朝的邊塞詩作列表統計，發現可以看出兩項重點：一是南朝邊塞詩作是以樂府古題爲主；二是邊塞樂府都集中在橫吹曲辭、相和曲辭、鼓吹曲辭、琴曲歌辭、

〔註 39〕參見前註〈邊塞詩形成於南朝論〉一文。中國古典文學研究會主編《古典文學》第十集（台北：學生書局出版，1988 年），頁 158。

〔註 40〕參見鍾嶸《詩品．序》，見清何文煥《歷代詩話》第一冊，（台北：漢京文化事業有限公司出版，1983 年），頁 3。

和雜曲歌辭五類之中〔註41〕。並且詩人們特別常用幾個固定的樂府古題：如隴頭水、關山月、出塞、紫騮馬、從軍行、飲馬長城窟行、白馬篇、燕歌行、度關山等，這是因爲這些詩的題面和邊塞的主題極易引起聯想。郭茂倩引《樂府解題》云：「〈從軍行〉，皆軍旅辛苦之辭」；「〈燕歌行〉，言時序遷換，行役不歸，婦人怨曠無可訴也」；「〈度關山〉，但敘征人行役之思焉」；「〈關山月〉，傷離別也。」由解題可知，這些漢樂府古題，都具有淒愴悲涼的情調，南朝詩人以之創作邊塞詩的審美心態顯而易見。

閻采平在其〈梁陳邊塞樂府論〉一文中說：「邊塞樂府與南朝詩歌發展中復古擬古的思潮極爲相關，這是南朝人對於傳統或是建安風骨的模擬與保留。〔註42〕」魏晉以降，樂府寫邊塞者就多達一百多首。後來，樂府古題的模擬延續，也幾乎貫串盛中晚唐的詩人邊塞作品，幾個重要的詩人如高適、李白、張籍……等都擅長以樂府古題來寫邊塞。

漢樂府對後代詩歌的影響，除了影響詩歌的體製外，其次就是詩歌風格交融的問題，閻采平又說梁陳邊塞樂府最突出的是「將女性與征戰聯繫起來，將閨閣與邊塞聯繫起來」，閻氏將邊塞與閨怨的主題聯繫起來，極有創見，關於詩風交融的問題，王文進也提出類似的看法，他認爲南朝文人早已領略閨怨與邊塞的關係，並引鍾嶸《詩品》所言「塞客衣單，孀閨淚盡」證明「塞客」與「閨婦」是邊塞詩中鮮明對稱的主角〔註43〕。稍早於鍾嶸的江淹，在其千古傳誦的〈別賦〉一文中，也注要到兩者間的隱約脈絡：「或乃邊郡未和，負羽從軍。遼水無極，雁山參雲。閨中風暖，陌上草薰……」。由閨中風暖、花

〔註41〕見王文進《南朝邊塞詩新論》，第二章〈邊塞詩形成於南朝的理論問題〉（台北：里仁書局，民國89年），頁39～40。

〔註42〕參見〈梁陳邊塞樂府論〉一文，《文學遺產》，（1988年12月，第六期）。

〔註43〕參見王氏〈初唐邊塞詩中的南朝體〉一文，《六朝隋唐文學研究會論文集》。頁6。

草飄香，寫送別的征思。

這種閨怨結合邊塞題材的詩風可謂源遠流長，早在南朝以前，我們在漢代的樂府古辭及其後代的擬作中就可看到閨怨與邊塞相結合的作品，試就樂府古辭〈飲馬長城窟行〉一詩來看，《樂府詩集》曰：「古辭云：『青青河畔草，綿綿思遠道』言征戍之客，至於長城而飲其馬，婦人思念其勤勞，故作是曲也。」這首詩的主旨一面寫征夫，一面寫思婦，邊關與閨閣的結合正是一種詩風交融的情形，之後在梁陳的邊塞樂府詩作中，也承襲了此一重要的抒寫模式，如顧野王、張正見的〈有所思〉也有此詩風融合的情形，如顧野王〈有所思〉：

> 賤妾有所思，良人久征戍。茄鳴塞表城，花開落芳樹。白登澄月色，黃龍起煙霧。還聞雉子斑，非復長征賦。

張正見〈有所思〉，詩云：

> 深閨久離別，積怨轉生愁。徒思裂帛雁，空上望歸樓。看花憶塞草，對月想邊秋。相思日日度，淚臉年年流。

此風甚而延續到唐代的詩人筆下，如沈佺期〈有所思〉，詩云：

> 君子事行役，再空芳歲期。美人曠延佇，萬里浮雲思。園槿綻紅艷，郊桑柔綠滋。坐看長夏晚，秋月生羅帷。

從思婦與征夫的雙向角度來表現征戰感懷，拓寬了邊塞詩的抒情空間，也增強了邊塞詩的藝術性。到了唐代的近體詩，在某些程度上也繼承了這種詩風交融的傳統，如楊炯的「賤妾留南楚，征夫向北燕。三秋方一日，少別比千年」就是〈有所思〉一題而來的。而古詩十九首裡的〈青青河畔草〉也是一首閨怨詩，詩云：「青青河畔草，鬱鬱園中柳。盈盈樓上女，皎皎當窗牖。娥娥紅粉妝，纖纖出素手。昔爲倡家女，今爲蕩子婦。蕩子行不歸，空床難獨守」以第三人稱的筆法，寫綽約少婦春遊懷遠的孤獨落寞之情。而唐人王昌齡〈閨怨〉一詩或是受了此詩的影響，詩的內容極爲相似，詩云：「閨中少婦不知愁，春日凝粧上翠樓。忽見陌頭楊柳色，悔教夫婿覓封侯。」後來李頻的〈春閨怨〉也受了王詩的影響而有「紅妝女兒燈下羞，畫眉夫婿隴西頭。自怨愁客長照鏡，悔教征戍覓封侯」一詩，而張籍的〈妾薄命〉則從思婦怨其良人好征戰立功著筆，詩云：「藝命婦，良家子，無事從軍去萬里。……與君一日爲夫婦，千年萬歲亦相守。君愛龍城征戰功，妾願青樓歌樂同。人生各各有所欲，詎得將心入君腹。」除此之外，古詩十九首之一的〈冉冉孤生竹〉，詩中的「賤妾」與一些植物意象（兔絲、女蘿、蕙蘭、秋草）也常出現在唐人的詩作中。

漢樂府古辭對後代詩人最明顯的影響是：樂府古題的延續。在樂府詩漫長的演變過程中，詩風的交融使樂府詩呈現出多樣的風貌，除了前面章節所說的亦仙亦隱的詩風外，邊塞與閨怨的交融是另一個特點。在南朝許多詩人的樂府詩中這種詩風交融的現象也屢見於詩篇，除了上述所引的〈飲馬長城窟行〉和〈有所思〉，在其它樂府古題中，也可尋繹出這個特色，如陳後主〈折楊柳行〉之二，詩云：

長條黃復綠，垂絲密且繁。花落幽人徑，步隱將軍屯。谷暗宵鉦響，風高夜笛喧。聊持暫攀折，空足憶中園。

陳後主是荒誕的亡國之君，不但不見容於史家，亦屢屢爲詩家論評者所譏諷。但他的樂府詩卻是歷來模擬樂府古辭數量僅次於梁簡文帝的作家，他的幾首樂府擬作寫來也令人耳目一新。樂府古辭的擬作大家梁簡文帝也有這類作品，其〈隴西行〉之二，詩云：

隴西四戰地，羽檄歲時聞。護羌擁漢節，校尉立元勳。石門留鐵騎，冰城息夜軍。洗兵逢驟雨，送陣出黃雲。沙長無止泊，水脈屢縈分。當思勒彝鼎，無用想羅裙。

梁庾肩吾也有一首〈隴西行〉，詩云：

借問隴西行，何當驅馬征。草合前迷路，雲濃後暗城。寄語幽閨妾，羅袖勿空縈。

褚翔〈雁門太守行〉，詩云：

三月楊花合，四月麥秋初。幽州寒食罷，鄭國采桑疏。便開雁門戍，結束事戎車。去歲無霜雪，今年有閏餘。月如弦上弩，星類水中魚。戎車攻日逐，燕騎蕩康居。大宛歸善馬，小月送降書。寄語閨中妾，勿怨寒床虛。

由以上詩例中，梁陳詩人往往在邊塞詩中寫入女性，從庾肩吾的「寄語幽閨妾，羅袖勿空縈」到褚翔的「寄語閨中妾，勿怨寒床虛」來看，可以發現從宮體詩到邊塞詩是一個逐漸演化的過程，二者之間以「悲怨」情調成為溝通的樞紐，邊塞閨怨固然是梁陳邊塞詩增強抒情強度的藝術特色，但這正是由宮體過渡到邊塞的途徑。在宮體詩裡，蕩子宦遊，商賈離鄉形成的閨怨風格，在邊塞詩裡，詩人將筆觸由蕩子引申到征人，於是女性與征戰便聯繫起來，形成了兩地怨曠的邊塞詩。

許翠雲在《唐代閨怨詩研究》一書中，將唐以前閨怨詩的發展分成三期，先秦的醞釀期，兩漢的形成期和魏晉南北朝暨隋代的發展期，並說明閨怨詩在唐代盛行的原因是由於繼承了前人創作的技巧，使唐人在各種詩體，舉凡古體、近體、樂府等詩體的運用上，閨怨詩都取得了更利於前朝發展的條件，不論是寫棄婦、倡婦、思婦都較前人更為成熟〔註 44〕，由是得知，前朝閨怨與邊塞詩風的交融，對後代詩歌發展的影響，這種沿波討源的工作可以幫助我們釐清跨時代的詩歌彼此交融或個別發展的情形。

三、宮體與詠物詩風的交融

在樂府詩發展的過程中，有一重要的現象，即是樂府詩風的轉變與其時代文學風潮有極大的關係，在漢代樂府詩的質樸風格到了以宮體詩為主流的齊梁時代，風格遂一變而為輕艷。詩風的輕艷不只表現在古詩上，就連樂府詩也習染這種特色。

必須釐清的是，六朝詩之分類以其題材言，約可分山水、田園、遊仙、玄言、詠物、宮體等，但這六類詩體的發展，並不僅代表時代的文藝思潮有了轉變，而且此一轉變也受到玄學的流行，而反映出一體多面的詩歌風貌，宮體詩則是承繼宋齊之山水詩、詠物詩之後所產生的詩體，章太炎《國故論衡》論古詩之流變云：

〔註 44〕許翠雲撰：《唐代閨怨詩研究》，（台北：國立臺灣師範大學國文研究所碩士論文，民國 78 年）。

> 正始中，王弼、何晏好莊老玄勝之談，而俗遂貴焉。至過江佛理尤勝，故郭璞五言，始會合道家之言而韻之，許詢與太原孫綽轉相祖尚，自是學者悉體之，則一變而爲說理。……下逮宋初，風致又改，劉勰謂：「莊老告退，而山水方滋。」則更而爲寫景。及梁簡文，辭藻艷發，體窮淫靡，哀思之音，遂移風俗。徐摛、庾肩吾尤以側艷著稱，……其體特爲南北所崇，則三變而爲宮體〔註45〕。

由章氏所言可知宮體詩乃緊接於玄言詩、山水詩之後所產生之詩體，而山水詩至齊梁以後，則又擴大爲詠物詩。自齊梁後，山水詩一則因創作者日益漸增，詩人們遁而作他體，以出新意；一則因豪門仕宦生活環境變化之影響，故描寫之對象和吟詠之題材，亦稍有變化。齊梁以前，詩人們跋山涉水，尋幽訪勝，皆親身投入大自然中，然至齊梁以後，豪門世族的生活日益奢侈，各憑其政治之優勢地位，逐漸成爲山林莊園之主人〔註46〕，封山佔澤，鑿池築室，於是其遊樂之興趣乃由自然山水轉向庭園山水，而生活於此種規模宏大之莊園別墅中，有人造之出水林泉、宅舍園池、樓閣亭臺，尚有歌妓舞女，以及各種豪華裝飾，如簾、幔、几、席、燈、燭、鏡、琴、瑟、笙、簫等點綴其間。故其觸目所及，吟詠之對象便由庭園延伸至身邊日常陳設之器物，因而開拓了詠物詩之領域。宮體詩和山水詩、詠物詩，三者之間除內容重心有別，實則其它方面皆具共同之特徵表現，如客觀寫景、細密雕琢、切近形似，故三種詩體於演進過程和表現方法上，確有密切不分之關係，與其說宮體詩爲山水詩、詠物詩之轉變，不如說是山水詩和詠物詩的延續。

嚴格說來，「宮體詩」是指梁簡文帝及其侍臣徐摛等人在某階段的詩，其事見於史書《梁書・簡文帝本紀》記載的一段：

〔註45〕見章太炎《國故論衡》，（台北：廣文書局，民國66年）。

〔註46〕豪門世族的山林莊園於晉宋間就已流行，如《宋書・謝靈運傳》記載：「靈運父祖並葬始寧縣，並有故宅及別墅，遂移籍會稽舊業，傍山帶水，盡幽居之美。」

> 太宗（簡文帝）幼而敏睿，識悟過人。六歲便屬文。高祖（梁武帝）驚其早就，弗之信也。乃於御前面試，辭彩甚美。高祖漢曰：『此子吾家東阿。』及居監撫，交納文學之士。……，其序云：『余七歲有詩癖，長而大倦。』然傷於輕艷，當時號曰宮體〔註47〕。

事實上，描寫女性姿態的詩並不始於簡文帝，如《詩經‧衛風‧碩人》：「手如柔荑，膚如凝脂。領如蝤蠐，齒如瓠犀。」又如〈古詩十九首〉之一：「盈盈樓上女，皎皎當窗牖。娥娥紅粉粧，纖纖出素手。」再如傅玄的擬樂府〈艷歌行有女篇〉，詩云：「有女懷芬芳，媞媞步東廂。蛾眉雙翠羽，明眸發清揚。丹脣翳皓齒，秀顏如珪璋。……首戴金步搖，耳繫明月璫。」這些詩篇都是描寫女性姿態，只是描摹技巧細膩，態度莊肅而嚴謹，與梁代帶有娛樂性質的宮體詩輕艷的風格不同。

我們看梁簡文帝的擬樂府，多是描寫宮廷的華麗及女人美艷的姿態，如〈艷歌〉一詩，詩云：

> 凌晨光景麗，倡女鳳樓中。前瞻削成小，傍望卷旌空。分妝間淺靨，繞臉傅斜紅。……流蘇時下帳，象簟復韜筒。霧暗窗前柳，寒疏井上桐。女蘿託松際，甘瓜蔓井東。拳拳恃君寵，歲暮望無窮。

漢〈艷歌行〉古辭是首遊子思歸的詩，到了簡文帝的筆下風格轉趨輕艷，其它代的詩人也多詩風輕艷，如庾肩吾的〈長安有狹斜行〉中描寫三婦的一段，詩云：「大婦襞雲裘，中婦卷羅幬。少婦多妖艷，花鈿繫石榴。夫君且安坐，歡娛方未周。」再如吳均的〈三婦艷詩〉：「大婦弦初切，中婦管方吹。小婦多姿態，含笑逼清卮。佳人勿餘及，慇懃妾自知。」又如梁武帝也擅長描寫女人，其〈江南弄〉一詩，與漢古辭〈江南〉風格迥異，詩云：

> 眾花雜色上林，舒芳耀綠垂輕陰，連手躞蹀舞春心。舞春心，覽歲腴。中人望，獨踟躕。

漢武帝建有上林苑，「上林」泛指南朝皇家園林，此詩描繪百花爭艷

〔註47〕見《梁書‧簡文帝本紀》，（台北：鼎文書局，民國79年）。

的春景及宮中歌舞之盛。在梁代其他詩人的擬樂府裡，這種描寫女人姿態的詩不勝枚舉。由此可見，擬樂府受到時代風潮的影響，風格也跟著轉變，同一詩題，在不同時代就會有不同面貌。

上文曾說宮體詩是山水詩和詠物詩的延續，這在南朝的擬樂府詩中也可看出此一現象，南朝的許多詩人的擬樂府不再具有漢代「感於哀樂、緣事而發」的現實主義精神，而是純粹的詠物詩，如〈雞鳴〉一詩，漢古辭是諷刺上流社會貴族的奢華，到了梁陳詩人的筆下卻成了道地的詠物詩，如梁劉孝威的擬作：

> 埘雞識將曙，長鳴高樹巔。啄葉疑彰羽，排花強欲前。意氣多驚舉，飄颻獨無侶。陳思助鬥協狸膏，郈昭妬敵安金距。丹山可愛有鳳凰，金門飛舞有鴛鴦。何如五德美，豈勝千里翔。（梁劉孝威・雞鳴篇）

又如〈烏生〉一詩，漢古辭是一首描述人生無常的寓言詩，在後代的擬作只有三首，分別是梁劉孝威的〈烏生八九子〉、吳均和朱超的〈城上烏〉。他們的擬作如下：

> 城上烏，一年生九雛。枝輕巢本狹，風多葉早枯。氄毛不自暖，張翼強相乎。金柝嚴兮翠樓肅，蜃壁光兮椒泥馥。虞機衡網不得〔施〕，鷹鷙隼搏無由逐。永願共棲曾氏冠，同瑞周王屋。莫啼城上寒，猶賢野間宿。羽成翮備各西東，丁年賦命有窮通。不見高飛帝輦側，遠託日輪中。尚逢王吉箭，猶嬰夏羿弓。豈如變彩救燕質，入夢祚昭公。留聲表師退，集幕示營空。靈臺已鑄像，流蘇時候風。（梁劉孝威・烏生八九子）焉焉城上烏，翩翩尾畢逋。凡生八九子，夜夜啼相呼。質微知慮少，體賤毛衣粗。陛下三萬歲，臣至執金吾。（梁吳均・城上烏）
>
> 朝飛集帝城，猶帶夜啼聲。近日毛雖暖，聞弦心尚驚。（梁朱超・城上烏）

這三人的擬作但詠烏而已，是標準的詠物詩，與漢古辭寄寓人生無常的主題相去甚遠。梁代的詠物詩不只描寫動物，也有單純寫景的，如簡文帝的〈雙桐生空井〉，詩云：

> 季月對桐井，新枝雜舊株。晚葉藏栖鳳，朝花拂曙烏。還看稚子照，銀床繫轆轤。（梁簡文帝．雙桐生空井）

〈雙桐生空井〉是古辭〈猛虎行〉的擬作，漢古辭旨在勸人謹於立身，有勸世的意味。到了後代的擬作有單純詠虎的，有從虎起興而另託他意者，梁簡文帝的這首擬作與其他擬作極爲不同，爲一首單純描寫月亮的詩。再如古辭〈蛺蝶行〉，借蛺蝶立場，闡述弱肉強食的情況，而後代的擬作只有梁李鏡遠的一首，是一首寫景的詠物詩，詩云：

> 青春已布澤，微蟲應節歡。朝出南園裏，暮依華葉端。菱舟追或易，風池渡更難。群飛終不遠，還向玉階蘭。（梁李鏡遠．蛺蝶行）

此詩描述春景潤澤，微蟲出遊群飛的情景，另一首〈棗下何纂纂〉，漢古辭是感嘆世情的冷暖，借用棗花茂盛果實纍纍，比喻人事代謝有時，此詩後代擬作有三首，皆爲梁代詩人簡文帝和王冑的二首，此三首擬作都是單純寫景的詠物詩，但詠春景而已，擬作如下：

> 垂花臨碧澗，結翠依丹巘。非直人游宦，兼期植靈苑。落日芳春暮，遊人歌吹晚。弱刺引羅衣，朱實凌還幰。且歡洛浦詞，無羨安期遠。（梁簡文帝．棗下何纂纂）
>
> 柳黃知節變，草綠識春歸。復道含雲影，重檐照日輝。（王冑．棗下何纂纂之一）
>
> 御柳長條翠，宮槐細葉開。還得聞春曲，便逐鳥聲來。（棗下何纂纂之二）

《文心雕龍．明詩篇》云：「晉世群才，稍入輕綺，……采縟於正始，力柔於建安。」從晉代起，詩的語言漸失質樸，建安風骨一天天消失，詩人們由山水而詠物，觀察的對象再由詠物轉移到女子身上，由直接寫女子的胴體，進而延伸至與其相關的裝飾品、寢具等器物。在上文所舉的南朝擬樂府詩作中，宮體和詠物詩風交融的情形是顯而易見的，這也是整個時代文學風潮的特色。

第六章　結　論

本文以「樂府古辭之原型與流變——以漢至唐爲斷限」爲題，以結合主題學領域的研究方法，研究漢樂府古辭的主題在不同時代不同作家的筆下所呈現出的不同風貌。我們可以看出不同作者如何應用同一個主題或母題來抒發情感，並由作品照應時代的文學風潮與樂府詩發展的特色。

論文中樂府古辭的選取來源，考慮到詩作名稱有選集版本不同者，爲求研究與統一之便，皆以宋郭茂倩的《樂府詩集》爲主，以郭本爲主的另一重要原因，是《樂府詩集》在每一首詩作前除了總序、題解外，在編排上往往先列古辭，後列文人擬作，這樣的編排方式，方便筆者考察同一時期或不同時期、同一時代或不同時代樂府作品在思想、藝術上的繼承關係，易於比較出不同的詩風和流派，讀者得以發現古辭與文人擬作間的相互影響與承襲的線索。筆者據宋郭茂倩《樂府詩集》，選出兩漢樂府古辭及後代文人擬作的樂府詩相互比較，以研究兩漢樂府古辭，如何影響後人的創作，隨著時代環境的變遷，後代文人如何呈現其生命情境？

由本文第二章探討「歷代樂府擬作的進程與發展」，共統計出後代擬作詩人計一百五十七人，擬作四百六十二首。各代擬作詩人及作品數量列表於下：

朝　代	詩人數量	擬作數量
魏　代	7	32
晉　代	5	30
南朝宋	10	38
南朝齊	4	10
南朝梁	37	113
南朝陳	17	61
北　朝	6	9
隋　代	6	9
唐　代	65	160
總　計	157	462

由上表可知唐代詩人及擬作數量最多，南朝則以梁代詩人及擬作數量最多。據筆者在第三章的統計中，兩漢的樂府古辭在《樂府詩集》中分別見於「鼓吹曲辭」、「相和歌辭」和「雜曲歌辭」中，鼓吹曲辭存詩九首，相和歌辭存詩三十五首，雜曲歌辭存詩七首，總計兩漢樂府古辭共有五十一首。其中有五首後代沒有擬作，其餘四十六首擬作數量不一。

本論文的研究成果，可從以下二方面來看：

一、詩歌藝術形成的發展

一般文學史家在論及兩漢樂府影響層面時，總會論及其直接的影響是開魏晉以降的擬古之風，這股擬作風潮始於曹氏父子，而魏晉之時，漢時音調尚可聞，擬作時仍可合樂，到了後代曲調失傳，詩人們只好舊題新作，因爲和舊時的曲調日益疏遠，這些文人的擬作，也逐漸在體裁方面，形成一定的格式。在漢代，樂府古辭的創作以民間的無名氏作者爲主，到了後人的擬作則以文人樂府爲主。事實上，在曹氏父子擬作出現以前，東漢即已開始出現文人的擬樂府，這批文人的創作可看作是文人擬樂府的先聲，眞正的擬作風氣，則要等到曹氏父子的推行。曹氏父子的擬作大致承襲了漢樂府古辭的標題，曹操、曹丕的擬作特色是「依舊曲翻新調」，在內容上仍不脫漢樂府「緣事而發」的寫實精神。

到了六朝，文人的擬作達於極盛，六朝文人所作的擬作，在標題上幾乎模仿漢樂府古辭的舊題，然而在形式上受到了六朝唯美詩風的影響，趨於雕琢華麗的形式。逐漸脫離漢樂府質樸的寫實主義精神。另一方面，六朝文人的擬樂府受到吳歌、西曲的影響，在形式上傾向於短句五言的形式。據筆者在第四章第二節的統計，五言形式的擬作佔總擬作的 75%，比例之高，印證了五言詩經過長期的發展，形式上已成漸趨成熟的定格。由此也說明五言詩作爲一種詩歌形式，它的發展與成熟實與樂府詩的發展關係密切，也可以說樂府詩是五言詩發展的關鍵。它體現了詩歌形式由雜趨整的發展傾向，因此漢樂府民歌的五言形式，奠定了中古時期五言詩的地位和基礎。兩漢的民間樂府經過了六朝文人的擬作，在詩歌的內容與形式上都奠定了穩固的基礎，使擬樂府到了唐代臻於極盛，擬作詩人與擬作的數量都是歷代最高。

研究擬樂府詩發展的過程，必須內容與形式兼俱，在內容方面，已知樂府詩主題的轉變與時代文風相關；在形式方面，樂府詩一方面由質樸走向形式主義的唯美化，另一方面，擬樂府詩在寫作方法上也有所改變，建安詩人的「依舊曲翻新調」的寫作方法，到了魏晉，詩人主要是在題材和主題方面都沿襲舊篇章，魏代擬作，大都借古題敘時事，只襲用題名，但晉世作者，則多借古題來詠古事，所借爲何題，則所詠必爲何事，與魏晉詩人的擬篇法不同，齊梁詩人的擬樂府詩主要是用賦題法。所謂「賦題法」，就是從詩題字面著手，眞正的賦詠題面，這種專就古題字面之意來賦寫的創作方法，拋棄了舊篇章的題材和主題，成功的擺脫了擬樂府詩創作傳統中因襲模擬的作風。此外，在擬樂府發展的過程中，詩歌的藝術形式也在改變，一是由參差句法趨於整齊，二是由質樸自然走向形式主義。

二、詩歌審美觀念的更新

「以悲爲美」的意識，是漢魏詩人普遍的審美特質，尤其是那些以「遊子思婦」、「死生無常」、「悲士不遇」爲題材的作品，有相當程度上體現了悲涼哀怨的藝術風貌。進入六朝，唯美思潮昌熾，玄言隱逸、山水遊仙、宮體詠物、邊塞閨怨，構成六朝唯美詩歌創作廣泛複雜多樣的詩歌內容，而詩人大多以唯美的創作方式來呈現，形成既有聲律、對偶結構等外在形式美，又有情韻、氛圍、意境等內在蘊涵美的詩歌形態。

由樂府詩風交融的現象得知文學與時代背景、文風思潮密不可分的關係。由漢古辭到擬作主題的轉變，與詩人所處的時代與其面臨的文風思潮不同有關，除玄風的虛無感、及時行樂的現實主義、與戰爭邊役等題材普遍相同外，尚有一些如亡國之悲、吟詠時事、隱逸曠達、感時傷逝、寫景詠物等異於古辭題材的發揮，由此窺見擬樂府詩不論在內容或形式上的多樣面貌。

借由此一論題的研究，筆者發現樂府古辭的主題之所以產生變化，主要原因還是與時代文風相關，此一研究不僅可探知詩人創作擬樂府詩的風格與特色，亦可看出時代整體文學思潮發展的新趨勢，例如在漢代原本質樸無華的古辭〈烏生〉、〈雞鳴〉、〈猛虎行〉等古辭，到了南朝因爲受到宮體與詠物詩風的影響，這些擬作一變而爲純粹歌詠事物外貌形象的詠物詩，顯見文學的呈現實受當代文風思潮影響甚深。

尋繹主題演化的軌跡，發現擬樂府詩在演變的過程中（特別是南朝時代），已開始呈現多重詩風融合的問題，在這些歷代擬樂府詩作中，這一特殊現象普遍可見，也由此印證一種文學經過長期的經營和演化，在詩風上已突破傳統的單一風貌，而朝向多重融合的境界發展，使詩歌形成多層次的美學風格。由漢代民間無名氏的古樂府到後來擬作的文人樂府，不論在語言、結構經營方面，都進一步文人化的體現出詩歌形態美的成熟趨向，使樂府詩的發展躍上了一個前所未有的盛況，擬作詩人充滿生命激情的遊子思婦、戰爭羈旅、宴飲遊樂的樂府詩作品，實踐了陸機〈文賦〉所言：「其爲物也多姿，其爲體也屢遷，其會意也尙巧，其遣言也貴妍」的唯美主張，爲後世詩歌藝術發展提供了寶貴的經驗。

綜上所述，我們得見樂府古辭對後世詩歌的影響。以往學術界對樂府詩的討論，皆以民間樂府爲主要探討對象，討論的範圍與視角皆難以突破，亦缺乏宏觀、有系統的研究，筆者基於突破傳統研究的理念，以主題學結合文學重新審視樂府古辭及其擬作，以詩歌主題爲主軸，再外延至與其關連的文學思潮、美學觀念等相關研究。文學的傳承與創新並重，而模擬往往跟繼承文學傳統有密不可分的關係。在《昭明文選》裡有雜擬兩卷，都是擬古之作，或師其意，或擬其神，偶而也會有青出於藍而勝於藍的驚奇之作。在這些模擬前人之作中，我們得以窺見詩體的轉變之跡，甚或詩歌主題的流變，是故，擬作雖是因襲前人之作，但卻幫助我們更了解詩歌之間的承襲關係。漢樂府詩歌在中國詩歌發展史上，光環雖不及唐詩耀眼，卻是孕育後世無數詩歌的橋樑與源頭，只是「古調雖自愛，今人多不彈」，重新評價樂府詩，則在研究的領域裡，不只是量的增加，更是質的改變。

重要參考資料

說明：

1. 茲分專著、期刊、論文三大類，各類別之下再作細分。
2. 所有資料皆依書名筆劃順序排列。
3. 出版年代在臺灣出版者以民國記之，非臺灣出版者以西元記之。

一、專著之屬

（一）古籍之部

1. 《文選》，蕭統編（台北：華正書局，民國 79 年）。
2. 《六朝詩集》，明薛應旂編（台北：廣文書局，民國 61 年）。
3. 《元氏長慶集》，元稹（台北：台灣商務印書館，民國 54 年）。
4. 《古今注》（收入叢書集成新編十一冊），晉崔豹（台北：新文豐出版社，民國 74 年）。
5. 《古詩源箋注》，清沈德潛（台北：華正書局，民國 73 年）。
6. 《史記會注考證》，瀧川龜太郎（台北：洪氏出版社，民國 66 年）。
7. 《四庫全書總目提要》，（台北：台灣商務印書館，民國 54 年）。
8. 《全唐詩》，清聖祖御製（台北：明倫出版社，民國 60 年）。
9. 《全漢三國晉南北朝詩》，清丁福保編（台北：世界書局，民國 67 年）。
10. 《先秦漢魏晉南北朝詩》，逯欽立輯校（台北：木鐸出版社，民國 72

年）。

11. 《宋書》，梁沈約（台北：鼎文書局，民國 66 年）。
12. 《采菽堂古詩選》，清陳祚明，收錄在《續修四庫全書》集部總集類第一五九一冊，（大陸：上海古籍出版社，2002 年）。
13. 《昭昧詹言》，清方東樹（台北：廣文書局，民國 51 年）。
14. 《風俗通義》，漢應劭（收入叢書集成新編十一冊）。，晉崔豹（台北：新文豐出版社，民國 74 年）。
15. 《南史》，唐李延壽（台北：藝文印書館，民國 46 年）。
16. 《後漢書》，宋范曄（台北：洪氏出版社，民國 67 年）。
17. 《晉書》，吳士鑑等注（台北：鼎文書局，民國 66 年）。
18. 《梁書》，唐姚思廉等撰，清錢大昕考異（台北：新文豐出版社，民國 64 年）。
19. 《陳書》，（台北：鼎文書局，民國 79 年）。
20. 《隋書》，唐長孫無忌（台北：鼎文書局，民國 79 年）。
21. 《新唐書》。歐陽修、宋祁敕編（台北：台灣中華書局，民國五十四年）。
22. 《漢書》，漢班固（台北：鼎文書局，民國 66 年）。
23. 《漢書補注》，清王先謙（台北：藝文印書館，民國 85 年）。
24. 《漢詩統箋》，清陳本禮，收錄在《叢書集成三編》（台北：新文豐出版社，民國 86 年）。
25. 《漢鼓吹鐃歌十八曲集解》，清譚儀，靈鶼閣叢書本。
26. 《漢鼓吹鐃歌曲句解》，清莊述祖，珍藝宧遺書本。
27. 《漢鐃歌釋文箋正》，清王先謙（台北：藝文印書館，民國 63 年）。
28. 《詩比興箋》，清陳沆（台北：廣文書局，民國 59 年）。
29. 《詩源辨體》，清許學夷（大陸：北京人民文學出版社，1987 年）。
30. 《詩藪》，明胡應麟（台北：廣文書局，民國 62 年）。
31. 《詩體明辯》，明徐師曾（台北：廣文書局，民國 61 年）。
32. 《樂府古題要解》（收入叢書集成新編八十一冊），唐吳兢（台北：新文豐出版社，民國 74 年）。
33. 《樂府正義》，清朱乾著，興膳宏解說，京都大學漢籍善本叢書第七卷（昭和 55 年，1980 年）。
34. 《樂府詩集》，宋郭茂倩輯（台北：里仁書局，民國 88 年）。
35. 《樂府廣序》，清朱嘉徵，見《四庫全書存目叢書》集部總集類（台北：莊嚴文化有限公司，民國86年）。
36. 《歷代詩話》，清何文煥編（台北：藝文印書館，民國60年）。
37. 《禮記今註今譯》，王夢鷗（台灣：商務印書館，民國73年）。
38. 《舊唐書》，後晉劉昫等（台北：鼎文書局，民國66年）。

（二）近人專書

甲、詩歌類

1. 《山水與古典》，林文月（台北：三民書局，民國85年）。
2. 《中古五言詩研究》，吳小平（大陸：江蘇古籍出版社，1998年）。
3. 《中唐樂府詩研究》，張修蓉（台北：文津出版社，民國74年）。
4. 《中國之美文及其歷史》，梁啓超（台北：中華書局，民國69年）。
5. 《中國山水詩研究》，王國瓔（台北：聯經出版社，民國75年）。
6. 《中國詩史》，吉川幸次郎（台北：明文出版社，民國72年）。
7. 《中國詩史》，陸侃如等（濟南：山東大學出版社，1996年）。
8. 《中國詩詞風格研究》，楊成鑒（台北：洪葉文化事業出版社，民國84年）。
9. 《中國詩歌史》，張敬文（台北：幼獅出版社，民國59年）。
10. 《中國詩歌史》，張松如（高雄：麗文文化事業公司，民國83年）。
11. 《中國詩歌研究》，羅宗濤等（台北：中央文物供應社，民國74年）。
12. 《中國詩歌流變史》，李曰剛（台北：文津出版社，民國76年）。
13. 《中國詩歌美學史》，張松如主編（大陸：吉林大學出版社，1994年）。
14. 《中國詩學》，黃永武（台北：巨流圖書公司，民國79年
15. 《中國歌謠》，朱自清（台北：世界書局，民國76年）。
16. 《中國歷代故事詩》，邱燮友（台北：三民書局，民國58年）。
17. 《中國韻文史》，澤田總清（台北：台灣商務印書館，民國54年）。
18. 《中國韻文概論》，梁啓勳（台北：台灣商務印書館，民國56年）。
19. 《六朝唯美詩學》，王力堅（台北：文津出版社，民國89年）。
20. 《六朝詩論》，洪順隆，（台北：文津出版社，民國74年）。
21. 《六朝樂府與民歌》，王運熙（大陸：上海中華書局，1961年）。
22. 《由山水到宮體——南朝的唯美詩風》，王力堅（台北：台灣商務印書館，民國86年）。
23. 《由隱逸到宮體》，洪順隆（台北：文史哲出版社，民國73年）。

24. 《古詩文修辭例話》，路燈照等（台北：台灣商務印書館，民國 76 年）。
25. 《兩晉詩論》，鄧仕樑（香港：中文大學，1972 年）。
26. 《兩漢詩歌研究》，趙敏俐（台北：文津出版社，民國 82 年）。
27. 《兩漢樂府研究》，亓婷婷（台北：學海出版社，民國 69 年）。
28. 《兩漢樂府詩之研究》，張清鐘（台北：台灣商務印書館，民國 68 年）。
29. 《品詩吟詩》，邱燮友（台北：東大圖書公司，民國 78 年）。
30. 《南朝邊塞詩新論》，王文進（台北：里仁書局，民國 89 年）。
31. 《唐代樂府詩》，譚潤生（台北：黎明文化事業公司，民國 89 年）。
32. 《唐樂府詩譯析》，胡漢生編著（大陸：北京大學出版社，1997 年）。
33. 《曹子建詩注》，黃節（台北：河洛文庫，民國 64 年）。
34. 《詩國高潮與盛唐文化》，葛曉音（大陸：北京大學出版社，1998 年）。
35. 《詩歌之審美與結構》，黃坤堯（台北：文史哲出版社，民國 85 年）。
36. 《新樂府詩派研究》，鍾優民（大陸：遼寧大學出版社，1997 年）。
37. 《齊梁詩探微》，盧清青（台北：文史哲出版社，民國 73 年）。
38. 《齊梁詩歌向盛唐詩歌的嬗變》，杜曉勤（台北：商鼎文化出版社，民國 85 年）。
39. 《樂府文學史》，羅根澤（台北：文史哲出版社，民國 63 年）。
40. 《樂府古辭考》，陸侃如（台北：台灣商務印書館，民國 59 年）。
41. 《樂府通論》，王易（台北：廣文書局，民國 68 年）。
42. 《樂府散論》，王汝弼（大陸：陝西人民出版社，1984 年）。
43. 《樂府詩史》，楊生枝（大陸：青海人民出版社，1985 年）。
44. 《樂府詩紀》，汪中（台北：學生書局，民國 57 年）。
45. 《樂府詩研究論文集》，作家出版社編輯部（大陸：北京作家出版社，1957 年）。
46. 《樂府詩研究》，江聰平（高雄：復文書局，民國 67 年）。
47. 《樂府詩述論》，王運熙（大陸：上海古籍出版社，1996 年）。
48. 《樂府詩粹箋》，潘重規（台北：學海出版社，民國 63 年）。
49. 《樂府詩論叢》，王運熙（大陸：上海中華書局，1962 年）。
50. 《樂府詩選》，朱建新（台北：正中書局，民國 58 年）。
51. 《樂府詩選註》，龔慕蘭（台北：廣文書局，民國 50 年）。

52. 《樂府詩選注》，汪中（台北：學海出版社，民國 68 年）。
53. 《樂府詩選》，余冠英（台北：華正書局，民國 80 年）。
54. 《漢代詩歌史論》，趙敏俐（大陸：吉林教育出版社，1995 年）。
55. 《漢代詩歌新論》，倪其心（大陸：南昌百花洲文藝出版社，1992 年）。
56. 《漢代樂府民歌賞析》，曾德珪（台北：開今文化事業有限公司，民國 83 年）。
57. 《漢代樂府箋注》，曲瀅生編著（台北：學海出版社，民國 88 年）。
58. 《漢代樂府與樂府歌辭》，張壽平（台北：廣文書局，民國 59 年）。
59. 《漢末士風與建安詩風》，孫明君（台北：文津出版社，民國 84 年）。
60. 《漢短簫鐃歌注》，夏敬觀（台北：廣文書局，民國 59 年）。
61. 《漢詩研究》，方祖燊（台北：正中書局，民國 56 年）。
62. 《漢樂府小論》，姚大業（大陸：天津百花文藝出版社，1984 年）。
63. 《漢樂府研究》，張永鑫（大陸：江蘇古籍出版社，1992 年）。
64. 《漢魏六朝文學新論——擬代與贈答篇》，梅家玲（台北：里仁書局，民國 86 年）。
65. 《漢魏六朝詩論叢》，余冠英（大陸：上海中華書局，1962 年）。
66. 《漢魏六朝樂府文學史》，蕭滌非（台北：長安出版社，民國 70 年）。
67. 《漢魏六朝樂府研究》，陳義成（台北：嘉新水泥公司文化基金會，民國 65 年）。
68. 《漢魏六朝樂府詩》，王運熙等（台北：萬卷樓圖書公司，民國 82 年）。
69. 《漢魏六朝樂府詩評注》，王運熙、王國安（大陸：齊魯書社，2000 年）。
70. 《漢魏南北朝樂府》，李純勝（台北：台灣商務印書館，民國 56 年）。
71. 《漢魏樂府的音樂與詩》，錢志熙（大陸：大象出版社，2000 年）。
72. 《漢魏樂府風箋》，黃節（台北：學海出版社，民國 72 年）。
73. 《歷朝懷遠思鄉詩》，汪業芬、肖志清選注（大陸：北京：華夏出版社，2000 年）。
74. 《歷朝邊塞軍旅詩》，更生選注（大陸：北京：華夏出版社，2000 年）。
75. 《魏晉詩歌的審美觀照》，王力堅（台北：文津出版社，民國 89 年）。
76. 《魏晉詩歌藝術原論》，錢志熙（大陸：北京大學出版社，1993 年）。

乙、其他類

1. 《六朝唯美文學》，張仁青（台北：文史哲出版社，民國 69 年）。
2. 《六朝情境美學》，鄭毓瑜（台北：里仁書局，民國 86 年）。
3. 《中古文學史》，劉師培（台北：文海書局，民國 61 年）。
4. 《中古文學史論》，王瑤（台北：長安出版社，民國 64 年）。
5. 《中國文學史》，葉慶炳（台北：學生書局，民國 76 年）。
6. 《中國文學史》，游國恩等（台北：五南圖書出版公司，民國 79 年）。
7. 《中國文學欣賞舉隅》，傅庚生（台北：國文天地出版社，民國 79 年）。
8. 《中國文學概論》，袁行霈（台北：五南出版社，民國 77 年）。
9. 《中國文學發展史》，劉大杰（台北：華正書局，民國 80 年）。
10. 《中國婦女文學史》，謝无量（台北：中華書局，民國 62 年）。
11. 《中國古代文學十大主題——原型與流變》，王立（台北：文史哲出版社，民國 83 年）。
12. 《中國韻文概論》，傅隸樸（台北：中華文化事業委員會出版，民國 43 年）。
13. 《文心雕龍札記》，黃季剛（台北：文史哲出版社，民國 62 年）。
14. 《文心雕龍注》，范文瀾（台北：開明書局，民國 82 年）。
15. 《文心雕龍讀本》，王師更生（台北：文史哲出版社，民國 80 年）。
16. 《比較文學方法論》，劉介民（台北：時報文化出版公司，民國 79 年）。
17. 《古史辨》，顧頡剛（台北：明倫出版社，民國 59 年）。
18. 《主題學研究論文集》，陳鵬翔主編（台北：東大圖書公司，民國 72 年）。
19. 《永明文學研究》，劉躍進（台北：文津出版社，民國 81 年）。
20. 《北朝文學研究》，吳先寧（台北：文津出版社，民國 82 年）。
21. 《先秦兩漢文學史稿》，聶石樵（大陸：北京師範大學出版社，1994 年）。
22. 《何謂比較文學》，黃慧珍、王道南譯（大陸：上海社會科學出版社，1991 年）。
23. 《兩漢文學史參考資料》，北京大學中國文學史教研室選注（香港：中華書局，1986 年）。
24. 《南北朝文學史》，曹道衡（大陸：北京人民文學出版社，1991 年）。
25. 《南朝文學與北朝文學研究》，曹道衡（大陸：江蘇古籍出版社，1999

年）。
26. 《美學》，黑格爾著，朱光潛譯（大陸：上海商務印書館，1979 年）。
27. 《建安文學概論》，王巍（大陸：遼寧教育出版社，2000 年）。
28. 《秦漢禮樂教化論》，蘇志宏（大陸：四川人民出版社，1991 年）。
29. 《修辭析論》，董季棠（台北：文史哲出版社，民國 83 年）。
30. 《修辭學》，黃慶萱（台北：三民書局，民國 67 年）。
31. 《修辭學》，沈謙（台北：國立空中大學，民國 81 年）。
32. 《華夏美學》，李澤厚（香港：三聯書店，1988 年）。
33. 《聞一多全集》，朱自清編（台北：里仁書局，民國 85 年）。
34. 《漢代文學的情理世界》，李炳海（大陸：東北師範大學出版社，2000 年）。
35. 《漢書窺管》，楊樹遠（台北：世界書局，民國 49 年）。
36. 《漢魏六朝文學研究》，李文初（大陸：廣東人民出版社，2000 年）。
37. 《漢魏六朝唐代文學論叢》，王運熙（大陸：復旦大學出版社，2002 年）。
38. 《漢魏六朝賦論集》，何沛雄（台北：聯經出版社，民國 79 年）。
39. 《魏晉南北朝文學思想史》，張仁青（台北：文史哲出版社，民國 67 年）。

二、期刊之屬

（一）台灣期刊

1. 〈六朝詩的演變〉，鄧中龍（《東方雜誌》第二卷第六期，民國 57 年 12 月）。
2. 〈兩漢樂府古辭研究〉，韓屏周（《崑山工專學報》第一期，民國 62 年 7 月）。
3. 〈南朝宮體詩研究〉，林文月（《文史哲學報》第十五期，民國 55 年）。
4. 〈推移的悲哀〉，吉川幸次郎，鄭清茂中譯，（《中外文學》第六卷第四、五期，民國 69 年）。
5. 〈從艷歌何嘗行論漢魏晉樂府詩的幾個問題〉，朴英姬（《中國文化月刊》一九三期，民國 84 年 11 月）。
6. 〈試論古樂府孤兒行的幾個命題〉，沈志方（《中國文化月刊》十七期，民國 70 年 3 月）。
7. 〈試論樂府詩中擬樂府現象的雕塑與再造——以游俠詩劉生系列創

作爲例〉，林香伶（《中國古典文學研究》第二期，民國 88 年 12 月）。

8. 〈漢代民歌的藝術分析〉，廖蔚卿，(《文學評論》第六集，民國 69 年）。
9. 〈漢代樂府之研究〉，陳萬鼐（《藝術評論》第三期，民國 80 年 10 月）。
10. 〈漢短簫鐃歌十八曲考釋〉，孔德（《東方雜誌》第二十三卷，民國 65 年）。
11. 〈漢鼓吹鐃歌的兩個問題〉，朱學瓊（《思與言》第八卷四期，民國 59 年）。
12. 〈漢鼓吹鐃歌的聲辭分析及說解〉，朱學瓊（《中華文化復興月刊》第七卷四期，民國 63 年）。
13. 〈論鄴下樂府的主題類型〉，沈志方（《古典文學》第十二期，民國 81 年 10 月）。
14. 〈樂府詩的特性及其源流〉，邱燮友（《幼獅月刊》第四十七卷第六期，民國 67 年 6 月）。
15. 〈樂府詩試論〉，張春榮（《鵝湖》第七卷第九期，民國 71 年 3 月）。
16. 〈樂府詩總論〉，張草湖（《中華文化復興月刊》第十三卷第三期，民國 69 年 3 月）。

（二）大陸期刊

1. 〈中國古代婦女文學的感傷傳統〉，喬以鋼（《文學遺產》，1991 年第 4 期）。
2. 〈文人擬作與民間創作的合與分——略論李白對樂府發展的貢獻〉，湯明（《唐都學刊》，2000 年 1 月，第十六卷第一期）。
3. 〈六朝文人挽歌詩的演變和定型〉，王宜瑗（《文學遺產》，2000 年第五期）。
4. 〈西晉樂府擬古論〉，張國星（《華東師範大學學報》，1982 年第四期）。
5. 〈西漢樂府考略〉，趙生群（《中國音樂學季刊》，1988 年第一期）。
6. 〈兩晉擬古詩成因淺探〉，薛泉（《河北大學學報》第二十六卷，2001 年第二期）。
7. 〈建安文學對六朝文學的影響〉，劉文忠（中國古代近代文學研究，1985 年 2 月）。
8. 〈建安詩人對樂府民歌的改制與曹植的貢獻〉，胡大雷（《文學遺產》，1990 年 3 月）。

9. 〈建安樂制及擬樂府詩形態考述〉，吳懷東（《江淮論壇》，1998 年第二期）。
10. 〈梁陳邊塞樂府論〉，閻采平（《文學遺產》，1988 年 12 月第六期）。
11. 〈盛唐清樂的衰落和古樂府詩的興盛〉，葛曉音（《中國古代近代文學研究》，1994 年 4 月）。
12. 〈試論魏晉文人挽歌詩及死亡主題〉，黃亞卓（《柳州師專學報》，1999 年第十四卷第二期）。
13. 〈試論魏晉朝隱之風與山水詩的興起〉，韋鳳娟（《中國古代近代文學研究》，1983 年第一期）。
14. 〈漢樂府東門行新解〉，李固陽（《文史知識》，1989 年第十期）。
15. 〈齊梁擬樂府詩賦題法初探——兼論樂府詩寫作方法之流變〉，錢志熙（《北京大學學報》，1995 年第四期）。
16. 〈論六朝詠物詩、宮體詩與山水詩之聯繫〉，王玫（《齊魯學刊》，1996 年第六期）。
17. 〈論兩漢樂賦中的音樂美學思想〉，蔡仲德（《中央音樂學院學報》，1991 年第二期）。
18. 〈論唐代的古題樂府〉，商偉（《文學遺產》，1987 年第二期）。
19. 〈論唐代樂府詩審美品格的繼承與發展〉，薛亞康（《周口師範高等專科學校學報》，1999 年第十六卷第四期）。
20. 〈論陸機的擬古樂府詩〉，陳冰，（《淮陰師範學院學報》第二十卷，1998 年第一期）。
21. 〈樂府古辭的經典價值——魏晉至唐代文人樂府詩的發展〉，錢志熙（《中國古代近代文學研究》，1998 年第二期）。
22. 〈樂府古辭飲馬長城窟行考索〉，傅如一（《文學遺產》，1990 年 1 月）。
23. 〈鮑照樂府詩創新探微〉，江秀玲（《東方論壇》，2000 年第二期）。
24. 〈魏晉六朝悲情文學的成因與特色〉，周悅（《中國文學研究》，1995 年第二期）。

三、論文之屬

（一）碩士論文

1. 《三曹時代北地文士惜時生命觀研究》，丁威仁，中興中研所碩士論文，民國 88 年。
2. 《三曹詩賦考》，朴貞玉，台灣師大國研所碩士論文，民國 73 年。

3. 《六朝玄言詩研究》，黃偉倫，華梵大學東方人文思想研究所碩士論文，民國 88 年。
4. 《六朝行旅詩之研究》，陳晉卿，淡江中研所碩士論文，民國 85 年。
5. 《六朝詠懷組詩研究》，李正治，台灣師大國研所碩士論文，民國 69 年。
6. 《六朝遊仙詩研究》，張鈞莉，台大中研所碩士論文，民國 76 年。
7. 《六朝緣情觀念研究》，陳昌明，台大中研所碩士論文，民國 76 年。
8. 《六朝隱逸思想研究》，張玲娜，輔大中研所碩士論文，民國 73 年。
9. 《兩漢民間樂府及後人擬作之研究》，李鮮熙，台灣師大國研所碩士論文，民國 72 年。
10. 《兩漢民間樂府研究》，田寶玉，台灣師大國研所碩士論文，民國 74 年。
11. 《兩漢民間樂府與後人擬作之研究》，王淳美，政大中研所碩士論文，民國 75 年。
12. 《兩漢雅樂研究——一個以典禮音樂爲主的考察》，劉德玲，台灣師大國研所碩士論文，民國 88 年。
13. 《兩漢樂府古辭研究》，黃羨惠，文化中研所碩士論文，民國 84 年。
14. 《兩漢魏晉辭賦中失志題材作品之研究》，李國熙，文化中研所碩士論文，民國 75 年。
15. 《建安文學之探述》，張芳鈴，台灣師大國研所碩士論文，民國 65 年。
16. 《唐代閨怨詩研究》，許翠雲，台灣師大國研所碩士論文，民國 78 年。
17. 《漢代的音樂發展——從楚聲談起》，李維綺，台灣師大國研所碩士論文，民國 84 年。
18. 《漢代樂府詩研究》，鄭開道，文化中研所碩士論文，民國 60 年。
19. 《漢鼓吹鐃歌十八曲研究》，曹金城，南華大學碩士論文。
20. 《漢魏文人樂府研究》，沈志芳，東海中研所碩士論文，民國 71 年。
21. 《漢魏六朝樂府研究》，陳義成，輔大中研所碩士論文，民國 62 年。
22. 《漢魏怨詩研究》，高莉芬，政大中研所碩士論文，民國 77 年。
23. 《漢魏晉玄風的流變及其展現》，李中庸，清大史研所碩士論文，民國 78 年。
24. 《漢魏敘事詩研究》，林彩叔，文化大學中研究碩士論文，民國 88 年。

25. 《漢魏樂府詩美學研究》，楊國娟，香港珠海中研所碩士論文，民國86年。
26. 《樂府詩集漢魏相和歌辭校注》，李金城，台灣師大國研所碩士論文，民國55年。
27. 《魏晉名士人格研究》，李清筠，台灣師大國研所碩士論文，民國85年。
28. 《魏晉遊仙詩研究》，康萍，輔大中研所碩士論文，民國59年。
29. 《魏晉詩歌悲怨意識之研究》，王銘惠，華梵大學東方人文思想研究所碩士論文，民國88年。
30. 《魏晉隱逸詩研究》，沈禹英，政大中研所碩士論文，民國73年。

（二）博士論文

1. 《六朝詩發展述論》，劉漢初，台大中研所博士論文，民國73年。
2. 《先秦兩漢文學言志思想及其文化意義——兼論與六朝文化的對照》，曾守正，台灣師大國研所博士論文，民國87年。
3. 《先秦兩漢樂教思想研究》，李美燕，台灣師大國研所博士論文，民國82年。
4. 《時空情境中的自我影像——以阮籍、陸機、陶淵明詩爲例》，台灣師大國研所碩士論文，民國88年。
5. 《從形體觀論六朝美學》，陳昌明，台大中研所博士論文，民國81年。
6. 《魏晉玄理與玄風研究》，江建俊，文化中研所博士論文，民國75年。
7. 《魏晉美學趨勢之研究》，張鈞莉，台灣師大國研所博士論文，民國86年。
8. 《魏晉詩歌中的審美意識》，朱雅琪，台灣師大國研所博士論文，民國89年。